사랑, 그 설렘에 취하고 향기에 물들다.

도향

사랑, 그 설렘에 취하고 향기에 물들다.

뚱딴지 같은 소리

초판 1쇄 찍음 2012년 6월 29일
초판 1쇄 펴냄 2012년 7월 10일

지은이 | 서준혜
펴낸이 | 정 필
펴낸곳 | 도서출판 **뿔미디어**

편집장 | 이재권
기획 · 편집 | 박수정, 이경순
편집디자인 | 이진선
관리 · 영업 | 김기환, 임순옥

출판등록 | 2002년 9월 11일 (제1081-1-132호)
주소 | 부천시 원미구 상동 533-3 아트프라자 503호 (우)420-861
전화 | 032)651-6513 / 팩스 | 032)651-6094
E-mail | dahyangs@naver.com
카페 | http://cafe.daum.net/dahyangs
값 9,000원
ISBN 978-89-6639-748-8 03810

※파본은 구입하신 서점에서 교환하여 드립니다.
※이 책은 (도)뿔미디어를 통해 독점 계약되었습니다.
저작권법에 의해 보호를 받는 저작물이므로 무단 전재와 무단 복제를 엄금합니다.

프롤로그. 그 여자의 터닝 포인트 _7

01. 무개념 비서 _24

02. 허접한 스파이 _71

03. 폭설 속의 사흘 _93

04. 봄 향기를 먹다 _144

05. 신데렐라 놀이? _183

06. 그 남자의 터닝 포인트 _210

07. 사랑나무 _243

08. 뚱딴지같은 활약 _288

09. 우리의 인생은 'C' _339

에필로그. 조금은 특별한 보통 사랑 _380

작가 후기 _398

프롤로그
그 여자의 터닝 포인트

〈한 시간 내로 회사로 들어와. -형〉

 이복형인 태성에게서 온 문자였다. 침대에 누워 있던 한결은 휴대폰 액정을 무미건조하게 바라보며 코웃음을 쳤다.
 "한 자리 줄 모양이군. 딱히 필요 없는데 말이지."
 한결은 기지개를 켜고 일어나 어슬렁거리며 드레스 룸으로 갔다. 단정한 와이셔츠들과 정장 바지가 색깔별로 걸려 있었지만 한결이 고른 옷은 흰색의 민소매 티셔츠와 청바지, 그리고 카키색 오리털 점퍼였다.
 한결이 미국에서 유학을 마치고 돌아온 지도 벌써 한 달이 지났다. 하지만 그는 줄곧 방탕한 생활을 하고 있었다. 아무리 서자라지만, 망나니만도 못한 아들 때문에 태신 건설의 박태인 회장은 날로 주름살이 늘어갔다. 결국 보다 못한 박 회장은 태신 건설의 상무이자 친자인 태성에게 지시를 내려 지금 한결을 호출한 것이었다.

"이왕이면 차부터 좀 빼 주지, '허' 자는 영 폼이 안 나는데."

한결은 넘버가 '허'로 시작하는 렌트한 BMW에 오르며 투덜대듯 혼잣말을 했다. 시동을 켜자마자 한결의 손은 카오디오의 볼륨을 최대로 높였다. 고막이 터질 것 같고 차가 쿵쿵 울릴 정도로 큰 음악을 들으며 한결은 태신 건설로 향했다.

"상무님, 동생분 오셨습니다."

"들여보내."

상무실에 보고를 넣는 비서의 친절한 음성과 다르게 상대편에서는 태성의 차가운 음성이 들렸다.

"안내해 드리겠습니다."

"No, No. 두 손이 멀쩡해서 문 열고 들어가는 것쯤이야 혼자서도 OK."

한결은 일어나려다 말고 어정쩡한 자세로 멈춘 비서에게 찡긋 윙크를 한 뒤 긴 다리를 저벅저벅 옮겼다. 멀쩡한 두 손으로 문을 열고 들어서니 태성은 통유리로 된 창밖을 보며 등을 돌린 채 서 있었다. 잠시 그의 등을 보며 피식 웃음을 흘린 한결은 가벼운 음성을 냈다.

"형, 오랜만이야. 나 귀국하고 처음이니까 거의 5년 만인가?"

"강원도로 내려가."

5년 만에 만난 이복형인 태성에게서는 살가운 인사 대신 딱딱한 본론이 먼저 나왔다. 예상하지 못했던 건 아니지만 막상 태성의 태도를 보니 헛웃음이 흘렀다. 태성은 여전히 등을 돌린 채로 서 있었고, 한결은 어깨를 으쓱하며 대수롭지 않게 답했다.

"뭐, 형이 원한다면."

"말은 바로 해. 아버지가 원하시는 거야."

"누가 원하든 가라면 가야지. 어차피 난 회사 일에 관심 없으니까."

"네가 그럼 그렇지."

"나 이런 거 하루 이틀도 아닌데 새삼스레. 언제 내려가면 되는데?"

"내일."

박태성, 나를 빨리 치워 버리고 싶어서 안달이 났군.

한결은 마음속으로만 생각한 채 태성의 등에 대고 미소를 보이며 여전히 가벼운 음성을 냈다.

"그렇게 빨리? 내 여자들 정리하려면 최소 열흘은 걸릴 텐데. 형도 이미 알고 있겠지만, 내가 귀국하고 만나는 애들이 한둘이 아니잖아. 인사도 없이 가면 걔들 다 울고불고 난리도 아니라고."

"잔말 말고 시키는 대로 해. 내일 내려가."

"……뭐, 그럼 어쩔 수 없지, 나의 피앙세들이 슬퍼할 걸 생각하면 마음이 좀 아프지만."

한결의 목소리에는 아쉬움이 담겨 있었다. 그리고 한결은 일단 가라고 하니 가지만 막상 가서 무엇을 해야 하는지 알지 못했다.

"근데 형, 나 강원도에 가서 뭐 해?"

"넌 가서 뭐 할 필요 없어. 그냥 자리만 지키고 있어."

"그래? 그럼 여행 간다고 생각해도 돼?"

"비서 하나 붙을 거야."

"진짜? 당연히 여비서지? 이왕이면 예쁘고 몸매 착한 애로 붙여 줘."

장난스런 한결의 말에 그제야 태성이 등을 돌려 한결과 눈을 마주쳤다. 태성의 눈에는 한결에 대한 증오와 한심함이 담겨 있었다. 그런 눈빛을 읽었음에도 한결은 건들거리며 서 있는 자세를 고치지 않았다.

"넌 여전히 정신 못 차렸구나."

"내가 정신 차리면…… 형이 피곤할 텐데?"

"뭐?"

태성이 눈을 부릅뜨며 한결을 노려보았다. 그러자 한결은 생각 없어 보이도록 웃으며 손사래를 쳤다.

"장난이야, 장난."

"일은 비서가 알아서 할 거니까 넌 시간이나 때워."

"시간 때우는 것도 워낙 지루해서 말이지."

"허! 시간 때우는 게 지루해? 거기 가서 네가 뭘 할 수 있는데? 할 줄 아는 건 있고? 할 줄 아는 게 뭐 있어야 시키든 말든 하지."

"하긴. 회사 일은 태신의 차기 후계자인 형이 알지, 나 같은 놈이 뭐 아나? 그럼 정말 공기 좋은 데서 쉬고 온다고 생각할게."

똑똑.

한결의 말이 끝나자 아까 상무실에 보고를 넣었던 비서가 커피 두 잔을 들고 들어왔다. 앉지도 않은 채 서서 이야기하는 두 사람이 의아했지만 비서는 테이블 위에 조용히 커피 두 잔을 내려놓았다. 그리고 한결의 시선은 타이트한 치마 정장을 입은 비서의 몸을 훑고 있었다.

"형은 좋겠다, 저렇게 예쁘고 몸매 좋은 비서가 이렇게 매일 커피 타 주니까."

"뭐?"

"요즘은 비서 뽑을 때 몸매 보고 뽑나 봐?"

"박한결!"

능청스럽게 비서의 몸을 훑으며 하는 한결의 말에 태성이 발끈했고, 비서는 불쾌한 표정으로 도망치듯 상무실에서 빠져나갔다. 한결은 태성의 미간에 주름이 진 것을 보면서도 하고 싶은 말을 멈추지 않았다.

"형만 저렇게 눈요기하지 말고, 나도 진짜 예쁘고 몸매 착한 여자를 비서로 붙여 줘. 강원도 촌구석까지 가는데 여자라도 없으면 답답해서 어떻게 살아?"

"후우. 그건 걱정 마. 내 비서였던 일 처리 완벽한 여자야."

결국엔 스파이를 붙여서 감시하겠다는 말이군.

태성의 비서였다는 얘기에 한결은 마음속에 드는 생각을 숨긴 채 그저 고개를 주억거렸다. 그리고 심기 불편한 태성의 표정을 보고 있으면서도 이미 말을 뱉고 있었다.

"형 비서였으면 괜찮겠는데? 아까 그 여자 정도는 아니더라도 예쁘장하고 몸매도 좀 될 거 아냐. 내가 지금까지 봤던 형 비서들은 다들 꽤 괜찮았던 걸로 기억하는데."

"괜히 허튼수작 부릴 생각 말고 강원도에 조용히 처박혀 있어."

"직함은 뭐야? 이왕이면 좀 있어 보이는 걸로 줘."

"넌 정말! 후우……. 본부장이야. 강원도 지사 현장 본부장."

"그럼 차도 좋은 걸로 줘. 그래도 본부장인데, 아무리 지방이라도 남들 보는 눈이랑 체면이 있잖아. 그리고 나 간지 중요하게 생각하는 거, 형도 알잖아. 요즘 렌터카 끌고 다녔더니 영 허접해 보여서 말이야."

가벼운 한결의 말에 태성의 얼굴이 눈에 띄게 구겨졌다. 하지만 한결은 태성이 그러거나 말거나 태성의 책상 위에 있는 명패를 들어 먼지를 털 듯 입으로 바람을 훅 불었다. 그때 태성이 스마트키를 휙 던졌고, 한결은 한 손으로 가볍게 낚아채듯 받았다.

"우와, 벌써 차까지 뽑아 놓은 거야?"

"지하 주차장에 있으니까 끌고 가."

"진짜? 역시 형은 최고야."

"역겨워, 정말. 박한결, 무슨 꿍꿍이인지 모르겠지만 그렇게 가면 쓰고 있지 말고 본색을 드러내라고. 그러다 내 뒤통수 후릴 생각 말고."

잔뜩 날이 선 태성의 음성에 한결은 여유로운 표정으로 피식 바람 빠지는 웃음을 흘렸다. 그리고 한결은 태성과 정확히 눈을 마주치며 잠깐의 틈을 두고 진지한 목소리로 물었다.

"……형, 내가 두려워?"

마주친 서로의 시선에서는 마치 불꽃이 튈 것처럼 한 치의 양보도 없이 냉랭했다. 태성이 이를 악무는 것을 보며 한결은 가볍게 싱긋 웃었다.

뭘 또 저렇게 심각하게 반응하는 건지.

"형, 나 진짜 회사에 관심 없어. 강원도에 내려가는 것도 형이 시키니까 가겠다는 거야. 어차피 나 같은 놈은 제대로 하지도 못하겠지만. 아니다, 어쩌면 아버지랑 형이 깜짝 놀랄 정도로 잘 할지도 모르겠다. 뭐, 해 봐야 아는 거겠지만. 암튼 형, 차는 땡큐. 간다."

한결이 껄렁거리는 걸음으로 상무실에서 나가자, 태성은 그대로 테이블 위에 주먹을 내리쳤다.

쿵. 지지지직.

"제기랄!"

유리가 갈라지며 깨졌고 태성의 손에서는 검붉은 피가 흐르기 시작했다. 한결은 자신의 등 뒤에서 어떤 일이 일어났는지 알면서도 모르는 척 걸음을 멈추지 않았다. 그리고 아까 자신이 몸을 훑어 내렸던 비서가 소리에 놀라 일어나는 것을 보며 입을 열었다.

"아까 내가 한 말 기분 나빠 하지 말아요. 그만큼 그쪽이 아름답다는 뜻이니까. 아, 그리고 안에 무슨 일 있는 것 같은데 얼른 들어가 봐요."

비서는 안절부절못하는 표정으로 한결에게 꾸벅 고개를 숙이고는 또각또각 힐 소리를 내며 얼른 상무실로 뛰어 들어갔다.

"그래 봐야 자기 손만 아프지."

한결은 혼잣말을 내뱉으며 엘리베이터에 올랐다. 지하로 내려가는 동안 그의 입에서는 쉼 없이 휘파람이 흘러나왔다.

한결이 지하 주차장에 들어서 스마트키의 버튼을 누르자, 한쪽에서 삑- 소리와 함께 라이트가 번쩍였다.

"호오, 신경 좀 썼네?"

이번에 새로 출시된 아우디 신형이 얌전한 모습으로 한결을 기다리고 있었다. 한결은 키홀더를 검지에 끼워 빙빙 돌리며 껄렁거리는 걸음으로 매끈한 자태를 뽐내고 있는 아우디 앞에 다가섰다. 그리고 휴대폰을 꺼내 어디론가 전화를 걸었다.

"박한결입니다. 태신 건설 지하 주차장에 렌트했던 차 있으니까 반납해 주세요."

여전히 여유로운 표정으로 휘파람을 불던 한결은 차에 오른 뒤 망설임 없이 주차장을 빠져나왔다. 그리고 주차장을 빠져나오자마자 급변한 한결의 표정에는 시린 얼음만 가득했다.

*

"컷!"

청아한 짧은 외마디 음성이 들리자, 카메라 앞에서 걸음을 옮기던 남녀 배우의 발이 멈췄고 카메라의 빨간 불이 사라졌다.

"지금 해준이랑 라희의 감정이 전혀 안 보여요! 둘 다 마냥 행복해 보이기만 하거든? 자, 감정 몰입하고 28번 씬 롱 테이크로 한 번 더 가겠습니다! 카메라 감독님, 카메라 워킹 신경 써 주시고요!"

"오케이!"

제주도의 아름다운 자연경관을 배경으로 영화 촬영이 한창 진행 중인 현장에서 의욕이 가득 넘치는 여자의 음성에 카메라 감독이 활기차게 대답했다. 현장을 둘러싸고 있는 사람들 사이에서 가장 긴장한 건 방금 NG를 내고 다시 큐 사인을 기다리는 카메라 앞의 남녀 배우가 아닌, 모니터를 보고 있는 이십 대 후반의 어린 여자 감독이었다. 나이가 지긋하고 여유로워 보이는 카메라 감독은 모니터에만 온 신경을 쏟아 집중하고 있는 여자 감독을 보며 너털웃음과 함께 한마디 했다.

"한소리 감독, 얼굴 좀 펴라고! 배우들이 기 빨려서 제대로 연기나 하겠어? 허허허."

감독이라 불린 여자는 민망한 표정으로 머리를 긁적였다.

바람에 흩날리는 A라인의 짧은 단발 헤어스타일, 화장기 없는 얼굴, 편하게 입을 수 있는 야상에 청바지, 그리고 아무렇게나 구겨 신은 운동화까지. 소리에게서는 여자로서의 단서를 전혀 찾을 수 없고, 오히려 선머슴에 가까운 모습이었다. 또다시 소리가 우렁찬 목소리로 외쳤다.

"여기서는 특히나 대사에 감정이 묻어나야 돼요! 라희는 유부남인 해준을 사랑해서 힘들고 아프지만 그걸 감수하고도 그를 만나고 싶은 마음에 괜찮은 척하면서도 울컥하는 마음을 잘 숨겨야 하고, 해준은 라희를 사랑하지만 그녀에 대한 확신이 없을 뿐더러 당장은 가정을 버릴 수 없기 때문에 미안하고 안타까운 마음을 숨기며 라희가 힘들어한다는 걸 알면서도 모르는 척 사랑하는 마음만 내비쳐야 하고요! 아셨죠?"

"네!"

남녀 배우가 대답을 한 뒤 짧게 호흡을 내뱉고는 감정에 몰입하기 시작했다. 카메라 감독은 다시 자기 위치로 돌아가 스탠바이를 했고, 오디오 감독은 카메라 앵글에 보이지 않게 붐 마이크를 높이 들고, 조명 보조는 배우들을 향해 반사판을 들었다. 그리고 연출부 막내가 슬레이트를 들고 카메라 앞에 서자, 소리가 우렁찬 목소리로 다시 촬영에 들어감을 힘차게 외쳤다.

"카메라!"

"롤!"

"사운드!"

"롤!"

"씬 28에 4!"

각각의 감독들이 준비가 되었음을 알리자, 연출부 막내가 씬 번호를 외치며 힘찬 손길로 슬레이트를 딱 소리 나게 내리쳤다. 그러자 배우들의 표정에 긴장감이 사라지고 어느새 감정이 스며들었다. 소리는 진지한 표정으로 모니터에 시선을 고정하고 이번엔 제발 오케이 컷이길 바라는 마음으로 희망을 담아 소리쳤다.

"액션!"

소리의 액션 사인이 떨어지고 약 3초간의 침묵이 흐른 뒤, 제주도 천혜의 자연 경관을 배경으로 걸음을 옮기며 라희의 대사가 시작되었다.

연기는 완벽했다. 모니터에 집중하고 있던 소리는 마지막 대사만 완벽히 끝나면 환희에 찬 목소리로 오케이를 외칠 생각이었다. 소리의 입안이 바싹바싹 마르고, 쥐고 있는 주먹에 점점 더 힘이 들어갔다. 그리고 라희가 한껏 감정에 몰입해 사랑한다는 대사를 치는 순간!

"나도 사랑……."

Rrrrr. Rrrrr.

"컷!!! 누구야! 미쳤어?!"

갑자기 울리는 휴대폰 벨소리로 인해 폭발한 소리는 분노에 가득 찬 목소리로 고함을 질렀다. 세상에 이렇게 완벽한 컷은 없을 거라고 생각했던 것이 한순간에 물거품이 되었다.

Rrrrr. Rrrrr.

소리의 분노가 느껴질 만도 하건만, 여전히 휴대폰의 주인은 조치를 취하지 않았다. 스태프들은 서로 눈치만 보고 있었고, 그 와중에도 계속 울리는 벨소리에 소리는 결국 자신의 머리를 쥐어뜯었다.

"당장 전화기 안 꺼?! 어떤 자식이 개념 없게 현장에서 슛 들어갔는데 벨을 울리게 해?! 진짜 미쳤어?! 범인 누구야!"

잔뜩 흥분하여 얼굴까지 시뻘개진 채로 고함을 지르는 소리에게로 연출부 막내가 기어들어가는 목소리를 겨우 짜냈다.

"저, 감독님 전화 같은데요……."

"뭐?!"

"그게, 감독님 점퍼 주머니에서……."

소리는 얼른 양손을 카키색 야상 주머니에 넣었다. 하지만 아무리 주머니를 뒤적거려도 휴대폰은 손에 잡히지 않았다.

휴대폰을 어디에 뒀더라.

소리는 청바지 주머니와 가방은 물론 주변까지 샅샅이 뒤지며 휴대폰을 찾기 위해 애를 썼다. 그러자 나머지 스태프들도 이리저리 살피기 시작했다.

도대체 어디에 있는 거야!

끊임없이 울리던 벨은 소리의 얼굴이 붉으락푸르락해질 때쯤 멈췄다. 소리는 휴대폰을 찾고야 말겠다는 일념으로 가방을 뒤집었다. 펜과 휴지, 종이 뭉치 등 가방에 있던 모든 것이 바닥으로 쏟아졌지만 휴대폰은 없었다.

Rrrrr. Rrrrr.

그때 또다시 벨소리가 울리기 시작했다. 소리는 미치기 일보직전이었다. 신성한 촬영 현장에서 영화에 목숨을 건 한소리 인생에 오점을 남기는 거라 생각하며 소리는 팔을 쭉 뻗었다. 그리고 거짓말처럼 휴대폰이 손에 잡혔다. 휴대폰이 손에 잡히는 순간 무언가 툭 떨어졌지만 소리는 거기까지 신경 쓸 여력이 없었다.

"여보세요."

[한 비서!! 연락도 없이 결근이라니, 미쳤어?!]

"……네?"

휴대폰 너머에서 들리는 카랑카랑한 여자 목소리에 소리의 미간이 저절로 찌푸려졌다.

이게 무슨 자다가 봉창 두드리는 소리란 말인가. 결근?

소리는 자신의 머리를 헤집으며 휴대폰을 귀에 바짝 댔다. 그리고 그 순간, 영화 촬영이 꿈이었다는 걸 문득 깨달았다. 소리의 눈이 번쩍 떠졌고, 침대에서 몸이 반사적으로 튕겨져 올라왔다.

아, 젠장. 꿈이었다니…….

소리는 오만상을 찌푸린 채 주변을 둘러보았다. 꿈이 확실했다. 소리의 시야에 보이는 건 자신의 허름하고 볼품없는 자취방이었다. 너무 현실 같아서 꿈인 것도 모른 채 단잠에 빠져 있었던 거였다. 벽에 걸린 시계를 보니 벌써 오후 세 시가 넘어가고 있었다. 소리는 목소리를 가다듬은 채 다시 전화를 받았다.

"여보세요."

[한유리 비서. 도대체 어떻게 된 거야? 본부장님이 지금 난리도 아니야.]

한유리 비서?

소리는 자신의 손에 들린 휴대폰을 확인했다. 휴대폰이 흰 케이스에 들어 있는 걸 보니 쌍둥이 언니인 유리의 휴대폰이 확실했다. 그리고 시선을 떨어트리니 빨간 케이스에 들어 있는 자신의 휴대폰은 침대 위에 아무렇게나 놓여 있었다.

뭐야, 한유리. 휴대폰도 안 가지고 나간 거야?

유리가 휴대폰을 놓고 나갔다고 말하려는 순간 상대방이 더 빨랐다. 소리는 어쩔 수 없이 일단 유리인 척해야 했다.

[당장 강원도 현장으로 내려가지 않으면 한 비서 해고야. 본부장님이 워낙 완강하셔서 내가 어떻게 할 수가 없어.]

"해고요?!"

[내가 웬만하면 커버해 주겠는데, 연락도 없이 거의 이틀이나 결근한 건 너무했잖아. 그렇지? 이건 내 손을 벗어났으니까 빨리 조치 취해. 오늘 당장 나타나지 않으면 진짜로 해고하시겠대.]

"일단 알겠습니다."

[지금 당장 내려간다고 보고 올릴게. 서울보다 훨씬 추울 테니까 옷 단단히 입고. 몇 달 있으려면 이것저것 필요한 거 많을 테니 준비 잘 해가……]

"당분간 계속 있어야 한다고요? 얼마나요?"

소리가 깜짝 놀란 목소리로 물었다. 그러자 상대방은 어이없다는 실소를 흘린 뒤 말을 이었다.

[왜 이래? 아무리 휴가 중이라지만, 회사 일에 이렇게 무신경해도 되는 거야?]

휴가는 또 무슨 말이지?

소리는 도통 상대방의 말을 알아들을 수가 없었다. 유리는 분명 자신에게 휴가에 대한 이야기는 언급조차 하지 않았었다.

"저기, 제가 지금 정신이 없어서 그러는데, 제가 휴가를 냈었나요?"

[한 비서 정말 왜 이래? 어디 아파? 휴가 끝나는 대로 강원도 현장 발령이었잖아.]

"아…… 그, 그랬죠."

[내가 미쳐, 정말! 아무튼 당장 내려가, 한 비서 해고되면 회사에서 받은 대출도 일시 상환해야 하는 거 알잖아.]

이건 또 무슨 뚱딴지같은 소리? 대출이라니?

소리는 이게 꿈인지 현실인지 분간이 가지 않았다. 처음 듣는 목소리의 상대방은 소리가 알아들을 수 없는 말만 해대고 있었다. 그리고 소리의 머릿속에 방금 들었던 말 중에 확 정신이 들 만한 말이 스쳐 지나갔다.

해고되면 회사에서 받은 대출도 일시 상환해야 하는 거 알잖아.

도대체 대출은 왜? 일시 상환?

소리는 일단 전화를 끊고 유리와 대화해 보는 게 우선이라고 생각했다. 자초지종을 알아야 했다.

"아, 제, 제가 지금 감기가 심해서 약을 먹었더니 아직 정신이 몽

롱해서요. 무슨 말씀이신지는 알겠고요, 오늘 간다고 해주세요."

[오케이. 일단 내가 집안 사정 때문이라고 둘러댔으니까 말 잘 맞추고. 그럼 끊는다.]

"네. ······아, 잠시만요!"

[응?]

"정말 죄송한데, 강원도 어디로 가면 되는지 문자로 주소 좀 보내주시겠어요?"

[뭐? 한 비서 정말 정신없구나? 문자 보낼 테니까 당장 출발해.]

"네."

소리는 정신이 혼미해졌다. 휴대폰을 바라보고 있으니 더욱 머리가 복잡해졌다. 생각을 정리할 시간이 필요했다.

이게 도대체 어떻게 된 일이지? 똑순이 한유리가 결근이라고? 그것도 연락도 없이? 거기다 대출?

소리는 일단 자신의 휴대폰을 들고 엄마인 장순애 여사에게 전화를 걸었다. 장 여사라면 이 일에 대한 원인과 해답까지 알 것 같았다. 철 지난 트로트 음악이 흐르는 동안 소리의 심장이 두근거렸다. 그리고 곧 장 여사의 목소리가 들렸다.

[어, 소리야.]

"엄마. 내가 지금 이상한 전화를 받았는데, 엄마 혹시 유리랑 연락돼? 얘 휴대폰을 놓고 나갔는데, 도대체 무슨 일인지 모르겠어서."

[······.]

"엄마?"

장 여사에게서 대답이 없자 소리는 다시 한 번 엄마를 불렀다. 자신이 너무 횡설수설한 건 아닌가 생각하는 사이, 잠시 간의 침묵 후 들려오는 건 장 여사의 흐느낌이었다.

[소리야, 흐윽……]

"엄마 도대체 무슨 일인데 그래? 제대로 얘기 좀 해 봐. 아니, 그보다 유리가 회사에서 대출 받은 거 알고 있었어?"

[그게…… 엄마가 보증 선 게 잘못돼서 빚이 넘어왔는데 유리가……]

"유리가 회사에서 대출 받아서 해결해 준 거야? 근데 얘는 휴대폰도 놓고 어디를 간 거야? 이틀이나 결근했다고 하던데."

[뭐? 결근? 휴가가 아니고?]

장 여사의 반응을 보니 유리가 결근한 사실까지는 모르는 듯했다. 생각해 보니 유리가 자취방에 안 들어온 지 딱 이틀 정도 된 것 같았다. 평소에 유리는 워낙 야근과 출장이 많아 집에 안 들어오는 날이 꽤 있었기 때문에 소리는 의심도 하지 못했었다. 더구나 요즘 소리는 잠시 사귀었던 남자친구와 헤어진 지 얼마 안 되었기 때문에 괴롭고 힘들어서 필사적으로 영화 촬영을 성사시키려고 이것저것 신경 쓰고 골머리를 썩이며 지낸 탓에 유리를 완전히 잊고 있었다.

그런데 유리 휴대폰이 왜 여기 있지?

소리는 문득 의구심이 들었다. 계속 집에 유리가 안 들어왔기 때문에 휴대폰이 자신의 침대에 있는 게 이상했다. 소리는 갑자기 등골이 싸해졌다. 제발 지금 자신이 예상하는 게 틀리기만을 바라며 옷장 문을 활짝 열었다.

말도 안 돼, 젠장!

며칠 전까지만 해도 있던 유리의 예쁜 옷들은 하나도 없고 무채색 계열인 자신의 옷들만 걸려 있었다. 옷장의 반이 텅 비어 있었다. 아마도 소리가 자는 동안 몰래 들어와 짐을 싸고 휴대폰을 두고 나간 모양이었다. 소리의 입에서는 저절로 욕지거리가 튀어나오려고 했다.

하지만 일단 하염없이 울고 있는 장 여사를 안심시키는 게 우선이었다.

"내가 뭘 좀 잘못 알았나 봐. 결근이 아니라 휴가였구나. 엄마, 울지 말고 진정해. 괜찮아, 엄마. 내가 유리랑 연락해 볼게."

[유리 정말 아무 일도 없는 거지?]

"그럼. 일은 무슨."

[그러면 다행인데, 얘가 혹시 그놈이랑……]

"그놈? 그게 무슨 말이야, 엄마?"

장 여사에게서는 잠시 침묵이 흘렀다. 소리에게 무언가 숨기는 듯한 눈치였다. 하지만 소리가 계속 재촉하자 장 여사는 어쩔 수 없이 몇 마디를 이었다.

[사실 유리가 만나는 남자가 있다고 데려왔는데, 엄마가 끝까지 반대했거든. 그런 놈한테 내 딸 주려고 그렇게 애지중지 키운 거 아닌데. 소리야, 엄마는……]

"엄마, 잠깐만! 유리한테 남자가 있었다고? 엄마가 그걸 반대했고?"

[설마 엄마 때문에……]

"엄마, 나쁜 생각은 하지 마. 언니 현명한 거 잘 알잖아. 일단 유리랑 연락할게, 엄마."

소리는 장 여사를 안심시킨 뒤 전화를 끊고 손톱을 물어뜯으며 초조한 마음으로 생각을 정리했다. 하지만 아무리 머리를 굴려 보아도 유리와 연락할 방법이 없었다. 그리고 머릿속에서는 계속 '대출'과 해고되면 '일시 상환'이라는 단어만 반복해서 떠올랐다.

"아씨, 어떡하라고!"

소리가 베개를 집어던지며 신경질적으로 뻗친 머리를 헤집었다. 아무리 생각해도 뾰족한 수가 떠오르지 않았다. 아니, 단순한 소리의 머리로 생각하기에 내릴 수 있는 결론은 유리가 휴대폰까지 둔 채 작정하고 짐 싸서 그 남자와 도망을 갔고, 자신은 지금 혼란 상태라는 것이었다. 그리고 지금 소리가 당장 할 수 있는 일은 하나뿐이었다.

'유리가 돌아올 때까지만 대타 뛰면 되겠지? 어차피 똑같이 생겼고, 목소리까지 똑같으니까 괜찮을 거야. 더구나 강원도에는 아는 사람도 없을 거고. 아, 젠장!'

소리는 캐리어를 꺼내 급하게 짐을 싸기 시작했다. 당장 일시 상환할 돈이 없기 때문에 유리가 해고되는 걸 어떻게든 막아야만 했다.

"한유리, 네가 감히 남자랑 도망을 가? 그리고 나한테 대타까지 뛰게 해? 진짜 오기만 해 봐!"

소리는 중얼중얼 혼잣말을 하며 캐리어를 끌고 방에서 나왔다. 자신의 휴대폰과 유리의 휴대폰까지 챙겨서. 얼마 안 있어 강원도 현장의 주소가 적힌 문자 메시지가 왔다. 소리는 문자를 보며 주소를 확인한 뒤 이를 갈며 집을 나섰다.

01
무개념 비서

 날이 밝자마자 한결은 대충 짐을 싸서 강원도로 출발했다. 문자로 받은 주소를 내비게이션에 입력한 뒤 클럽에서 한창 유행하는 음악을 크게 틀고 액셀러레이터를 길게 밟았다. 하지만 한결의 표정에는 아무 감정도 담겨 있지 않았다.
 "서울이나 강원도나……."
 어쩌면 서울보다 강원도에서 지내는 게 나을지도 모를 일이었다. 태성 모자(母子)와 떨어져 지낸 미국에서의 5년이 그나마 마음 편했으니까. 서로를 위해서라도 자신이 강원도에 있는 게 좋을 것 같다는 판단이 내려졌다.
 내비게이션이 가리키는 대로 세 시간을 달렸지만 여전히 목적지는 보이지 않았다. 가면 갈수록 점점 깊은 시골로 들어가더니, 끝내는 차 한 대가 겨우 지나갈 수 있는 꼬부랑길이 나왔다.
 "이상한데? 여기에 뭘 짓는다는 거야."

한결은 잠시 차를 세우고 자신이 잘못 온 건지 의심하며 내비게이션에 주소를 다시 찍었다. 하지만, 내비게이션은 계속 같은 길을 안내할 뿐이었다.

"뭐야. 정말 나를 치워 버리겠다는 건가?"

한결은 이상하다 생각하면서도 일단 내비게이션이 안내하는 대로 다시 차를 몰기 시작했다. 20분 이상 더 달리자 몇 가구 안 되는 작은 산골 마을이 한결의 눈에 들어왔다. 그리고 그 옆에는 황량한 벌판에 공사가 진행 중인 현장이 보였다. 강원도라는 말을 들었을 때 대충이나마 예상은 했지만, 그래도 직접 와서 눈으로 보니 황당하고 어이가 없었다. 태신 건설로 출근시키지 않을 거라는 건 알고 있었지만, 그렇다고 이렇게 산속으로 보내 버릴 거라고는 생각하지 못한 탓이었다.

한결은 공사 현장 옆에 아무렇게나 차를 세운 뒤 껄렁거리며 내렸다. 그러자 인부들에게 지시를 하고 있던 머리가 벗겨진 소장이 한결의 차를 발견하고는 얼른 뛰어왔다. 이미 비서실에서 지시가 내려간 탓이었다.

"본부장님, 이 누추한 곳까지 오시느라 고생 많으셨어요. 허허허."

"예, 뭐……."

"현장 관리하고 있는 변철수 소장입니다."

"박한결입니다."

넉살 좋게 웃으며 인사하는 변 소장에게 한결은 형식적인 인사를 건넸다. 어차피 이들과 친해질 생각도 없었고, 일에 개입할 생각은 더더욱 없었다. 그냥 지금까지처럼 강원도에서도 시간을 죽이면 그만이었다.

"본부장님, 일단 현장을 둘러보면서 설명드리겠습니다. 현재 공사의 20% 정도가 진행된 상황……."

"아뇨. 말씀 중에 죄송합니다만, 그건 변 소장님께서 알아서 진행하시고요. 가까운 술집이 어디죠?"

"네? 술집이요?"

"네. 기왕이면 몸매 착한 언니들 나오는 곳으로요."

"네?"

변 소장은 어리둥절한 표정을 지었다. 태성의 비서실에서 한결의 일거수일투족을 낱낱이 보고하라는 지시를 받았기 때문에 더욱 당황스러웠다. 분명 박 회장의 아들이라는 소문을 들었는데, 아무래도 망나니라서 그의 모든 행태를 보고하라고 한 것 같다는 생각이 들었다. 하지만 변 소장은 어디까지 보고를 올려야 할지 난감했다. 대답을 요구하고 서 있는 한결의 표정에는 따분함이 가득해 보였다.

"저, 본부장님. 외람된 말씀입니다만……."

"외람된 말씀이면 하지 마시죠."

"네? 하지만……."

"본사에 보고하셔도 상관없습니다. 그리고 제 눈치 보실 필요도, 제 비위를 맞추실 필요도 없습니다. 그냥 하시던 대로 일하시면 됩니다. 그런데, 제 비서는 아직 도착 안 했습니까?"

"아, 네, 아직."

변 소장은 얼결에 대답했지만, 석연치 않았다. 도대체 이 집안에 무슨 일이 있기에 형인 박태성 상무는 동생에 대해 낱낱이 보고하라는 지시를 하고, 동생인 박한결 본부장은 그걸 알면서도 그대로 보고를 하라는 것인지 이해할 수가 없었다. 그때 다시 한결이 귀찮은 투로 입을 열었다.

"변 소장님. 아까 제가 여쭤본 것에 대한 답변을 아직 못 들었습니다만."

"네? 아, 술집은 시내에 있긴 한데……."

"여기서 몇 분이나 걸리죠?"

"차 타고 가셔도 40분 정도는 걸리는데……. 일단 오시느라 피곤하실 텐데 짐부터 푸시고 좀 쉬신 후에……."

"짐은 어디에 풀면 됩니까?"

변 소장이 안내한 곳은 공사 현장 옆에 있는 한 컨테이너 박스였다. 한결은 실소를 흘렸다. 이건 해도해도 너무한다는 생각밖에 들지 않았다.

"지금 저한테 여기서 지내라는 말씀이십니까?"

"원래는 저 옆에 작은 마을 보이시죠? 거기 집이 하나 빌 예정이었는데, 갑자기 집 주인이 이사를 안 간다고 하는 바람에……. 불편하시더라도 당분간만……."

"아뇨. 제 비서가 올 때까지 시내에 있겠습니다. 제 비서가 오면 연락 주시죠."

한결은 자신의 명함을 하나 건넨 뒤 그대로 차에 올랐다. 불쾌한 기분이 좀처럼 사그라지지 않았다. 사이드 미러로 어쩔 줄 몰라 하는 표정을 한 채 서 있는 변 소장이 보였지만, 한결은 못 본 척 그대로 시동을 걸고 시내로 향했다. 태성이 마음에 들어 할 만큼 이곳에서 엉망으로 생활해 주겠다는 다짐과 함께.

"설마 이게……?"

40분 정도를 달려 시내에 도착했지만, 한결은 한숨이 절로 나왔다. 이건 시내의 모습이 아닌 시골의 읍보다도 못한 풍경이었다. 일차선 도로 양 옆으로는 오래된 낡은 간판을 달고 있는 상가들이 줄지어 있었고, 큰 마트나 편의점도 하나 없이 구멍가게와 재래시장뿐이었다.

건물 하나 건너에 하나씩 다방들이 있었고, 군데군데 허름해 보이는 모텔도 눈에 들어왔다. 이런 곳에서 어떻게 버티나 하는 생각이 들 정도로 처음 보는 광경이 한결을 혼란스럽게 했다.

"허, 미치겠구만."

한결은 일단 눈에 보이는 숙박업소들 중 가장 깨끗하고 깔끔해 보이는 곳을 찾았다. 시험을 제대로 치르지 않아 학점은 엉망이긴 했지만 대학에서 실내 디자인을 전공하고, 미국에서도 인테리어 공부를 했기 때문에 건물 외관만 보고도 가장 나은 곳을 찾는 건 한결에게 그리 어려운 일이 아니었다. 호텔이라는 간판을 달고 있지만 모텔보다 못해 보이는 건물들 중 그나마 나아 보이는 한 곳을 택했다. '장미호텔'이라 쓰여진 간판에는 매혹(?)적인 장미 한 송이가 함께 그려져 있었다.

"이 정도면 뭐……."

썩 마음에 들지는 않았지만 역시 한결의 눈은 틀리지 않았다. 장미호텔은 외관보다 실내가 더 나은 곳이었다. 일단 피곤을 풀 요량으로 샤워를 마친 한결은 침대에 누워 그대로 잠이 들어 버렸다. 모든 게 귀찮고 아무 생각도 하고 싶지 않은 마음 탓인지, 장거리 운전을 해서 피곤한 탓인지, 그다지 내키지 않는 곳에서 한결은 생각보다 쉽게 잠이 들었다.

얼마나 잤을까. 한결이 눈을 떴을 때 창밖에는 이미 어둠이 깔려 있었다.

"하암……. 슬슬 움직여 볼까."

한결은 대충 씻고 호텔로 들어오기 전 봐 두었던 시내에서 가장 큰 술집을 떠올렸다. 그리고 망설임 없이 그곳으로 향했다. 잠이 깊게 들었었는지 몸이 가볍고 개운했다.

"어서 오세요. 몇 분이세요?"

입구에서 안내를 하는 웨이터가 살갑게 웃으며 한결을 맞았다. 시골에 있는 술집이어서 그런지 장사가 되나 싶을 정도로 손님이 없었다. 한결은 눈으로 대충 내부를 둘러본 뒤 웨이터의 가슴 포켓에 수표 두어 장을 찔러준 뒤 심드렁하게 말했다.

"제일 큰 룸으로 주고 여기 있는 언니들 전부 넣어."

"네?"

"말귀 못 알아들어? 내가 오늘 여기 통째로 빌리겠다고."

"네! 정성껏 모시겠습니다!"

웨이터가 안내해 준 룸에서 잠시 따분한 표정으로 앉아 있으니 곧 테이블이 세팅되고 헐벗은 여자들이 줄을 지어 들어왔다. 개중에는 많이 어려 보이는 여자도 섞여 있었다. 약 열 명의 여자들이 들어와 한결의 양 옆으로 자리를 잡고 앉았다. 여자들은 한결에게 호기심 가득한 눈빛을 보내고 있었다.

"오빠, 정말 통 크다. 여기 통째로 빌렸다며?"

오른쪽에 앉은 여자가 한결의 어깨에 몸을 밀착해 기대며 잔뜩 콧소리를 냈다. 아마도 이 여자들 중 서열이 가장 높은 여자인 듯했다. 한결은 지독한 화장품 냄새가 코끝에 풍겨오자 인상을 찌푸리며 여자가 떨어져 나가도록 어깨를 튕겼다.

"언제 봤다고 반말이냐?"

"우리 오빠는 존댓말 좋아하는구나?"

민망할 법도 한데 여자는 굽히지 않고 다시 한결에게 팔짱을 끼며 기대왔다. 여자들은 이래서 피곤하다. 한결은 다시 여자를 냉정한 손길로 밀어내며 딱딱한 음성을 뱉었다.

"오늘 통째로 빌렸으니까 니들 마음껏 술 마시고 놀아. 팁도 섭섭하지 않게 줄 테니까. 나한테는 터치하지 말고."

"이 오빠 진짜 통 크네? 그럼 우리가 서비스 제대로 해 줘야지. 골라 봐요, 누가 마음에 드는지. 오늘 오빠 위해 희생할 테니까."

"니들한테 관심 없으니까 희생할 필요도 없어. 나 신경 쓰지 말고 놀라고. 시끄러우니까 나한테 그만 재잘대고."

여자들은 어리둥절한 표정을 하면서도 입가에 지어지는 미소를 숨기지 못했다. 한결이 지루하다는 듯이 의자에 몸을 기대어 앉자 잠시 눈치를 보던 여자들이 자기들끼리 수다를 떨며 술을 마시고 안주를 먹기 시작했다. 한결은 그녀들이 묻는 질문에 간간이 대답을 해주고 술잔을 비울 뿐이었다.

그렇게 시간을 죽이며 몇 시간이 흐른 뒤, 술집이 문 닫을 시간이 돼서야 한결은 자리에서 일어섰다. 이렇게 시간을 보내는 것도 꽤 힘든 일이었다. 가슴이 공허할 뿐더러 재미도 없고 지루하고 따분하기만 했다. 그래도 비서가 잡으러 올 때까지는 이 일을 멈출 생각이 없었다.

"오빠, 다음에 또 놀러와!"

"안녕히 가십시오!"

여자들의 콧소리 가득한 인사와 웨이터의 우렁찬 인사를 받으며 한결은 무심한 표정으로 술집에서 나왔다. 하지만 이틀 내내 한결은 이 술집에 오며 같은 생활을 했지만 여전히 비서에게서도, 변 소장에게서도 아무런 연락이 없었다. 한결은 술집을 통째로 빌려 여자들과 어울려 술을 마시고 팁을 뿌렸다. 워낙 좁은 동네라 이미 현장과 마을에 소문이 퍼졌을 텐데도 비서와 변 소장은 감감무소식이었다.

정확히 사흘째 되던 날 아침, 한결은 결국 참지 못하고 본사 비서실로 전화를 걸었다. 오기로 한 비서는 도대체 언제 오는 건지 인내심에 한계가 느껴졌다. 투박한 신호음 끝에 단정한 여자의 목소리가 들려왔다.

[태신 건설 상무 비서실입니다.]

"박한결입니다."

[네, 본부장님. 상무님 연결해 드릴까요?]

"아닙니다. 확인할 게 있어 연락드렸습니다."

[네, 말씀하세요.]

"강원도 공사 현장으로 발령 난 비서는 도대체 언제 오는 겁니까?"

[네?]

비서실장의 목소리에서 당혹감이 묻어났다. 곧 확인해 보겠다는 말과 함께 몇 초간 정적이 흘렀다. 그리고 다시 들려온 비서실장의 목소리에는 오히려 의아함이 담겨 있었다.

[저, 본부장님. 죄송합니다만, 아직 비서가 현장에 도착하지 않은 건가요?]

"비서가 도착했으면 내가 이렇게 전화를 했겠습니까? 태신 건설도 별수 없군요. 일 처리가 이렇게 느슨해서야……."

[죄송합니다. 바로 조치를 취하도록 하겠습니다.]

"조치고 뭐고, 솔직히 비서가 안 와서 저도 일을 안 하니까 좋기는 한데, 예쁘신 비서님 얼굴이 궁금해서 잠이 와야 말이죠. 이건 뭐 꿈에서 만나라는 것도 아니고."

한결의 음성에는 빈정거림이 담겨 있었다. 그리고 한결은 아직 안 끝났다는 듯 능글거리는 표정으로 말을 이었다.

"비서실장님이 태신 건설 회장 비서실부터 총체적으로 책임지고 있으시죠?"

[네, 그렇습니다.]

"항간에 들리는 소문에 의하면, 태신의 비서가 유능한 이유는 비서실장님의 칼 같은 업무 처리 능력과 비서 관리 덕분이라고 하던데, 잘못된 정보입니까?"

[죄송합니다.]

"뭐, 딱히 저한테 죄송할 이유는 없습니다만, 제가 지금 무지 화가 난 상태라서 말이죠. 얼마나 유능하고 예쁜 비서이기에 본부장을 이렇게 기다리게 한답니까? 이거 너무 비싸게 구는 거 아닙니까? 아니면, 요즘 비서들은 개념이 없나?"

[죄송합니다.]

"에이, 저한테 죄송할 필요는 없다니까요? 근데 말입니다, 소문 들어서 아실지 모르겠지만, 제가 성격이 그다지 좋은 편이 아니라서 말입니다. 제 비서가 아무리 예쁘고 유능해도 오늘 내로 당장 제 눈앞에 나타나지 않으면, 본부장의 권한으로 해고시키겠습니다."

확고함이 담긴 강압적인 한결의 말에 당황한 건지 비서실장은 잠시 말이 없었다. 한결은 비서실장에게 틈을 주지 않고 자신의 말을 이었다.

"유능한 비서실장님께서 당장 조치를 취해 주시면 저녁 전에는 제 비서의 비싼 얼굴을 볼 수 있겠군요. 물론 어떤 여자라고 해도 비서실장님만큼 아름답지는 않겠지만요. 그럼 비서실장님만 믿고 이만 끊겠습니다."

한결은 상대의 대답을 듣지도 않은 채 전화를 끊어 버렸다. 아마도 완벽주의자를 자처하는 비서실장은 지금쯤 자존심이 꽤나 상해서 발령 난 비서에게 온갖 난리를 다 치고 있을 거였다. 한결은 여전히 침대에 누운 채로 오후에 도착할 비서를 어떻게 골려 줄까 생각하며 휘파람을 불었다. 비서를 골탕 먹이면 먹일수록 강원도에서의 생활이 즐거워질 테니까.

*

　소리는 강릉 고속버스 시외 터미널에 도착한 후에도 버스를 네 번이나 갈아탄 뒤에야 현장에 도착할 수 있었다. 무거운 캐리어를 끌고 마을버스에서 내리자 혹독한 추위가 소리를 기다리고 있었다. 소리는 목에 칭칭 감은 목도리를 끌어 올려 얼굴의 반이나 가리고 점퍼에 달린 털이 가득한 모자까지 쓴 뒤, 마지막으로 목에 걸고 있던 벙어리장갑을 양손에 꼈다. 그럼에도 강원도의 시린 추위는 사그라지지 않았다. 눈앞에 보이는 공사 현장이 자신의 목적지라는 생각이 들자, 소리의 걸음이 빨라졌다. 그리고 현장에 도착하자 누군가 소리의 앞을 턱하니 막아섰다.

"일찍도 오는군."

"네?"

　훤칠한 키에 깔끔하게 생긴 남자가 소리를 보며 인상을 썼다. 소리는 그가 누군지도 모른 채 어리둥절한 표정으로 그를 빤히 바라만 보았다.

"그렇게 보면 어쩔 건데. 도대체 정신이 있는 거야, 없는 거야? 태신은 비서를 이따위로 관리하나? 발령 난 게 도대체 언젠데 이제야 기어와?"

"이보세요. 말씀이 지나치신 것 같은데요."

"뭐?"

　만나자마자 죄송하다며 어쩔 줄 몰라 하는 비서의 모습을 상상했던 한결의 생각이 산산조각 나는 순간이었다. 선머슴 같은 차림으로 온 여자는 오히려 한결에게 눈을 치켜뜨고 당당하게 말을 내뱉었다. 한결은 순간적으로 자신의 비서가 아닌가 하는 생각이 들었다. 그러고 보니 옷차림새나 걸음걸이, 말투, 그 어느 하나 비서의 조건을 갖춘 여자는 아니었다. 그래서 한결은 눈을 가늘게 뜨며 소리의 머리끝부터 발끝까지 훑어본 뒤 미심쩍은 말투로 물었다.

"제가 사람을 잘못 본 겁니까? 오늘 오후에 도착하기로 한 제 비서인 줄 알았습니다만."

"후우, 비서인 건 맞는데요. 제가 사정이……."

"역시 맞군. 맞는데 어디서 아닌 척이야? 그건 네 사정이고. 돈 주고 사람 부리는데 내가 그쪽 사정까지 다 봐줘야 하나?"

자신의 비서임이 확인되자 한결은 처음과 같은 태도를 취했다. 그 모습에 소리는 속이 끓어올랐다. 안 그래도 추워 죽겠는데 초면에 시비 거는 이 남자를 이해할 수 없었다. 그때 또다시 비아냥거리는 투로 한결이 입을 열었다.

"네가 비서라는 자각은 있는 거야? 아니면 개념이 실종됐나? 그것도 아니면 생각이라는 거 할 줄 몰라? 뇌 없어?"

"뭐라고요? 이보세요!"

소리는 자기도 모르게 발끈해 버리고 말았다. 눈을 치켜뜨며 큰소리를 내는 소리 때문에 한결은 어이없는 실소가 흘러 나왔다. 야무지고 똑 부러진다고 들었는데, 이건 오히려 되바라진 쪽에 가까웠다. 한결은 초장 기선 제압을 위해 일부러 더 큰소리를 냈다.

"너 내가 누군지 몰라? 이틀이나 무단결근한 주제에 어디서 눈을 치켜뜨고 뻔뻔하게 굴어? 난 네 직속상관이라고! 잘리고 싶어?"

순간 소리는 자신의 처지를 제대로 인식했다. 자신은 지금 덤벙대고 남의 눈치 안 보며 자기부터 생각하고 할 말 다 하는 한소리가 아닌, 나보다는 남부터 배려하고 의식하며 언제나 스스로를 채찍질하는 한유리로 이곳에 왔다는 것을. 유리가 언제 돌아올지는 모르나 일단 대타가 되기로 한 이상, 자신의 성격을 죽이고 최대한 한유리의 성격을 흉내 내야 했다. 그래야 해고당하지도 않고 대출 받은 돈을 일시 상환하지 않아도 될 테니까. 여기까지 생각이 미치자 소리는 부글부글 끓어오르는 속을 겨우 억누르며 입술을 달싹였다.

"죄송합니다."

"난 '이보세요', '그쪽'이 아니라 앞으로 여기서 네가 모실 박한결 본부장이다. 그 정도는 알고 왔을 거라 생각하는데?"

"미처 못 알아뵀습니다. 죄송합니다."

한결의 귀에 들리는 소리의 말투는 죄송한 마음이 아닌, 비아냥거림이 담겨 있는 것 같았다. 예의나 친절은 처음부터 배우지 못한 것처럼. 한결은 그 속내를 눈치채고 또다시 한마디 하려다, 일단 더 늦어지기 전에 그녀에게 오늘의 임무를 주기로 했다.

"내가 여기에 도착하니 이 컨테이너 박스에서 지내라고 하더군."

"컨테이너 박스요?"

소리의 시선이 컨테이너 박스로 향했다. 대충 컨테이너 박스의 외관을 보니, 이 정도면 못 지낼 만한 곳은 아닌데 이 본부장이라는 남자는 왜 이렇게 까다롭게 구는지 이해할 수가 없었다.

"본부장인 내가 여기서 지내는 게 말이 된다고 생각해? 이게 다 네가 나보다 늦게 와서 일 처리를 제대로 안 해놓은 탓이잖아."

"네, 그것도 죄송합니다."

본부장은 사람 아닌가? 상황이 안 되면 현실에 적응할 생각을 해야지, 어디서 골질이야?

소리는 아무래도 자신이 늦게 와서 괜한 심술을 부리는 거라고 생각했다.

한편, 한결은 소리의 건방진 말투가 꽤나 거슬렸다. 말로는 죄송하다고 하는데 말투나 표정은 전혀 죄송해 보이지 않았다. 어쩌면 만만치 않은 여자일 수도 있다는 생각이 들었다. 빈틈을 보이면 역으로 자신이 더 피곤해질지도 모른다는 생각도 들었다. 소리는 한결의 비위를 맞추려는 기색도 전혀 없어 보였고, 심지어는 눈치조차 보지 않고 있었다. 그게 한결에게는 엄청나게 거슬리는 일이었다.

"네가 지금까지 박 상무 옆에서 어떻게 일했는지는 몰라도……."

"잠깐 컨테이너 박스 안 좀 봐도 될까요?"

소리는 한결의 말을 처음부터 듣고 있지 않았다는 듯 컨테이너 박스에 두었던 시선 그대로 걸음을 옮기고 있었다.

저게, 감히! 지금 내가 말하고 있는데!

한결의 이마에 빠직 힘줄이 돋았다. 하지만 소리는 이미 컨테이너 박스 앞에 가서 문을 열고 있었다. 한결의 구겨진 표정은 펴질 줄을 몰랐다.

소리가 문을 열고 들여다보니 안에는 좌식 책상에 컴퓨터가 놓여 있고, 한쪽에는 행거가, 구석에는 이부자리가 곱게 개여 있는 단조로운 방이었다. 생각보다 아늑한 느낌이 소리의 눈에는 나쁘게 보이지 않았다.

"저, 본부장님. 이 정도면 나쁘진 않은 것……."

"이 정도고 나발이고, 나쁘고 안 나쁘고, 여러 말 하지 마! 지금 나 가르치나?"

"그런 게 아니라……."

"난 이딴 컨테이너 박스에서는 절대 못 지내니까 지금 당장 호텔 예약해!"

한결은 소리의 말을 자르며 확고한 음성으로 말했다. 그리고 소리는 자신의 귀를 의심했다.

지금 이 첩첩산중 산골짜기에서 뭐, 뭐를 예약하라고?

"저기, 제가 잘못 들은 것 같은데……."

"맞게 들었을걸? 당장 호텔 예약하라고 했어."

"호텔이요?"

"한 번 말하면 못 알아듣나?"

"그게 아니라요, 본부장님 눈에도 보이시겠지만 여긴 완전 허허벌판 산골짜기잖아요. 이런 곳에 무슨 호텔이 있다고……."

"하라면 하지, 무슨 말이 이렇게 많아? 아직 정신 못 차리지? 당신의 상사인 내가 무단결근까지 눈감아 주고 지금까지 기다려 줬으면 난 할 만큼 한 것 같은데?"

쫌생이 같은 자식. 무단결근한 건 도대체 몇 번이나 우려먹을 작정이야? 천하의 한소리가 한유리 때문에 이런 수모를……! 두고 봐라, 한유리! 돌아오기만 해 봐!

소리가 미간을 좁히며 속에서 나오려는 말을 겨우 삼켰다. 한결은 그 모습을 봤음에도 그만할 생각이 없었다. 아니, 오히려 소리의 속을 더 긁기로 작정한 사람처럼 굴었다.

"다시 한 번 읊어 줘야 하나? 난 네가 모실 본부장이고, 당신은 내 지시를 따르는 비서야. 이게 무슨 뜻인지 몰라? 난 지금 당신에게 당장 호텔을 예약하라고 지시했고, 당신은 잔말 말고 내 지시를 따라 움직이면 된다는 뜻이야. 이렇게까지 시시콜콜 설명해 줘야 하나? 한 번에 못 알아들어?"

아오. 뭐 저런 놈이…….

강원도로 내려오는 길에 스마트 폰을 이용해 본 기사에 의하면 태신 건설 회장의 아들이라고 하던데, 지가 회장 아들이면 다인가 하는 마음까지 들었다.

"네, 바로 알아보겠습니다."

소리는 이를 악물고 대답했다. 한결은 이 정도면 태성의 귀에 제대로 들어갈 거라고 예상했다. 태성의 비서였던 여자라고 하니 아마도 그 누구보다 발 빠르게 보고를 할 것이었다. 그럼 태성도 결국 포기하고 자신의 인생에서 나가 줄지도 모를 일이었다.

한결이 노리는 게 바로 이거였다. 태성 모자의 그늘에서 벗어나는 것. 그들이 박한결의 인생에서 아웃 되는 거.

소리는 일단 최대한 화를 누르고 참으며 주변을 둘러보았다. 도대체 호텔을 어디서 찾아야 할지 막막한 탓이었다. 그때 공사 현장 근처에서 인부들에게 줄 밥을 푸고 있는 후덕한 체격의 아주머니 한 분을 발견했다. 소리는 얼른 그녀에게로 달려갔다.

"아줌마, 아줌마. 안녕하세요."

"오메, 이런 곳에 어쩐 일로 이런 아가씨가 다 오셨대?"

"저기 인상 쓰고 서 있는 본부장님 모시는 비서예요. 한소…… 한유리요."

"이름도 이쁘구만. 근데 나한테는 뭔 일로?"

"아줌마, 혹시 이 근처에 호텔 있어요?"

"호텔? 하이고, 이 처자 좀 보게. 예쁘장하게 생겨서 큰일 저지를 처자네?"

깜짝 놀라는 장씨 아줌마를 보며 소리는 곧 그녀가 오해를 하고 있다는 것을 깨달았다. 그래서 얼른 부연설명을 덧붙였다.

"아줌마, 그게 아니라요. 지금 저를 엄청 째려보고 있는 본부장님이 저 컨테이너 박스에서는 죽어도 못 지낸다고 방 잡아 달라고 해서요. 혹시 근처에 호텔 없어요?"

"생긴 것도 차갑게 생겨서리 하는 짓도 정내미 뚝뚝 떨어지는구만."

"그렇죠?"

"이봐, 여기서 날 샐 작정인가?!"

소리와 장씨 아줌마의 말이 길어지자 한결이 짜증 섞인 말투로 소리쳤다. 장씨 아줌마는 한결을 힐끔 본 뒤 소리에게 일러주었다.

"시내로 나가면 호텔 간판들 보일 거야. 그중에 아무거나 하나 잡아 줘. 성질머리도 급한 것 같은데."

"시내에는 호텔 있어요?"

"간판이 호텔이지, 이런 곳에 호텔은 무슨. 일하러 왔으면 현장에 얼른 적응할 생각은 못할망정, 부잣집 도련님인가? 유난스럽긴."

"그렇죠? 그렇죠? 진짜 피곤해 죽겠어요. 저 지금 여기 도착하자마자부터 계속 시달리고 있는 중이에요."

"처자 고생길이 훤하구만."

"이봐, 안 가?! 언제까지 잡담하고 앉아 있을 생각이지?"

결국 참다 못한 한결이 장씨와 소리의 곁으로 다가왔다. 소리는 얼른 장씨에게 고맙다는 말을 남긴 뒤 자리에서 일어섰다. 장씨는 얼른 가 보라며 소리에게 투박한 손을 흔들면서 한결에게는 눈길도 주지 않았다. 소리는 처음 본 장씨 아줌마가 마음에 들었다. 가장 큰 이유는 자신이 한결을 보는 눈과 장씨가 한결을 보는 눈이 같았기 때문이었다.

"운전은 할 줄 알지?"

"그럼요."

한결은 스마트키 버튼을 눌러 차 문을 연 뒤 소리에게로 휙 던졌다. 얼떨결에 스마트키를 받은 소리는 어리둥절한 표정으로 한결을 바라보았다.

"뭘 빤히 바라봐? 운전해."

"네, 그럽죠."

한결은 소리의 말투가 마음에 들지 않아 인상을 구겼지만, 소리는 트렁크에 자신의 무거운 캐리어를 실은 뒤 이미 운전석에 오르고 있었다. 한결은 마음에 들지 않는 소리의 태도에 화를 억누르며 조수석에 올랐다.

시내로 호텔을 예약하러 가는 동안 차 안은 고요하기만 했다. 한결은 개념 없는 비서인 소리가 마음에 들지 않아 말을 섞기 싫은 탓에 입을 열지 않았고, 소리는 한결을 상대하고 싶지 않아서 입을 꾹 다물고 있었다. 옆에 앉아 있는 한결에게서는 향수 냄새가 풍겨 왔다. 한겨울이라 창문을 꽉 닫고 히터까지 틀어서인지 소리는 차 안에 향수 냄새가 진동하는 것 같은 착각이 들었다.

한결은 소리가 싫어하는 걸 전부 갖추고 있는 최악의 남자였다. 아무리 자신이 부하 직원이라고 해도 예의를 밥 말아먹었는지 초면에 반말을 찍찍하고, 상대를 전혀 배려하지 않는 제멋대로인 성격에, 자신의 능력이 아닌 삼신할머니 랜덤 잘 타서 아버지 잘 만난 덕분에 얻은 자리인 주제에 직위로 누르려는 권위 의식과 몰상식함뿐만 아니라, 할 줄 아는 것도 없어 보이는데 허세 가득한 거만한 태도에 머리 아픈 향수 냄새까지.

'향수로 샤워를 하셨나, 겉멋만 잔뜩 든 자식 같으니라고.'

한편, 한결에게도 소리는 자신이 싫어하는 걸 전부 갖추고 있는 최악의 여자였다. 분명 유능하고 일 처리 완벽하다고 들었는데, 잠깐 본

걸로 판단하기에는 조금 이르지만 꼼꼼함이라고는 찾아볼 수 없는 태도에 덤벙거리고 덜렁거리는 행동, 상사에 대한 존경이나 배려는 눈곱만치도 없는 건방지고 몰상식한 말투, 여자다움은 전혀 찾아볼 수 없는 차림새와 모습뿐만 아니라, 남자보다 더 거칠고 험악하게 하는 운전까지.

'이건 무슨 비서가 여자야, 남자야? 정말 최악이군.'

서로 각자 이런 사람은 절대 주변에 두고 싶지 않다는 생각을 마칠 때쯤, 두 사람은 40분 내내 한 마디 말도 없이 시내에 도착했다.

소리는 일단 눈에 들어오는 대로 호텔 간판들을 둘러보았다. 전부 허름해 보여 어디를 데려가도 한결이 만족할 것 같지 않았다. 오히려 어디 한 군데를 들어가기만 하면 꼬투리를 잡았다는 듯 신나서 핀잔을 쏟아내지 않으면 다행이지.

그때, 소리의 눈에 한 송이 장미 문양이 박힌 간판이 보였다.

오케이! 저기로 결정.

주차장에 차를 대충 세우고 입구에 들어서자, 이름만 호텔이지 모텔보다도 못하다는 생각이 소리의 머릿속을 스쳤다. 하지만 개중에 제일 나은 것 같기도 했다. 까만 간판에 박힌 장미 한 송이가 소리에게 근거 없는 확신을 주고 있었다.

이곳은 소리가 오기 전까지 한결이 머물던 장미호텔이었다.

역시 엘리트라고 하더니 거짓은 아니었나 보군. 보는 눈은 있네.

한결은 내내 입을 다물고 있다가 물었다.

"왜 하필 여기를 택한 거지?"

하지만 소리에게서 들려온 예상치 못한 대답에 한결은 머리를 망치로 맞은 것처럼 멍해졌다.

"그냥, 장미 문양이 예뻐서요."

한결이 어이없어 하는 사이 소리는 카운터로 향했다. 카운터에는 장미 한 송이가 호리호리한 컵에 들어 있었다. 한결이 강원도에 내려와 장미호텔에서 지내는 내내 본 장미는 매일 바꿔 주는 건지, 관리를 잘하는 건지, 이 추운 한겨울에도 단 한 번도 시들어 있는 모습 없이 늘 싱싱하게 우아한 자태를 뽐내고 있었다. 한결의 시선이 장미에 닿아 있을 때 소리는 주인에게 방을 요구했다.

"방 있죠?"

"네, 몇 개나 드릴까요?"

"두 개만 주세요."

"스톱! 왜 두 개지?"

주인과 대화를 나누는 소리에게 한결이 끼어들며 물었다. 하지만 소리는 오히려 한결의 질문이 황당했다.

그럼 남녀 두 사람이 왔는데, 방은 하나만 잡으라고?

"본부장님, 저랑 같은 방 쓰시려고요?"

한결은 어이없음이 정도를 넘어서 혼란스러웠다. 본인의 처지를 알면 적당한 선에 맞춰서 행동을 해야지, 어떻게 저런 몰상식한 생각을 하고 그걸 말로 표현할 수 있는지 황당하고 어이가 없었다. 도대체 본사에 있을 때 박태성과 어떻게 일을 했으면 이런 경우가 생기는 건지도 의심스러웠다. 아니, 박태성이 어떻게 했으면 같은 방을 쓸 거냐고 묻는지가 더 궁금했다.

"아직 정신 못 차렸나? 제정신 맞아? 돌았지?"

"지극히 멀쩡합니다만?"

"아니, 너 안 멀쩡해."

"후우, 이번엔 또 뭐가 문제죠?"

소리는 사사건건 시비를 걸고 문제를 제기하는 한결이 피곤했다.

둘이 왔기 때문에, 더구나 직장 상사와 부하 직원이고, 남녀라서 방을 두 개 잡으려고 하는 것뿐인데, 도대체 또 뭐 때문에 이러는지. 상사들은 다 이런 건가 하는 생각도 들고, 돈 많은 부잣집 아들이면 이래도 되나 싶기도 했다. 이런 놈들의 비위를 맞추며 직장 생활을 하느라 마음고생 했을 유리가 불쌍하고 안쓰럽기도 했다.

"이봐. 아까 현장 옆에 있던 컨테이너 박스 봤지? 네가 안까지 살펴본 그 컨테이너 박스."

"그게 왜요?"

"그 정도면 나쁘지 않은 것 같다며."

"네. 그렇게 말하긴 했죠. 그런데 그게 왜요?"

"넌 거기서 지내."

"네? 아니, 남자인 본부장님도 여기서 지내는데 여자인 제가 왜 거기서……."

"너 자꾸 네 주제를 잊는 모양인데, 너와 난 남자, 여자가 아니라 본부장과 비서야. 난 본부장이니까 여기서 지내는 거고, 넌 나를 모시는 일개 비서일 뿐이니까 당연히 컨테이너 박스에서 지내야지. 너도 같이 호텔에서 지낼 거면 네가 본부장이지 비서겠어? 내일 아침 9시까지 대기해."

이기적인 자식. 지만 편하고 좋은 데서…….

소리가 한결의 등을 있는 힘껏 노려보았지만 한결은 키를 받아 룸으로 뚜벅뚜벅 걸음을 옮길 뿐이었다. 한결의 방은 그동안 그가 머물었던 방이었다. 그는 자연스럽게 방으로 들어가 침대에 풀썩 몸을 다이빙했다.

이 정도면 기선 제압은 됐겠지?

성격을 죽이려고 화를 억누르며 참던 소리의 표정이 떠오르자 한결의 입가에 미소가 번졌다. 아마 그녀는 현장으로 돌아가는 내내 씩씩거리며 자신에 대해 안 좋게 평가하여 보고를 올릴 것이었다. 따박따박 할 말 다 하는 그녀의 성격상 그러고도 남을 것 같았다. 치켜 뜬 눈을 내리깔게 하고 싶고, 한 마디도 안 지는 그 입을 막아 버리고 싶고, 건방진 태도를 밟아 주고 싶었다. 물론, 본부장이라는 자신의 위치를 이용한다면 그건 그리 어렵지 않은 일이지만. 왠지 이곳에 머무는 내내 그녀를 괴롭히는 재미가 있을 것 같은 예감이 들었다.

"그런데 이름이 뭐더라……."

생각해 보니 한결은 그녀의 이름조차 모르고 있었다. 묻지도 않았을 뿐더러, 그녀도 자신의 이름을 얘기하지 않았다.

"아니, 상사를 봤으면 이름부터 말하는 게 기본 아냐? 역시 개념이 없어."

말투는 거칠었지만 한결의 입가엔 미소가 번져 있었다.

"적어도 심심하지는 않겠군."

언제까지 이 시골에 있을지는 모르겠으나, 어쨌든 머무는 동안은 그녀 덕분에 지루하거나 따분할 것 같지는 않았다. 괴롭히는 맛이 있을 테니까. 한결은 소리에게 흥미가 생겼다.

한편, 소리의 입에서는 현장으로 돌아가는 내내 한결에 대한 욕이 끊이질 않았다.

"아, 생각할수록 열 받네? 뭐 진짜 그딴 놈이 다 있지?"

아무리 욕을 해도 시원하지가 않았다. 그래도 차를 안 빼앗은 게 어디인가. 만약 차 키까지 달라고 했으면 본부장이고 뭐고 소리의 성격상 그 자리에서 엎어 버릴 게 불을 보듯 뻔한 일이었다.

"'너 자꾸 네 주제를 잊는 모양인데, 너와 난 남자 여자가 아니라 본부장과 비서야? 웃기고 있네. 삼신할머니 랜덤에 운 좋게 부잣집에서 태어난 주제에."

소리는 한결의 딱딱하고 거만한 말투를 흉내 내며 혼자 비아냥거렸다. 생각해 보니, 초긍정적인 소리일지라도 조금은 억울했다.

누구는 부모 잘 만나서 바로 본부장이고, 누구는 백날 영화감독을 꿈꿔 봤자 제작비 없어서 굽실거려야 하고.

그렇다고 부모님을 원망하는 건 아니었다. 단지, 그를 만나고 나니 불공평하다는 생각이 잠시 들었을 뿐이다.

"야, 이 본부장 놈아! 나도 삼신할머니 덕만 좀 봤어도 난 영화감독이고 넌 내 따까리였어, 알아?!"

소리가 어딘지 모를 허공에 대고 삿대질을 하는 사이, 차는 다시 공사현장에 도착했다. 인부들은 정리를 하고 다들 들어간 건지 사람의 모습은 한 명도 찾을 수 없었다. 그리고 차의 시동을 끄자 주변은 조용하기만 했다. 어째 좀 으스스한 느낌이 들 정도로 적막했다.

소리는 트렁크에서 무거운 캐리어를 낑낑거리며 꺼낸 뒤 컨테이너 박스 앞에 섰다. 이제 이곳이 새로운 보금자리였다.

"내가 바로 적응력 하나는 끝내주는 한소리야. 앞으로 잘 부탁한다."

씩씩하게 인사를 한 뒤 힘차게 문을 열었지만, 소리를 반기는 건 서늘한 공기와 어둠뿐이었다. 소리는 벽을 더듬어 스위치를 눌러 불을 켰고 캐리어를 들고 안으로 들어가 얼른 문을 닫았다. 잠시 열었던 문으로 시린 바람이 잔뜩 들어온 것 같았다. 소리는 일단 캐리어를 한쪽에 둔 뒤 이불부터 폈다. 아침부터 예상치 못한 전화를 받고 충격적인 사실들을 알게 된 뒤 허겁지겁 버스를 타고 내려온 걸로도 모자라, 오자마자부터 성격 더러운 남자에게 시달렸더니 온몸이 안 쑤신 곳이 없었다.

"아, 완전 피곤해. 몸이 아주 녹초가 됐네."

소리는 재빠르게 몸을 움직여 얼른 전기장판까지 깔고 이불을 덮으며 누웠다. 팔다리를 축 늘어트린 채 대자로 뻗자 지상낙원이 따로 없었다.

온몸에 기운이 하나도 없었다. 정말 오랜만에 고난한 하루를 보낸 느낌이었다. 정신이 없기도 했고 너무 춥기도 했다. 눈을 감고 있으니 그대로 잠이 쏟아졌다. 이대로 있다가는 씻지도 못하고 잠들 것 같은 생각에 소리는 괴로운 신음을 내며 힘겹게 몸을 일으켰다.

"에휴, 하루 안 씻고 잔다고 어떻게 되는 것도 아닌데······."

불을 켜고 샤워실 문을 열자 생각보다 깨끗한 실내에 소리는 내심 안심을 했다. 물론 더러웠어도 딱히 신경 쓰지 않고 사용했겠지만. 소리는 일단 옷을 벗어 벽에 걸린 수납장에 막 구겨 넣은 뒤 물의 온도를 맞췄다. 뜨거운 물이 나옴에도 씻는 동안 이가 덜덜 떨릴 정도의 추위가 온몸을 엄습했다.

"젠장, 이러다 얼어 죽겠네. 아우, 추워. 그 자식은 지금 편하게 씻고 푹신한 침대에 누워 있겠지? 재수 없는 자식, 이기적인 자식, 혼자만 잘 살겠다고 발버둥 치다 망할 자식."

세찬 물줄기를 맞고 있는 소리의 입에서는 한결에 대한 욕이 거침없이 쏟아졌다.

"내가 무슨 일이 있어도 그 자식 개과천선 시킨다."

소리는 여기서 생활하는 동안 한결의 성격을 반드시 뜯어고쳐놓고 말겠다며 이를 갈았다. 물론 그는 상사이기 때문에 마음대로 되지 않겠지만 그렇다고 쉽게 포기할 생각은 없었다.

"그런 놈들은 사회의 악이야. 사회의 악은 사라져야 돼. 암, 그렇고말고. 지도층에 있는 자식들이 저러니까 우리 사회가 이 모양 이

꼴이지. 정의의 여신 한소리, 그 꼴은 절대 못 본다 이거야. 지가 상사면 다야? 내가 무슨 수를 써서라도 그 못돼 처먹은 심성을 뜯어고쳐 주겠어."

이를 달달 떨며 다짐에 다짐을 거듭하는 동안 소리는 샤워를 끝냈다. 씻기 전에 잠깐 누웠던 전기장판이 미친 듯이 그리웠다. 소리는 빛의 속도로 대충 옷을 끼워 입고 다시 자신의 방으로 뛰어갔다. 정말 얼어 죽을 것만 같았다.

"그래도 씻었더니 좀 낫네. 그냥 잤으면 내일……."

그냥 잠들었다면 내일은 하루 종일 근육통에 시달리며 힘들어 했을 게 뻔했다. 생각만으로도 끔찍했다. 그러자 피곤해도 일어나 씻은 자신이 기특하다는 생각이 들었다.

"역시 똑똑해, 한소리."

소리는 자화자찬을 하며 방으로 들어서자마자 문을 잠그고 수건과 세면도구를 대충 바닥에 아무렇게나 놓았다. 겨울이라 그런지 얼굴이 많이 건조하고 당기는 게 뭐라도 발라야지 싶었다. 소리는 스킨로션을 손바닥에 덜어 마구 비빈 뒤 얼굴에 문질렀다.

"언제부터 이런 거 신경 썼다고."

평소에도 화장을 안 해서인지 대충 피부 당김이 완화되니 만족스러웠다. 소리는 불을 끄고 그대로 이불 속으로 파고들었다. 그리고 몇 초 지나지 않아 많이 피곤했던 탓에 바로 곯아떨어졌다. 알람을 맞추는 것도 잊은 채.

소리의 머릿속에 아침 9시까지 차를 대기시키라고 했던 한결의 지시 따위는 이미 지워진 지 오래였다. 그렇게 강원도에서의 첫 하루가 저물었다.

*

Rrrrr. Rrrrr.

단잠에 빠진 소리의 귓가에 소음이 들려왔다. 하지만 소리는 귀를 막으며 무시한 채 여전히 따뜻한 이불 속으로 더 파고들 뿐이었다. 온몸이 욱신거리는 게 이대로 하루 종일 자고 싶었다. 특히 공기가 차가운 터라 이불 속에서 절대 나오고 싶지 않았다.

Rrrrr. Rrrrr.

끊어졌던 휴대폰 벨이 또다시 울리자 소리는 신경질적으로 손을 뻗었다. 이 꼭두새벽부터 누가 이렇게 전화를 해서 단잠을 방해하는 건지 짜증이 치밀었다.

"여보세요."

[설마 아직까지 자고 있던 건 아니겠지?]

"누구야······."

[미쳤군, 지금 몇 신 줄 알아?]

"시간이 궁금하면 시계를 보든가. 왜 나한테 전화해서 시간을 물어. 성격 참 이상하네."

소리는 이불을 푹 뒤집어쓴 채 거의 웅얼거리며 대답을 했다. 그러자 잠시 고요한 침묵이 흘렀다. 그리고 화를 억누른 목소리가 다시 들려왔다.

[진짜로 미쳤지?]

"미친 건 내가 아니라 이 시간에 전화해서 헛소리하는 그쪽인 거 같은데. 꼭두새벽부터 뭐야, 정말."

소리는 미련 없이 전화를 끊어 버렸다. 딱딱하면서도 정이 뚝뚝 떨어지는 말투가 어디서 많이 들어본 것 같기도 한데 딱히 누군지 생각나지는 않았다. 그리고 굳이 생각해 낼 필요성도 못 느껴 소리는 다시 잠을 청하려고 했다. 특히나 아침잠이 많아서인지 정신이 차려지지 않았다. 그때 또다시 휴대폰 벨이 울렸다.

Rrrrr. Rrrrr.

소리는 이번에 정말 짜증이 확 치밀었다. 도대체 어떤 놈이 자꾸 장난전화를 하는 건지, 누군지 알아내서 절단을 내리라 생각하며 신경질적으로 전화를 받았다.

"여보세요!"

[정신 안 차리지?]

"누구야!"

[네가 모시는 박한결 본부장이다. 어제 내 차까지 끌고 갔으면서 비서 주제에 아까 뭐라고? 시간이 궁금하면 시계를 보든가? 성격 참 이상하네? 그게 직장상사한테 할 말인가? 이봐, 비서님. 돌았지? 제정신 아니지?]

순간 소리는 정신이 번쩍 들었다. 몸이 거의 반사적으로 튕겨져 올랐고, 심장이 쿵쿵거렸다. 자꾸 잊는데 자신은 지금 제멋대로 사는 한소리가 아닌 태신 건설의 유능한 비서 한유리였다. 소리는 눈앞이 캄캄했다. 휴대폰 너머에서 들리는 한결의 목소리만으로도 그가 얼마나 화를 억누르고 있는지 느껴졌다. 바닥에 있는 휴대폰을 보니 벌써 9시 40분이었다. 그리고 그때 소리의 머릿속에 어제 한결이 했던 말이 문득 스쳐 지나갔다.

'내일 아침 9시까지 대기해.'

아, 망했다.

소리의 손에 들려 있는 건 유리의 휴대폰이었다. 소리는 얼른 일어나 소름 돋는 팔을 문지르며 급하게 말을 뱉었다.

"지금 가요, 가."

[뭐? 지금 가요, 가? 이봐, 한 비서. 지금 나랑 장난하나? 아무리 현장에 나와 있다지만, 직장 생활이라는 자각이 있긴 한 거야? 여기 놀러왔어?]

"죄송해요, 어제 너무 피곤해서 뻗었단 말이에요."

[지금 그걸 핑계라고 대는 거야? 감히 어디서 핑계를 대! 당장 안 튀어와?]

"아, 성격 참 급하시네. 세수만 하고 최대한 밟아서 갈 테니까 조금만 기다려 봐요."

소리는 얼른 전화를 끊고 헐레벌떡 화장실로 뛰어갔다. 달콤한 아침잠을 방해받아서인지 소리의 표정에는 짜증이 가득했다.

"이게 다 한유리 때문이야, 아오! 아침에 이불 속을 파고드는 게 얼마나 행복한데, 그 행복을 버리다니!"

아무리 밟아서 가도 한결은 지금부터 최소 30분은 기다려야 할 거였다. 보자마자 난리 칠 한결을 떠올리니 소리는 몸서리가 쳐졌다. 대충 양치와 세수만 하고 얼른 키를 챙겨 시동을 걸었다.

"성격만 더러운 줄 알았더니, 그래도 일은 제대로 하는 모양이네. 하긴, 성격이 그 모양이면 일이라도 제대로 해야지."

소리는 최대한으로 액셀러레이터를 밟으며 한결이 머물고 있는 장미호텔로 향했다.

한편 한결은 두 번이나 일방적으로 끊어진 전화를 보며 벙찐 표정을 지우지 못했다. 처음 끊은 거야 자신이 누군지 모른 채 잠결에 그럴 수 있다고 어떻게든 합리화시켜 주겠지만, 방금 전은 자신이 박한결 본부장인 걸 알면서도 먼저 전화를 그냥 뚝 끊어 버렸다.

"진짜 뭐 이런……."

너무 기가 막히고 황당해서 말도 제대로 나오지 않았다. 세상에 이런 비서가 있다는 게 비극이라는 생각이 들 정도로 화가 치밀어 올랐다. 특히나 한 비서의 마지막 말이 굉장히 거슬렸다. 괘씸하다는 생각까지 들었다.

"뭐? 아, 성격 참 급하시네? 세수만 하고 최대한 밟아서 갈 테니까 조금만 기다려 봐요? 허! 정말 미쳤군. 아니, 이건 미쳐도 국보급으로 단단히 미친 게 틀림없어. 내가 무슨 수를 써서라도 이 고약하고 못된 말버릇부터 고쳐 놓는다."

한결은 이를 갈며 인상을 구겼다. 사실 준비는 딱 9시까지 끝냈지만, 좀 골려 줄 요량으로 9시 30분까지 방에서 나가지 않고 버티고 있었다. 기다리느라 진을 빼 놓을 작정이었다. 자신은 태성과 다르다는 것을 보여주고 기선제압을 할 생각이었다.

하지만 9시 30분이 넘어도 아무런 반응이 오지 않았다. 왜 안 나오냐는 콜이 들어오지도 않았고, 올라와 문을 두드리는 사람도 없었다. 참을성이 많아 보이지는 않았는데 설마 진득하게 기다리고 있는 건가 하는 이상한 생각이 들어 창밖을 내다보았지만, 자신의 차를 찾을 수가 없었다. 그래서 혹시나 하는 마음으로 전화를 한 거였다. 물론 기분만 불쾌해졌지만.

"내가 한 방 먹었군."

불쾌했던 한결의 기분은 소리를 기다리며 잠시 뉴스를 보는 사이 금세 가라앉았다. 심지어 그녀가 이해되기도 했다. 자신도 강원도에 내려온 날 피곤해서 잠깐 뻗었었으니까. 여자인 소리는, 더구나 대중교통으로 캐리어까지 끌고 온 데다가 자신 때문에 호텔 방을 잡으러 시내까지 또 왔으니 피곤할 만도 했다. 그래도 일 처리는 확실하다고 했으니 한 번쯤은 아량을 베풀어도 될 것 같았다. 일 처리 완벽한 비서에게 업무능력 제로인 상사는 최악일 테니까.

빵빵-

창밖으로 자동차 클랙슨 소리가 울렸다. 한결은 차도 별로 없는 곳에서 이 아침에 누가 저렇게 민폐를 끼치며 빵빵거리며 개념 없는 행동을 하는 건지 어이가 없었다. 그리고 문득 개념 없는 말투와 행동을 일삼는 한 여자가 떠올랐다.

빵빵-

한결은 침대헤드에 기대고 있던 몸을 얼른 일으켜 창문으로 다가가 창문을 활짝 열었다. 그리고 경악할 수밖에 없었다. 창밖에는 소리가 한결의 차 운전석에 앉아 클랙슨을 누르며 빵빵거리고 있었다.

"저게 진짜 예의를 밥 말아 먹었나. 지금 나한테 나오라고 밖에서 빵빵거리는 거야?"

한결은 창문을 휙 닫은 채 다시 침대에 누웠다. 아무래도 저 태도 역시 고쳐놔야 직성이 풀릴 것 같았다. 지금 누구한테 나오라고 빵빵거리고 있는 건지, 불쾌하고 괘씸하고 성질이 났다. 어디서 저런 행동을 할 수 있는 사고방식이 나오는 건지 궁금하기까지 했다.

"아무리 빵빵대 봐라, 내가 나가나."

한결은 작정하고 침대에 누워 뉴스의 볼륨을 높였다. 그러자 밖에서는 몇 번 더 빵빵대는 클랙슨 소리가 들리더니 곧 조용해졌다. 아무래도 인내심 없는 소리가 방으로 올라오고 있는 모양이었다.

딩동-

"빙고. 진작 모시러 왔어야지."

한결은 느릿한 걸음으로 나가 문을 열었다. 문 앞에 서 있는 소리의 모습은 가관도 아니었다. 소리는 이리저리 삐죽 뻗친 A라인 단발머리에 기초화장도 하지 않은 건지 각질이 일어난 얼굴을 하고 잠옷인 것 같은 헐렁한 흰 티에 무릎 나온 회색 추리닝 바지, 검정색의 오리털 점퍼를 입고 서 있었다.

"아니, 빨리 오라고 재촉하셔서 미친 듯이 밟고 왔더니 왜 안 나오세요? 제가 몇 번이나 클랙슨을 눌렀는지 아세요? 못 들으셨어요?"

"들었지. 동네방네 다 들릴 정도로 빵빵거리더만."

한결은 빈정거리며 말했다. 그러자 소리의 미간이 좁혀졌다. 도무지 이 남자는 이해를 하고 싶어도 이해할 수 없는 남자였다. 그래서 물었다.

"근데 왜 안 나오세요? 들으셨다면서요?"

"내가 네 친구인가?"

"당연히 아니죠."

제 친구 중에는 그쪽처럼 재수 없는 인간은 없거든요.

소리가 뒷말은 삼킨 채 한결을 빤히 바라보자, 한결은 기다렸다는 듯이 준비한 말을 뱉어냈다.

"내가 네 친구도 아닌데, 감히 나오라고 밖에서 빵빵대?"

"아니, 급하다고 하시니까 시간 아끼려고 그런 거죠."

"내가 다시 한 번 읊어 줘야 하나? 내가 당신 상사라는 자각이 있긴 한 거야? 매번 말해 줘야 알아? 돌고래야? 아니, 돌고래도 이 정도는 아니겠네."

"아니, 그럼 부하 직원이면 상사 모시러 매일 방문 앞까지 와야 돼요? 정말 비효율적이라는 생각 안 드세요? 좀 융통성 있게 살면 두드러기라도 나세요?"

이 정도면 죄송하다며 눈치를 볼 줄 알았는데 한결의 예상은 이번에도 빗나갔다. 소리는 오히려 효율성과 융통성의 삿대를 들이대며 한결에게 따지고 있었다. 짹짹대는 게 꼭 참새 같기도 했다. 한결은 욱 하는 성질을 죽이며 최대한 침착한 음성을 흘렸다.

"역시 제정신이 아니야. 원래 이런 성격을 죽이고 회사 생활을 한 건가? 아님 시골로 내려와서 머리가 어떻게 된 거야? 그런 머리로 어떻게 태신의 깐깐한 박 상무에게 인정받았는지 모르겠군."

순간 소리는 정신이 빈쩍 들었다. 자신이 유리임을 잠시 잊은 것에 대한 자책감이 몰려왔다. 한결의 말처럼 정말 돌고래도 이 정도는 아닐 거라는 생각이 들었다. 어제도 그렇게 당했으면서 어쩜 또 이렇게 자신의 신분을 잊은 채 본모습을 자꾸만 드러내는 건지, 소리는 까마귀처럼 자꾸 잊는 스스로가 원망스러웠다.

"죄송합니다. 내일부터는 꼬박꼬박 거르지 않고 방 문 앞으로 모시러 옵죠."

"모시러 옵죠?"

한결이 마음에 안 든다는 듯 눈을 가늘게 뜨자, 소리는 또다시 자책하며 얼른 정정했다.

"내일부터는 꼬박꼬박 거르지 않고 방 문 앞까지 정중히 모시러 오겠습니다."

이제 됐냐? 이 재수 없는 본부장 놈아.

소리가 한결의 표정을 힐끔 살피자 한결은 그제야 마음에 드는 듯 걸음을 옮겼다.

아, 정말 비서 서러워서 어디 살겠냐고.

소리는 얼른 한결을 앞질러 가 조수석 문 앞에 섰다. 한결이 소리에게 의심의 눈길을 보내자, 그녀는 씩 웃으며 입을 열었다.

"높으신 분인데 문도 열어 드려야 할 것 같아서요. 타시죠, 본. 부. 장. 님."

한 글자 한 글자 끊어 말하는 게 마음에 들지 않았지만, 한결은 일단 소리가 열어준 문으로 조수석에 올랐다. 문을 열어주는 소리의 태도는 마음에 들었기 때문이다.

이제야 정신이 좀 돌아온 모…….

쾅!

소리는 한결이 타자마자 문이 부셔져라 세게 닫아 버렸다.

저게 진짜 미쳤나?!

한결이 험악한 표정으로 소리를 노려보았지만 소리는 가볍게 무시하고 운전석에 올랐다.

"그래서 차 문이 부서지겠어?"

"당연히 안 부서지죠."

"부술 기세더만."

소리는 정곡을 찔려 움찔했지만 뻔뻔하고 능청스런 표정으로 받아쳤다.

"딱히 부술 생각은 없습니다만?"

"한 마디도 안 지지? 자기가 모시는 상사한테 따박따박 말대꾸하는 건 어느 회사 법이야?"

"……."

"지금 내 말을 무시하는 건가?"

"감히 하늘같은 상사의 말을 어찌 무시하겠어요? 저는 단지, 말대꾸하지 말라고 하시기에 입 다물고 있었을 뿐인데요? 제가 대답을 하면 또 말대꾸한다고 하실 것 같아서요."

한 마디도 안 지고 따박따박 말을 하는 게, 진짜 이 여자는 한결의 속을 박박 긁는 데 재주가 있는 게 틀림없었다. 한결은 차라리 말을 말자는 심정으로 한숨을 내쉬었다. 어떻게 해야 이 여자를 고분고분하게 만들 수 있을지 뾰족한 수가 떠오르지 않았다. 그렇게 현장으로 가는 길에 잠시 침묵이 흘렀다. 소리가 워낙 차를 험하게 몰아서인지, 워낙 꼬부랑길이어서 그런지 평소 멀미를 모르고 살았던 한결은 속이 메스꺼웠다. 그리고 거의 현장에 도착할 때쯤 한결은 자신이 아직 그녀의 이름을 모른다는 사실을 상기했다.

"이름이 뭐지?"

"한소…… 한유리입니다."

소리는 무의식적으로 자신의 이름을 말할 뻔한 걸 정정하며 유리의 이름으로 대답했다.

아니, 근데 지금까지 자기 비서 이름도 몰랐단 말이야? 아무리 생각해도 정말 최악의 상사야.

한결은 소리의 입에서 한유리라는 이름을 들은 뒤 다시 한 번 운전하고 있는 소리의 옆모습을 힐끔 바라보았다. 겉모습만 봤을 때는 중성적인 이름일 것 같았는데, 지극히 여자다운 이름을 가지고 있었다. 물론 그녀에게 어울리지는 않았지만.

"본부장님."

"왜."

"뭐 하나만 여쭤봐도 돼요?"

"안 돼."

"치……."

이거야 말로 정말 소리에게 어울리지 않는 행동이었다. 바람 빠지는 소리를 내며 입을 삐쭉이는 표정은 한결에게 신선한 충격이었다. 처음엔 어울리지 않는다고 생각했는데도 언뜻 보니 그 표정은 좀 귀여운 것 같기도 했다. 눈은 동그래지고 입술은 삐죽 나오고 볼에는 바람을 넣고, 강아지 표정 같았다.

뭐? 강아지? 미쳤군. 미친 여자랑 있다 보니 나까지 미쳐가는 모양이군.

한결은 얼른 고개를 저으며 생각을 지워내고 입을 열었다. 그녀가 할 질문이 궁금했다.

"물어보고 싶은 게 뭐야."

"안 된다면서요."

"어차피 물어볼 거잖아."

"안 물어볼 거예요."

이게 정말. 잔뜩 궁금하게 만들어 놓고 말하지 않는 건 무슨 심보란 말인가.

결국 한결이 백기를 들고 말았다. 그녀가 자신에게 물어보고 싶은 게 뭔지 궁금해서 어떻게든 듣고야 말겠다는 생각이었다. 그래서 괜히 화난 척하며 언성을 높였다.

"물어봐! 물어보라고!"

"별거 아닌데……."

"그러니까 물어보라고. 그 별거 아닌 게 뭔데."

"본부장님, 향수 뿌리시죠?"

"허! 진짜 별거 아니군."

한결은 괜히 김이 샜다. 그녀라면 뭔가 더 독특하고 예상치 못한 질문을 할 것 같았기 때문이다. 그래서 더 궁금했던 거고. 헌데, 독특하진 않지만 예상치 못한 질문은 맞았다. 향수 향이 풍기면 당연히 향수를 뿌리는 건데 그걸 굳이 질문하는 의도를 알 수가 없었다.

"뿌려. 왜?"

"뭐 쓰시는데요?"

"불가리."

"……."

"뭐야, 뭐 쓰냐고 해서 대답했더니 왜 말이 없어?"

"제가 시력이 안 좋은 대신 후각이 좀 발달해서 냄새에 민감하거든요. 근데 밀폐된 공간에 있어서 그런지, 향이 독해서 그런지, 이유가 뭔지는 정확히 모르겠지만 머리가 아프네요."

어느새 도착했는지, 소리는 말을 마치며 시동을 껐다. 그리고 한결의 반응에는 관심 없다는 듯 차에서 먼저 내렸다. 한결은 어이없는 실소가 흘러나왔다. 이제 겨우 이틀째인데 소리와 있다 보면 하도 어이없는 일들이 많아서 일일이 반응하는 것도 벌써부터 피곤한 느낌이었다.

"뭐야, 설마 지금 자기 머리 아프니까 나한테 향수 뿌리지 말라는 거야? 허, 정말 대단한 비서 나셨군."

한결은 차에서 내리며 현장을 둘러보았다. 공사가 진행되고 있는 현장에는 중년 남자들이 겨울임에도 땀을 흘리며 일을 하고 있었다. 그리고 한결의 입가에 씨익 미소가 번졌다. 한결은 멍하게 운전석 옆에 서 있는 소리에게 다가가 손을 내밀었다.

"왜요?"

"차 키."

"어디 가시려고요?"

"볼일이 좀 있어."

"네?"

소리는 황당하고 어이없어서 말문이 막혔다. 빛의 속도로 모시러 갔다가 모시고 왔거늘, 다시 차 키를 달라고 하는 건 도대체 무슨 심보란 말인가.

"뭐해, 키 안 내놔?"

소리가 얼빠진 표정으로 서 있자, 한결은 그녀의 손에 있는 키를 빼앗듯이 낚아채 운전석에 탔다. 그리고 바로 시동을 걸고 현장을 떠났다.

"허! 진짜 뭐 저런 인간이 다 있어?! 와, 정말 어이없네."

소리는 부아앙 소리를 내며 멀어지는 차를 바라보며 황당한 기색을 감추지 못했다.

"아니 어차피 나갈 거면 그렇게 급하게 데리러 오라고 하지나 말든가. 똥개 훈련시키는 것도 아니고."

"왜 그래? 본부장 총각이 한 비서 똥개 훈련시켜?"

소리의 혼잣말을 들은 장씨가 투박한 말투로 물었다.

"어? 아줌마! 안녕하세요!"

"본부장 총각은 오자마자 어딜 또 저렇게 간대?"

"제 말이 그 말이에요!"

소리는 장씨를 도우며 기다렸다는 듯이 속사포처럼 아침에 있었던 일을 떠벌렸다. 그러자 장씨가 호탕하게 웃었다.

"우리 조카 같구만."

"아줌마 조카요?"

"서울에 사는 우리 조카가 초등학생인데, 하는 짓이 아주 똑같아."

"딱이네. 박본 정신연령은 아마 초딩일 거예요."

소리는 자신의 장단에 맞춰 주는 장씨가 좋았고, 장씨는 싹싹하고 활동적인 소리가 마음에 들었다. 됐다고 하는데도 굳이 팔 걷어붙이고 인부들의 식사 준비를 돕는 모습이 그저 예뻐 보였다.

"푸하하하하."

한결은 장미호텔로 돌아와 침대에서 뒹굴거리며 배를 잡고 웃었다. 얼마만에 이렇게 크게 웃어 보는 건지 기억나지 않을 정도로 호탕하고 큰 웃음이었다. 그 시커먼 시골 아저씨들 사이에 버리고 왔으니 아마 지금쯤 소리는 꽤나 난처해 하고 있을 것이다. 서울 본사에서 사무 업무만 했던 여자가 그런 곳에 적응할 리가 없었다.

"푸하하하하! 그러게 처음부터 고분고분했으면 이렇게까지는 안 하잖아."

한결은 그녀를 골탕 먹였다는 생각에 기분이 좋아 크게 웃었다. 난처해하는 그녀의 표정이 상상되어 웃음이 끊이질 않았다. 아마 한 시간도 버티지 못하고 자신에게 전화가 올 것이 분명했다.

하지만 현실은 한결의 뜻대로 되지 않았다. 한 시간이 흐르고 두 시간이 흘러도 한결의 휴대폰은 깜깜 무소식이었다. 한결은 그녀의 연락을 기다리며 하루 종일 TV 채널 돌리는 거 말고는 할 것 없는 따분한 시간을 보내고 있었다. 무슨 일로 나간 건지, 자신도 데려가면 안 되냐는 연락이 오지 않을까 생각했지만 그건 한결의 착각이었다. 해가 산 너머로 모습을 감추고 어둠이 내려앉을 때까지도 소리에게서는 그 어떤 연락도 없었다. 겨울이라 그런지 해가 짧아 벌써 창밖은 캄캄했고, 가로등에 하나둘씩 불이 들어오기 시작했다.

꼬르륵-

"무슨 비서가 이따위야?!"

배에서 꼬르륵 소리가 나자 한결은 괜히 허공에 대고 소리를 향한 원망의 말을 뱉었다. 생각해 보니 아까 그렇게 현장에서 나와 시내를 몇 바퀴 돌다 결국 갈 곳이 없어 장미호텔로 들어온 터라 하루 종일 아무것도 먹은 게 없었다. 그녀를 골탕 먹이기 위해 자신이 시작한 일이지만, 막상 심심하고 배가 고프니 이 모든 게 다 소리 탓 같았다.

"괘씸한 비서 같으니라고. 상사가 그렇게 현장을 떠났는데도 연락 한 번이 없어? 자기 상사가 무슨 일 때문에 나갔는지, 밥은 먹고 다니는지 체크하는 게 비서의 당연한 임무 아냐? 직무태만에 괘씸죄를 물어 용서하지 않겠어."

한결은 혼잣말을 하며 점퍼를 몸에 걸치고 이를 갈며 방을 나섰다. 그러다 문득 다른 생각이 들었다.

"설마 지금 자기를 그 시키먼 아저씨 소굴에 버리고 왔다고 시위하는 건가? 푸하하하, 얼마나 곤란해 하고 있을지 가서 그 표정 좀 구경 해야겠네. 내가 또 마음이 넓으니까 앞으로 잘 하겠다고 하면 아량을 베풀어 다시는 그 소굴에 버리지 않아 주지."

한편, 소리는 장씨와 조금 이른 저녁 준비를 끝내고 일일이 돌아다니며 인부들을 모으고 있었다.

"아저씨, 식사하고 하세요!"

"그려!"

"아저씨, 얼른 오세요. 나 먹고 살자고 하는 일인데 일단 배부터 채우세요!"

"그렇지! 먹고 살자고 하는 짓인데 먹어야지!"

추운 날씨에 고된 노동을 하는 인부들과 밥을 먹는 내내 이야기가 끊이지 않았다. 모두들 소리를 마음에 들어 하고 예뻐하는 가운데 변소장만이 소리를 보며 의아해 했다. 젊은 아가씨가 생활하기에는 불편하고 싫을 텐데도 소리는 보면 볼수록 이미 하루 만에 이 열악한 환경에 적응했을 뿐만 아니라 인부들 사이에서도 단연 인기였다. 식사 내내 그녀가 이야기를 이끌어가며 분위기를 주도하는 것만 봐도 알 수 있었다.

"그럼 이거 아저씨 중학생 딸이 손으로 직접 만들어 준 팔찌예요? 아저씨 자식 농사 완전 잘 지으셨다, 효녀네, 효녀."

"허허, 그럼. 누구 딸인데. 이게 내 부적이야."

"당연하죠! 세상에 이렇게 확실한 부적이 어디 있어! 최씨 아저씨는 아들 있다고 하셨죠? 아들이 아저씨 닮았으면 엄청 똑똑할 것 같아요."

소리의 추측에 최씨가 기분 좋은 웃음을 보이며 넉살을 떨었다.

"그걸 말이라고. 우리 아들이 반에서 1등을 놓쳐 본 적이 없어, 허허!"

"최씨네 아들 반이 몇 명이나 된다고. 일곱 명 중에 1등이구만."

"몇 명이 뭐가 중요해? 1등인 게 중요하지."

"그럼, 그럼. 6학년이 총 7명이니 반에서도 1등, 전교에서도 1등이지! 깔깔깔."

이곳이 고향이라는 장씨와 최씨는 꽤나 오랜 시간을 봐와서 서로에 대해 모르는 게 없을 정도로 친했다. 장씨와 최씨의 대화를 들으며 소리는 점점 더 이곳에 대한 호기심이 생겼다. 사람 냄새 나는 이곳이 하루 만에 좋아져 버렸다. 아니, 엄밀히 말하면 함께하는 점심, 저녁식사 두 끼 만에 좋아져 버렸다.

소리는 식사를 마치고 장씨를 도와 설거지와 뒷정리까지 마친 뒤 다시 현장으로 나왔다. 만류하는 인부들 틈에서 소리는 작은 벽돌 및 자재를 나르며 작은 보탬이 되었다.

"한 비서, 다치니까 그냥 둬."

"제가 하고 싶어서 하는 거예요! 안 다치려고 안전모도 썼잖아요, 히히."

"허이구, 그래도 한 비서 같은 아가씨가 할 일이 아냐."

"에이, 그런 게 어디 있어요! 그리고 사무실에선 할 일이 없어서 심심해요. 다이어트도 할 겸 몸이라도 움직이면 좋죠."

혹독한 추위에 목도리까지 꽁꽁 감고 있어서인지 몸을 썼더니 금세 땀이 차올랐다.

"역시 나는 머리 쓰는 것보다는 몸을 쓰는 게 적성에 맞는다니까."

"적성이고 뭐고 이제 일 마무리할 때 됐는데, 일단 와서 막걸리 한 잔 해! 다들 오셔요!"

장씨가 막걸리를 준비해 와서 우렁찬 목소리로 외쳤다. 그러자 인부들과 소리가 눈을 반짝이며 부리나케 장씨의 곁으로 몰려들었다. 한창 일을 하며 땀 흘리는 사이 어느새 날이 캄캄하게 저물어 있었다. 소리의 기억에서는 이미 한결이 지워진 지 오래였다.

공사 현장이 눈에 보이며 가까워지자 한결의 입꼬리가 점점 올라갔다.

"ㅎㅎㅎ."

아마도 소리는 다크서클이 무릎까지 내려와 있고, 극심한 정신적 스트레스에 시달리고 있을 것이다. 어쩌면 한결을 보자마자 눈물을 글썽이며 잘못했다고 할지도 모른다. 그런 생각을 하자 웃음이 끊이지 않았다. 하지만 한결의 표정은 차에서 내린 뒤 급격히 변했다. 정확히 말하면 소리의 행태를 보며 단박에 인상이 구겨진 것이었다.

"아이고, 이게 여기서 나오면 어떡하니, 쌌네, 쌌어."

"한 비서가 싼 건 내가 먹어야겠네! 아이쿠, 덕분에 나는 고도리네! 가만 보자, 고를 해야 하나 스톱을 해야 하나······."

초조해하는 소리의 표정과 음성에 이어 한 인부의 들뜬 음성이 들려왔다. 한결은 이마에 빠직 힘줄이 돋아났지만 마인드컨트롤을 하려고 노력했다. 그녀를 골탕 먹이려다가 자신이 제대로 한 방 먹은 기분이었다.

박태성, 정말 대단해. 날 열 받게 하기에 딱 좋은 스파이를 심었군.

눈에 보이는 모습은 정말 가관이었다. 인부들과 둘러앉아 고스톱을 치고 있는 소리는 심지어 그들과 함께 막걸리까지 마시고 있었다. 도대체 무슨 생각으로 저러고 있는지 한결은 도무지 이해할 수가 없었다. 아마도 저 여자는 이곳에 온 뒤로 자신의 본분을 잊은 모양이다. 그래서 한결은 더 이상 기다리지 않고 그들의 곁으로 다가가 바닥에 앉아 있는 소리의 다리를 발로 툭 쳤다. 그러자 소리가 고개를 들고 한결을 올려다보았다.

"얼레? 본부장님 오셨네. 언제 오셨어요?"

"방금."

"여기 앉아 보세요. 아저씨들 진짜 완전 타짜예요. 가지고 있던 동전 다 털려서 장씨 아줌마한테 대출까지 받았다니까요. 이번 판은 이제 곧 끝나니까 다음 판부터 끼세요."

"뭐? 후우······. 잠깐 따라와."

"아직 이번 판 안 끝났······."

소리의 말을 듣지도 않고 한결이 긴 다리를 뚜벅뚜벅 옮기자 변 소장이 얼른 따라가 보라는 듯 소리의 팔을 툭 쳤다. 화기애애하던 분위기는 한결의 등장과 함께 삽시간에 얼음처럼 굳어 버렸다. 소리가 입을 삐죽이며 아쉬운 듯 자리에서 일어서자 변 소장은 인부들과 함께 판을 접고 장씨는 막걸리와 안주들을 정리하기 시작했다.

"운전해. 호텔로 돌아갈 거야."

차 앞에 선 한결이 딱딱한 어조로 말했다. 그리고 동시에 소리의 표정이 구겨졌다.

"아니, 볼일 보시고 바로 호텔로 가시면 될 걸 왜 굳이 이 깊은 산골까지 다시 오셔 가지고……."

"지금 그게 비서가 할 소린가?"

"아, 예. 제가 또 죄송하네요. 당연히 비서인 제가 모셔다 드려야죠. 그런데 저 음주운전인 건 아시죠?"

"신성한 근무시간에 술 처마신 주제에, 그게 뻔뻔한 표정으로 할 말인가?"

"근무시간 아닌데요. 지금 거의 8시예요. 아저씨들 일 끝나시고 저도 퇴근 시간 지나서 친목 도모를 위해 가볍게 한잔 했을 뿐이에요."

"근무시간이 아니라고, 퇴근 시간이 됐다고 누가 그랬지?"

날카로운 한결의 질문에 소리는 마땅한 대답을 찾지 못하고 괜히 한결의 어깨너머로 보이는 먼 산을 바라보았다. 밖에서 도대체 무슨 일이 있었기에 자신에게 와서 이렇게 또 트집을 잡는지 소리는 짜증이 스멀스멀 피어오르려고 했다. 인부들과 함께 막걸리를 마시며 고스톱을 치는 동안 즐겁고 좋았던 기분이 한순간에 사라지려고 했다. 하지만 한결은 여전히 미간을 좁힌 채 딱딱한 말투로 말을 이었다.

"네가 여기에 내 비서로 온 이상 내 말을 따라야 해. 내 말이 곧 법이고 내 말이 곧 진리야. 그건 세상이 무너져도 변하지 않아."

"불합리하다는 생각 안 드세요? 매일 아침 9시까지 모시러 가려면 전 적어도 8시에는 일어나야 해요. 그리고 지금 시간에 본부장님을 모셔다 드리고 오면 적어도 9시 반은 될 거고요. 그럼 저는 8시부터 9시 반까지, 매일 13시간 30분이나 일을 해야 한다는 말씀이세요?"

"그래서 불만인가?"

"본부장님, 노동법에 보면 1일 근로시간은 8시간이에요. 그게 원칙이라고요. 그런데 왜 제가 노동법의 보호를 받지 못하고 하루 13시간 30분이나 일을 해야 하는 거죠?"

소리는 영화판에서 굴렀던 터라 워낙 제대로 된 대우를 못 받은 탓에 누구보다 노동법에 대해 잘 알고 있었다. 그리고 그걸 여기서 이렇게 써먹게 되자 왠지 모를 뿌듯함이 밀려왔다. 방금 자신이 한 말은 정말 유리가 말한 것처럼 똑똑해 보인다는 생각까지 들었다.

"노동법에 의하면 1주일 최대 16시간까지 연장근로가 가능하다는 건 모르나 보군."

이 남자, 생각보다 더 똑똑하잖아?

순간 소리의 말문이 막혀 버렸다. 이번에야말로 논리적인 언변으로 그의 콧대를 누를 수 있을 거라 생각했는데, 그건 소리의 오산이었다.

소리가 대꾸할 말을 찾고 있을 때 다시 귓가에 딱딱하고 차가운 음성이 들려왔다.

"그런데 네가 여기에 내 비서로 온 이상, 노동법보다 더 중요한 게 있지."

"그게 뭔데요?"

"아까도 말했지만, 여기서는 내 말이 곧 법이고 룰이야. 그리고 내 기준에서 볼 때, 오늘 네가 노동한 시간은 두 시간도 채 되지 않아. 네가 한 일이라고는 아침에 나를 픽업한 거밖에 없잖아?"

"무슨! 본부장님이 못 보셔서 그렇지, 제가 오늘 하루 종일 나른 벽돌이 몇 갠데요! 여기 아저씨들한테 물어보세요, 제가 오늘 얼마나 열심히 일했는지!"

뭐, 뭘 날랐다고?

한결은 자신의 귀를 의심했다. 아무래도 눈앞의 이 여자는 자신의 신분을 모르거나, 안다고 해도 비서의 임무가 뭔지 모르는 게 확실했다. 그렇지 않고서는 이렇게 억울한 표정으로 벽돌을 날랐다고 할 리가 없었다.

"도대체 생각이 있는 거야, 없는 거야?"

"또 왜 그러세요? 제가 뭘 잘못했어요?"

"몰라서 물어?!"

"모르니까 묻죠, 알면 입 아프게 굳이 묻겠어요?"

소리의 표정은 정말 모르겠으니 알려달라는 표정이었다.

세상에 이렇게 답답한 여자가 있을 수가! 시커먼 아저씨들 소굴에서 힘들어하라고 버려둔 건데, 함께 벽돌……? 하아!

"후우……."

한결은 소리에게 한마디 하려다 결국 낮은 한숨을 내뱉고는 자신의 머리를 헤집었다. 더 이상 말을 해 봐야 자신의 속만 더 뒤집어질 것 같았다. 배도 고프고 짜증도 나고 기분도 바닥으로 치달아 최악의 상태였다. 그래서 한결은 괜히 안 좋은 모습을 보일 것 같아 오늘은 차라리 이쯤에서 그만하기로 했다. 술 때문인지 추위 때문인지 볼이 발갛게 물든 소리는 눈만 깜빡거리며 한결을 바라보고 있었다.

"오늘은 일단 됐고, 내일 아침에는 알아서 올 테니까 신경 쓰지 마."

한결이 최대한 감정을 절제하며 말하는 게 소리의 눈에 고스란히 보였다. 하지만 소리는 한결이 왜 이러는지 영문을 알 수 없었다. 그래도 일단 그의 기분을 풀어 주어야 마음이 편할 것 같았다.

"본부장님."

"왜."

"혹시 화나신 거예요?"

"……."

"화나셨네요."

"지금은 됐고, 내일 얘기해. 내일 아침에는 대기할 필요 없고."

한결이 자신의 머리를 헤집으며 돌아섰다. 하지만 이상하게도 그의 등이 쓸쓸해 보여 소리는 가만히 있을 수가 없었다. 소리는 얼른 걸음을 빠르게 옮겨 한결의 앞으로 가 가로막았다.

"뭐야."

"이대로 그냥 가시면 어떡해요."

"그럼 뭐 어떡하라고."

"화가 나셨으면 화를 내시든가, 제가 잘못한 게 있으면 고치라고 하시든가, 뭔가 맺힌 게 있으면 풀고 가셔야죠. 본부장님이 이렇게 그냥 가 버리시면 저는 마음 편할 것 같아요? 차라리 어제처럼 막말이라도……."

"뭐? 막말?!"

"아니, 그게 아니라……."

소리는 답답한 마음에 자기도 모르게 속마음에서 느끼던 단어를 입 밖으로 내뱉고 말았다. 한결의 표정이 단박에 구겨지자 소리는 얼른 자신의 얼굴을 그에게 쭉 내밀었다. 그러자 그가 자기도 모르게 한 걸음 뒷걸음질 쳤다.

"뭐하는 짓이야."

"치세요."

"뭐?"

"차라리 몇 대 때리시고, 기분 풀고 가세요."

"허!"

한결은 기가 찼다. 도대체 이 자그마한 머리통 속에 뭐가 들어 있기에 이렇게 매번 예상치 못한 행동으로 사람을 황당하게 만드는 걸까.

하지만 한결은 소리의 행동으로 인해 가라앉았던 기분이 조금씩 풀렸다. 한결이 손을 들자 소리는 반사적으로 오만상을 찌푸리며 눈을 꾹 감고 어깨를 움츠렸다. 한결은 소리의 반응에 자기도 모르게 피식 웃음이 나오려고 했다. 잔뜩 움츠린 채 안면근육에 힘을 주고 있는 소리를 보며 한결은 새어 나오려는 웃음을 참으며 검지로 소리의 이마를 지그시 밀었다.

"들어가서 쉬어."

조금씩 뒤로 밀리던 소리가 실눈을 뜨며 한결의 표정을 살폈다.

"진짜 풀리신 거예요?"

"풀린 게 아니라, 화난 적이 없는 거야."

거짓말, 화났으면서…….

하지만 괜히 또 한마디 했다가는 풀렸던 화도 다시 날 것 같아서 소리는 달싹이려는 입을 꾹 다물었다. 그리고 쿨하게 말했다.

"그럼 화난 적이 없다고 하시니, 저는 이만 들어가 쉬겠습니다. 오랜만에 몸을 썼더니 삭신이 쑤셔서요."

"그러든가."

"운전 조심해서 가세요. 내일 뵙습죠."

소리는 온몸에 근육통을 느끼며 대충 고개를 까딱이고는 돌아섰다. 본인이 화난 적 없다고 하니 굳이 계속 붙잡고 화 풀라고 할 필요는 없을 것 같았다. 무엇보다 중요한 건 온몸이 안 쑤신 곳이 없다는 거였다.

한결은 어깨를 두드리며 컨테이너 박스 안으로 사라지는 소리의 뒷모습을 바라보았다. 저 마른 몸으로 대체 무슨 벽돌을 나르고 일을 도운 건지 한숨이 흘러나왔다. 저러다 골병드는 건 아닌가 하는 걱정까지 들었다. 하지만 한결은 이내 머리를 내저으며 컨테이너 박스에 두었던 시선을 거두었다. 하루 종일 굶었을 뿐만 아니라 감정 소모를 많이 해서인지 피로가 훅 몰려왔다.

02
어접한 스파이

"어라?"

한결이 잠시 화장실에 다녀온 사이, 보고 있던 페이지가 달라져 있었다. 분명 화장실에 가기 전에는 컴퓨터 모니터에 보인 페이지가 24였는데, 지금은 21로 되어 있었다. 한결은 자신이 보던 파일 문서 이름을 확인했다.

미국 디자인 스쿨 리모델링 기획안

자신이 보고 있던 문서가 맞았다. 한결은 바짝 긴장하며 주변을 둘러보았다. 가장 의심이 가는 사람은 소리였다. 화장실에 가기 전에 난로 앞 의자에 앉아 있었고, 소리는 분명 태성이 심은 스파이였을 뿐더러 그 누구의 의심 없이 자신의 노트북을 만질 수 있는 비서였다.

"이러면 곤란한데……."

비밀리에 작업하고 있는 게 본사에 보고되는 건 꽤나 곤란한 일이었다. 한결이 의심스러운 눈초리로 소리를 바라보았다. 소리는 한결이 자신을 보는 것도 모른 채 장씨와 깔깔거리며 큰 바구니를 들고 주방으로 들어가고 있었다. 그리고 한결은 찬찬히 주변을 살폈다. 인부들은 저마다 일을 하고 있었고, 한 사람에게 무언가 시시하던 변 소장이 고개를 돌리다 한결과 눈이 마주치자 어색하게 목례를 하고는 이내 고개를 돌렸다.

한결은 다시 소리를 보았다. 때마침 고개를 돌린 소리와 눈이 마주쳤다. 한결이 눈을 가늘게 뜨고 빤히 바라보자 소리는 고개를 홱 돌려 버렸다.

"젠장."

한결은 문서를 저장한 뒤 노트북을 껐다. 그래도 보고 있던 게 디자인 시안이 아닌 기획안이라 다행이라는 생각이 들었다. 한결은 소리가 있을 때, 현장에서는 작업하면 안 되겠다는 생각이 들었다. 아무래도 앞으로 작업은 좀 피곤하더라도 호텔에서 해야 할 것 같았다.

매일 반복되는 일상의 연속으로 벌써 일주일이 흘렀다. 그리고 오늘 아침도 여느 아침과 다르지 않았다. 소리는 한결이 매일 지시한 시간에 지각하는 건 물론 차도 엄청 험하게 몰아서 그를 괴롭게 했다.

이건 도무지 그녀가 일부러 그러는 거라고밖에는 생각되지 않았다. 이곳에 오기 전에 박 상무의 비서였으니 스파이가 틀림없었다. 아마도 수고비라는 명목으로 몇 푼 더 받고 특별 지시를 받았을 것이다. 더구나 자신과 늘 붙어 있기 때문에 일거수일투족을 보고하기가 더 쉬울 터였다. 어쩌면 자신을 열 받게 해서 이 현장을 떠나도록 만드는 게 목적일지도 몰랐다. 태성은 자신을 여기로 좌천시키면서도 불안해하고 마음에 들어 하지 않았으니까. 아예 자신을 치워 버리고 싶어 하는 사람이니까.

"너 일부러 그러는 거지?"

"제가 뭘요?"

오늘 역시 커브 많은 꼬부랑길을 차가 흔들릴 정도로 험하게 모는 소리 때문에 한결은 속이 메슥거려 현장에 도착하기도 전에 구토를 할 것 같았다. 결국 일주일 내내 참고 참았던 한결은 폭발하고 말았다. 하지만 소리는 이유를 모르겠다는 듯이 태연한 표정으로 운전에만 집중했다.

"몰라서 물어? 그리고 무슨 운전을 이렇게 험악하게 해?!"

"본부장님, 제가 운전을 험악하게 하는 게 아니라 길이 험악한 거예요."

"말이 되는 소리를 해! 지금 내 얼굴 하얗게 질려가는 거 안 보여? 토하기 직전이라고."

꼬부랑길에서 운전대를 돌리던 소리가 한결을 곁눈질로 힐끔 살폈다. 정말 멀미라도 하는 건지, 그의 말처럼 얼굴이 하얗게 질려 금방이라도 구토를 쏟아낼 것 같았다. 아직 현장까지 가려면 적어도 15분 이상은 더 가야 하지만, 이대로 가다가는 안 되겠다는 생각에 소리는 주변을 살피다 한적한 곳에 얼른 차를 세웠다. 그리고 차가 멈추는 것과 동시에 한결은 기다렸다는 듯이 차에서 뛰어내려 차가운 공기를 크게 들이마시며 호흡을 골랐다.

"좀 괜찮으세요?"

혹시 한결이 구토라도 한다면 등이라도 두드려 줄 마음에 소리가 그의 곁으로 다가갔다. 하지만 이제 좀 괜찮아진 건지 한결은 대답 대신 험악한 표정으로 소리를 노려보았다.

"진작 말씀하시죠. 누가 멀미하는 줄 알았나?"

"상태를 보면 몰라?"

"본부장님 상태 살필 여유가 없었다고요. 아침마다 모시러 가는 게 쉬운 일인 줄 아세요? 안 그래도 아침 잠 많아서 죽겠다고요. 졸음운전 안 하는 것만으로도……."

"말대꾸하지 말라고 했지? 어떻게 매번 말을 해줘도 잊어? 내가 일주일 내내 누누이 말하지 않았나? 넌……."

"전 비서고 본부장님은 제 상사라고요? 네네, 일주일 내내 귀에 딱지 앉도록 누누이 말씀하셨죠. 이번에도 제가 잘못했네요. 비서의 본분을 지켜 제가 모시는 본부장님의 컨디션을 세심하게 체크해야 했거늘, 워낙 꼬부랑길이 많아 논으로 안 빠지려고 운전에만 집중한 제 잘못이죠. 논으로 빠지는 한이 있어도 본부장님의 컨디션을 체크했어야 하는데, 이 모든 게 미천한 제 잘못이니 너그러이 용서해 줍쇼."

한결의 말이 끝나기도 전에 그가 할 말이 뭔지 안다는 듯 소리가 얼른 말을 가로챘다. 하지만 한결의 눈에는 그녀가 입으로만 자신의 잘못이라고 인정하는 거지, 표정은 뻔뻔해 보이기만 했다. 특히 그녀의 '줍쇼, 습죠.' 등의 맺음말이 적응되지도 않을 뿐더러 자신에게 도전하는 것 같아 마음에 들지도 않았다.

"이봐."

"듣고 있어요."

"말투 좀 고칠 수 없어?"

"무슨 말투요?"

"줍쇼, 습죠, 이런 거."

"그게 왜요?"

"굉장히 거슬려."

소리는 생각지도 못한 부분에서 한결이 트집을 잡자 황당함이 앞섰다.

"아니, 일부러 그러는 것도 아니고 28년을 그렇게 살아 와서 입에 붙은 건데 그걸 어떻게 단번에 고쳐요?"

"고치려고 노력이라도 해야 할 거 아냐. 난 엄연히 네 상사라고. 도대체 어느 부하 직원이 자기 상사한테 그딴 말투를 쓰지?"

"후우……. 네네, 고치도록 노력합죠."

자기도 모르게 또 나온 소리의 말투에 한결의 이마에 빠직 힘줄이 돋았다.

"너 나 열 받게 하려고 일부러 그러는 거지?!"

"그게 아니라 진짜 입에 붙어서 그런 거예요. 그러는 본부장님은 제가 아무리 부하 직원이라도 '너.', '이봐.' 라고 하는 건 좀 아니잖아요. 듣는 '너.', '이봐.' 기분 별로라고요."

"이봐, 이건 정말 궁금해서 진지하게 묻는 건데 말이야."

"이거 봐, 또 '이봐.' 라고 하네."

"너 박태성 상무한테도 이랬어? 아니면 나한테만 이러는 거야?"

순간 소리는 정신이 번쩍 들었다. 현장에서 인부들과 있을 때는 그들이 유리를 모르기 때문에 성격이나 말투를 고칠 필요도 없고, 유리인 척할 필요도 없어서 그들과 편하게 어울릴 수 있었는데, 그게 습관이 되어서인지 한결과 있어도 자꾸 유리의 대역임을 잊고 자신의 본모습이 나오게 되었다. 그의 앞에서 자꾸만 진짜 한소리의 모습만 보이게 된다. 소리는 늦게 일어나는 바람에 감지 못한 자신의 뻗친 머리를 양손으로 마구 헤집었다.

"으아아아아! 이러다 정말 멘탈 붕괴되겠네!"

"왜 이래, 미쳤어?!"

소리의 행동이 괴상해 보여서 한결이 황당하다는 듯 물었다. 한결은 그저 정말 순수한 마음으로 태성에게도 이랬는지, 아니면 자신에게만 이러는 건지 궁금했을 뿐이었는데 소리의 반응은 적나라했다. 그래서 한결은 소리의 대답을 유추할 수 있었다.

태성이 형 앞에서 보이던 완벽한 비서의 모습이 내 앞에서는 흐트러지기 때문에 온 멘붕 현상이군. 확실해. 그게 아니라면 정말로 태성의 지시를 받아 일부러 그러는 것이든가. 나를 완전히 태신에서 아웃시키기 위해.

소리의 입에서는 아직 한 마디도 나오지 않았건만, 한결은 자신의 생각이 절대적으로 맞다고 확신했다.

"박태성 상무 앞에서는 절대적으로 완벽한 모습만 보였겠지. 물론 이런 모습을 그냥 두고 볼 박 상무도 아니지만."

소리는 한결의 말은 똑똑히 들었음에도 별다른 대꾸를 하지 못했다. 뭐라고 해야 할지 전혀 감이 오지 않았다. 유리인 척하는 게 소리에게는 결코 쉬운 일이 아니었다. 아무리 쌍둥이라고 해도 성격 자체가 극과 극을 달렸기 때문에 죽을 맛이었다. 특히 유리가 전에 모셨다는 박 상무의 이야기만 나오면 소리는 어떻게 대처해야 할지 난감해서 정신이 혼미해졌다. 박 상무라는 사람을 본 적도 없는데 뭐라고 대답을 한단 말인가. 여전히 대꾸를 하지 못하는 소리를 보며 한결은 의심 가득한 표정으로 그녀를 떠보려 했다.

"근데 나한테는 도대체 왜 이러는 거지? 내가 만만하나? 아님 사람 차별해? 상무 앞에서는 이미지 메이킹 하고, 본부장 앞에서는 그런 것도 할 필요 없다는 건가? 지금 내가 상무보다 낮은 직급이라고 무시하는 거야?"

"후우…… 본부장님."

"뭐."

"요 며칠 보셔서 아시겠지만, 저 그렇게 똑똑하지도, 계산적이지도 않아요. 단지 저는 상황에 맞게 대처할 뿐이에요. 여기는 완전 산골이고 공사 현장이기 때문에 그냥 이곳에 맞게 생활하는 것뿐이에요. 그게 마음에 들지 않으셨다면 죄송합니다."

소리는 최대한 유리를 곤란하게 하지 않을 만한 말들을 재빠르게 정리해 내뱉었다. 만약 유리였다면 그냥 이렇게 말했을 것 같다는 생각이 들었다. 아니면 어쩔 수 없고.

진지한 표정으로 말하는 소리의 모습을 보니 왠지 사실인 것 같기도 했다. 지금의 모습만 본다면 태성의 지시와는 전혀 상관이 없는 것 같았다. 그래도 의심의 경계를 늦출 수는 없었다. 기획안 페이지가 다르게 되어 있던 그날 이후, 한결이 소리와 함께 있을 때는 조심하는 터라 괜찮았지만, 이미 본사에는 아니, 태성에게는 보고가 들어갔을 수도 있는 일이었다. 자신이 호텔에서 혼자 작업하는 동안 소리가 태성과 연락을 취하고 있는지도 모르니까. 아니 분명히 그럴 거니까. 한결은 소리를 좀 더 파악해야겠다고 생각했다.

"바람 좀 쐬고 가지."

"아니, 이렇게 칼바람이 부는데 바람을 쐬자고요?"

"어."

"본부장님, 저 지금 볼이 찢어지기 일보 직전입니다만."

소리는 빨갛게 달아오른 양 볼을 두 손으로 감싸며 최대한 불쌍한 표정을 지었다.

빨리 가서 장씨 아줌마랑 수다 떨면서 점심 준비 하고 싶은데…….

허나 애석하게도 벌써 12시가 다 되어가는 시간이라 장씨는 이미 점심 준비를 끝냈을 터였다. 벌써 3일 연속으로 장씨를 돕지 못했다. 소리가 매일 지각을 한 탓도 있지만, 지금처럼 한결이 자꾸만 늑장을 부리는 탓이 더 컸다. 요즘은 현장에 도착하면 가장 먼저 하는 일이 점심을 먹는 거였으니까.

한결은 소리의 표정만 보아도 어느 정도 생각을 파악할 수 있었다. 요 며칠 붙어 다니며 관찰한 결과 소리는 자기도 모르게 자신의 생각을 얼굴에 고스란히 드러내는 스타일이었다. 지금은 장씨와 인부들과 함께 어울리고 싶은 게 분명했다. 그래서 일부러 더 늑장을 부리고 현장에 도착하는 시간을 최대한 늦도록 했던 거였다. 현장에 도착하면 가장 심심하고 지루한 사람은 그 자신이기 때문에.

한편으로는 의구심도 들었다. 일부러 표정에 드러나게 연기를 하는 건 아닌가 싶었다. 스파이라는 것을 숨기기 위해서.

"본부장님, 벌써 열두 시 거의 다 됐어요. 아우, 추워. 지금 출발해도 가자마자 또 점심부터 먹겠네."

대놓고 가고 싶다는 걸 어필하는 소리의 말에도 한결은 요지부동이었다. 사실 한결도 일단 차에 타고 싶긴 했다. 잠깐 밖에 있었을 뿐인데, 혹독한 겨울바람에 한결 역시 볼이 시리다 못해 얼얼했고, 추워서 그런지 평소보다 배도 더 고팠다. 하지만 한결은 이대로 현장으로 가고 싶지 않았다. 요즘 현장에만 도착하면 이상하게 소외되는 느낌이었다. 인부들과 장씨까지 모두 소리와는 화기애애한 분위기로 잘 지내는 것 같은데, 한결은 은근히 따돌림을 당하는 기분이었다. 그리고 소리가 현장에 빨리 가고 싶은 것도 그들과 어울리고 싶은 것처럼 보였지만, 어쩌면 그중에 그녀를 도와주는 공범이 있을지도 모를 일이었다.

"본부장님!"

"뭐."

"춥지도 않으세요? 아, 진짜 여기서 계속 더 이러고 있다가는 동태 되겠네. 속 좀 괜찮아지셨으면, 이제 그만 출발하면 안 돼요? 진짜 엄청 춥다고요."

"……그러든가."

한결은 소리에게 한 발 양보해 주기로 했다. 조금만 더 있다가는 정말 얼어 죽을 것 같은 불안한 예감이 스치기도 했지만, 오리털 점퍼를 입고서도 마른 몸을 바들바들 떨고 있는 소리가 안쓰러워 보였기 때문이었다. 그리고 현장에서 계속 지켜보다 보면 공범자도 찾을 수 있지 않을까 하는 마음이 들기도 했다.

"아우, 추워. 얼어 죽는 줄 알았네. 날씨가 미쳤나, 어떻게 이렇게 추울 수 있지?"

차에 올라타자마자 소리는 히터를 최대로 올렸다. 손이 꽁꽁 얼어서 운전도 제대로 못할 것 같았다. 소리가 히터 앞에 손을 대고 비비며 녹이자 한결의 시선이 그녀의 손으로 향했다. 최근 일주일 사이에 소리의 손은 많이 거칠어져 있었다. 딱히 현장에서 할 일이 없어 소리가 뭘 하든 그냥 놔뒀더니 그녀의 손등에는 자잘한 상처들이 생겨 있었다. 지금껏 한결이 봤던 20대 여자의 손과는 조금 달랐다. 그리고 불현듯 희고 고왔던 어머니 손이 본가에 들어가면서부터 점점 거칠어졌던 기억이 스쳤다.

젠장!

"……내려."

"네?"

"내리라고."

한결은 퉁명스럽게 말을 뱉은 뒤 자신이 먼저 보조석에서 내렸다.

소리는 어리둥절한 표정으로 차에서 내리는 한결을 지켜보았다. 이제 겨우 손 좀 녹이려고 하는데 다짜고짜 내리라니, 이건 무슨 시추에이션이란 말인가. 불안한 기운이 스멀스멀 소리를 엄습해 왔다.

설마, 나를 여기에 버려두고 갈 생각은 아니겠지? 설마…….

보조석에서 내린 한결은 차를 반 바퀴 돌아 운전석 문 앞으로 왔다. 그리고 한결이 운전석의 문을 열려고 하는 순간, 소리는 자기도 모르게 반사적으로 버튼을 눌러 잠가 버렸다. 그 행동에 한결의 표정이 단박에 구겨졌다.

"뭐하는 짓이지?"

"……."

"문 안 열어?!"

화를 내는 한결을 보며 소리는 문을 여는 대신 창문을 아주 살짝 내렸다. 그리고 눈을 부릅뜬 한결에게 최대한 불쌍한 표정을 지으며 기어들어가는 목소리로 말했다.

"왜 그러시는데요……. 추우니까 얼른 타세요."

이럴 때는 최대한 불쌍한 척을 해서 어떻게든 낙오되면 안 된다는 걸 소리는 본능으로 알 수 있었다.

"문 열어."

소리는 대답 대신 고개를 좌우로 열심히 흔들었다. 그 모습을 보는 한결은 어이가 없었다. 조금, 아주 조금 귀엽다는 생각이 들기는 했지만, 그 생각보다는 볼에 느껴지는 추위 때문에 짜증이 올라오려고 했다.

"마지막이다. 문 열어."

"……."

"……."

"……."

달칵.

아무리 불쌍한 표정을 지어도 한결이 미동도 하지 않자, 결국 소리는 인상을 팍 쓰며 잠금 해제 버튼을 눌렀다. 그러자 한결은 기다렸다는 듯이 운전석 문을 열었다.

"내려."

"본부장님, 진짜 너무하시는 거 아니에요?"

"뭐?"

"이렇게 추운 날씨에 어떻게 여자를 혼자 버려두고 가실 생각을 하세요? 제가 차림이 이래서 그렇지 저도 여자거든요?"

"쯧쯧, 역시 제정신이 아니야."

한결은 미동도 않고 할 말 다 하는 소리를 힘으로 운전석에서 끌어냈다. 내리지 않겠다고 버티는 소리를 끌어내는 건 생각보다 쉬웠다. 두꺼운 점퍼에 가려져 있었지만 꽤나 마른 몸이라는 걸 알 수 있었다.

"아, 진짜 뭐 이런 상사가 다 있어?!"

억지로 끌려나온 소리는 운전석에 한결이 타는 모습을 보며 이판사판으로 소리쳤다. 이 매서운 추위에 버려두고 가겠다는데, 무서울 게 없었다. 여기서 얼어 죽을 바에는 하고 싶은 말이라도 다 해야 속이 시원할 것 같았다. 한결은 운전석 문을 쿵, 닫은 뒤 창문을 내리고 말했다.

"그렇지, 세상에 이런 상사 없지."

"아니까 다행이네요. 본부장님 진짜 너무한 거 아세요? 아니, 아무리 상사라도 그렇지……."

"시끄러워 죽겠네. 안 탈 건가?"

"본부장님 성격 진짜 이상…… 네?"

"안 탈 거냐고. 안 탈 거면 나 혼자 가고."

한결이 정말로 소리를 두고 혼자 출발하려는 태세를 취하자, 소리는 부리나케 달려가 보조석에 올라탔다. 그리고 소리가 문을 채 닫기도 전에 한결은 액셀러레이터를 밟았다.

"으악!"

"정말 요란스러운 비서군."

"아니, 위험하게 문을 닫기도 전에 출발하면 어떡해요!"

"행동이 굼벵이처럼 느린 본인 탓이라는 생각은 안 해 봤지?"

"제 행동이 굼뜬 게 아니라, 본부장님이 급하게 출발……."

"거 참, 엄청 시끄럽네. 분명히 말대답하지 말라고 했을 텐데? 내가 누군지 왜 자꾸 잊어? 며칠이나 봤다고, 벌써 내가 만만한 건가?"

"그런 게 아니……."

"또!"

소리는 입을 삐죽이며 꾹 다물어 버렸다. 속으로 분명히 자신의 욕을 하고 있을 게 분명했지만, 한결은 모르는 척했다. 자꾸 눈앞에 아까 불쌍한 표정을 지었던 소리의 모습이 보이는 것 같았다. 다시 생각해 보니 꽤나 귀엽긴 했다. 선머슴 같은 그녀에게서 자꾸 강아지 같은 표정이 나올 때마다 한결은 괜히 미간이 찌푸려졌다. 자꾸만 생각나서 더 짜증이 났다. 인상을 쓴 채 조용히 가던 한결은 문득 생각났다는 듯이 물었다.

"아까 하려던 말은 뭐지?"

"어떤 말이요?"

"내 성격이 뭐."

소리는 '본부장님 성격 진짜 이상…….'에서 말끝을 흐렸던 게 기억이 났다. 하지만 여기서 성격 이상하다고 한다면 진짜 내리라고 할 것 같아서 말을 할 수가 없었다. 말을 하더라도 현장에 도착하고 차에서 내린 뒤 해야 한다는 판단이 섰다.

"내 성격이 이상하다고 말하려던 것 같은데. 아닌가?"

헉! 어떻게 알았지?

소리가 놀란 토끼 눈을 하고 고개를 홱 돌려 한결을 바라보았다.

"진짜인가 보군. 네 기준으로는 상사가 운전하는 게 성격이 이상한 건가?"

"그게 아니라 저는 본부장님이 저를 거기에 버리고 가시려는 건 줄 알고······."

"네 눈에는 내가 그런 놈으로밖에 안 보였단 얘기군."

"그건 아니고요."

그럼 너 같으면 그런 오해 안 하겠냐?!

소리는 속마음과 정반대의 말을 뱉으며 한결의 눈치를 살폈다. 그러고 보니 이상하기도 했다. 갑자기 내리라고 한 뒤에 한결이 직접 운전을 하는 게 정상으로 보이지 않았다. 매일 아침 출퇴근용 기사처럼 부려 먹었으면서, 도대체 무슨 바람이 들어서 이러는 건지 궁금했다.

"본부장님."

"왜."

"비서를 기사처럼 부리시더니, 왜 갑자기 직접 운전을 하시는데요?"

"그래서 불만인가?"

"누가 불만이라고 했어요? 그냥 궁금하니까 그러지."

너 같으면 안 궁금하겠냐? 강원도에 내려온 뒤로, 지금까지 줄곧 비서한테 시킨 일이라고는 운전밖에 없으면서, 갑자기 직접 하겠다고 하는데 안 궁금하겠냐고!

한결은 소리의 마음도 모른 채, 왼손으로 운전대를 돌리며 오른손으로는 자신의 턱을 매만졌다. 소리가 히터에 손을 녹이는 모습을 보고, 정확히 말하면 손등에 자잘한 상처들을 보고 갑자기 운전을 시키기 싫어졌다. 이유는 알 수 없었지만 그냥 갑자기 기분이 가라앉았다. 그래서 내리라고 했을 뿐이다. 하지만 한결의 입에서는 전혀 다른 말이 나왔다.

"너한테 계속 운전 시켰다가는 현장 도착 전에 구역질할 것 같아서."

"그럼 이 기회에 출퇴근도 본부장님이 직접……."

"또!"

무슨 말을 못 하게 해. 내 입으로 내가 말한다는데! 아우, 정말!

소리는 한결이 말을 못 하게 하는 게 답답해서, 할 말을 다 못한 끓는 속을 달래며 한숨을 크게 내쉬었다.

"네 직분이 뭐지?"

"설마 몰라서 물으시는 건 아니죠?"

"대답만 해. 질문을 했으면 대답을 해야지, 왜 다시 질문이 날아와?"

"……비서요."

"비서인 걸 알고 있긴 해?"

그걸 말이라고. 제가 잊으려 할 때마다 존귀하신 본부장님께서 '넌 비서고, 난 본부장이야!' 라고 귀에 딱지 앉도록 말씀하신 건 기억이 안 나시는 건가요.

소리는 하고 싶은 말을 겨우겨우 삼키며 짤막하게 대답했다.

"네."

"그런데 비서 옷차림이 그게 뭐지?"

소리는 예상치 못한 한결의 말에 자신의 옷차림을 살펴보았다. 자신이 생각해도 직장 상사를 픽업하러 가는 데 무릎 나온 회색 추리닝은 좀 심했다는 생각이 들었다. 하지만 아침에 항상 늦잠을 자고 옷 갈아입을 시간까지 아껴 부리나케 나가는 바람에 어쩔 수 없었다.

"이 추운 겨울에 치마 입을 수는 없잖아요."

"치마?"

한결이 되물었다. 과연 그녀가 치마를 입긴 입나 하는 생각이 들 정도로 치마 입은 소리의 모습은 상상이 되지 않았다. 태성의 비서였으니 매일 치마 정장을 입었을 텐데도, 이상하게 소리가 치마를 입으면 뭔가 굉장히 안 어울릴 것 같았다. 한결은 자꾸 머릿속에 치마 입은 소리의 모습이 그려져 손발이 오그라들며 힘이 들어가려고 했다.

"누가 치마 입으라고 했나? 적어도 추리닝은 예의가 아니라는 거지."

"내일부터는 신경 쓸게요."

소리는 자신도 인정하는 부분이라 고분고분하게 대답했다. 하지만 한결은 소리의 이런 모습이 적응되지 않았다. 이제는 옷차림까지 뭐라고 한다며 또 다다다 말할 것 같았는데, 소리는 언제나 한결의 예상을 빗나갔다. 그래서 더 흥미롭고 재미있어 자꾸만 시선이 갔다.

현장에 도착하자마자 소리는 언제나처럼 인부들과 장씨와 어울려 시끌벅적하게 점심을 먹었다. 인부들은 소리가 오면 함께 먹자며 평소보다 늦은 점심을 했다. 한결은 그들과 함께 둘러앉아 밥을 먹고 있었지만 단 한 마디도 하지 않았다. 점심을 다 먹고 소리가 인부들을 도와 벽돌을 나르는 모습을 인상 쓴 채 바라보고 있는데, 한결에게 전화가 왔다. 한결은 전화를 받은 뒤 씩 웃으며 소리에게로 다가갔다.

"한 비서."

"네?"

소리는 한결이 '한 비서'라고 부르는 게 처음이라 본의 아니게 놀란 음성으로 대답을 했다. 이 인간이 갑자기 왜 이러나, 싶기도 하고 사람들이 많아서 그런가 싶기도 했다.

"이 번호로 팩스 좀 보내."

"팩스요?"

"본사에서 현장 진행 상황 보고하라고 하니까, 변 소장님한테 작성해달라고 해서 보내."

한결이 구겨진 종이에 아무렇게나 휘갈겨 쓴 번호를 소리에게 건네자 소리는 장갑을 벗으며 받아들었다. 그리고 소리는 곧 변 소장과 함께 자신의 컨테이너 박스로 들어갔다. 변 소장이 보고서를 작성해주었지만 소리는 엄청난 고민에 휩싸일 수밖에 없었다.

그런데 팩스를 어떻게 보내는 거지?

생각해 보니 팩스 보내는 방법을 몰랐다. 그래서 소리는 컨테이너 박스에서 나가는 변 소장의 뒤를 따라 나갔다.

"변 소장 아저씨."

"어, 한 비서. 보고서 수정해야 하는 부분 있어?"

"아니요, 그게 아니라……."

소리가 난감해하며 말끝을 흐리자 변 소장은 사람 좋게 허허 웃으며 동네 아저씨처럼 말했다.

"뭐 때문에 그러는데? 편하게 얘기해 봐."

"저기, 사실은 이거 어떻게 보내야 하는지 몰라서……."

"허허. 번호 누르고 종이 넣으면 돼. 그럼 종이가 한 번 들어갔다가 나올 거야."

"그게 끝이에요?"

"어, 그렇게 하면 본사로 팩스가 들어갈 거야."

"네! 감사합니다, 히히."

소리는 다시 컨테이너 박스로 들어가 한결이 건네준 번호를 누른 뒤 종이를 넣었다. 혹시 몰라 자신이 누른 번호도 몇 번이나 확인을 했다. 그러자 변 소장의 말처럼 정말로 종이가 들어갔다가 다시 나왔다. 운전을 제외하고, 한결이 자신에게 지시한 비서의 첫 번째 업무였다. 쉽게 해결했다고 생각하자 소리의 입매가 점점 올라갔다. 소리는 가벼운 걸음으로 다시 현장으로 돌아가 아까 하던 일을 마저 하기 시작했다.

그러나 두 시간 뒤, 잠시 졸고 있던 한결에게로 다시 전화가 왔다.

"네, 박한결입니다."

[본부장님, 회장님 비서실입니다.]

"말씀하십시오."

[아까 현장 진행 상황 보고서 부탁드린 게 아직 안 와서 연락드렸습니다. 회장님이 계속 기다리고 계시는데 언제쯤 받아 볼 수 있을까요?]

"아까 분명히……. 확인해 보고 이 번호로 연락드리겠습니다."

한결은 전화를 끊은 뒤 소리에게로 다가갔다. 아까는 분명히 소리가 벽돌을 나르고 있었는데 지금은 몇몇 인부들과 둘러앉아 고스톱을 치고 있었다.

"한 비서, 잠깐 얘기 좀 하지."

한결이 한 비서라고 부르는 걸 보니 또다시 비서로서의 일 얘기가 확실했다. 그래서 소리는 한 점만 더 따면 이기는 상황임에도 어쩔 수 없이 자리에서 일어나 한결을 따라갔다.

"무슨 일이신데요?"

"팩스 안 보냈어?"

"보냈는데요. 아까 변 소장 아저씨랑 같이 들어가는 거 보셨잖아요."

"그럼 도대체 왜 아직 팩스가 안 간 거지?"

"저는 분명히 보냈는데요?"

"번호 제대로 누른 거 맞아?"

"당연하죠! 몇 번이나 확인했어요."

소리가 당당하게 말하는 걸 보니 거짓말 같지는 않았다. 그렇다면 왜 아직 팩스가 안 간 걸까. 그때 문득 한결의 머릿속을 스치는 생각이 있었다. 설마······.

"종이 어떻게 해서 보냈어?"

"그냥 넣으니까 알아서 가던데요?"

"어느 방향으로 넣었는데? 글씨가 보이게? 아니면 흰 면이 보이게?"

"글씨 보이게요."

"내가 미친다, 정말."

한결은 험악한 표정으로 컨테이너 박스를 향해 걸었다. 소리는 자신이 뭘 잘못한지도 모른 채 한결의 뒤를 따랐다. 한결이 컨테이너 박스에 들어가 기종을 확인하니 역시 자신의 예상이 맞았다.

"팩스 기종마다 종이를 넣어야 하는 방향이 다르다는 것도 모르나?"

"네?"

"이건 흰 면이 보이게 넣어야 팩스가 가지. 여기 이 표시 안 보여? 무슨 비서가 그런 것도 몰라?!"

한결이 가리키는 표시를 봤지만 소리는 도통 무슨 말인지 이해할 수가 없었다. 팩스를 보낼 일도 없었을 뿐더러, 직접 팩스를 보내본 것도 난생 처음인데 저 표시만으로 도대체 어떻게 알 수 있단 말인가.

"비서가 팩스 하나 제대로 못 보내고 뭐하는 짓이야!"

"……메일로 다시 보내면 안 돼요?"

"지금 그걸 말이라고……. 후우, 보고서 줘."

한결이 마인드컨트롤을 하며 소리가 내미는 보고서를 받았다. 그리고 이번엔 한결이 직접 팩스를 넣었다. 그 모습을 지켜보는 소리는 한숨이 저절로 나왔다.

갑자기 유리에게 엄청 미안해졌다. 자기 때문에 유리는 아마 팩스 하나도 제대로 못 보내는 비서로 찍힐 게 분명했다. 소리는 어떻게든 이 일을 만회해서 유리 이미지를 회복시키고 말겠다는 다짐을 했다. 한결은 팩스를 보낸 뒤 본사로 전화를 걸었다.

"박한결입니다. 다시 보냈으니 확인 부탁드립니다. 네, 알겠습니다."

다행히 이번에 보낸 건 본사에서 받았다고 했다. 한결은 소리를 노려보았다.

"고스톱 치는 거 배우느라 팩스 보내는 법은 까먹었나 봐?"

"그게 아니라 오랜만에 하니 잠시 헷갈린 것 같은데……."

"모르면 앞뒤로 두 번 보냈어야지. 이런 식으로 일 처리를 하면 내가 뭘 믿고 맡기겠어?"

"……죄송합니다."

"후우, 됐어. 호텔로 돌아갈 거니까 시동 걸어 놔."

"네."

호텔로 돌아가는 길에 두 사람은 단 한 마디도 하지 않았다. 한결은 입을 열면 화를 낼 것 같아서 겨우 꾹 참고 있었고, 소리는 한결의 눈치를 보느라 숨 막힐 정도로 답답했지만 한 마디도 할 수가 없었다. 하지만 소리의 실수는 여기서 끝나지 않았다.

다음 날도 여전히 소리의 늦잠과 한결의 늑장으로 인해 두 사람은 현장에 도착하자마자 점심부터 먹었다. 그리고 점심식사를 마친 뒤 소리가 목장갑을 끼려고 하자 한결이 그녀를 불러 세웠다.

"한 비서."

"네?"

"이거 3부만 B4 용지에 복사해 와."

"네."

소리는 한결이 건네준 종이를 받아들고 컨테이너 박스로 들어갔다. 한결이 준 건 총 31장으로 된 현장에서 공사 중인 공장의 사업계획서였다. 소리는 사업계획서를 들고 한참을 망설이다 한 장씩 복사를 하기 시작했다. 한 장마다 세 번씩 복사 버튼을 눌렀다. 그리고 복사된 것들은 바닥에 깔며 정리를 했다.

한참을 기다려도 소리가 컨테이너 박스에서 나오지 않자 한결은 괜히 불안한 마음이 들었다. 어제 팩스를 제대로 못 보내서인지 시간이 흐를수록 이상한 불안감이 엄습했다. 결국 기다리던 한결은 참지 못하고 컨테이너 박스 문을 벌컥 열었다.

"허!"

한결은 소리가 하고 있는 모습을 보며 할 말을 잃었다. 한 장이 복사되어 나오면 또 복사를 누르고, 또 한 장이 나오면 또 복사 버튼을 누르는 모습에 기가 차고 어이가 없었다.

"설마 이것도 기계가 달라서 이렇게 하고 있는 건가?"

"복사하고 있는데요? 거의 다 했어요."

"후우, 미치겠다, 정말. 어떻게 이렇게 무식하게……."

한결은 한숨을 크게 내쉬며 자신의 머리를 헤집었다. 그리고 어쩔 수 없이 컨테이너 박스 안으로 들어갔다. 소리가 잠을 자고 생활하는 공간이라 그런지 컨테이너 박스 안 전체에 소리의 향기로 가득한 것 같은 착각이 들었다.

"네가 볼 때는 이게 B4용지인가?"

"네?"

"내가 분명히 B4용지에 복사하라고 했을 텐데."

"아, 맞다."

"아, 맞다?!"

도대체 비서가 맞긴 한 건가, 하는 의문이 들 정도로 소리는 기본 중에 기본도 못하고 있었다. 한결은 복사해 놓은 A4용지 뭉치를 발로 밀며 마지막으로 나온 종이도 한쪽으로 휙 던져 버렸다.

"설마 복사하는 방법까지 잊었어? 다시 가르쳐 줘야 하나?"

"가르쳐 주시면 제가 또 금세 잘해요."

"정말 뻔뻔하군."

"그래도 가르쳐 주신다면 잘할 수 있는데요?"

배시시 웃으며 말하는 모습을 보자니 더 이상 화도 나지 않았다. 화를 내 봐야 한결은 자신의 에너지만 낭비하는 거라고 생각했다. 그래서 마음을 비웠다. 그리고 친절하게 설명할 자신은 없지만 소리에게 방법을 가르쳐 주기로 했다.

"용지 설정. B4. 부수 설정. 3부. 여러 장이니까 분류 버튼 누르고. 복사."

딱딱하게 말하며 한결이 복사 버튼을 누르자 신기하게도 한 부씩 분류되어 B4용지에 착착착 복사되어 나오기 시작했다. 그걸 보며 소리는 저도 모르게 감탄을 했다.

"우와, 이렇게 편한 방법이 있었다니! 이런 게 있었으면 진작 알려주시지 그러셨어요. 아, 한 장씩 하는 데 정말 죽는 줄 알았네."

한결의 눈썹이 꿈틀거렸다. 보면 볼수록 정체가 의심스러운 여자였다. 분명히 일 처리 완벽한 비서라고 들었는데 이런 기본적인 것조차 하지 못하는 모습은 이해할 수가 없었다. 혹시 자신을 골탕 먹이려고 일부러 그러는 건가, 하는 의심까지 들었다. 헌데 방금 감탄하는 소리의 표정이나 목소리는 꾸며낸 거짓이 절대 아니었다. 그러자 쓸데없이 태성의 걱정까지 됐다.

도대체 뭘 믿고 이런 애를 스파이로 보낸 건지…….

스파이라고 하기에는 부족해도 한참이나 부족했다. 아니, 도무지 이런 허접한 스파이는 있을 수가 없다는 생각이 들었다.

한편 소리는 방금 한결이 한 순서를 중얼거리며 외우고 있었다. 도대체 유리는 이런 일을 어떻게 매일 했는지 신기할 정도였다.

그렇게 며칠 동안 팩스, 복사, 스캔 등으로 소리는 진땀 빼며 고생을 하고 한결에게 매일같이 욕을 먹었다. 소리는 결국 작은 수를 내었다. 이면지에다가 그동안 실수하면서 배운 것들을 적어 벽에 붙여 두는 것이었다. 머리 나쁜 자신은 며칠 뒤면 이것들을 모두 잊어버릴 게 분명했으니까.

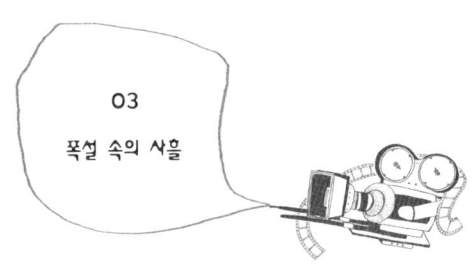

03
폭설 속의 사흘

 벌써 3월이었다. 남녘엔 봄꽃들이 활짝 피었다는 뉴스가 보도되고 있는데 강원도는 아직 한겨울의 날씨었다. 결국엔 낮부터 눈송이가 하나둘 떨어지더니 이제는 함박눈이 내렸다. 깊은 산골이라 그런지 봄꽃 대신 눈꽃이 내리는 걸까.

 예상치 못한 눈이 내리자 더 이상 공사를 진행할 수가 없었다. 변 소장은 인부들에게 잠시 쉬도록 했고, 소리는 눈을 뭉치며 쭈그리고 앉아 무언가를 열심히 하고 있었다.

 "한 비서, 그러다 손에 동상 걸려."

 걱정이 되었는지 장씨가 다가와 말했지만, 소리는 괜찮다는 듯 어린아이 같은 표정으로 천진난만하게 웃었다.

 "장씨 아줌마, 눈사람 만들어 본 적 있어요?"

 "아유, 있지 그럼."

 "언제요?"

"글쎄, 언제더라……. 열 살 때였나? 그러고 보니 벌써 사십 년도 더 됐네."

"눈사람 만드는 거 진짜 재밌는데, 같이 만드실래요?"

"그럴까?"

소리를 걱정하던 장씨는 해맑은 소리의 표정에 이끌려 함께 쪼그려 앉아 눈덩이를 뭉치기 시작했다. 한결은 창고 처마 밑 난로 앞에서 눈을 피하며 소리가 하는 양을 지켜보고 있었다. 뭐가 저리 좋아서 활짝 웃고 있는지 이해가 가지 않았다. 고작 눈덩이를 굴리고 있을 뿐인데, 아무리 장갑을 끼고 있다고 해도 금세 손이 시리고 장갑도 축축해져서 불쾌할 텐데, 소리의 얼굴에서 미소가 떠나지 않는 게 한결의 눈에는 신기하게만 보였다.

"본부장님!"

소리가 갑자기 팔을 올려 손을 흔들며 한결을 불렀다. 한결은 무표정을 고수한 채 그저 소리와 눈을 마주치기만 했다.

"같이 눈사람 만드실래요?"

아이처럼 신난 표정으로 외치는 소리를 향해 한결은 단호한 표정으로 팔을 이용해 X를 만들었다. 절대 눈을 맞으며 눈사람을 만들 생각은 없었다. 지금껏 눈사람을 만들어 본 적도 없을 뿐더러, 눈을 맞는다면 금세 옷이 축축해져서 기분이 불쾌해질 게 뻔했기 때문이었다. 한결을 보며 소리는 이내 서운한 표정을 지었지만, 곧 다시 밝은 목소리로 공사 현장을 향해 외쳤다.

"변 소장 아저씨, 우리 같이 눈사람 만들어요!"

"한 비서, 그러다 감기 걸려!"

"괜찮아요! 아저씨들 우리 눈사람 만들고, 눈싸움도 해요!"

소리의 외침에 허허 웃던 인부들 중 몇 사람이 일어나 소리에게로 다가갔다. 아무래도 서울에 있는 자식들의 어린 시절이 생각나는 모양이었다. 소리에게 다가온 인부들은 이 동네가 고향이었고, 자식들이 어릴 때 이곳에서 적어도 한번 이상 이렇게 눈사람을 함께 만들고 눈싸움을 하곤 했다. 잊고 있던 소중한 기억들이 인부들의 머릿속에 떠오르며 가슴을 따뜻하게 적셨다.

인부들과 함께 한참을 눈을 굴리니 제법 큰 덩이가 완성됐다. 생각보다 크게 만들어진 탓에 무거운 눈덩이를 인부 세 사람이 함께 들어 더 큰 눈덩이 위에 올리자 거대한 눈사람이 되었다.

"우와, 진짜 대박이다!"

소리에게서는 저절로 탄성이 나왔다. 소리가 좋아하는 모습에 인부들과 장씨의 표정이 흐뭇해졌다.

"저 태어나서 이렇게 큰 눈사람 처음 만들어 봐요!"

"허허, 이렇게 큰 눈사람을 본 적은 있고?"

"당연히 없죠! 아저씨늘 진짜 쌍이에요! 눈, 코, 입도 만들어 줘야지!"

"눈사람 머리 올리는 동안 내가 준비했지!"

기다렸다는 듯 장씨가 밥그릇과 젓가락, 그리고 나무막대기를 가지고 왔다. 소리는 환호성을 지르며 장씨에게서 받은 밥그릇으로 눈사람의 눈을 만들어 주고, 젓가락으로는 삐죽 솟은 머리카락 세 가닥을 만들어 주었다. 그 사이 인부 하나가 나무 막대를 단단한 몸통 눈덩이에 꽂아 팔을 만들었다.

"정말 최고예요! 여기에 와서 오늘이 제일 행복해요!"

"허허, 한 비서가 좋아하니 나까지 좋구먼."

"그러게, 우리 마스코트가 행복하다니까 뿌듯한데?"

인부들이 한마디씩 거들며 함께 웃었다. 소리는 이 시간이 정말 소중하고 너무도 행복해서 가슴이 뭉클해졌다. 눈사람을 완성한 것도 기뻤지만, 그보다 이렇게 좋은 사람들을 만날 수 있다는 사실에 진심으로 행복했다.

함박눈이 거세지자 변 소장은 인부들을 정리시켰다. 특히 함께 눈사람을 만들었던 인부들은 눈을 맞았기 때문에 옷이 점점 젖어와 더 이상 있을 수도 없었다. 그리고 장씨도 마을로 돌아가자 현장에는 한결과 소리 둘만 남게 되었다.

한결은 지금까지 계속 소리를 주시하며 공범자를 찾기 위해 애를 썼지만 쉽지 않았다. 소리가 유독 친한 건 장씨 하나였고, 나머지 인부들과는 누구랑 따로 얘기하거나 그런 것 없이 모두 잘 어울렸기 때문이다. 한결은 복잡한 머리를 흔들며 소리를 응시했다.

소리는 그들이 돌아간 후에도 여전히 눈사람 옆에서 눈을 맞으며 멍하니 눈 내리는 모습을 지켜보고 있었다. 결국 창고 처마 밑에 있던 한결은 옷을 여미며 소리에게로 다가갔다.

"안 들어갈 건가?"

"이렇게 예쁜 눈이 내리는데 어떻게 들어가요? 본부장님, 이렇게 새하얀 눈 본 적 있으세요? 진짜 엄청 깨끗해요."

목도리를 칭칭 감은 채 털모자까지 쓰고 있는 소리의 머리와 어깨에는 이미 눈이 수북이 쌓여 있었다. 옆에 있는 눈사람과 비슷한 모습이었고, 인간 눈사람이라고 해도 과언이 아닌 모습이었다. 그리고 한참이나 내리는 눈을 바라보던 소리는 바닥에 쭈그리고 앉아 쌓여있는 눈을 한 움큼 쥐어 입에 넣었다.

"뭐하는 짓이야? 미쳤어?"

"이거 진짜 깨끗해요. 본부장님도 드셔 보실래요?"

"됐어."

"저는 이런 건 영화에서만 볼 수 있는 건 줄 알았어요. 이 소리 들리세요? 걸을 때마다 뽀드득 뽀드득 소리가 나요. 온 세상이 하얗게 뒤덮인 게 꼭 다른 세계에 와 있는 것 같아요. 정말 어떻게 이럴 수가 있지? 눈을 뗄 수 없을 정도로 아름다워요. 이런 장면을 실제로 볼 수 있다니……."

한결은 환상에 젖어 있는 듯 하얀 눈을 보며 행복해하는 소리의 표정에서 눈을 떼지 못했다. 소리는 이 아름다운 자연환경 때문에 다른 세상에 와 있는 것 같다고 했지만, 한결은 소리의 표정 때문에 다른 세상에 와 있는 것 같았다. 소리는 한결은 안중에도 없는 듯 정신을 못 차리고 있었다. 한결은 그 모습에서 시선을 뗄 수가 없었다. 어떻게 저런 표정을 지을 수 있는지 신비로워 보이기까지 했다. 자신이 무언가에 홀린 것만 같았다. 하지만 한편으로는 저러다 감기몸살이라도 들면 어쩌나 걱정이 되었다. 남자인 자신도 코가 빨개질 정도로 추운데, 아까부터 눈사람도 만들고 여태껏 눈을 맞고 있는 소리는 얼마나 추울지 조금 걱정이 되었다. 만약 소리를 저대로 그냥 두면, 몇 시간이고 저렇게 넋 놓고 있을 것 같아서 한결은 그녀를 들여보내야겠다고 생각했다. 저러다 감기 몸살이라도 나면 자신이 피곤해질 테니까.

"이봐, 이제 그만 들어가지?"

뽀드득 소리를 즐기며 몇 걸음 옮기던 소리는 어느 한곳에서 멈춘 채 미동도 하지 않았다. 아무래도 자연의 경이로움에 심취해 한결의 말이 안 들리는 모양이었다. 결국 한결은 쌓인 눈을 밟으며 또다시 소리에게로 다가갔다. 걸음을 옮길 때마다 들리는 뽀드득 소리가 한결의 귓가를 울렸다.

"여기서 눈사람이라도 될 생각인가?"

"정말 예뻐요. 이 광경을 절대 못 잊을 것 같아요."

"됐으니까 그만하고 들어가."

소리는 말로 형언할 수 없는 이 아름다움을 조금 더 감상하고 온몸으로 느끼고 싶은데, 도대체 이 사람은 왜 이렇게 자신을 들여보내지 못해서 안달인지 이해할 수 없었다.

"추우시면 먼저 들어가세요. 전 조금 더 있을 거예요."

"조금 더 있다가는 진짜 눈사람이 될 것 같으니까 그렇지. 괜히 감기 몸살 걸리지 말고."

"아니, 내가 좀 더 보겠다는데. 감기 몸살 걸려도 내가 걸리지 본부장님이 걸려요? 제 몸은 제가 걱정할 테니 본부장님은 가시든가요."

"허! 누가 네 걱정해서 이러는 줄 알아? 네가 감기 몸살 걸려서 앓아눕기라도 하면 내 출퇴근에 지장이 있으니까 하는 말이잖아. 질질 끌고 가기 전에 어서 움직이지?"

소리가 한결을 노려보았다. 자신만의 이 귀한 시간을 방해하는 한결이 야속하기만 했다.

"그것도 본부장님이 부하 직원에게 내리는 지시인 거예요?"

"어. 그러니까 좋게 말할 때 움직여. 내가 벌써 몇 번이나 말했는지 알아?"

"이건 정말 억지야. 아니, 눈이 이렇게 와서 아저씨들도 일을 접은 판에 왜 비서의 임무는 아직 계속되는 건데요?"

"내가 아직 퇴근을 안 했으니까. 마지막으로 한 번만 더 말한다. 눈 맞고 서 있지 말고 계속 보고 싶으면 저쪽에서 보든가."

한결이 내놓은 절충안이었다. 소리는 먼저 등을 돌려 창고 처마 밑으로 가는 한결의 등을 있는 힘껏 노려보았다. 한결의 말처럼 창고 처마 밑에서 감상한다면 눈이 쌓여 옷이 젖을 일은 없을 것이었다. 하지만 소리는 지금 옷이 젖어오는 것도, 추운 것도 잊을 정도로 황홀했다. 그런데 한결이 결국엔 그걸 방해하자 심술이 났다. 한결의 뒤를 따라 걷던 소리는 손이 시린 것도 잊은 채 재빨리 눈을 뭉쳐 던졌다.

"아!"

"어머, 본부장님 등에 맞을 줄은 몰랐는데……."

고의로 한결의 등을 노려 던진 게 분명한데도 소리는 실수라는 듯 태연한 표정으로 말했다. 한결이 눈썹을 꿈틀거리며 눈을 부라렸지만 소리는 혀를 쏙 내밀고 손에 들고 있던 또 다른 눈뭉치를 한결에게로 던졌다.

"아, 아깝다!"

"역시 고의였군."

고개를 살짝 비틀어 소리의 눈덩이를 피한 한결이 코웃음을 치며 어이없음을 내비쳤다. 하지만 소리는 여전히 천진난만한 모습이었다.

"본부장님, 눈싸움하실래요?"

"아니."

"……재미없긴."

"뭐?"

"본부장님 눈싸움해 본 적 없죠?"

한결은 대답할 가치도 없다는 듯 다시 등을 돌려 걸음을 옮겼다. 그리고 소리는 재빨리 눈덩이를 뭉쳐 한결의 등을 향해 또 던졌다.

퍽! 명중.

"너 정말!"

"억울하면 본부장님도 던지세요. 눈싸움이 뭐 별건가요? 이게 바로 눈싸움이지."

한결의 표정이 잔뜩 구겨진 것이 보였지만, 소리는 아이처럼 천진난만하게 웃었다.

"분명히 안 한다고 말했다. 한 번만 더 던지면 가만 안……."

"갑니다!"

소리는 한결의 말을 자르며 개의치 않고 눈덩이를 던졌다. 그리고 그 눈덩이는 정확히 한결의 어깨에 맞아 흩어졌다.

"야!"

"억울하면 던지시라니까요?"

"마지막 경고야. 한 번만 더 던지면 이 눈 속에 파묻어 버릴 테니까 알아서 해."

"치."

결국 소리의 패배였다. 한 번 더 던질까 살짝 갈등하긴 했지만 그럼 한결이 정말 눈 속에 파묻어 버릴 것 같아서 그만두었다. 왠지 한결은 그러고도 남을 사람이라는 생각이 들었다. 소리는 이 재미있는 눈싸움을 한결이 왜 하기 싫어하는 건지 이해할 수 없었다. 그 사이, 벌써 밤이 깊어 주위가 어둑어둑했다.

"본부장님."

"왜."

"설마 이 눈길에 저한테 운전을 시키실 생각은 아니시죠?"

순간 한결의 표정이 급격히 굳었다. 눈이 쌓여 장미호텔로 돌아갈 수 없다는 걸 한결은 미처 생각지 못했다. 아까 소리가 눈사람을 만들기 시작했을 때만 돌아갔더라도 호텔로 갈 수 있었을 텐데, 눈이 발목까지 쌓인 지금 호텔로 돌아가는 건 자살행위나 마찬가지였다. 소리에게서 시선을 떼지 못한 덕분에 돌이킬 수 없는 일이 생겨 버렸다.

"젠장."

한결의 표정에 난감함이 가득했다. 잠시 한결의 표정을 살피던 소리는 씩 웃고는 창고 옆에 있는 자신이 방으로 사용하고 있는 컨테이너 박스 문을 열었다. 그리고 그냥 들어가려다 슬쩍 한결의 눈치를 살피며 물었다.

"조금 누추하긴 하지만, 들어오실래요?"

"아니."

"싫음 말고요."

한 번 더 권유할 줄 알았건만, 소리는 쌩하니 방으로 들어가 문을 쿵 닫아 버렸다. 그 모습에 한결은 어이가 없고 기가 막혀서 할 말을 잃었다. 그래도 나름 여자 혼자 지내는 방이라 단번에 들어간다고 하기가 뭣해서 한 번 정도는 예의상 거절한 것뿐인데, 다시 한 번 권유하지도 않고 서렇게 매몰차게 혼자 들어가 버릴 줄이야. 한결은 자존심이 상해서라도 이대로 버티는 쪽을 택했다.

걱정되면 적어도 다시 한 번 권유하겠지.

하지만 10분이 지나도 소리는 문을 열지 않았다. 이미 난로도 꺼져서 몸이 떨리고 이가 시릴 정도로 추워 죽겠는데, 소리는 자기 혼자 따뜻한 방안에 있어서 밖이 얼마나 추운지 모르는 모양이었다. 밤이 깊어갈수록 추위도 점점 심해지고 있었다.

고약한 비서 같으니라고!

한결은 자존심 상 먼저 컨테이너 박스의 문을 열지는 못하고 부릅뜬 눈으로 굳게 닫힌 문만 노려보았다.

한편 컨테이너 박스 안에서 소리는 옷을 갈아입은 뒤 전기장판을 켜고 이불 속에 들어가 몸을 녹이고 있었다. 밖에 있을 때는 추운 줄 몰랐는데, 이렇게 언 몸을 녹이니 얼마나 추웠었는지 느껴졌다.

"아, 이제 살 것 같네."

온몸이 노곤노곤해지는 게 이대로 잠들면 딱 좋겠다 싶었다. 그리고 잠시 눈을 감은 소리는 그대로 잠이 들었다. 약 30분 정도가 흐른 뒤, 깊은 잠에 들었던 소리가 뒤척이며 눈을 떴다.

"하암, 얼마나 잔 거야……."

소리가 기지개를 켠 뒤 온몸에 힘을 쭉 빼고 팔다리를 늘어트렸다. 잠깐 잠들었던 것 같은데 피로가 싹 풀린 듯 몸이 가벼웠다. 누운 채로 고개만 돌려 창밖으로 시선을 두니 어스름한 가로등 불빛에 여전히 함박눈이 내리고 있었다.

"헉!"

갑자기 소리의 몸이 튕겨져 오르며 벌떡 일어나 앉았다. 잊고 있던 한결이 생각났다.

설마 아직도 밖에 있는 건 아니겠지? 설마…….

본인이 안 들어오겠다고 했으니 소리의 잘못은 아니지만, 불안한 기운이 느껴졌다. 소리는 컨테이너 박스의 문을 열자마자 보이는 광경에 심장이 오그라드는 것을 느꼈다. 문 앞에는 한결이 벌벌 떨며 저승사자의 모습으로 소리를 노려보고 서 있었다. 얼마나 추운지 코 끝이 빨갛게 물들었고 입술은 파랗게 질리기 직전이었다.

"본부장님, 그냥 들어오시는 게 나을 것 같은데……."

"비켜."

한결은 기다렸다는 듯이 소리를 밀치며 컨테이너 박스 안으로 성큼성큼 들어갔다. 스쳐지나가는 한결에게서는 미약한 불가리 향이 느껴졌다. 한결은 방으로 들어오자마자 눈에 보이는 담요를 몸에 둘렀다. 정말 몇 초만 더 늦었더라면 문을 부수고 들어올 뻔했다.

"그러게 아까 같이 들어오시지 그러셨어요. 거기 계시지 말고 전기장판 있는 데로 들어가세요. 제가 덥혀 놔서 엄청 따뜻해요."

한결은 또 한 번 소리를 노려본 뒤 소리가 누워 있던 전기장판 이불 속으로 들어갔다. 잔뜩 움츠리고 있었던 탓에 몸이 녹을수록 쑤시고 결려왔다. 그리고 몸이 녹아갈수록 한결의 눈꺼풀도 점점 무거워졌다. 한결이 잠드는 모습을 지켜보던 소리는 조금 떨어진 곳에서 담요를 덮고 자신도 눈을 붙였다. 두 사람이 잠들어 있는 컨테이너 박스 위로 함박눈이 쌓이고 있었다.

*

소리가 눈을 떴을 때는 이미 밖이 환하게 밝았다. 시간을 확인하니 벌써 오전 11시가 넘어 있었다. 알람도 맞추지 않은 채 잤더니 늦게까지 푹 자 버렸다. 소리는 대충 옷을 껴입고 밖으로 나갔다. 나오기 전 힐끔 본 한결은 등을 돌린 채 웅크리고 여전히 잠든 모습이었다.

"우와……."

바닥에 발자국 하나 없이 하얗게 쌓여 있는 눈이 햇빛에 반짝반짝 빛나는 모습에 소리는 입을 다물지 못했다. 마치 이 광경이 꿈인 것만 같았다. 여전히 함박눈이 내리고 있는 터라 오늘도 공사는 진행되지 못할 것 같았다. 소리는 얼른 방에서 캠코더를 들고 나와 새하얗게 눈 덮인 눈부신 세상을 담았다. 아무리 잘 찍어도 눈으로 직접 보는 것처럼 아름답고 감동적이지는 않겠지만, 그래도 분명 영상으로 남기는 의미가 있을 것 같았다.

영화감독을 꿈꾸며 생긴 버릇이 어디를 가든 미니 캠코더를 들고 다니는 거였다. 이곳에서 이렇게 쓰이게 될 줄은 몰랐지만.

"으, 추워. 장씨 아줌마가 없으니까 밥을 어떻게 해야 할지 모르겠네."

소리는 눈에 보이는 아름다운 것들을 전부 찍은 뒤, 종종 걸음으로 컨테이너 박스 안에 다시 들어갔다. 슬슬 배가 고픈 게 아무래도 한결을 깨워서 밥을 먹어야 할 것 같았다. 소리는 한쪽에 캠코더를 둔 뒤 누워 있는 한결에게로 다가갔다.

"본부장님."

"……"

"본부장님, 일어나세요. 해가 중천에 떠 있는데 언제까지 주무실 거예요?"

"……"

"본부장님!"

한결에게서는 대답이 없었다. 이 정도 했으면 한결의 성격상 시끄럽다고 조용히 하라고 하든가, 일어났으니까 그만하라고 해야 하는데 한결은 미동도 없었다. 소리는 이상한 마음에 한결의 어깨를 흔들다 깜짝 놀라고 말았다.

"히익! 본부장님!"

한결의 몸이 불덩이였다. 빨갛게 달아오른 얼굴에는 땀까지 송골송골 맺혀 있었고, 입술은 열이 올라 바짝 말라 있었다. 소리는 너무 당황한 나머지 어떻게 대처해야 할지 난감했다. 병원을 가려면 시내로 나가야 하기 때문에 40분은 차를 타고 가야 하는데, 거리가 먼 건 둘째치더라도 이 눈 속을 뚫고 차를 끌고 가는 게 더 문제였다.

일단 소리는 얼른 차가운 물수건을 만들어 와 땀을 닦아 주고 한결의 이마에 올렸다. 잊고 있었던 어린 시절 기억이 떠오르며 소리를 불안하게 만들었고, 손을 덜덜 떨리게 했다.

"본부장님, 제 말 들리세요? 잠깐만 계세요, 금방 돌아올게요. 제가 돌아올 때까지 절대 의식 놓으면 안 돼요, 절대로!"

소리는 한결의 대답도 듣지 않고 컨테이너 박스 밖으로 뛰쳐나갔다. 생각나는 사람이 한 사람밖에 없었다. 소리는 발목이 넘도록 쌓인 눈을 헤치며 뛰다시피 마을 쪽으로 향했다. 일전에 한 번 갔던 집이라 기억을 더듬으며 걸음을 더욱 빨리했다. 이렇게 추운데 아직 손에서는 한결의 뜨거운 온기가 느껴졌다. 어린 시절의 기억이 또다시 반복될까 봐 두려운 마음에 심장이 쿵쿵거리고 입술이 부들부들 떨렸다.

쾅쾅쾅!

"아줌마! 장씨 아줌마!"

소리는 대문을 두드리며 다급한 목소리로 장씨를 불렀다. 곧 우산을 쓰고 장씨가 대문을 열며 모습을 드러냈다.

"한 비서, 어쩐 일이야? 이렇게 눈까지 잔뜩 맞고. 아이고, 이 발 좀 봐. 이러다 동상 걸리겠어, 얼른 들어와."

"아줌마, 본부장님이……."

"아이고, 일단 들어와서 얘기해. 여기까지 이렇게 눈 맞고 걸어오고 발까지 다 젖었는데, 이러다 한 비서까지 큰일 나겠어."

장씨는 눈으로 뒤덮인 소리의 몸과 발을 보며 걱정스런 표정을 지우지 못했다. 다급한 소리의 표정을 보며 무슨 일이 있구나, 싶었지만 일단은 소리의 몸을 녹이게 하는 게 우선이라 그녀를 끌고 집으로 들어왔다.

"무슨 일인데 여기까지 이렇게 달려왔어? 본부장 총각이 왜, 뭔 일이라도 있어?"

"아줌마, 본부장님 몸이 완전 불덩이예요. 어제 다들 돌아가시고 나서 밖에서 좀 오래 서 계시긴 했는데, 아니, 밖에서 많이 오래 있긴 했는데, 아무튼 얼굴에도 땀이 엄청 많이 나고 몸도 불덩이라서……."

"잠깐만 기다려 봐. 눈이 이렇게 와서 병원도 못 갈 거고, 왕진해 줄 의원도 없으니……. 일단 좀 있어 봐."

장씨는 소리를 안심시킨 뒤 주방으로 나가 이것저것 챙기기 시작했다. 그 모습을 지켜보는 소리의 표정이 불안정했다. 빠른 손놀림으로 두부를 으깨 밀가루와 섞은 장씨는 그것을 비닐봉지에 넣어 마른 헝겊 몇 장과 함께 소리의 손에 들려주었다.

"이게 뭐예요?"

"이 헝겊에다가 이것들 펴서 가슴에 붙여. 열 내리는 데는 이만한 게 없어."

"가슴에다가요?"

"가슴에 붙이는 게 제일 효과가 빠르고, 안 되면 이마에라도 붙여 줘. 두세 시간 지나서 물기 마르면 새 걸로 갈아 주고."

"네, 아줌마. 감사합니다!"

소리는 장씨에게서 받은 것을 품에 안고 또다시 뛰다시피 했다. 일초라도 빨리 가서 한결에게 장씨가 알려준 대로 민간요법을 행해야 했다. 눈 속을 파고드는 발이 시려왔지만 소리는 거기까지 신경 쓸 겨를이 없었다. 그저 단지 어린 시절 보았던 아버지의 모습이 자꾸만 한결에게 겹쳐졌다. 물론 아버지가 돌아가신 이유는 달랐지만, 소리가 보았던 아버지의 마지막 모습은 열이 잔뜩 올라 몸이 불덩이처럼 뜨겁고 땀을 뻘뻘 흘리는 모습이었다. 그리고 다시 아버지를 만난 건 장례식장 영정사진 앞이었다. 그럴 리는 없겠지만, 절대 같은 일이 일어나지는 않겠지만 소리는 무섭고 불안해서 정신을 차릴 수가 없었다. 어떻게 다시 컨테이너 박스 앞까지 왔는지 모를 정도로 소리는 내리는 눈발을 맞으며 허겁지겁 달렸다.

"본부장님, 괜찮으세요? 제 말 들려요? 들리면 뭐라고 대답 좀 해 보세요."

"시끄러워."

다 죽어가는 목소리로 한결이 겨우 대답하자 소리의 눈에 그렁그렁 눈물이 차올랐다. 그럴 리가 없다고 생각하면서도, 한편으로는 자신의 아버지처럼 이게 한결의 마지막일까 봐 내심 걱정했던 것 같다. 소리는 안도의 숨을 내쉬며 한결 몰래 얼른 눈가를 훔쳤다. 그리고 장씨에게서 받아온 것들을 한결 앞에서 풀었다.

"아직도 몸이 불덩이예요. 일단 열 내리는 게 우선이니까 이렇게 똑바로 누워 보세요."

소리가 웅크리고 옆으로 누워 있는 한결의 어깨를 잡고 바로 눕도록 했다. 힘이 하나도 없이 소리가 하는 대로 끌려오는 걸 보니 한결이 아프긴 제대로 아픈 모양이었다. 그리고 소리는 망설임 없이 한결의 와이셔츠 단추를 하나씩 풀기 시작했다.

"뭐하는 짓이야."

"가만히 있어 보세요."

"미쳤어?"

"내가 이 상황에 본부장님한테 무슨 짓 할까 봐 이래요? 나, 본부장님한테 눈곱만큼도 관심 없으니까 걱정 마시고 가만히 좀 있어 보라고요! 열은 내려야 할 거 아니에요!"

소리가 버럭 화를 내는데도 불구하고 한결은 자신의 와이셔츠 단추를 풀지 못하도록 잡은 그녀의 손을 놓지 않았다. 이렇게 열이 나는데도 소리가 꼼짝 못할 정도로 팔을 잡는 걸 보니 죽을 만큼 아픈 건 아닌 듯했다. 하지만 소리는 자신의 손목을 잡은 한결의 손에서 느껴지는 뜨거운 열기에 손목이 타들어가는 것 같았다. 더 이상 실랑이를 벌일 수 없어서 일단 소리가 백기를 들었다.

"알았어요, 알았어. 안 벗길 테니까 걱정 말아요!"

그 말을 듣자 한결이 점점 손에 힘을 풀었다. 그리고 소리는 잽싸게 잡혔던 손목을 빼내고 장씨에게 받은 헝겊을 한결의 이마에 올렸다. 그리고 헝겊 위에 으깬 두부와 밀가루 섞은 것을 잘 펴서 올렸다.

"찝찝하게 뭐하는 짓이야."

"아직 덜 아프시네. 아까는 다 죽어 가더니……."

"이게 진짜……."

"조용히 하고 그냥 눈 감고 더 주무세요. 푹 자고 일어나면 열이 뚝 떨어지고 몸도 훨씬 가뿐해질 거예요. 뭐라고 하시든 나중에 다 들을 테니까 지금은 그냥 좀 주무세요."

뭐라고 말을 하려 입을 달싹이던 한결은 이내 그만두고 눈을 감았다. 목도 다 갈라지고 머리가 깨질 것처럼 울릴 뿐만 아니라 얼굴은 화끈거리고 온몸에 열이 올랐다 내렸다 하는 게 느껴졌다. 이마에 뭘 올린 건지는 몰라도 굉장히 찝찝했다. 그리고 이게 정말 열을 내리는 데 효과가 있을까, 하는 의심도 들었다. 하지만 결국 한결은 아무 생각 않기로 한 뒤 점점 시원해지는 이마를 느끼며 다시 잠에 빠져들었다.

"아직 많이 뜨겁네."

소리는 잠든 한결의 곁에 앉아 수시로 그의 체온을 체크했다. 한결이 추워하는 걸 알면서도 전기장판을 끄고 이불까지 다 걷어내 버렸다. 두 시간이 좀 지나 이마에 올린 헝겊의 물기가 마르자, 소리는 야무진 손길로 새것으로 갈아 주었다. 다행히 아까보다는 열이 조금 떨어진 것 같았다. 손으로 그의 목 주변을 만져보는 거라 정확하지는 않았지만 한결의 체온이 점점 떨어지자 안심해서 그런지 갑자기 허기가 확 느껴졌다. 하지만 먹을 게 없었다. 미니 냉장고에 들어 있는 거라고는 음료수와 물이 전부였고, 밖의 창고에 있는 건 감자와 고구마뿐이었다. 소리는 일단 한결이 정신 차릴 때까지 배고픈 걸 조금 참기로 했다.

또다시 두 시간 가량이 지나자 한결의 몸은 이제 거의 정상 체온으로 돌아온 것 같았다. 소리는 수건 하나를 들고 나가 화장실에서 따뜻한 물을 받아 수건에 적셨다. 그리고 그 따뜻한 물수건으로 땀을 흥건히 흘렸던 한결의 얼굴과 손, 팔 등을 닦아주었다.

"본부장님, 저한테 잘 하세요. 제가 본부장님 생명의 은인이라고요."

투덜거리고 있었지만 한결의 이마까지 꼼꼼히 닦아 주는 소리의 손길에는 따뜻함이 담겨 있었다. 한결은 문득 잠결에 어머니의 모습을 본 것 같기도 했다. 아주 어린 시절, 자신이 아플 때 이렇게 곁을 떠나지 않고 지켜 주며 간호해 주던 어머니와 함께 있는 착각이 들었다. 지금 곁에서 따뜻하고 정성스런 손길로 자신의 이마, 볼을 닦아 주는 사람이 누군지는 알 수 없었으나 그저 돌아가신 어머니가 곁에 있는 것 같았다. 그래서 마음이 편해져 한결은 다시 깊은 잠에 빠져들 수 있었다.

다음 날, 한결은 아침 일찍 눈을 떴다. 열이 떨어져서 그런지 몸이 가볍고 개운한 게 이제야 좀 살 것 같았다. 몸을 일으켜 주변을 둘러보니 낯선 광경이 한결을 반겼다. 늘 보던 호텔의 촌스러운 장미 포인트 벽지가 아닌 낯설고 딱딱하고 투박한, 그럼에도 조금은 아늑한 곳이었다.

"어떻게 된 거지?"

그러다 조금 떨어진 곳에서 웅크리며 자고 있는 소리를 보며 한결은 경악을 했다. 그리고 몸이 아파 정신을 못 차린 동안 잊고 있던 사실이 떠올랐다. 함박눈이 내려 시내에 나갈 수 없었고, 밖에서 떨다 이 안으로 들어왔고, 자신이 앓아누웠었다는 잊고 싶은 사실들이 한결의 머릿속에 빠르게 지나갔다. 소리가 이상한 민간요법을 써서 간호를 해준 것 같기는 한데 정확히 기억이 나지는 않았다. 의도하지 않았지만 얼떨결에 두 사람은 한 공간에서 하룻밤을 함께 보냈다. 괜히 머쓱해진 한결은 허기짐을 느끼며 발을 뻗어 소리의 다리를 툭툭 쳤다.

"으음……."

"이봐."

"으, 5분만……."

"이봐, 좀 일어나지?"

한결이 깨워도 소리는 부끄러운 줄 모르고 배를 훤히 내보인 채 긁적였다. 그녀는 지금 자신을 깨우고 있는 사람이 누구인지 망각한 듯했다.

"그냥 둬……."

"뭘 그냥 둬? 당장 안 일어나?"

"아, 정말!"

소리가 등을 휙 돌리며 몸을 웅크리자 한결이 발에 힘을 주며 소리를 툭 걷어찼다. 그러자 소리가 신경질적으로 몸을 일으키며 뻗친 머리로 한결을 노려보았다.

"왜요! 왜! 잠 좀 자자고요!"

"배고파."

"허! 살아나셨네요."

"덕분에."

"됐어요. 나한테 고맙다는 말은 안 하셔도 돼요. 근데 장씨 아줌마한테는 꼭 고맙다고 하세요."

"장씨 아줌마?"

한결이 무슨 뜻이냐는 듯 얼굴에 물음표를 달고 소리를 바라보며 되물었다. 소리는 아직 잠이 덜 깨서 졸린 눈을 비비며 웅얼거리듯 대답했다.

"장씨 아줌마가 가르쳐 준 방법이거든요. 재료도 아줌마가 다 주신 거고요. 결론적으로 본부장님이 이렇게 하루 만에 다시 살아나신 게, 바로 다 장씨 아줌마 덕분이라는 거죠."

하지만 한결은 소리가 생각하는 것보다 훨씬 더 머리 회전이 빨랐다. 장씨가 재료를 주고 방법을 알려주었다는 것만 알게 된 게 아니라, 소리가 그 눈 속을 헤치고 장씨에게 갔었다는 사실까지 알게 되었다. 한결은 괜히 미안하기도 하고 고맙기도 했지만 모르는 척 화제를 돌렸다.

"배고파. 먹을 것 좀 가져와 봐."

"여기 먹을 게 어디 있다고……. 우리 매일 장씨 아줌마가 해준 밥 먹었던 거 기억 안 나세요? 먹을 거라고는 냉장고에 물이랑 음료수가 전부예요."

"흠……. 아! 트렁크에 컵라면 있을 거야. 그거라도 가져와."

"직접 가져다 드시면 지구가 멸망한답니까?"

"환자인 내가 찬바람 쌩쌩 부는 밖에 또 나가야겠어?"

소리는 더 이상 대꾸해 봐야 자신만 귀찮아질 것 같은 생각에 빠르게 포기한 뒤 점퍼를 대충 걸쳐 입고 밖으로 나왔다. 평소라면 한결에게 지지 않고 대꾸하며 입씨름을 했겠지만, 아직 8시밖에 안 돼서 그런지 그럴 힘도 없었다. 모든 게 다 귀찮고 그저 더 자고 싶은 마음뿐이었다.

소리가 컨테이너 박스에서 나간 뒤 한결은 찬찬히 소리의 방을 둘러보았다. 한쪽에는 입었던 옷인지 입을 옷인지 모를 옷들이 너저분하게 널려 있었고, 그 옆에는 소리가 첫날 가져온 캐리어와 미니 냉장고가 있었다. 그리고 복합기와 좌식 책상, 컴퓨터가 있었다. 전에 소리가 제대로 하는 게 없어서 직접 팩스를 보내고 복사를 하고, 스캔도 해야 했기 때문에 들어와봤지만 그때는 소리 때문에 워낙 열이 받아서 이런 걸 세세히 볼 겨를이 없었다. 그때 한결의 눈에 무언가가 들어왔다. 컴퓨터 뒤에 있는 벽에 소리의 글씨로 추정되는 무언가가 적혀서 붙어 있었다.

〈한 비서가 꼭 체크하고 지켜야 할 사항〉
1. 팩스 보낼 때는 기종마다 다르니까 앞뒤로 두 번 보내기!
2. 복사를 할 때는 반드시 몇 부인지, 어떤 용지인지 설정 확인!
3. 여러 장을 묶어서 복사할 때는 분류 누르고 하기!
4. 어둡거나 너무 환하면 밝기 조절해서 복사하기!
5. 스캔을 한 뒤에는 꼭 제대로 스캔됐는지 확인하기!
6. 본사로 보내는 서류에는 오타나 오류가 없는지 3번 이상 확인하고 또 확인하기!
7. 본사로 보내는 서류는 반드시 본부장님의 결재를 먼저 받고 보내기!

찬찬히 읽어 내려간 한결은 어이가 없었다. 저 당연한 것들을 왜 적어놨는지 이해할 수가 없었다. 기본 중에서도 기본인 내용들만 적혀 있는 종이를 보며 한결은 고개를 내저었다. 소리와 함께하는 시간이 점점 늘어날수록 그녀의 정체는 점점 오리무중이 되어갔다. 스파이인 건 확실했으나, 스파이라고 하기에는 허접해도 심하게 허접했으며, 비서의 자질도 의심되는 여자였다. 그리고 이렇게 밤새 자신을 간호해 줄 필요도 없는 것이었다.

아니지, 신뢰를 얻으려고 정성을 보인 걸지도…….

머릿속에서 이런 생각이 들자 갑자기 가슴 한구석이 씁쓸해지고 허전해지며 공허해졌다. 가슴이 답답하고 괜히 짜증이 치밀어 올랐다. 그리고 결국엔 깊은 한숨이 흘러나왔다.

"아우, 추워."

소리는 팔로 몸을 감싸며 트렁크를 열었다. 트렁크에는 작은 사이즈의 컵라면이 박스째로 들어 있었다. 그리고 컵라면뿐만 아니라 각종 인스턴트식품들이 가득했다. 방에 전자레인지가 있으니 이것들을 먹는 데에는 문제가 없었다. 소리는 컵라면 두 개와 인스턴트 밥 두 개를 챙겨 다시 방으로 들어갔다. 그 외에 참치나 인스턴트 카레, 스파게티, 통조림 등은 혹시 모를 상황을 위해 비상식량으로 남겨두기로 했다.

"설마 물까지 부어서 익혀 드려야 하는 건 아니죠?"

"왜 아니겠어."

상전이 따로 없네.

소리는 미간을 좁히며 커피포트에 물을 올렸다. 한결은 소리가 스프를 뜯어 넣는 모습까지 빠짐없이 지켜보았다.

"그만 좀 보시죠. 그러다 몸 뚫리겠네."

"감시하는 거야. 침 뱉나 안 뱉나."

"제가 본부장님 드실 컵라면에 침 뱉을 정도로 저한테 못되게 군

건 아시나 보죠?"

"내가 못되게 굴어서 그런 게 아니라, 네 성격이 이상하니까 무슨 짓을 할지 어떻게 알아."

"헐……."

소리는 어이없는 표정을 지우지 않은 채 펄펄 끓는 물을 컵라면에 부었다. 그리고 인스턴트 밥도 전자레인지에 돌렸다. 곧 컨테이너 박스 안이 컵라면 냄새로 가득했다. 두 사람은 상도 없이 바닥에 앉은 채로 컵라면과 인스턴트 밥을 먹기 시작했다.

"아직도 눈 오나?"

"아까 라면 가지러 나갔을 때 보니까 오고 있던데요."

"폭설인 모양이군. 이 불편한 곳에서 언제까지 있어야 하는 건지."

"여기 제 방이거든요?!"

답답하다는 듯한 한결의 음성에 소리가 발끈했다. 한결과 같은 공간에 내내 있는 것도 불편한데다가 한결에게 제대로 된 이불까지 빼앗긴 터라 소리는 불만이 많았다. 그런데 불평이 한결의 입에서 먼저 나왔다는 사실에 어이가 없었다. 그래서 소리는 일부러 작정하고 물었다.

"본부장님, 언제 가실 거예요?"

"어딜?"

"어디긴요. 이 불편한 곳에서 한시라도 빨리 벗어나고 싶으시잖아요. 저도 본부장님이 제 방에 계셔서 엄청 불편하거든요?"

"나는 뭐 여기 있고 싶어서 있는 줄 알아? 네가 폭설 속에서도 안전 운전할 수 있다면 지금 당장이라도 난 호텔로 돌아가고 싶은 사람이야."

이럴 줄 알았다. 역시 박한결 본부장은 소리의 눈에 뻔뻔해 보이기만 했다. 방에 같이 있게 해줘서 고맙다고는 못할망정, 밤새 간호해서 살려놨더니 한결은 오히려 큰소리만 치고 있었다.

"네, 아무렴요. 어련하시겠어요."

"뭐?"

"저 아무 말도 안 했는데요?"

소리는 어깨를 으쓱하며 라면 면발을 후루룩 입에 넣었다. 한결은 분명히 들었음에도 폭설 때문에 일단 여기 아니면 갈 곳이 없는 터라 입을 꾹 다물었다. 어제 하루 종일 굶고 잠에 취해 있었던 탓에 더 허기졌던 터라 한결은 컵라면을 먹고 인스턴트 밥까지 다 먹어치웠다.

"오늘은 현장 일 못 하겠군."

"당연하죠. 폭설 때문에 호텔에 못 가는 어떤 분도 계신데, 아저씨들이 이 폭설 속에서 일하시는 건 말도 안 되죠."

"너는 말을 해도 꼭……."

"아, 배부르다. 준비는 제가 했으니까 치우는 건 본부장님이 하세요."

"뭐?"

한결은 어이가 없었다. 방금 자신이 무슨 말을 들었는지 귀를 의심할 수밖에 없었다. 하지만 소리는 당연하다는 듯 말을 이었다.

"지금 본부장님은 엄연히 제 방에 얹혀 계시는 거거든요? 더구나 오늘 현장 공사도 진행되지 않기 때문에 근무시간은 더더욱 아니고요. 생각지 못한 휴가 정도랄까요?"

"본론만 얘기해. 하고 싶은 말이 뭐야?"

"근무시간도 아닌데 제가 본부장님 시중을 들 필요는 없다는 거죠. 공평하게 해요, 우리. 제가 준비했으니까 본부장님이 치우세요."

"그게 말이 되는 소리라고 생각해?"

"말이 안 될 건 뭔데요? 그렇잖아요. 제가 본부장님 개인 가정부도 아니고. 이게 비서 일이라면 어떻게든 다 하겠지만 그게 아니니까요."

한결은 정말 어이가 없어서 말이 안 나올 지경이었다. 어떻게 저렇게 뻔뻔하고 당당하게 말할 수 있는지 소리의 뇌구조까지 궁금해졌다.

"허! 비서 일이나 똑바로 하면서 그러면 이해를 하겠는데, 한 비서 혼자서 제대로 한 게 뭐 있지? 내 기억으로는 내가 다시 했던 것 같은데? 팩스 보내는 것도 못할 뿐더러, 복사 하나 제대로 못해서 사람 열 받게 한 게 누구더라?"

소리는 정곡을 찔려 괜히 한결의 눈치를 보았다. 유리였다면 절대 이런 말을 하지 않고 알아서 치웠을 걸 생각하니 후회가 됐다. 더구나 유리가 워낙 완벽하게 일 처리를 했기 때문에 의심을 받을 것 같기도 했다. 그래서 소리는 정리를 하기 위해 주춤주춤 손을 움직이기 시작했다.

"아……. 이거 제가 치우려고 했는데 무슨 문제 있나요? 얼른 치워야지."

아오, 내가 비서 일만 확실하게 할 수 있게 돼 봐라. 그날로 당신은 아웃이야!

속에서는 불이 났지만, 한결의 말 중에 틀린 말이 하나도 없기 때문에 더 이상 우길 수가 없었다. 그래서 소리는 어쩔 수 없이 자신이 얼른 빈 그릇들을 하나씩 치우기 시작했다. 그리고 문득 그냥 넘어갈 수 없는 또 한 가지가 생각났다.

"본부장님."

"또 뭐."

"이거 하나는 짚고 넘어가야겠어요. 어제는 편찮으셨으니까 그렇다 치는데, 솔직히 좀 그래요."

"뭐가?"

"저도 여잔데, 남자인 본부장님과 한 방에서 맨정신으로 같이 밤을 보내는 건 좀 그렇잖아요? 물론 본부장님이 무슨 짓을 할 만큼 몰상식한 분은 아니시겠지만, 그래도 제 입장에서는 좀 그래서요."

한결은 망치로 머리를 얻어맞은 기분이었다. 정말 생각지도 못했던 말을 들어서인지 순간적으로 혼이 빠져나갔다 들어온 느낌이었다. 어떻게 저런 걸 걱정하고 있는 건지, 본인이 그만큼 남자에게 매력적이라는 건지, 도대체 어떤 생각으로 저런 말을 하는 건지 아무리 이해하려고 해도 한결의 상식에서는 이해할 수가 없었다. 정말 매혹적인 여자의 유혹에도 눈 하나 깜빡하지 않았던 자신을 어떻게 보고 저런 선머슴 같은 여자가 이런 소리를 하는지 기가 막혔다.

"정말 하다하다 별 걱정을 다 하는군."

"이건 당연한 걱정이거든요? 그리고 저는 절대로 남자 안 믿어요."

"왜지?"

"뭐가요?"

"왜 남자를 절대로 안 믿는 건데?"

한결은 괜히 기분이 상했다. 자신을 그런 놈으로 생각했다는 것도 어이없고 황당한데, 거기에 절대로 남자를 안 믿는단다. 소리에게서 바로 대답이 없자 한결이 또다시 물었다.

"남자한테 크게 데기라도 했나?"

"그런 사생활까지 대답할 이유는 없는 것 같은데요. 아니, 그리고 남녀가 한 방에서 맨정신으로 같이 밤을 보내야 하는데 걱정 안 할 여자가 세상에 어디 있겠어요? 길 가는 사람 붙잡고 물어보세요. 백이면 백, 전부 저와 같은 걱정할걸요?"

"그럼 맨정신으로 같이 밤을 보내지 않으면 해결되는 건가?"
"네?"
"맨정신으로 같이 밤을 보내는 게 문제라면, 맨정신이 아니면 되는 거잖아."

 순간 소리의 표정이 혼란스러워졌다. 더 이상은 사랑도, 그 사랑에 대한 배신도 두려웠다. 한결이 말장난을 하고 있다는 건 알겠는데 지난날의 트라우마 때문인지 어떻게 받아쳐야 할지 머리가 돌아가지 않았다. 이럴 때는 정말 두뇌회전이 빠른 유리가 부러웠다. 그래서 소리는 그냥 막무가내로 생각나는 대로 말을 했.

"맨정신이 아니면 더 위험하죠. 맨정신에도 제어가 안 되는데, 술이라도 마시면 무슨 일이 생길지 모르는 거잖아요. 알코올이 들어가는 순간 이성이 날아가고 판단력이 흐려진다고요."

 그래서 내가 그 술 때문에 이성이 날아가고 판단력이 흐려지는 바람에 크게 뎄던 거라고요.

 뒷말은 삼켰지만 소리의 가슴은 초조했다. 한결이 그럴 리 없다는 걸 알면서도 남자에 대한 상처를 받았던 터라 걱정하지 않을 수가 없었다. 하지만 한결에게서 나오는 반응은 냉담했다.

"허! 쓸데없는 걱정을 할 시간에 좀 더 영양가 있는 생각을 하라고."

"그래서 언제까지 여기 같이 계실 건데요?"

"분명히 말하지만, 나도 여기서 너와 단둘이 절대 같이 있고 싶지 않거든? 폭설만 끝나면 바로 호텔로 돌아갈 테니까 걱정 마. 그리고 내가 너한테 손끝 하나 건드리면 그때는 네가 본부장이고 내가 비서다."

"분명히 약속하신 거예요. 본부장님 입으로 직접 말씀하신 거니까 꼭 지키셔야 돼요."

제발 손끝 하나만 대라. 그땐 내가 본부장이고 네가 비서니까 백배 천배로 갚아 주마.

소리는 오히려 엉뚱한 생각을 하며 한결을 향해 씨익 악마의 미소를 보냈다. 한결은 순간적으로 등골이 싸해졌지만 시선을 돌리며 모른 척 외면했다. 무슨 일이 있어도 저 선머슴 같은 여자에게는 손끝 하나 대지 않겠다고 다짐하며.

날이 어두워질 때까지 한결은 차에서 책을 가져와 벽에 등을 기대고 앉아 읽었고, 소리는 하루 종일 컴퓨터 앞에 앉아 있었다.

"푸하하하하. 눈치 빠른데? 신기하다, 어떻게 알았지? 그렇게 티가 나나?"

소리는 도대체 뭘 하는 건지 다다다다 소리를 내며 빠르게 키보드를 두드리기도 하고, 모니터와 대화를 하며 미친 것처럼 크게 웃다가 심각한 표정이 되는 등 정상적이지 않은 모습만 보이고 있었다. 소리의 그런 모습 때문에 한결은 도무지 책에 집중할 수가 없었다. 벌써 같은 페이지만 몇 번을 읽는 건지 모를 정도로 주위가 산만했다.

"오케이, 이렇게 뜨거운 반응이라면 내가 또 가만히 있을 수 없지."

한참 혼잣말을 하던 소리는 또다시 다다닥 소리를 내며 키보드를 두드리기 시작했다. 손은 빠르게 움직이고 표정은 잔뜩 집중해서 눈에서 레이저가 나올 정도로 모니터를 뚫어지게 보고 있었다. 이번에는 또 다른 걸 하는지 소리의 눈에서 닭똥 같은 눈물이 뚝뚝 떨어졌다.

"흑, 이건 정말 이루어질 수 없어. 그래, 나도 알아······."

정말 가관이었다. 몇 분 전에는 정신 나간 것처럼 웃더니 이제는 울면서 휴지로 눈물을 닦고 있었다. 도대체 뭘 하면 저렇게 되는 건지 알고 싶을 정도였다. 결국 집중하지 못하는 한결은 푸욱, 한숨을 내쉬며 읽던 책을 탁 덮고 벽에 머리까지 기대어 눈을 감았다. 한결의 귓가에서는 키보드 두드리는 소리만 반복되어 울렸다. 벌써 밤 열 시가 넘은 시간이었다. 하루 종일 먹은 거라고는 컵라면과 인스턴트 밥뿐이어서 더욱 허기가 졌다.

"이봐."

"……"

"헤이."

소리에게서는 대답이 없었다. 한결이 눈을 뜨고 소리를 힐끔 보자 얼마나 집중하고 있는지 그녀에게 아무 말도 안 들리는 듯했다. 함박눈을 맞으면서도 그러더니, 아무래도 소리는 무언가 하나에 집중을 하면 주위의 나머지 것들은 전혀 신경을 못 쓰는 것 같았다. 집중력이 좋다고 칭찬해야 할지, 주의력이 없다고 핀잔을 주어야 할지 참 난감했다. 도대체 뭘 하기에 저렇게 집중력을 보이는 건지 무척 궁금했다. 혼자 웃다가 심지어 아까는 눈물을 닦기까지 했다. 아무래도 시골에 오더니 미친 게 분명했다. 그게 아니라면 몇 분 내에 울다가 웃다가를 반복할 리가 없었다. 결국 참고 참던 한결은 마지막 인내심을 드러내며 바닥에 있는 이면지 하나를 구겨서 소리에게로 던졌다.

"아!"

소리의 어깨에 맞고 종이가 떨어지자, 뭐냐는 듯 소리가 한결을 노려보았다.

"배고파."

"아니, 배가 고프면 말로 하지 꼭 이런 걸 던지셔야 돼요? 이거 종이라서 얼굴에 잘못 맞았으면 피 나고 상처 생길 수도 있다고요."

"내가 몇 번이나 불렀는지 알아? 대답 안 한 게 누군데 이래? 그리고 얼굴에 던질 정도로 무개념은 아냐. 네 말처럼 긁혀서 상처라도 날까 봐 일부러 어깨 쪽으로 던진 거고."

"그래서 지금 본부장님이 잘 했다는 거예요? 이것도 엄연한 폭력이거든요? 어깨 부러지는 줄 알았네."

"허! 그 정도로 어깨 부러질 것 같았으면 던지지도 않았거든? 됐고, 아무튼 배고프니까 아무거나 좀 가져와 봐."

어떻게 사람이 이럴 수 있을까. 지금 한창 집중 잘 되고 있는데…… 아우, 얄미워. 한유리, 네가 돌아오면 내가 당한 이 모든 수모를 다 갚아 주겠어!

소리가 눈에 힘을 잔뜩 주고 노려보았지만, 한결이 표정 하나 변하지 않자 결국 몸을 일으켰다. 아까 컵라면을 먹었더니 또다시 컵라면을 먹고 싶지는 않았다. 그리고 소리는 창고 쪽에 있던 감자와 고구마를 떠올리며 밖으로 나갔다.

소리가 밖으로 나가자마자 한결은 몸을 재빨리 움직여 컴퓨터 앞으로 갔다. 궁금해서 견딜 수가 없었다.

"호오……."

모니터에 떠 있는 화면을 보고 한결은 의외라는 듯 반응을 보였다. 한글 문서에는 영화 시나리오로 추정되는 글이 적혀 있었다. 그리고 인터넷 창 하나가 더 있어서 한결은 호기심에 클릭해 보았다. 아마도 이걸 보면서 혼자 미친년처럼 깔깔거리고 눈물을 닦다가 대화를 한 게 분명했다.

"헐……."

기가 막혔다. 정말 기 막히는 여자였다. 옷이라도 사려고 인터넷 쇼핑몰을 구경하나, 아니면 시답지 않은 인터넷의 유머 글들을 보며 저러나 대수롭지 않게 모니터를 보았다. 하지만 예상은 빗나갔다. 인터넷 창에 띄워져 있는 한 사이트 화면을 보면 볼수록 한결의 표정이 점점 굳어졌다. 그의 눈에 보이는 건 분명히 소리가 썼을 시나리오와 그 글에 달린 코멘트였다.

읽으면 읽을수록 황당하고 어이없기만 했다. 아니, 코멘트도 어이없지만 소리가 올린 시나리오의 내용이 더 황당했다. 이건 시나리오라기보다는 한결이 볼 땐 일기에 가까웠다. 지금 한결이 보고 있는 내용은 소리가 강원도에 내려와서 악덕하고 고약한 본부장을 만나 호텔을 잡기 위해 고생하는 장면이었다.

"내가 악덕하고 고약하단 말이지?"

하지만 더 가관은 시나리오에 달린 코멘트들이었다.

- 님, 이거 현실을 바탕으로 쓰신 건가요?
- 현실이면 진짜 대박. 그건 사람이 시킬 짓이 아니죠.
- 호텔에서 묵을 거면 진작 얘기하든가, 똥개 훈련시키는 것도 아니고.
- 원래 요즘 또라이들 많아요. 세상이 어떻게 되려고 그러는 건지, 쯧쯧.
- 이런 남자주인공 싫어요. 멋있는 남주를 써 주세요.
- 내가 지금까지 본 남자주인공 중에 최악. 저런 남자 만날까 봐 무섭다.

코멘트를 읽으면 읽을수록 점점 한결의 표정이 구겨졌다. 아니, 본부장으로서 충분히 할 만한 일을 지시했을 뿐인데 왜 이런 말을 들어야 하는 건지 열이 받았다. 한결은 천하의 나쁜 놈으로 사람들에게 마녀사냥을 당하고 있었다. 더 열이 받는 건, 시나리오에는 소리가 이틀이나 무단결근을 하고 늦게 온 내용은 쏙 빠져 있다는 것이었다. 그리고 자기가 읽어도 본부장은 정말 악덕하고 비서는 안쓰럽게도 고분고분하다는 것이었다. 한 마디도 안 지고 말대꾸한 내용은 현실과 아주 다르게 전혀 적혀 있지 않았다.

"이걸 지금 시나리오라고 쓴 거야? 나 참, 어이가 없어서. 발로 써도 이거보단 낫겠군."

그리고 또 다른 한글 문서를 클릭했다. 거기에는 유부남과 한 여자의 이루어질 수 없는 사랑 이야기가 시나리오로 적혀 있었다. 아직 반도 못 쓴 시나리오였지만 한결이 보기에는 딱 봐도 삼류 신파였다. 하지만 내용이 자극적이어서 그런지 읽으면 읽을수록 한결은 시나리오 내용에 빠져들었다.

"이거 완전 막장 아냐? 정말 수준하고는. 아니, 다른 여자랑 여행 갔으면 그 여자한테라도 잘 할 것이지, 그 앞에서 와이프 전화를 받는 건 무슨 심보야?"

한결이 보고 있는 부분은 남자가 아내 몰래 사랑하는 여자와 여행을 가서 아름다운 석양을 보고 있는데 아내에게 전화가 걸려와 여자에게 미안해하며 전화를 받는 장면이었다. 그리고 남자가 전화 받는 모습을 보며 여자 주인공의 목소리로 내레이션이 이어졌다.

"처음이 아닐 뿐더러, 한두 번 있는 일도 아닌데 길들여지지 않는 낯선 순간이다. 가끔은 이 상황에 익숙해질까 봐 두렵다. 지쳐서 놓아버리면 우린 스쳐가는 사람처럼 서로 아무런 상관도 없는 각자의 삶을 살아가게 되겠지만, 지금은, 아직은 그게 더 두려워 이 상황을 참을 수 있다. 차마 포기할 수 없는 감정이 생기게 되면 아픈 것을, 힘든 것을 참는 습관이 생긴다."

"허! 차마 포기할 수 없는 감정은 무슨……."

그런 감정이 있었던가.

한결은 곰곰이 생각을 했다. 하지만 그런 감정이 무엇인지 알 수가 없었다. 어쩌면 자신은 죽기 전에 그런 감정을 느끼지 못할지도 모르겠다는 생각마저 들었다.

도대체 어떤 감정이 생기면 차마 포기할 수가 없어지는 걸까. 도대체 어떤 감정이기에 아프고 힘든 것까지 참는 습관이 생기는 걸까.

그때 소리가 들어오는 건지 사람 인기척이 느껴졌다. 한결은 재빨리 아까 그 한글 문서를 띄워놓고 빠른 행동으로 자신의 자리로 돌아가 벽에 등을 대고 앉았다. 그리고 그 순간 컨테이너 박스의 문이 열렸다.

"본부장님, 감자랑 고구마 먹을 건데 괜찮으시죠?"

"그러든가."

"그럼 나와서 좀 도와주세요."

"뭐?"

"이런 건 불 피워서 구워 먹어야 제 맛이거든요. 근데 제가 혼자 준비하기에는 무리가 좀 있어서요. 어차피 같이 먹을 거니까 좀 도와주세요."

한결은 아까 본 내용 때문에 소리가 굉장히 괘씸하기도 하고 다시 보이기도 했지만, 일단 배가 너무 고픈 터라 몸을 일으켰다. 비서가 왜 저런 글을 쓰는 건지 의문이었지만, 그냥 취미생활이라고 하기에는 또 하루 종일 붙잡고 있는 게 신기했다. 웬만큼 좋아하는 일이 아니고서야 저렇게 집중하고 몰두하기는 쉽지 않은 일이니까. 정말 알면 알수록 알 수 없는 여자였다.

"본부장님, 여기 꼬챙이에다 감자랑 고구마 끼우세요."

"……정말 이렇게 하면 되는 건가?"

"그럼요. 본부장님이야 귀하게 자라셔서 이런 거 잘 모르시겠지만, 제가 이래 봬도 안 해 본 게 없어요. 작년에는 장소 헌팅 하느라 전라도 산골에 가서도 한 달이나 있었고, 그전에는 친구들하고 무전여행하면서 오지 같은 곳들 찾아다니고 그랬어요. 그리고 제가 시골에서 태어나서 어릴 때 아빠랑 이런 거 많이 했거든요."

그래서 여기서도 빨리 적응한 거였군. 내가 괜히 당한 게 아니었어.

모든 것에는 다 이유가 있는 법이었다. 이제 한결도 조금은 소리의 적응력을 이해할 수 있었다. 컨테이너 박스에서 잘 지내는 것과 인부들, 장씨와 잘 어울려 지내는 것도 그냥 나오는 게 아니었다. 그런 여자를 골탕 먹이겠다고 첫 날 버리고 갔던 자신이 한심스럽기까지 했다. 한결이 꼬챙이에 감자와 고구마를 끼우는 사이, 소리는 장작들을 모아 불을 피웠다. 작게 활활 타오르는 불을 보며 한결은 속으로 생각했다.

무인도에 혼자 떨어져도 어떻게든 먹고 살 여자가 틀림없어. 징그러울 정도로 대단하군.

꼬챙이를 올려놓을 대까지 완벽하게 세팅한 소리는 활활 타오르는 불 위에 감자, 고구마를 끼운 꼬챙이를 올렸다. 여전히 눈이 내리고 있었지만 불 앞에 있어서 그런지 그렇게 춥지는 않았다. 소리는 이리저리 돌려가며 감자, 고구마를 노릇노릇하게 익히고 있었다.

"차에 소시지도 있을걸?"

"본부장님도 참, 그런 건 진작 말씀해 주셨어야죠!"

소리는 얼른 달려가 트렁크를 열어 한결이 말한 소시지를 꺼냈다. 그러다 트렁크 한쪽 구석에 있는 소주들을 발견했다. 소주들은 왜 싣고 다니는 건지 모르겠지만 어쨌든 소리는 소주 두 병도 집었다.

"본부장님, 소주는 왜 사 오신 거예요? 인스턴트식품들도 잔뜩 있던데. 혹시 이럴 걸 알고 미리 대비하신 거예요?"

"그럴 리가. 트렁크에 있는 것들 내가 산 거 아냐. 회장님 비서가 채워 넣은 거지."

전부 한결 본인이 산 게 맞았지만 그는 말을 돌렸다. 사실 오기 전에 인부들에게 주려고 소주와 안주를 사긴 했는데, 장씨가 필요할 때마다 막걸리를 준비하는 걸 보며 그만두었다. 또 소주를 내놓는 것도 조금 살가운 행동인 것 같아서 그냥 방치해둔 것이었다. 소리는 꼬챙이에 소시지를 꽂아 감자, 고구마 꼬챙이 옆에 같이 올렸다.

"이거 먹고 죽지는 않겠지?"

"당연하죠. 전 여러 번 이렇게 해먹었어도 탈 난 적 없어요."

"네 위장이 남들보다 튼튼한 건 아니고?"

"그렇게 못 미더우시면 본부장님은 드시지 마세요. 제가 다 먹으면 되니까."

"누가 안 먹는다고 했나?"

잠자코 처먹으면 어디가 덧나. 아무튼 남자가 무슨 말이 저렇게 많은지.

소리는 속으로 중얼거리며 익은 감자와 고구마, 소시지를 일회용 은박접시에 꺼내고 또 새로운 감자, 고구마를 올렸다.

"다 됐으니까 좀 드세요. 집에서 먹는 거보다 훨씬 맛있을 거예요."

소리가 한결 앞으로 은박접시를 내밀었다. 그리고 야무지게 소주를 흔들어 병 바닥을 팔꿈치로 탁 친 뒤 시원하게 땄다.

"한잔 하실래요?"

"그러든가."

의외로 순순히 잔을 받는 한결을 보며 소리는 피식 웃음을 흘렸다. 하긴, 이렇게 자연을 느끼며 원시적인 방법으로 즐기는 맛을 싫어할 사람은 없을 거라는 생각이 들었다. 소리는 한결의 잔에 소주를 따르고 자신의 잔에도 소주를 따랐다. 그리고 말없이 서로 건배를 하고는 단숨에 소주를 들이켰다.

"캬아, 좋다. 이게 얼마 만이냐 정말."

"여자가……."

원샷 한 소주잔을 머리 위에 터는 소리를 보며 한결이 눈살을 찌푸렸다. 하지만 소리는 개의치 않고 손으로 소시지를 집어 먹으며 빈 잔에 또다시 소주를 따랐다. 한밤중에 자연을 느끼며 마시는 소주는 달콤했고, 손으로 집어먹는 소시지와 감자, 고구마는 꿀맛이었다. 몇 잔을 주고받던 소주가 벌써 두 병째 빈병이 되었다.

"어라? 술이 없네? 술 좀 더 가져올게요."

"그러든지."

소리는 트렁크를 열고 소주 두 병을 집었다. 그리고 돌아서다 무언가 시선에 걸려 고개를 돌렸다.

"이게 뭐지?"

주문자 : 박한결 님

소리의 손은 인스턴트식품이 담겨 있는 박스에 붙어 있는 택배 주문서를 매만졌다. 택배 주문서에는 장미호텔의 주소가 적혀 있었고 주문자는 '박한결'로 되어 있었다.

"훗, 비서가 챙겨준 거라고 하시더니."

소리는 괜히 웃음이 났다. 아마도 이건 한결이 인부들에게 주고 싶어서 직접 주문한 게 분명했다. 그 증거가 상자에 붙어 있었다. 그런데 괜히 그걸 들키고 싶지 않아 거짓말을 한 것 같았다. 소리는 그의 따뜻한 마음에 자꾸만 웃음이 났다. 어쩌면 생각보다 더 많이 따뜻하고 인정 넘치는 남자일지도 모를 일이었다.

소리는 모르는 척 소주를 가지고 와서 잔을 채운 뒤, 입안으로 털어 넣고 궁금하다는 듯 한결에게 물었다.

"본부장님, 근데 트렁크에 있는 것들은 비서가 언제 챙겨준 거예요?"

"뭐?"

"서울에서 올 때 챙겨준 거예요?"

"……어."

곤란해 하는 한결의 표정을 보자 소리는 자꾸만 웃음이 나려고 했다. 하지만 그의 따뜻한 마음을 가지고 장난을 친다면 그가 화를 낼 것 같아 화제를 돌렸다.

"본부장님은 왜 이쪽 일을 하시게 됐어요?"

"글쎄."

"원래 어릴 때부터 꿈이 이쪽이었어요?"

뜬금없는 소리의 질문에 한결은 자신이 왜 지금 이 일을 하게 됐는지 생각해 보았다. 어릴 때의 막연했던 꿈과 집에서 쫓겨나듯 갔던 미국 유학, 그리고 다시 좌천된 강원도 현장까지. 그리고 떠오르는 그리운 한 사람…….

"처음에는 어머니를 위해서였던 것 같아."

"어머니요?"

"어머니를 위해, 어머니만을 위한 집을 지어드리고 싶어서 시작했거든."

"의외로 효자네요? 안 그렇게 보이는데."

"뭐?"

"본부장님 효자시라고요."

한결이 발끈하려고 하자 소리는 얼른 말을 돌렸다. 한결이 처음으로 마음을 여는 것 같은 느낌이 들었고, 워낙 사람에 대한 호기심도 많고 사람을 좋아하는지라 소리는 그의 이야기를 듣는 게 좋았다.

"시작은 어머님께 집 지어드리려고 하신 거네요?"

"처음엔 그랬지. 대학교 다닐 때 학부에서 시각 디자인 쪽을 갈까, 실내 디자인 쪽을 갈까 고민을 많이 했었거든."

"아, 그럼 아버지 회사가 건설회사라서 실내 디자인 쪽으로 가신 거예요?"

"그건 아니고."

한결은 소리와 대화를 할수록 잊고 있던 것들이 하나씩 떠오르기 시작했다. 그동안 일부러 헐랑치럼 보이기 위해, 생각 없는 것처럼 보이기 위해 너무 중요하고 소중한 것들을 잊고 살아온 기분이었다. 절대 잊으면 안 되는, 절대 잊지 말자고 다짐했던 것들을 까맣게 잊고 있었다.

"그럼 왜 실내 디자인 쪽으로 가신 거예요?"

"음, 실내 디자인과 시각 디자인 중에 고민했다고 했잖아. 시작 디자인을 했다면 포스터 같은 거 만들었을 텐데, 포스터는 디자인 해봐야 금세 떼게 되고 쉽게 잊힐 것 같았어. 그런데 실내 디자인으로 간다면, 건물은 적어도 최소 10년 이상이잖아. 뭐랄까, 어머니가 돌아가시고 나니까 그냥 내 흔적을 남기고 싶었어. 세상이 날 잊어도 건물은 나를 기억하라고."

"어? 어머니가 돌아가시고 나니까? 태신 건설 사모님 정정하시잖아요?"

"아, 내가 서자라는 것까지는 모르는 모양이군."

순간 소리의 표정이 놀람으로 물들었다. 하지만 더 놀란 건 한결 쪽이었다. 태성의 비서였기 때문에 이미 알고 있을 거라고 생각한 탓이었다. 하지만 지금 놀람과 미안함이 담긴 소리의 표정을 보니 처음 아는 사실인 듯했다. 과연 이 여자를 태성이 스파이로 심어 놓은 건지에 대한 의혹은 소리를 알면 알수록, 대화를 하면 할수록 점점 더 커질 수밖에 없었다. 아니, 스파이가 아닐 가능성이 더 높다는 생각이 점점 커졌다.

소리는 담담한 표정으로 말하는 한결 때문에 더욱 미안한 마음이 커졌다. 삼신할머니 랜덤에 운이 좋았던 거라고 욕했던 게 후회될 정도였다. 소리는 자신의 잔에 소주를 따른 뒤 한결의 잔에도 소주를 따랐다. 그리고 두 사람은 시선을 마주치며 건배한 뒤 동시에 소주를 원샷했다.

"본부장님."

"왜."

"건물이 기억하지 않아도 본부장님을 기억할 사람은 많아요. 저도 그렇고, 변 소장 아저씨도 그렇고, 여기 있는 아저씨들뿐만 아니라 장 씨 아줌마까지 모두 본부장님을 기억할 거예요. 건물이 아닌 사람이 본부장님을 기억할 거예요."

"글쎄."

"건물에게 기억해 달라고 하는 건, 너무 슬프잖아요."

"그런가?"

"사실은 건물이 아닌, 사람이 기억해 주길 바라시는 거잖아요."

"……그럴지도. 사람들은 모두 피부를 가지고 있잖아. 이 살이 제

1의 피부라면, 난 그냥 옷이 제 2의 피부, 건물은 제 3의 피부라고 생각하거든."

의외였다. 한결이 이런 생각을 가지고 있다는 걸 알게 되자 소리는 그가 다시 보였다.

"그럼 결국 사람들에게 제 3의 피부를 선물하고 싶으신 거잖아요."

"⋯⋯그런 것 같기도 하네. 사람들에게 제 3의 피부를 선물하면 그들의 마음이, 그리고 내 마음이 조금 더 따뜻해지지 않을까, 하는 생각을 했었거든."

어쩌면 한결은 소리가 알고 있는 것보다 조금은 더 따뜻하고 조금은 더 인간적인 사람일지도 몰랐다. 왜 그렇게 못되게 굴고 말을 까칠하게 하는지는 알 수 없었지만, 이유가 있을 거라는 생각이 들었다. 그때 혼자 빈 잔에 소주를 따른 한결이 시원한 손놀림으로 입안에 털어 넣었다. 목으로 넘어가는 소주의 맛이 한결에게는 인생의 맛 같았다. 그저 마냥 쓰기만 한 소주와 어머니가 돌아가신 후부터 지금까지 쓰기만 했던 인생.

한결은 작정하고 그녀에게 물었다. 태성의 귀에 들어가든 말든 그런 건 지금 중요하지 않다는 생각이 들었다. 어쩌면 이 여자는 인간적인 부분에 있어서 움직일 수도 있을지 모르니까.

"내가 서자라는 걸 정말 몰랐나?"

"⋯⋯몰랐어요. 알았으면 물어봤겠어요?"

"그럼 우리 어머니가 박 상무의 어머니인 임 여사 때문에 본가에 들어가 같이 살면서 괴롭힘 당한 것도 모르겠군."

"네?"

소리의 표정이 당황함과 놀라움으로 물들었다. 한결은 그녀의 반응을 보며 의아함을 감출 수 없었다. 도대체 아무런 사전 정보 없이 태성은 이 여자를 어떻게 설득해서 스파이로 만들었으며, 뭘 믿고 스파이로 보낸 건지 의심하지 않을 수 없었다. 그래서 한결은 모험을 하기로 했다. 아무래도 취한 것 같았다. 이런 말을 박태성이 심어 놓은 스파이에게 늘어놓는 걸 보면 제정신도 아닐 뿐더러 이성을 상실한 게 분명했다. 하지만 제멋대로 움직이는 입을 막을 수는 없었다.

"임 여사는 박 회장에게 다른 여자와 아들인 내가 있다는 걸 알고 본가로 들어오게 했지."

"왜요? 보통은 싫어하지 않아요?"

"싫어하지. 싫어하기 때문에 들어가서 살게 한 거야. 박 회장이 두 집 살림 하는 꼴은 죽어도 못 볼 뿐더러, 옆에 두고 감시하며 괴롭히겠다는 심산이었지."

"와, 진짜 못됐다······. 근데 한편으로는 그 임 여사님이라는 분도 조금 불쌍한 거 같아요."

"뭐?"

한결이 눈살을 찌푸리며 초점 없는 눈으로 소리를 바라보았다. 소리도 이미 취했는지 발음이 정확하지 않았고 눈도 풀린 상태로 말을 잇고 있었다.

"그렇잖아요. 사랑하는 남편이 다른 여자와 이러쿵저러쿵 해서 애까지 있다고 하는데, 보통의 여자라면 당연히 눈 뒤집히는 거 아니에요?"

"······그럴 수도 있겠군."

한결도 모르는 건 아니었다. 하지만 이 얘기를 하는 이유는 임 여사의 마음에 대한 대변을 듣고 싶은 게 아니라 그저 자신의 답답하고 아픔을 털어내고 싶어서였다.

"그래서 같이 살면서 어땠어요? 많이 괴롭힘 당했어요?"

"아주 많이. 우리 어머니가 본가에 들어가면서 임 여사는 집에서 일하는 아주머니들을 전부 내보내고 우리 어머니를 일하는 사람처럼 부리더라고."

"그건 진짜 나쁘다! 어떻게 그러지? 아무리 미워도 그러면 안 되는데……."

"근데 미련한 나는 그때 너무 어려서 그게 뭔지도 몰랐어."

"본부장님 정말 미련해요! 그럴수록 더 열심히 살아서 어머님을 기쁘게 해 드려야지 왜 이렇게 삐뚤어졌어요!"

소리의 주정 같은 말에 한결은 그저 슬프게 피식 웃었다. 초등학교에 입학한 뒤 뭐 하나를 해도 태성보다 잘하는 한결은 임 여사에게 눈엣가시였다. 그리고 그 분풀이는 온전히 한결 어머니의 몫이었다.

그때부터였다. 한결이 일부러 더 공부를 못하는 척, 생각 없는 척하고, 망나니로 변한 게.

임 여사에게 괴롭힘 당하는 어머니를 차마 볼 수 없어서 한결은 그렇게 자신을 놓기 시작했다. 생각 없는 척, 개념 없는 척, 인생에 미련 없는 척하며 사는 건 생각보다 쉬웠다. 처음엔 박 회장의 본부인이자 태성의 어머니인 임 여사에게 괴롭힘을 당하는 자신의 어머니를 위해서였다. 하지만 어머니가 돌아가신 지금은 정말 한량처럼 자유롭게 살고 싶어졌다. 그 어떤 것에도 얽매이지 않고 하늘을 날아다니는 새들처럼. 그나마 지금껏 버틸 수 있는 건 박 회장의 걱정 때문일지도 모른다.

한결은 취기에 느리게 눈을 껌뻑이는 소리를 보며 짧은 한숨을 내쉬고는 한탄하듯 말을 뱉어냈다.

"가끔은 나이를 먹는 것보다 나잇값을 해야 하는 게 더 서글프더라. 그리고 때로는 벅차기도 하고. 내가 벌써 취했나 보네, 안 해도 될 말을 다 하는군. 그것도 너한테. 하, 어이가 없군."

소리는 무덤덤한 한결의 표정에서 상처 가득한 눈빛을 보았다. 그리고 알 수 없는 한결의 상처를 느끼자 그가 순간적으로 안쓰러워 보였다. 그간 그를 능글맞고 성격 이상하고 몹쓸 놈이라고 생각했던 게 미안해졌다. 그게 다 오해였다고 생각하니, 그에게 이런 말 못 할 사정이 있다는 것을 알고 나니 그를 똑바로 응시할 수가 없었다. 그래서 소리도 한결처럼 자신의 잔에 소주를 채운 뒤 바로 입안으로 털어 넣었다.

"본부장님. 나잇값 하는 게 서글프고 벅차다고 하셨죠?"

"……."

한결에게서는 별다른 대답이 없었다. 그는 그저 혼자 잔을 채우고 비우고를 반복할 뿐이었다. 그 모습을 보며 소리는 태연하게 입을 열었다.

"나잇값, 그걸 꼭 해야 하나요?"

"뭐?"

순간적으로 소주를 마시려던 한결의 손이 허공에 멈추었다. 언제나 주위에서는 아버지든, 새어머니든, 형이든 전부 나잇값 좀 하라며 핀잔만 주었다. 그래서 나잇값을 하려고 생각을 할라치면 한결을 치워 버렸다. 아니, 어쩌면 그들은 한결에게 나잇값을 할 기회조차 주지 않았는지도 모른다. 헌데, 허접하고 몰상식하다고 생각했던 여자가 대수롭지 않은 일이라는 듯 한결을 다독이고 있었다. 그건 정말 별일 아니라는 듯이.

"그렇잖아요. 왜 다들 나잇값 하라고 난리인 건데요? 본부장님, 인생은 그렇게 만만하지 않아요. 나잇값 한다고 모든 게 다 잘될 것 같아요? 절대 아니에요. 나잇값 못한다고 속상해할 시간에 내가 정말

하고 싶은 게 무엇인지, 내가 정말 원하는 게 무엇인지를 더 고민하세요. 꿈을 좇아가기에도 버거운 세상이라고요. 물론 본부장님이야 지금 하고 싶었던 꿈을 이루신 것 같지만."

내가 이루고 싶었던 꿈?

순간 한결은 머릿속이 복잡해졌다. 어머니에게 집을 만들어 주고 싶었던 것도 사실이었고, 사람들에게 제 3의 피부를 선물하고 싶었던 것도 사실이다. 하지만 한결은 자신이 지금 무엇을 하고 있는 건지에 대한 의문이 생겼다. 이렇게 강원도 시골에 와서 아버지와 형에게 반항하기 위해 공사는 나 몰라라 하며 시간을 죽이고 있는 게 잘하는 짓인지 갑자기 의문이 들었다.

이건 과연 누구를 위한 행동일까.

아무래도 한결은 자신이 취한 것 같다는 생각이 들었다. 그렇지 않고서는 복사 하나 제대로 못하고 팩스 하나 제대로 보낼 줄 모르는 여자의 허무맹랑한 말에 이렇게 동요될 리기 없었다. 이대로 소리와 함께 계속 술을 마신다면 쓸데없는 말을 계속할 것 같은 마음에 한결은 머리를 흔들며 자리에서 일어섰다.

"그만 자야겠어."

"본부장님, 중요한 건 본부장님이에요."

"뭐?"

등을 돌려 컨테이너 박스로 향하던 한결이 걸음을 멈추고 여전히 앉아 있는 소리를 내려다보았다. 소리는 한결과 눈을 마주치는 대신 불이 거의 죽어가는 장작들에 시선을 두고 있었다.

"남들이 뭐라고 하든, 남들이 어떻게 생각하든, 중요한 건 본부장님이라고요. 본부장님이 어떤 생각을 하고, 본부장님이 어떤 인생을 살고 싶은지. 본부장님 인생의 주인공은 본부장님이에요. 자꾸 조연처럼 다른 인생의 주인공에게 맞춰 주려고 하지 마세요. 그럴수록 손해 보는 건 본부장님이니까요."

"······별말을 다 듣는군."

"먼저 들어가서 주무세요. 저는 여기 좀 정리하고 씻고 들어갈게요."

"그러든지."

한결은 다시 등을 돌려 걷기 시작했다. 한 걸음 한 걸음 옮기는 발걸음이 무거웠다. 어쩌면 진작 알고 있었는지도 모른다. 하지만 이런저런 이유를 핑계로 외면하려 했을 뿐. 그런데 가족도 방치한 자신을 아무 관계도 아닌 남이 마음으로 걱정하는 게 느껴져 혼란스러웠다. 아무래도 정말 취한 것 같았다. 빨리 아무 생각 없이 그냥 자고 싶었다.

"······."

순간 컨테이너 박스로 향하던 한결의 걸음이 멈추었다. 폭설로 인해 한결과 소리 둘뿐인 이곳에 낯선 발자국이 있었다. 이건 여자의 발자국이라고는 할 수 없는 남자 사이즈의 큰 장화 발자국이었다. 한결은 갑자기 술이 확 깨는 것 같았다. 방금 대화를 나누며 소리는 스파이가 아닐지도 모른다는 생각이 들었지만, 지금은 스파이가 따로 있는 것 같다는 판단이 섰다. 서류를 보다가 자리를 비웠을 때 다른 페이지에 있었던 일도 두 번이나 있었다. 분명 소리가 아닌 다른 스파이가 있는 것이었다. 한결이 경계의 눈빛으로 주변을 둘러보았지만 소리 말고는 사람의 인기척을 찾을 수가 없었다.

"젠장······."

이미 취해서인지 아무리 정신을 차리고 생각을 정리하려고 해도 잘 되지 않았다. 한결은 잠시 장화 발자국을 쳐다보다가 이내 컨테이너 박스로 들어갔다. 아무래도 자고 일어나서 제대로 주변을 살펴야 할 것 같았다.

소리는 대충 정리를 하고 화장실로 들어갔다. 알딸딸하고 어지럽고 몸이 붕 뜨는 느낌이 아무래도 제대로 취한 것 같았다. 영화판 사람들과 워낙 술을 많이 마셔서 이 정도는 괜찮을 줄 알았는데, 분위기에 취한 건지, 마시는 속도가 빨랐던 건지, 다른 때보다 취기가 훅 올랐다.

"그래도 오랜만에 마셨더니 기분 좋다."

강원도에 와서 인부들과 막걸리는 몇 번 마셨어도 소주를 마신 게 너무 오랜만이라 기분이 좋았다. 특히 한결이 마음을 열고 처음으로 속마음을 이야기한 게 더 좋았다. 그를 이해할 수 있는 계기가 생기고 그에게 마음을 열 기회였다. 사람과 사람으로 마주 보며 서로에 대해 이렇게 알아가는 게 소리는 참 소중하고 행복했다.

Rrrr. Rrrrr.

소리는 발신번호가 뜨지 않는 액정을 멍하니 바라보았다. 지금은 새벽 3시가 넘은 시간이었고, 자신에게 발신번호 표시제한으로 전화를 걸 사람은 한 사람밖에 없었다. 소리는 당황한 나머지 방금 전까지 느꼈던 행복도 잊은 채 심장이 쿵쿵거림을 느꼈다. 갑자기 취기가 사라지는 것 같았다.

"여보세요."

[……]

상대편에서는 대답이 없었다. 역시 자신이 생각하는 사람이 맞는 것 같았다. 소리는 떨리는 목소리로 물었다.

"……유리?"

[……응, 나야.]

"나쁜 년! 도대체 어떻게 된 거야? 너 진짜 죽을래?"

소리에게서는 울먹임 가득한 음성이 나왔다. 강원도에 와서 엄마랑 통화하면서 소리는 매번 거짓말을 했다. 유리랑 연락됐는데 잘 지내고 있으니 걱정하지 말라고 했다고, 잠시만 여행을 다녀온다고 했다고. 이제는 그 거짓말도 지치고 있던 시기였다.

"지금 어디야? 그 남자랑 같이 있는 거야? 괜찮은 거지?"

[응, 잘 지내고 있으니까 걱정 말라고 전화했어.]

"내가 걱정하는 걸 알긴 해? 혼자 똑똑한 척은 다 하더니 도대체 너 뭐야!"

[미안…….]

"미안한 건 알아? 나쁜 년, 내가 지금 너 때문에 어디에서 뭘 하고 있는지 알기나 해?"

[그게 무슨 말이야?]

"얘기하자면 길어. 아무튼 유리야, 제발 돌아와. 아무것도 묻지 않고 아무 말도 안 할게, 그러니까 제발 건강하게 돌아오기만 해, 응?"

결국 소리는 눈에서 떨어지는 눈물을 참지 못하며 약한 모습을 보였다. 화장실에 주저앉은 소리는 오직 휴대폰을 받고 있는 귀에 온 신경을 집중하고 있었다. 유리도 울고 있는 건지 한참이나 말이 없었다.

[미안해, 소리야. 내가 지금은 갈 수가 없어…….]

"왜, 도대체 왜!"

[뱃속의 아기가 많이 커서…….]

"뭐?! 너 미쳤어, 정말?! 설마 임신해서 그렇게 간 거였어? 너 한유리 맞아? 제정신이야?!"

[나, 너한테도 미안하고 엄마한테도 정말 죄송한데…… 우리 아기

를 도저히 포기할 수가 없어.]

 소리는 혼란스러워 머리가 깨질 것 같았다. 사라진 것 같았던 취기가 올라오며 두통이 심하게 왔다.
 "일단 무슨 말인지 알았고, 무슨 말인지 알았으니까 몸 챙겨. 여기는 내가 어떻게든 버텨볼 테니까, 그러니까……."
 [소리야, 너무 애쓰지 않아도 돼.]
 결국 말을 잇지 못하고 울어 버리는 소리에게 유리는 나름의 위로를 했다. 도대체 왜 일이 이 지경까지 된 건지 모든 게 원망스럽기만 했다. 강원도의 생활이 행복해지고 만족스러운 찰나, 항상 마음속으로 걱정하던 유리에게서 연락이 왔고 충격적인 사실을 들었다. 어떻게 해야 좋을지 아무것도 모르겠다는 마음만 앞섰다. 하지만 한 가지는 확실했다.
 "네가 돌아올 때까지 난 지금처럼 지낼 거야. 다행히 현장으로 발령 나서 널 아는 사람과 마주치지는 않으니까 걱정하지 않아도 돼. 유리야, 대신 서울 본사로 다시 발령 나기 전까지는 돌아와, 제발. 응?"
 [아기 낳고 몸 추스르면 돌아갈게. 그러니까 그동안 네가 엄마 잘 좀…….]
 결국 유리도 말을 잇지 못한 채 흐느낌만 들려주었다. 두 사람은 그렇게 휴대폰을 붙잡고 한참을 흐느꼈다.
 [소리야, 정말 미안해. 그렇게 무책임하게 편…….]
 "어? 여보세요? 유리야?"
 갑자기 끊긴 전화에 소리가 당황하며 자신의 휴대폰을 보았다. 분명 유리가 무슨 말을 하려는 것 같았는데 그 이야기를 다 듣기도 진에 유리의 휴대폰 배터리가 나갔다. 그리고 소리는 알 수 있었다. 유리에게서는 이제 다시 연락이 없을 거라는 걸. 지금 이 한 번의 전화도 유리는 몇 번이나 고민하고 엄청난 용기를 낸 거라는 걸.

"별거 아냐. 괜찮아, 한소리."

소리는 거울을 보며 자신에게 주문을 건 뒤 찬물로 세수를 했다. 내일부터 아무 일도 없었던 것처럼 또다시 한 비서로 돌아가기 위해.

*

"어이, 한 비서. 오랜만이야!"
"한 비서, 역시 폭설에도 끄떡없구만!"
"한 비서, 우리 없으니까 심심했지?"
"아저씨들!! 진짜 보고 싶었어요!!"

어제 술을 마시고 잔 탓인지 11시가 넘어 겨우 일어난 소리는 졸린 눈을 비비며 씻으러 나오다 자신을 반기는 인부들의 인사에 함박웃음을 보이며 한달음에 달려갔다. 겨우 3일 못 봤을 뿐인데, 이산가족 상봉이 따로 없었다. 한결은 뒤따라 나오다 인부들과 얼싸안는 소리를 보며 피식 웃음을 흘렸다.

저렇게 좋을까…….

마치 어린 소녀가 출장 다녀온 아버지를 반기는 분위기였다. 소리가 인부들과 폭설에 대한 이야기를 하는 사이 한결은 씻기 위해 화장실로 향했다. 그리고 어젯밤에 보았던 발자국을 떠올리고는 다시 고개를 돌려 인부들을 둘러보았다. 하지만 소리와 인자한 미소로 이야기를 나누고 그 외에는 저마다 자기 일을 하는 중이라 의심 가는 인물을 찾는 건 쉽지 않았다. 어제 그 발자국의 정체는 분명 저들 중 한 사람일 텐데도 수사망은 좁혀지지 않았다.

"후우……."

결국 한결은 답답함을 뒤로한 채 걸음을 옮겼다. 생각날 때마다 둘러본다고 범인을 찾을 수는 없을 것 같았다. 대책이 필요했다. 조금 더 주시하고 주의 깊게 살필 필요가 있었다.

"날씨 한번 더럽게 좋네."

그렇게 폭설이 내려 눈이 쌓여 있더니, 이제 정말 봄이 온 건지 쨍하게 내리쬐는 햇볕에 새하얗던 눈이 녹고 있었다. 마치 지난 3일이 꿈처럼 느껴졌다.

"으아아악!"

어디서 나타난 건지 고라니 한 마리가 갑자기 한결에게로 달려들었다. 한결은 괴성을 지르며 소스라치게 놀랐고, 주위에 있던 사람들의 이목이 순식간에 집중되었다.

"본부장 총각이 많이 놀랐나 벼?"

"고라니가 추우니까 먹을 게 없어서 내려온 보양이구만. 낄낄."

장씨와 인부 하나가 도망가는 고라니를 보며 시원한 웃음으로 말했다. 한결은 정말 깜짝 놀라 다리에 힘이 풀릴 것 같았고 소리와 인부들은 무슨 구경거리라도 되는 양 웃느라 정신이 없었다. 이런 망신스런 모습을 보인 게 한결에게는 굉장히 자존심 상하는 일이었다.

저런 동물 따위 때문에 웃음거리가 되다니!

한결은 불쾌한 기분을 감추며 헛기침을 하고는 표정을 굳힌 채 화장실로 향했다. 여러 사람 앞에서 망신을 당한 게 화나고 창피해서 저절로 인상이 써졌다. 그러다 문득 무언가 생각난 듯 장씨에게로 걸음의 방향을 바꿨다. 장씨는 설마 한결이 자신에게로 오는 건가 싶은 마음에 그를 빤히 바라보았다.

"제 비서한테 얘기 들었습니다."

"뭔 얘기? 아……."

"……고맙습니다."

한결은 고개를 숙이며 본론인 감사 인사만 짧게 하고는 바로 휙 돌아섰다. 장씨는 감사 인사마저 딱딱한 한결의 등을 보며 픽 웃음을 흘렸다.

"싱겁긴……."

딱딱하긴 했지만 장씨는 한결의 마음을 느낄 수 있었다. 아마 소리가 야무지게 간호를 잘 한 모양이라고 생각했다. 장씨의 눈에는 소리가 많이 아깝긴 했지만, 그래도 나름 두 사람이 잘 어울리는 것 같았다.

폭설이 한바탕 내리고 나더니 이제 완연한 봄 날씨였다. 꽃샘추위라 그런지 아직 좀 쌀쌀하긴 했지만 봄을 느끼기에는 충분했다. 소리와 한결은 씻고 나오자마자 장씨가 준비한 점심을 먹었다. 소리는 인부들과 이야기꽃을 피우며 시끌벅적하게 먹는 반면, 한결은 여전히 말없이 밥만 먹을 뿐이었다. 하지만 두 사람 다 오랜만에 제대로 된 밥을 먹어서 그런지 정말 꿀맛처럼 느껴지고 이제야 좀 살 것 같은 기분이었다.

"장씨 아줌마, 저 한 그릇 더 먹어도 되죠?"

"아이고, 그렇게 갑자기 많이 먹으면 배탈 나."

"괜찮아요. 제가 위장 하나는 끝내주거든요."

"그래도 적당히 먹어."

"네!"

소리는 벌써 비운 밥그릇을 들고 밥을 더 푸기 위해 자리에서 일어났다. 그리고 슬쩍 한결의 밥그릇을 보았다. 인부들은 이제 겨우 반을 먹었는데 한결의 밥그릇도 깨끗이 비어 있는 걸 보니 소리는 한결도 자신과 같은 기분일 거라는 생각이 들었다.

"본부장님도 한 그릇 더 드실래요?"

"그러지."

거절할 줄 알았던 한결이 빈 밥그릇을 소리에게 내밀었다. 소리는 괜히 기분이 좋아 씩 웃으며 한결의 밥그릇을 받아들었다. 그렇게 한결과 소리가 두 그릇이나 먹은 뒤에야 점심 식사가 끝났다. 밥을 다 먹고 장씨를 도와 설거지까지 마친 소리는 인부들을 도울까 잠시 고민하다가, 소화시킬 겸 느릿하게 걷고 있는 한결의 곁으로 다가갔다.

"본부장님, 오늘은 호텔로 돌아가셔야죠?"

"당연하지. 왜, 혼자 있으려니까 아쉬운 모양이지?"

"아니거든요? 언제까지 저 좁은 컨테이너 박스에서 본부장님이랑 같이 있어야 하나 얼마나 신경 쓰였는데요, 흥! 그래도 다행이죠, 이렇게 눈이 빨리 그쳐 줘서."

"허! 네가 더 있으라고 해도 갈 거니까 걱정 마."

"누가 더 있어달라고 했어요? 안전 운전해서 잘 모셔다 드릴 테니 본부장님이나 걱정 붙들어 매세요."

티격태격하면서도 두 사람은 서로 많이 가까워졌다고 생각하고 있었다. 폭설 때문에 어쩔 수 없이 함께 있었던 3일 동안 두 사람은 자신도 모르는 새에 서로에게 마음을 열게 되었다. 그리고 두 사람은 말없이 한참을 그렇게 걸었다.

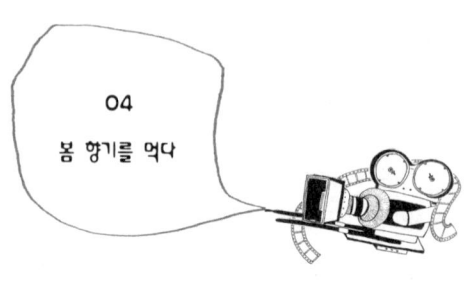

04
봄 향기를 먹다

 약 2주의 시간이 흐르자, 언제 폭설이 내렸냐는 듯 날씨는 확 달라져 있었다. 내려쬐는 햇볕이 기분 좋을 정도로 따뜻했고, 볼을 간질이는 미풍이 마음까지 설레게 했다. 하지만 노트북을 바라보는 한결의 미간에는 주름이 잡혔다.

 "도대체 누구지……."

 더 이상 현장에서는 작업을 하지 않았지만 영화를 보기 위해 노트북을 켜 놓고 잠시 화장실에 다녀온 사이, 누군가 또 만진 게 틀림없었다. 그때 이후로 중요 문서는 전부 USB에 보관하기 때문에 염려하지 않아도 됐지만, 혹시나 해서 일부러 바탕화면에 거짓으로 만들어 놓은 문서들을 누군가 또 염탐을 했다. 최근 열어본 문서 항목을 보니 거짓으로 만들어 놓은 기획안과 디자인 시안들이 나열되어 있었다.

 "화장실을 갈 게 아니라 지켜봤어야 했군."

후회가 밀려왔지만 이미 늦은 일이었다. 날씨가 좋아 마음을 놓고 방심한 게 문제였다. 바탕화면에 만들어 놓은 문서들은 이미 만들어 놓은 지 시간이 좀 흘러서 잊고 있던 탓도 있었다. 한결은 스파이를 알아낼 기회를 놓쳤다는 생각에 아쉬움이 밀려왔다.

소리는 인부들을 도와 일을 하다가 슬쩍 한결에게로 곁눈질을 했다. 창고 처마 밑에서 노트북으로 무언가 보던 한결은 몸을 일으켜 어딘가로 걸음을 옮기고 있었다. 잠시 망설이던 소리는 얼른 장갑을 벗고 한결의 뒤를 밟았다.

"꽃이 참 예쁘죠?"

등 뒤에서 들리는 목소리에 한결이 고개를 돌렸다. 소리는 기다렸다는 듯이 한결의 곁에 서서 함께 걸음을 맞췄다. 2주 전만 해도 눈으로 뒤덮였던 나무에는 신기하게도 이름 모를 꽃이 피어 있었다.

"자연은 정말 신기해요. 폭설이 내린 지 얼마 안 된 것 같은데, 오늘은 이렇게 예쁘게 꽃이 피었어요. 어떻게 이러지?"

소리의 시선을 따라가니 주변 나무들에 정말로 꽃들이 피어나고 있었다. 다른 생각을 하며 걷고 있던 한결은 미처 발견하지 못했던 터라 소리의 말처럼 꽃이 정말 아름다워 보였다. 이렇게 꽃을 보며 감상에 젖었던 게 언제인지 기억나지 않을 정도로 오래된 것 같았다.

"이따가 장씨 아줌마랑 진달래 따러 가기로 했어요."

"진달래?"

"네. 장씨 아줌마가 진달래 지짐이 만들어서 아저씨들 새참으로 드릴 거라고 했거든요. 본부장님도 같이 가실래요?"

"아니."

"같이 가면 재미있을 텐데."

"됐어."

컨테이너 박스에서 함께 지내면서 많이 친해졌다고 생각했는데, 아무래도 소리는 자신의 착각이었던 것 같다는 생각이 들었다. 한결은 여전히 딱딱하고, 말도 단답형으로 했으며 말투 역시 전처럼 차갑고 까칠했다.

"본부장님 성격에 문제 있으시죠?"

"뭐?"

"성격 이상하다는 말 많이 들으시죠?"

"이게 정말."

"너무 정곡을 찔렀나?"

"요즘 좀 풀어 줬더니 또 기어오르는군. 이젠 내가 네 상사라는 자각도 없지? 그냥 타이틀만 내가 본부장이고 네가 비서인 것 같지?"

치사하게 또 권력으로 누르려고!

소리는 하고 싶은 말을 꾹 참으며 입을 다물었다. 어떨 때는 한결에게서 인간적이라는 느낌을 받다가도 이럴 때는 정말 비인간적이고 치사하다는 느낌밖에는 들지 않았다.

"진달래 따러 어디로 가는데?"

"마을 뒷산이요. 마을 뒷산에 진달래랑 개나리랑 잔뜩 피었대요."

"그렇군."

"저기 보이시죠? 저기 파란 지붕 옆에. 저기로 간다고 했어요. 여기서도 알록달록하게 꽃 핀 게 보일 정도니까 엄청 예쁘게 많이 피었을 것 같아요."

한껏 들떠 있는 소리를 보며 한결은 진짜 하고 싶었던 말을 뱉었다.

"조심해."

"뭘요?"

"뱀 나와."

"우와!"

"우, 우와?"

뭐 이런 반응이······.

무서워할 줄 알았던 소리는 오히려 신나했다. 한결이 그동안 봐온 여자들과는 판이하게 다른 반응이었다. 뱀이 나와서 조심하라는데 좋아하는 여자라니. 한결은 소리에 대해 좀 알았다고 생각했었는데, 또다시 도통 감을 잡을 수가 없었다.

"혹시 모르니까 캠코더 챙겨가야겠어요. 꼭 뱀이 나와야 할 텐데. 얼마나 예쁠까?"

"뭐? 뱀이 예뻐?"

"그럼요! 옛날에 아빠랑 같이 뱀을 몇 번 잡았었는데 그 촉감이 진짜 비단처럼 미끄럽고 좋았어요! 언니는 보자마자 무섭다고 울고불고 난리도 아니었지만, 전 정말 그 색깔도 너무 예쁘다고 생각했거든요!"

보통 여자들의 반응은 아마도 소리의 언니라는 여자와 비슷할 것이었다. 한결은 의도치 않게 소리에 대해 또 하나를 알게 되었다.

"······언니가 있나?"

"네! 제가 원래 쌍······."

소리는 자기도 모르게 버릇처럼 쌍둥이라는 말을 하려던 순간 문득 정신이 들었다. 그리고 한결의 눈치를 보았다. 한결은 소리의 다음 말을 기다리는 듯했다.

"쌍, 뭐?"

"쌍, 쌍쌍바를 나눠먹던 언니가 하나 있다고요. 쌍쌍바 아시죠? 모르시려나? 갈색 아이스크림인데 똑같은 거 두 개가 붙어 있어서 막대기 잡고 이렇게 뜯어서 하나씩 나눠 먹는······."

소리는 자신의 거짓말이 들킬까 봐 쓸데없는 부연설명을 덧붙이고 있었다. 한결은 아이스크림을 뭘 이렇게 장황하게 설명하나 싶어 그녀의 말을 뚝 잘랐다.

"뭔지 알아."

"아하하, 아시는구나."

"언니도 성격이 비슷한가?"

"아니요, 언니는 저랑 정반대예요. 얌전하고 조용하고, 똑똑해요. 언니는 학교 다닐 때도 항상 전교 1, 2등만 했어요. 반장에 학생회장에 안 해 본 게 없을 정도로 촉망받고 대학도 4년 내내 장학금 받아 졸업했고요. 몸이 좀 허약한 게 문제였지만."

"정말 정반대군. 그럼 너는?"

"저는, 음……. 아! 전 초등학교 다닐 때부터 대학 졸업할 때까지 단 한 번도 오락부장을 놓치지 않았습죠."

완벽한 언니 때문에 스트레스 좀 받았겠군.

하지만 소리의 표정에서는 스트레스를 받은 흔적이 전혀 없었다. 시간이 많이 지나 지워진 건지, 생각 없는 성격이라 신경 쓰지 않는 건지는 모르겠지만 어쨌든 소리는 개의치않는 것처럼 보였다.

"한 비서, 슬슬 출발하자!"

"네, 아줌마! 저 갔다 올게요!"

때마침 장씨가 소리를 불렀고, 소리는 한결에게 인사한 뒤 장씨에게로 달려갔다. 한결은 점점 멀어지는 소리의 뒷모습을 가만히 보고 서 있었다.

Rrrrr. Rrrrr.

한결은 울리는 휴대폰을 꺼내 발신 번호를 보았다. 02로 시작되는 번호였지만 모르는 번호였다. 혹시나 회사 일일수도 있을 거라는 생각에 전화를 받으면서도 시선은 멀어지는 소리의 뒷모습을 잡고 있었다.

"네, 여보세요."

[여보세요? 태신 건설 강원도 공사 책임자 맞으시죠?]

나이가 좀 있는 중년 여자의 목소리였다.

"누구십니까."

[아이구, 안녕하세요. 변철수 소장 안사람이에요.]

"네, 그런데 무슨 일로……."

[감사 인사는 드려야 할 것 같아서 연락드렸어요. 얼굴 뵙고 인사드려야 하지만 제가 병원에서 나갈 수 있는 입장이 아니라서요.]

한결은 이게 무슨 말인가 싶었다. 변 소장의 아내가 어떻게 알고 자신에게 전화를 한 건지도 궁금했고, 왜 감사 인사를 하는지도 궁금했다. 그 사이 소리는 이미 한결의 시야에서 사라지고 없었다.

"말씀 중에 죄송합니다만, 제 번호는 어떻게 아셨죠?"

[태신 건설에 전화해서 물어봤어요. 실례인 줄 알면서도 꼭 감사 인사를 전해야 한다고 강원도 책임자님 연락처 알려달라고 여러 번 부탁드렸거든요.]

"아, 그러셨군요."

[정말 감사해요. 선뜻 돈을 빌려주신 덕분에 우리 막내아들 수술시켰어요. 흐윽, 이대로 죽나 싶었는데, 정말 감사합니다.]

돈을 빌려준 적도 변 소장과 그런 대화를 나눈 적도 없었다. 이건 분명 오해가 있었지만 한결은 일단 자신이 아니라는 말을 하지는 않았다. 순간적으로 어떤 거래가 오고 간 건지 알 것 같았기 때문이다. 한결은 전화를 받으며 변 소장을 눈으로 좇았다. 변 소장에게 아픈 자식이 있다는 건 전혀 눈치챌 수 없을 정도로 그는 항상 밝고 단정한 모습이었다. 그래서 더욱 의구심이 들었다.

"수술은 잘 됐습니까."

[예, 지난주에 수술하고 남편도 주말에 와서 보고 갔어요. 의사 선생님 말씀으로는 수술도 잘 됐대요. 정말 감사합니다.]

"수술이 잘 됐다니 다행입니다."

한결은 변 소장의 아내와 형식적인 이야기를 몇 마디 더 나눈 뒤 전화를 끊었다. 이제야 조금 실마리가 풀리는 것 같았다. 아마도 태성이 심어 놓은 스파이는 변 소장인 듯했다. 페이지가 달랐던 서류 파일도, 폭설 때의 장화 발자국도 아마 변 소장의 것이었던 것 같다.

"비열하게 아들 수술비로 협박을……."

한결은 이가 갈렸다. 자식의 일이라면 물불 가리지 않는 부모의 마음을 알기에, 자신의 어머니도 그랬기에 더욱 태성이 증오스러웠다. 한결은 한쪽 구석에 앉아 현장을 둘러보는 척하며 변 소장을 주시했다.

소리와 장씨는 약 20분 정도를 걸어서 진달래와 개나리가 가득한 마을 뒷동산에 도착했다. 소리는 분홍색과 노란색이 가득한 동산을 보며 입을 다물지 못했다.

"진짜 예뻐요! 이건 마을 분들이 심으신 거예요?"

"아냐, 그냥 저들이 알아서 피는 거야. 원래는 진달래만 가득했는데 몇 년 전부터 개나리를 심었더니 이제 때 되면 그냥 알아서 저렇게 피어. 우리 마을이 진달래, 개나리로는 둘째가라면 서럽거든. 여기 말고 저기 초록 지붕 보이지? 저 집 뒷동산에도 이렇게 많이 피어 있고, 저기 주황색 지붕 옆 언덕으로도 진달래, 개나리 천지야. 오죽하면 우리 마을 이름이 진달래 마을이겠어."

"진짜 대박이다! 아줌마, 이 동네 정말 예뻐요. 엄청 매력 있어요."

소리는 이곳에 온 지 두 달 만에 마을의 이름을 알았다. 이름처럼 정말 진달래 천지였다.

"이것들은 이제 며칠 있으면 다 떨어져서, 다시 보려면 내년까지 기다려야 돼. 한 철도 못 피고 지는 게 안타깝지."

"그래도 피어 있는 그 순간은 최고로 아름답잖아요. 아마 진달래들은 행복할 거예요. 시들시들하게 오래 피어 있는 것보다 최고로 아름답게 피어나는 순간 지는 것도 매력이니까요."

"하이고, 말도 참 예쁘게 하네. 한 비서처럼 예쁜 꽃잎들로만 잔뜩 따 봐. 내가 아주 맛나게 지짐이 부쳐줄 테니까."

"네!"

소리는 장씨와 함께 진달래 꽃잎을 따기 시작했다. 손에 닿는 꽃잎의 감촉이 부드럽다 못해 녹을 것처럼 여리게 느껴졌다. 소리는 장씨가 준 비닐봉투에 진달래 잎을 따 넣으며 콧노래를 불렀다. 따스한 햇볕이 반짝이고 꽃향기가 코끝에 닿으니 절로 콧노래가 나왔다. 그리고 손에 닿는 촉감이 좋아서 자꾸만 진달래 꽃잎으로 손이 갔다. 그러면서 따는 속도도 점점 빨라졌다.

"허이구, 벌써 이렇게나 많이 땄어? 이제 가서 지짐이 부쳐도 되겠네."

"벌써요?"

"나 혼자 왔음 이제 반밖에 안 됐을 텐데, 한 비서가 이렇게 많이 땄으니 저 양반들 먹고도 잔뜩 남겠어."

"아쉽다."

"오늘만 날인가? 다들 배고플 테니 오늘은 내려가고 진달래 지기 전에 또 와서 놀아. 본부장 총각 데리고 와서 꽃구경이나 하든가."

"본부장 총각이 꽃구경하며 즐거워할 위인은 아니라서요."

장씨의 말에 소리가 고개를 내저었다. 장씨와 함께 진달래 동산을 뒤로하고 현장으로 향하는 소리의 발걸음이 무거웠다.

"아! 아줌마, 컨테이너 박스 옆에 있는 밭 있잖아요. 그건 누구네 밭이에요?"

"주인? 거긴 다 태신 건설 땅인데."

"그럼 거기에 상추랑 채소 그런 거 심어도 돼요?"

"아이고, 그럼. 되고말고. 본부장 총각한테 얘기해서 한쪽 구석 쓴다고 하고 텃밭 가꿔. 내가 모종삽이랑 집에 있는 것들 다 갖다 줄 테니까."

"우와! 역시 아줌마가 최고예요!"

하지만 꼭 본부장님한테 얘기할 필요는 없을 것 같아요.

소리는 장씨와 함께 현장으로 내려오며 텃밭 가꿀 이야기에 열을 올렸다. 생각만으로도 들뜨고 신나고 행복했다. 소리는 눈에 보이는 진달래를 가지째 꺾어 귀에 꽂으며 기쁜 마음을 표현했다.

광년이가 따로 없군.

귀에 진달래꽃을 꽂은 채 비닐봉지를 들고 돌아오는 소리를 발견하자마자 한결이 한 생각이었다. 뭐가 저렇게 좋은지 마냥 웃으며 장씨에게 무언가 이야기하며 오고 있는 소리는 한결의 눈에 정말 나사 하나 풀린 미친년처럼 보였다. 특히 귀에 꽂은 진달래 꽃 때문에 더더욱.

"어? 본부장님! 왜 나와 계세요?"

"아까부터 나와 있었거든?"

"아, 맞다! 조금만 기다리세요. 장씨 아줌마한테 진달래 지짐이 만드는 거 배우기로 했거든요! 금세 되니까 잠시 놀고 계세요."

도대체 자기가 비서라는 걸 알긴 하는 건가?

소리를 보면 현장에 놀러 온 건지, 비서로 일을 하러 온 건지 헷갈릴 때가 많았다. 아니, 거의 매일이 그랬다. 본사에서 특별히 지시하는 게 없기 때문에 한결도 뭐라고 하지 않고 그냥 두기는 했지만, 저러다 다시 본사로 돌아가 적응하지 못할까 봐 슬쩍 걱정도 되었다.

"뭐, 내가 걱정할 건 아니지."

한결은 장씨와 함께 주방으로 사라지는 소리의 뒷모습을 보며 중얼거렸다. 어떨 때 보면 소리는 이곳에서 태어나 이곳에서 쭉 살아온 현지 주민 같기도 했다. 편의점조차 없는 이곳이 불편하고 힘든 한결에 비해 소리는 전혀 그런 불편함도 느끼지 못하는 듯했다.

"정말 알 수 없는 여자야."

"누가요?"

"아닙니다. 무슨 일이십니까."

소리를 바라보느라 변 소장이 곁에 다가온 걸 미처 눈치채지 못한 한결이 정 떨어지는 딱딱한 말투로 물었다. 변 소장은 갑자기 무표정으로 변하는 한결을 보며 결재 서류 하나를 내밀었다.

"본사에서 지시가 와서요."

"본사에서요?"

"네, 다음 주부터 들어가는 내부 자재를 최고급으로 준비하라는 지시가 왔더라고요. 그런데 그렇게 되면 지금보다 예산이 세 배 이상 뛸 텐데 괜찮을지……."

"본사에서 하라면 해야겠죠. 어디에 사인하면 되는 겁니까."

"여기요."

변 소장이 서류 맨 아래 부분을 가리켰다. 한결은 변 소장이 내미는 펜을 받아 사인을 하려다 불현듯 아까 받았던 전화가 생각나 변 소장에게 물었다. 한결은 어떻게든 변 소장이 스파이라는 증거를 잡아내야 했다. 그리고 가능하면 그를 역이용하고 싶은 생각도 있었다.

"본사 지시는 누가 한 겁니까."

"박태성 상무님께서 직접 연락을 주셨습니다."

"박 상무가 직접 연락하셨다……?"

"네? 아, 네."

변 소장은 자기도 모르게 대답한 것에 당황했는지 한결의 시선을 피했다. 한결은 이 정도면 충분하다고 생각했다. 스파이를 드디어 찾아냈다.

"그만큼 중요한 모양이군요."

"아, 네."

"박 상무님이 직접 지시를 하신 거면 굳이 제 사인이 필요할 것 같지는 않습니다만."

변 소장도 한결과 똑같이 생각했었다. 하지만 태성은 무조건, 반드시, 그의 사인을 받으라고 했다. 그래도 현장에 있는 본부장이니 그게 당연한 거라는 이유를 들며. 그리고 한결의 행태에 대해 낱낱이 묻기도 했다. 변 소장은 그에게 받은 돈이 있고, 덕분에 아들 수술을 시킬 수 있었기 때문에 양심에 가책을 느끼면서도 답변을 했다.

매일 호텔에서 점심 먹을 때쯤 출근해 오자마자 점심을 먹고, 하루 종일 어슬렁거리다 해가 지면 다시 호텔로 돌아간다고 했다. 변 소장의 느낌이 맞다면 그 대답에 태성은 꽤나 만족스러워하는 듯했다. 또 하나, 이유는 알 수 없었지만 태성은 한결의 비서에 대해서도 물었다. 변 소장은 소리를 딸처럼 예뻐하는 터라 그녀에 대해서는 일 처리도 확실하고 장씨를 돕는 건 물론, 인부들의 일까지 돕고 있다고 보고했다. 그게 사실이기도 했고. 보고를 들은 태성은 잠시 말이 없더니, 무슨 일이 있어도 서류에 한결의 사인을 꼭 받으라는 말을 끝으로 전화를 끊었다.

"하지만 본부장님이 여기 총 책임자시니 결재를 해주셔야 저도 진행할 수 있는 입장이라……."

"이름만 여기 총 책임자일 뿐입니다. 저 역시 박 상무님의 지시를 따르는 사람이고요. 그리고 현장에 관한 일은 저보다 변 소장님이 더 잘 아시지 않습니까."

"그래도 사인을 해주셔야……."

"변 소장님. 솔직히 말씀드리죠."

한결은 그가 스파이라는 확신이 서자 그의 말을 자르며 정면 돌파를 택했다.

"저에게 사인을 하라는 서류는 내부 자재를 최고급으로 바꾸는 데에 대한 결재가 아니지 않습니까?"

"네? 그게 무슨 말씀이신지……."

"이미 그건 박 상무님이 결재를 하신 거나 마찬가지라고 생각됩니다만."

변 소장 역시 한결의 말에 동의하고 있었다. 하지만 어떻게든 사인을 받아야 했기에 여전히 모르겠다는 표정으로 있을 수밖에 없었다. 한결은 태성이 어떻게 지시를 했는지 알 것 같아서 변 소장에게 차라리 솔직하게 말하는 게 낫다는 판단을 내렸다.

"제가 이곳에 사인을 한다면 그건 문제가 일어났을 시에 대한 책임을 지는 거겠죠. 이미 박 상무님이 결재하셨으니, 제가 또 사인하는 건 문제 상황에 대한 책임을 지겠다는 뜻이지 않습니까? 제 생각이 틀립니까?"

"허허, 저는 도통 무슨 말씀을 하시는 건지 잘 모르겠네요. 그저 본부장님은 본사에서 나오신 분이니 일 진행 전에 사인을 해주셔야 진행할 수 있는 입장이라 결재를 받으러 온 건데, 어려운 말만 하시니 무식한 늙은이는 이해가 잘 안 돼서 어떤 말씀을 드려야 되는지 모르겠네요."

변 소장은 말을 하면서도 등 뒤로 식은땀이 흘러 죽을 맛이었다. 도대체 박 상무와 박 본부장 사이에 무슨 일이 있기에 이렇게 신경전을 벌이는 건지, 변 소장은 두 사람 사이에서 꽤나 난감했다. 그리고 어떻게 안 건지, 박 상무가 이미 통장으로 돈을 보냈기 때문에 어쩔 수 없이 박 상무의 지시를 따르고 있지만 이게 잘하는 일인지에 대한 의문은 사라지지 않았다.

"변 소장님."

"네."

"다른 분이었다면 절대 사인하지 않았겠지만, 일단 제 비서가 아버지처럼 생각하고 따르는 분이니 제 비서를 믿고 사인은 하겠습니다."

"……."

"하지만 나중에 제 비서가 상처받을 만한 일은 발생하지 않았으면 좋겠군요."

사인을 하는 한결의 모습을 보며 변 소장은 한 마디도 할 수가 없었다. 한결은 분명 이곳에 사인을 한 뒤에 어떤 일이 생길지에 대해 예측하고 있으면서도 자신의 비서가 따르는 사람이기에 변 소장까지 믿으려 한 것이었다. 변 소장은 바늘이 심장을 콕콕 찌르는 것 같았지만 한결이 내미는 결재 서류를 들고 말없이 돌아섰다. 대역죄를 지은 것처럼 무겁게 돌아서는 변 소장의 얼굴은 어둡기만 했다.

"다들 모이세요! 진달래 지짐이가 왔습니다! 이거 엄청 맛있어요, 얼른 오세요!"

그 사이 지짐이를 완성한 건지, 소리가 고소한 냄새를 풍기며 인부들을 불렀다. 하나둘씩 모여드는 인부들을 보며 변 소장은 다가가지 못하고 한결의 눈치를 보았다. 변 소장은 마음이 많이 불편해 표정 관리하는 것도 힘들었다.

"변 소장 아저씨! 빨리 오세요, 식으면 맛없어요!"

소리가 변 소장을 향해 손을 흔들며 불렀지만 변 소장은 미약한 웃음만 보일 뿐 다가갈 수가 없었다. 소리를 볼 낯이 없을 정도로 양심의 가책을 느끼고 기분이 이상했다. 그때 한결이 변 소장의 곁으로 다가왔다.

"사인은 이미 했습니다. 나중에 어떤 일이 일어나더라도 제가 책임져야겠죠."

"……."

"변 소장 아저씨, 빨리요!"

소리가 또다시 변 소장에게 손을 흔들며 외치자 한결이 대신 알았다는 듯 손을 든 뒤 변 소장에게 말을 이었다.

"걱정하지 마시고, 지금은 가서 맛있게 드십시오. 제 비서가 저렇게 애타게 부르는데. 지금 안 가시면 성격상 모시러 올 겁니다."

"……네."

"변 소장님. 아직 아무 일도 일어나지 않았습니다. 하지만 앞으로 일어나지 않으리라는 보장은 없죠. 조금이라도 양심의 가책을 느끼신다면 언제든 제 편으로 오셔도 좋습니다."

"네?"

"이상하다고 느끼시는 것들이 있으실 겁니다. 그건 이상하다고 느끼는 게 아니라, 정말 이상한 겁니다. 그리고 수술비는……."

"본부장님, 그건……."

변 소장이 변명을 하려 했지만 한결은 그의 말을 잘랐다. 여기서 길게 이야기 할 만한 사항도 아닐 뿐더러 굳이 듣지 않아도 태성이 어떤 방법으로 돈을 보냈을지는 안 봐도 비디오였다.

"변 소장님을 추궁하는 게 아닙니다. 절 도와주시겠다면 그간의 일에 대해선 제가 해결해 드리겠다는 뜻입니다. 한 비서에게 상처를 주고 싶지 않으시다면 현명한 판단을 하실 거라 믿습니다. 지금은 일단, 얼른 가서 드시죠."

한결은 혼란스러워하는 변 소장을 두고 인부들이 모여 있는 쪽으로 뚜벅뚜벅 걸음을 옮겼다. 결국 변 소장은 소리가 데리러 올 때까지 멍하니 서 있을 수밖에 없었다. 머릿속이 복잡해서 터져 버릴 것 같았다. 어떻게 한결이 수술비에 대해서까지 알고 있는지 눈앞이 캄캄하기만 했다.

"아저씨, 무슨 생각을 그렇게 하세요? 걱정일랑 버려두고 일단은 좀 드세요. 저 진달래 지짐이 처음 먹어 봤는데 진짜 맛있어요! 얼른 가요, 아저씨."

소리가 변 소장에게 팔짱을 끼고 그의 몸을 끌자 마지못해 인부들이 있는 곳으로 걸음을 옮겼다. 변 소장은 아무래도 생각할 시간이 좀 필요할 듯했다. 그래도 일단은 이렇게 딸처럼 예쁜 짓만 하는 소리를 위해서라도 함께 진달래 지짐이를 먹으며 시간을 좀 보내야겠지만. 변 소장은 마음이 어지러웠다.

*

"허! 이게 다 뭐야?"

"보면 모르세요? 상추랑 깻잎이랑 채소들이요."

한결은 입을 다물지 못했다. 분명 한 달 전만 해도 그냥 놀고 있는 밭이었는데, 어느새 상추와 채소들이 밭 한구석에 가득했다. 소리는 땀을 흘리며 그것들에게 물을 주고 있었다.

"이거 유기농으로 키운 거예요. 조금 더 자라면 먹을 수 있어요!"

"정말 대단하군."

"이게 다 장씨 아줌마랑 변 소장 아저씨 덕분이에요. 변 소장 아저씨는 밭 가꾸는 방법이랑 심는 방법 알려주고, 장씨 아줌마는 이 모종들 전부 구해다 주셨어요. 이거 다 키워서 먹을 수 있게 되면 장씨 아줌마랑 변 소장 아저씨랑 일하는 아저씨들이랑 다 같이 고기 파티 하면서 먹을 거예요. 엄청 재미있겠죠?"

"허!"

이제는 더 이상 놀라거나 황당한 일이 없을 줄 알았는데 역시 소리는 보통 여자가 아니었다. 어쩜 이렇게 매번 사람을 놀라게 하는지, 어디 가서 이런 재주를 배워 오는 게 아닐까 싶기도 했다. 그때 소리가 옆에 있던 방울토마토 하나를 따서 한결에게로 내밀었다.

"이것도 제가 키운 건데 맛 좀 보세요. 아직 조금 덜 익어서 많이 달지는 않은데 유기농인 데다가 제가 사랑과 정성으로 키운 거라 먹을 만해요."

한결은 방울토마토를 받아 손으로 슥슥 닦은 뒤 입으로 넣었다. 소리의 말처럼 아직 달지는 않았지만 입 안에서 터지는 과즙이 조금만 지나면 아주 달고 맛있게 익을 것 같았다.

"도대체 이것들은 언제 다 키운 거야?"

"매일 본부장님 호텔 모셔다 드리고 와서 관리했어요. 주말에는 더 신경 썼고요. 요것들 크는 재미 보는 것도 꽤 쏠쏠하다니까요? 식물은 정말 신기한 게, 하루가 다르게 자라요. 어제 다르고 오늘 다르고, 아침에 다르고 저녁에 또 다르고. 얘네 키우면서 저 일지도 썼어요. 사진도 날짜 별로 다 찍어 두었고요. 정말 자연의 신비는 위대한 것 같아요."

내가 볼 때는 네가 더 위대하다.

한결은 말을 내뱉는 대신 얼빠진 표정을 지우지 못했다. 정말 대단하다는 생각밖에 들지 않았다. 자신을 호텔에 데려다 주고 돌아오면 적어도 밤 10시는 넘을 텐데, 언제 이렇게 가꾼 건지 그 열성과 노력에 박수를 쳐 주고 싶을 정도였다.

"아! 저기 주황색 지붕 옆에 언덕 보이시죠?"

"어."

"저 오늘 거기 갈 건데 같이 가실래요?"

"저긴 왜?"

"저번에 진달래 따러 갈 때 급하게 갔다 오느라 아무것도 못 찍었거든요. 변 소장 아저씨 말로는 요즘 개구리나 다람쥐들이 많대요. 구경하러 가고 싶어서요. 아, 얼마나 예쁘고 귀여울까? 히히."

보통 여자들은 징그럽다고 하지 않나?

한결은 잠시 의문을 가졌지만 이내 머릿속에서 지워냈다. 소리는 보통 여자들하고는 확연히 다르니까. 그녀는 마음에 드는 것들을 영상이나 사진으로 남기는 버릇이 있는 모양이었다. 채소를 키우며 일지까지 쓴 걸 보면 더할 나위 없이 확실했다.

"어차피 할 일도 없는데 같이 가도록 하지."

"안 가신다고 할 줄 알았는데 의외네요?"

"굳이 안 갈 이유는 없으니까. 답답하기도 하고."

"그럼 조금 있다가 바로 출발해요."

"그러지."

사실 한결은 소리가 걱정돼서 따라나서는 거였다. 개구리나 다람쥐가 소리를 해치지는 않겠지만 인부들이 얘기하는 걸 얼핏 들었던 게 생각이 나서 따라나서지 않을 수가 없었다. 인부들의 말로는 어제도 뱀을 두 마리나 잡았다고 했다. 병원은 시내에 있기 때문에 혹여 뱀에게 물리기라도 하면 치료도 하기 전에 독이 온몸에 퍼질 것이었다. 한결은 그런 일만은 절대적으로 막고 싶었다.

"갈까요?"

"그러지."

"이거 쓰세요. 봄철 자외선이 진짜 무섭대요. 특히 이런 시골은 더더욱."

캠코더와 바구니 하나를 챙겨 나온 소리가 한결에게로 모자를 건넸다. 한결은 소리에게 받은 모자를 대충 머리 위에 눌러 쓰고 걸음을 옮기기 시작했다. 두 사람은 보폭을 맞추어 걸으며 동산으로 향했다.

"벌써 진달래, 개나리가 다 졌네요."

"봄이 지나가고 있으니까."

"아쉬워요. 그래도 아직 봄인데."

"그게 자연의 이치야."

"그래도 정말 예뻤....... 우와, 진짜 다람쥐예요! 엄청 귀엽죠? 다람쥐야, 요기 좀 봐봐."

소리는 꽃 때문에 언제 아쉬워했냐는 듯 다람쥐를 발견하는 순간 물 만난 고기처럼 정신을 차리지 못했다. 다람쥐뿐만 아니라 이름 모를 새들과 개구리, 청설모까지. 야생 동물원에 온 것처럼 자연을 느낄 수 있었다. 소리는 눈에 보이는 동물들을 핸디캠에 담으며 동물들에게 끊임없이 말을 걸었고, 한결은 그녀의 주위를 맴돌며 혹여 그녀가 다치거나 동물에게 물리기라도 할까 봐 노심초사했다.

"청설모! 너는 친구들한테 밥 다 빼앗겼구나? 안쓰럽게 엄청 말랐네. 혹시 다이어트 하니?"

한결은 의문이 들었다. 저 여자는 정말로 동물들이 자신의 말을 알아듣는다고 생각하며 저렇게 계속 어이없는 말들을 하는 걸까.

"너구나! 쟤 밥 다 빼앗아 먹은 놈이! 그러면 안 돼, 나눠 먹어야지. 너는 배가 불룩해서 날렵함이 떨어지잖아. 쟤는 너한테 밥 다 빼앗겨서 엄청 마르고 날쌘돌이 됐잖아. 사이좋게 나눠 먹……."

"으악!"

"본부장님!"

순간 한결의 근처로 고라니 한 마리가 잽싸게 뛰어갔다. 깜짝 놀란 한결은 그대로 엉덩방아를 찧으며 넘어졌고 고라니는 이미 저 멀리로 도망가고 있었다.

"괜찮으세요?"

"……네 눈에는 지금 괜찮아 보여?"

"본부장님. 고라니 무서워하시죠?"

"아니거든."

"에이, 저번에도 그렇고 지금도 그렇고, 딱 보니까 무서워하시는 것 같은데."

"웃기지 마. 저딴 동물을 누가……. 갑자기 튀어나와서 놀랐을 뿐이야."

한결은 끝까지 자존심을 지키며 소리의 말에 대꾸했다. 하지만 소리는 새어 나오려는 웃음을 억지로 꾹꾹 참고 있었다. 웃어 버리면 한결이 정말 진심으로 화를 낼 것 같아서.

"그렇게 보고만 있을 건가?"

"네?"

"안 일으킬 거야? 무슨 비서가 이렇게 일일이 다 설명을 해줘야 돼?"

"아, 예. 이것도 비서의 일인 걸 제가 미처 몰랐습죠. 일어나시죠, 본부장님."

소리가 한결에게 손을 내밀었다. 한결은 생각보다 긴 손가락을 보며 잠시 어머니의 손가락을 떠올렸다가 이내 지우며 그녀의 손을 맞잡고 일어섰다. 순간 마주 닿은 두 사람의 손바닥에서 서로의 온기가 전해졌다.

"이제 그만 내려가지."

"안 돼요!"

"얼마나 더 있으려고!"

"나물도 캐야 되는데요? 내일만 지나면 주말이라서 또 밥해 먹어야 되잖아요. 밥이야 렌지에 햇반 돌려 먹으면 된다지만, 인스턴트 반찬은 정말 못 먹겠어요."

"그래서 지금 여기 있는 나물들을 캐서 반찬을 하겠다고?"

"요즘 장씨 아줌마 도와드리면서 이것저것 많이 배워 놨거든요."

한결 역시 소리의 말에 동의를 했다. 사실 주말마다 공사가 쉬기 때문에 주말엔 한결과 소리도 각자 떨어져 있었다. 한결은 장미호텔에서 따분하게 시간을 죽이며 끼니때가 되면 배달 음식을 먹거나 나가서 사 먹었는데 워낙 음식 솜씨 좋은 장씨의 손맛에 길들여져서 그런지 주말마다 조미료 가득한 음식을 먹는 게 괴로웠다. 딱히 미식가도 아니고 밥은 배를 채우기 위해, 살기 위해 먹는 한결이었기 때문에 까다로운 입맛이 아님에도 주말마다 곤욕을 치르고 있었다. 그리고 소리 역시 주말에는 텃밭을 가꾸고 시나리오를 쓰며 시간을 보내다 배가 고프면 컵라면이나 인스턴트음식들로 대충 끼니를 때웠다. 하지만 속도 더부룩하고 맛이 없어서 일부러 장씨에게 이것저것 배운 것이었다.

"빨리 캐. 피곤해서 쉬고 싶으니까."

"본부장님 먼저 내려가서 쉬세요. 얼른 따가지고 내려가서 모셔다 드릴게요."

"됐어. 얼른 캐기나 해."

날이 점점 어두워지고 있기 때문에 절대 소리를 이 동산에 두고 혼자 내려갈 수는 없었다. 소리의 성격으로 보나 맷집으로 보나 절대 아무 일도 일어나지 않을 것을 알고 있었지만 그래도 한결은 내심 불안했다.

"우와 여기 진짜 별게 다 있네요. 봄나물 천지예요."

소리는 가져온 바구니에 미나리, 냉이, 취나물, 달래 등을 캐서 넣었다. 특히 소리는 냉이를 중점적으로 캤다. 장씨에게 배운 것 중에 냉이 국과 냉이 무침은 언제 먹어도 군침 돌고 맛있었기에 더 많이 채취했다. 그리고 냉이는 한결에게 꼭 필요한 봄나물이었다.

바구니 안에 나물들이 수북이 담겼다. 소리가 고개를 돌리자 옆에서 기다리고 있는 줄 알았던 한결이 어느새 나물을 채취해 바구니 안에 담은 것이었다.

"본부장님도 나물 캐셨어요?"

"그럼 이건 누가 캔 거겠어?"

"오, 의외네요, 정말. 본부장님은 알면 알수록 의외인 부분이 많아요."

"시끄럽고, 대충 다 캤으면 가자. 벌써 어두워지고 있어."

"어라? 언제 이렇게 어두워졌지? 얼른 가요! 여기 가로등도 몇 개 없어서 길도 잘 안 보이는 곳이라 해가 완전히 떨어지면 대책 없다고 했어요."

"그런 말을 빨리도 하는군."

한결은 어이없어 하면서도 소리를 앞장세워 걸음을 재촉했다. 생각지 못했던 고라니의 출현으로 이미지를 조금 망치긴 했지만 그래도 나름 한결은 동산에 함께 오길 잘했다는 생각이 들었다. 야생 동물들도 보고 봄나물도 직접 채취해 보고. 한결은 죽을 때까지 절대 하지 않았을 것 같았던 일들을 소리와 함께 당연하다는 듯 하고 있었다. 헌데 그게 나쁘지 않았다. 꽤 흥미롭기도 하고 재미있기도 했다. 한결은 이번 주말엔 장미호텔에 있지 말고 현장에 와야겠다는 생각을 했다.

토요일이라 늦잠을 잘 것 같았던 소리는 생각보다 일찍 눈을 떴다. 매일 한결이 9시 반까지 대기시키는 통에 늦어도 9시에는 일어나는 게 벌써 습관이 된 모양이었다. 아침잠이 많아 그토록 힘들어했던 게 아주 먼 옛날 일 같았다.

"그래도 일찍 일어나니까 상쾌하네."

소리는 대충 씻은 뒤 텃밭에 나가 상추와 채소들에 물을 주었다.

"얘들아, 무럭무럭 자라라. 언니가 완전 사랑하는 거 알지? 너희들은 우리 아저씨들의 행복이 될 거야. 그러니까 맛있고 영양가 있게 커야 해. 너희가 맛없으면 난 정말 실망할 거야. 꼭 맛있게 자라렴."

"살벌하게 키우는군."

"히익!"

갑자기 들리는 목소리에 소리가 깜짝 놀라며 돌아보자, 주말엔 단

한 번도 모습을 보이지 않았던 한결이 큰 키를 자랑하며 태양을 가로막고 떡하니 서 있었다. 어제 분명히 소리가 한결을 장미호텔에 데려다 주고 왔기 때문에 차도 여기에 있는데 어떻게 왔나 싶었다.

"뭐 타고 오셨어요?"

"택시."

"헐……."

여기까지 택시를 타고 왔다면 꽤나 비쌌을 텐데, 올 거면 차라리 데리러 오라고 전화를 하지, 하는 생각이 들었다.

"근데 어쩐 일이세요?"

"내가 못 올 데라도 왔나?"

"본부장님 진짜 할 일 없으시죠?"

"허! 바빠 죽겠는데 혼자 밥 먹을 거 불쌍해서 와 줬더니."

"저는 원래 혼자 밥 잘 먹는데요?"

"쳇. 내가 캔 나물 내가 먹으러 왔다. 됐냐?"

소리는 한결의 등장이 내심 반가운지 입가에 걸린 미소를 감추지 못했다. 한결 역시 말은 퉁명스럽게 하면서도 입가는 호선을 그리고 있었다.

"배고파. 빨리 어제 캔 나물 무쳐와."

"그게 뚝딱 되는 건 줄 아세요? 깨끗이 씻고 끓는 물에 데치고 헹구고 양념하고 얼마나 손이 많이 가는 일인데."

"진작 안 해 놓고 여태껏 뭐했어?"

"일어나자마자 여기 물 주는 거 못 보셨어요?"

"살판났군. 됐고, 빨리 나물이나 무쳐 오라니까?"

"처음 하는 거라 시간 좀 걸릴 거예요. 기다려 보세요."

"뭐? 처음 하는 거라고?"

갑자기 한결은 불안해졌다. 천방지축 비서가 어째서 요리를 잘할 거라고 생각했는지, 자신의 흐릿한 판단력을 원망하는 수밖에 없었다. 그저 이곳에 오고 싶었던 건지도 모르겠다. 그렇지 않고서는 어떻게 지금껏 소리의 행태를 보며 요리를 잘할 거라고 착각할 수 있느냔 말이다. 요리와는 담을 쌓았다고 해도 믿을 수 있는 저 여자를.

"장씨 아줌마한테 배우고 혼자 하는 건 처음인데요?"

"사람이 먹을 수 있도록 만드는 건 맞지?"

"걱정 마세요. 그래도 저희 엄마가 식당에서 일하셔서 어릴 때부터 간은 제가 봤거든요. 엄마의 피를 물려받아 요리에 소질이 있기도 하고."

"근거 없는 자신감이군."

"아무튼 기다려 보세요. 어떻게든 되겠죠."

한결은 불안했지만 일단 지금은 기다리는 것 말고는 할 수 있는 게 없었다. 소리가 주방 쪽으로 사라지는 걸 보며 한결은 텃밭 채소들 앞에 쭈그리고 앉았다.

"너희들도 주인을 잘 모르겠지? 이해도 잘 안 되지?"

"……."

"나도 그렇단다."

채소들에게서는 당연하게도 대답이 없었다. 한결은 점점 소리를 닮아 가고 있었다. 식물과 동물에게 말을 거는 소리를 처음 봤을 때 정말 미친 건가, 머리가 어떻게 되었나, 생각했던 게 언제인지 기억도 나지 않았다. 이제는 자연스럽게 한결이 소리에게 동화되고 있었.

"그래도 너희는 맛있게 자라나야 할 거다. 그래야 저 녀석이 행복해 할 테니까."

뭐? 어라? 내가 방금 무슨 말을 했더라?

한결은 무심코 뱉어낸 말이 기억나지 않아 순간적으로 혼란스러웠다.

"젠장, 점점 미쳐가는군. 박한결, 정신 차리자. 넌 태신 건설의 서자 박한결이야. 정신 똑바로 차려."

한결은 주문을 외우듯 자신에게 세뇌를 시켰다. 어릴 때부터 많이 하던 방식이었다. 그때는 '서자'라는 부분을 강조해서 최면을 걸었다. 그래야 열심히 하고 싶은 게 있어도 어머니를 괴롭힘 당하게 하지 않기 위해 대충하고 포기할 수 있었으니까. 하지만 지금은 딱히 그런 것도 아님에도 '태신 건설의 서자'라는 게 입에 붙어 버렸다. 문득 그 사실을 깨닫자 갑자기 씁쓸하고 공허해졌다.

잠시 봄바람을 맞던 한결은 딱히 할 일이 없어서 소리가 있는 주방 쪽으로 걸음을 옮겼다. 제대로 만들지 걱정도 되었고 요리하는 모습은 어떨지 궁금하기도 했다. 주방은 전쟁터를 방불케 했다. 호스의 물을 이리저리 튀기며 나물의 흙을 씻어내는 소리는 이미 옷이 흠뻑 젖어 있었다. 도대체 어떻게 하면 저렇게 되는 건지, 한결은 흉내 내라고 해도 못할 것 같았다.

"씻는 것 정도는 내가 하도록 하지."

"이거 정말 장난 아니에요. 호스가 막 제멋대로 움직여서……."

"후우, 한 손으로 호스를 잡고 한 손으로 씻으면 되잖아."

"그럼 나물들이 넘치는 물에 같이 떠내려가잖아요."

"직접 보여주지."

한결은 나물을 씻어본 적이 없음에도 능숙한 손놀림으로 흙을 제거했다. 물 한 방울 옷에 튀지 않았고, 떠내려간 나물도 전혀 없었다. 소리가 놀란 표정으로 한결을 보자 한결은 괜히 으쓱해졌다. 사실 그냥 이론적으로 이럴 거다, 하고 생각한 뒤 씻은 건데 한결의 예상은 적중했다. 정말 별것 아닌 걸로 한결은 뿌듯함을 느꼈다.

"다 씻은 나물은 어떻게 해야 하지?"

"장씨 아줌마가 끓는 물에 살짝 데치라고 했어요."

"그것도 내가 하지."

"그건 제가 할 수 있는데요?"

"물이나 올려."

한결은 불안했다. 씻는 거야 찬물이니까 튀어도 괜찮았지만 끓는 물에 데친다고 생각하니 갑자기 소리가 걱정됐다. 물론 소리가 그 정도로 생각 없고 천방지축은 아니겠지만 그래도 조심해서 나쁠 건 없다는 생각이 들었다.

"이건 정말 제가 할 거예요."

소리는 점점 끓어가는 냄비 앞에 작정하고 서 있었다. 이미 찬물에 헹굴 것까지 준비를 마친 상태였다. 한결은 어쩔 수 없이 소리에게 맡긴 뒤 시선을 떼지 않았다.

"앗, 뜨거!"

이럴 줄 알았다. 끓는 물에 데친 나물을 찬물에 헹구기 위해 쏟던 소리의 손등에 튄 모양이었다. 깜짝 놀란 한결이 냄비를 빼앗았다.

"어디 봐."

"괜찮아요. 잠깐 놀라서 그래요."

"좀 보자고!"

한결이 버럭 화를 내며 소리의 손을 가져갔다. 손등과 손바닥, 손목까지 꼼꼼히 살핀 한결은 안도의 숨을 내쉬었다. 다행히 물이 살짝 튄 정도라 흔적도 없었다. 단지 갑자기 닿은 뜨거움에 소리가 놀랐을 뿐이었다. 한결은 불안해서 더 이상 지켜볼 수가 없었다. 소리가 요리하는 걸 계속 지켜보다가는 간이 콩알만 해질 것 같았다.

"다 되면 불러."

"네, 좀 쉬세요."

소리는 갑자기 화를 내는 한결을 이해할 수 없었다.

"아니, 요리하다 보면 실수도 좀 할 수 있는 거지. 누가 도와달라고 했나? 괜히 와서 승질은."

소리는 멀어지는 한결의 뒷모습을 흘기며 혼잣말을 중얼거렸다. 말은 그렇게 하면서도 마음속에서는 느끼고 있었다. 자신의 손이 데인 줄 알고 한결이 놀랐었다는 것을. 그가 자신을 걱정하고 있다는 것을.

약 한 시간 정도가 지나자 소리는 컨테이너 박스에서 자고 있던 한결을 깨웠다.

"본부장님!"

"으음……."

"배고프시다면서요. 준비 다 됐어요, 얼른 나오세요. 날씨가 정말 좋아서 밖에서 먹을 거예요."

한결이 기지개를 켜며 몸을 일으킨 뒤 소리의 뒤를 따라 나갔다. 차려진 밥상을 보니 그래도 모양은 나름 그럴 듯했다. 냉잇국에 냉이무침, 달래무침, 미나리 등 각종 봄나물들이 향긋한 향기를 풍기며 한결을 기다리고 있었다.

"그럼 맛 좀 볼까?"

한결은 먼저 냉잇국의 맛부터 보았다. 그리고 깜짝 놀랐다. 어릴 때부터 어머니 요리의 간을 봤다고 하더니 정말 맛이 그럴싸했다. 한결은 나물 반찬들도 맛을 보았다. 담백하고 신선한 게 건강한 맛이 느껴지는 맛있는 반찬으로 완성되어 있었다. 한결이 정말 의외라는 듯 소리에게 시선을 주었지만, 소리는 한결의 반응 따위는 전혀 신경 쓰지 않은 채 열심히 밥을 먹고 있었다.

내가 너한테 뭘 바라겠냐…….

순간 밥을 먹다 눈이 마주 친 소리가 입 안에 밥과 나물을 잔뜩 넣은 채 씹으며 물었다.

"왜 그렇게 쳐다보세요? 얼른 식사하세요."

"그렇게 입안에 음식 잔뜩 넣고 말하지 마. 예의도 모르나?"

"아, 정말 별걸 다 트집이시네. 얼른 드세요."

한결의 손은 특이한 향이 입맛을 북돋워 주는 냉이 무침으로 향했다. 어떤 재료로 어떻게 양념을 한 건지 먹어도 먹어도 질리지 않았다.

"역시 본부장님은 어떤 게 자기 몸에 필요한 음식인지 딱 아시네요?"

"그게 무슨 말이지?"

"이 냉이가 본부장님한테 진짜 필요한 반찬이거든요."

"왜?"

소리는 궁금해 하는 한결에게 냉이를 채취할 때부터 생각했던 말을 거침없이 뱉어냈다.

"본부장님 화장실 한 번 가면 한참동안 안 나오시잖아요. 장씨 아줌마가 그러는데 냉이의 식이섬유가 변의 배설량을 증가시키고 장 안에 있는 유익한 균의 활동을 도와서 변비 예방을 해준대요. 그러니까 본부장님 많이 드시고 화장실에서 고생 그만하세요. 쾌변이 건강의 중요한 지표 가운데 하나잖아요."

"……먹는 데 정말."

"이게 다 본부장님을 생각해서 말씀드리는 거예요. 냉이무침이 변비 해소뿐만 아니라 춘곤증도 예방되고 생활에 활력도 준대요. 그러니까 꼭 변비 때문이 아니더라도 몸에 좋은 나물이니까 많이 드세요."

한결은 방금 전까지만 해도 가장 맛있다고 생각했던 냉이무침에 더 이상 손이 가지 않았다. 갑자기 알 수 없는 거부감이 들었다. 정작 말한 소리는 개의치 않고 냉이무침을 맛있게 먹었다. 한결은 냉이무침만 빼고 나머지 반찬들과 함께 밥을 먹었고, 곧 소리는 한결이 냉이무침에는 손도 대지 않는다는 사실을 발견했다.

"본부장님, 냉이무침을 드시라니까요? 변비에 정말 직빵이에요."

"누가 변비라고!"

"본부장님 변비 맞잖아요. 어떻게 화장실에 한 번 들어가면 함흥차사예요? 괜히 고생하지 마시고 얼른 드세요."

"넌 내가 화장실 가는 것만 지켜봤나 봐?"

"딱히 지켜본 건 아닌데 그냥 보이더라고요. 본부장님 때문에 많이 한 거니까 드세요. 아, 맛있다."

어쩜 표정 하나 변하지 않고 저런 말을 하는지, 소리는 부끄러움을 전혀 모르는 것처럼 보였다.

"내가 알아서 먹을 테니까 신경 끄고 너 먹을 거나 먹어."

"저는 알아서 잘 먹고 있어요. 정말 본부장님이 걱정돼서 그러는 거예요. 변비가 얼마나 힘들고 괴로운데……."

"알았어, 알았다고! 먹으면 될 거 아냐!"

결국 입씨름하기 싫은 한결이 지고 말았다. 억지로 냉이무침을 입에 넣었다. 아까 먹었을 때의 향긋하고 건강한 맛이 전혀 느껴지지 않았다. 그저 소리의 잔소리를 듣고 싶지 않아 의무적으로 입안에 넣고 씹을 뿐이었다.

"본부장님."

"왜."

"여기 오시기 전에는 어떻게 식사 해결하셨어요?"

그러고 보니 강원도에 내려오기 전까지 어떻게 밥을 먹었는지 잘 기억이 나지 않았다. 미국에 가기 전에는 본가에서 일하는 아주머니가 해주는 밥을 식구들과 마주치지 않기 위해 혼자 먹었고, 미국에 가서는 대충 때우는 시간이 많아 제대로 밥을 먹지 못했다. 그리고 한국에 다시 돌아와서도 마찬가지였다. 새어머니와 태성과 마주치지 않기 위해 최대한 본가에 있는 시간을 줄였고, 밥은 매번 혼자 밖에서 사먹었다. 가끔 친구를 만나 함께 먹기도 했지만 그건 말 그대로 정말 가끔이었고, 그 역시 식당 음식을 사먹는 거였다. 강원도에 내려와서도 소리가 인부들과 수다를 떨며 밥을 먹는 반면, 자신은 배를 채우기 위해 조용히 밥만 먹었다. 생각해 보니 누군가와 이렇게 대화를 하며 밥을 먹는 게 얼마만인지 모를 정도였다.

"그냥 대충 먹었어."

"본부장님은 왜 밥을 드세요?"

"뭐?"

"그냥 살기 위해서? 아님 맛있는 걸 좋아해서?"

"글쎄……. 딱히 생각해 본 적 없는데. 왜 밥을 먹는지 생각하며 먹는 사람도 있나? 사람은 누구나 살아가고, 살기 위해서는 먹어야 하고. 그냥 배가 고픈 기본 욕구를 충족하기 위해 먹는 거 아냐?"

소리는 한결의 말을 들으며 자신도 모르게 측은한 눈빛을 보냈다. 소리가 느끼기에 한결은 뭔가 삭막하고 각박하고 무미건조했다. 도대체 무슨 재미로 사는 건지 알 수 없을 정도로. 먹는 것에 대한 소소한 행복조차 모르는 그가 안쓰러워 보였다.

"뭐야, 그 눈빛은?"

"많이 드시라고요. 모자라면 더 드시고요."

소리는 곧 태연한 표정으로 말을 돌렸다. 한결은 순간적으로 소리의 안타까운 눈빛을 읽었지만 이내 신경 쓰지 않았다. 두 사람은 시답지 않은 대화를 나누며 마저 밥을 먹었다.

　식사를 마친 뒤 한결은 텃밭 옆의 야외 벤치에 앉아 봄 햇살을 쬐며 인테리어 서적을 읽었다. 책을 읽다 가끔 졸기도 하고, 머릿속에 떠오르는 디자인을 스케치하기도 했다. 한가롭고 여유로워 마음까지 편해지는 그런 주말이었다.

　컨테이너 박스에서 한참 시나리오를 쓰던 소리는 5시 반이 넘자 모습을 드러냈다. 슬슬 또 배가 고픈 게 저녁 먹을 시간이 다가오고 있었다. 소리는 바로 주방으로 가서 원래 장씨와 변 소장을 불러 함께 먹으려고 준비해 둔 음식을 한결을 위해 만들기로 했다. 그에게도 먹는 즐거움과 행복을 알려주고 싶었다.

"이게 다 뭐야?"

　삼십 분 정도 주방에서 준비를 하고 있는데 언제 온 건지 한결이 다가와 있었다. 흰 티에 청바지 차림인 한결은 호텔에서 매일 운동만 하는 건지 흠 잡을 데 없는 자태를 뽐내며 서 있었다.

"저녁은 봄나물 쌈이에요. 장씨 아줌마가 그러는데 이게 명품 한정식이래요."

"별걸 다 하는군."

"별로 안 어려워요. 달래, 냉이, 봄동, 돌나물, 유채 이런 걸로 쌈 싸 먹는 거예요. 엄청 맛있겠죠?"

　소리는 봄나물 쌈을 준비하며 옆에서 구경하는 한결에게 이런저런 말을 늘어놓기 시작했다. 소리가 하는 말들은 전부 장씨에게서 들은 말들이었다.

"봄나물은 버릴 게 하나도 없대요. 꽃은 말려서 전을 부치거나 고명으로 올리고, 잎은 무쳐 먹고 데쳐 먹고, 뿌리는 말려 먹고 튀겨 먹고. 진짜 대단하죠?"

그저 소리의 말을 들으며 그녀가 하는 양을 지켜보고 있을 뿐인데, 한결은 봄의 따뜻하고 상큼한 기운이 온몸에 퍼지는 느낌이 들었다. 누군가가 요리하는 모습을 이렇게 눈을 떼지 못하고 지켜보게 될 날이 있을 줄은 생각도 못 했었는데, 역시 사람은 지나 봐야 아는 모양이었다. 한결은 어머니가 돌아가신 후 잊고 있었던 것들을 소리를 만난 뒤로 다시 느끼고 있었다. 그중 가장 큰 건 바로 사람의 온기와 인간애였다.

"본부장님 '로가닉(Rawganic)'이 뭔지 아세요?"

한결이 미국에 있을 때 굉장히 많이 들었던 말이었다. 주변 친구들이 하도 로가닉, 로가닉, 해서 알고 싶지 않아도 자연스럽게 알 수밖에 없었다. 그래서 한결은 자신감 넘치는 말투와 거만한 표정으로 답했다.

"날것(raw)과 유기농(organic)의 합성어로, 천연상태 그대로의 날것이면서 몸에 좋은 친환경 먹거리를 뜻하지."

"우와, 본부장님 진짜 똑똑하시네요. 전 어젯밤에 휴대폰으로 잡지 기사 보고 처음 알았는데. 요즘 로가닉이 환영받는 세상이래요."

"아무래도 건강에 대한 관심이 높아졌으니까 그럴 수밖에. 그런데 로가닉 식재료는 구하기도 어렵고 가격도 비싸서 다들 골치를 썩이지."

"그럼 저는 행운아인가 봐요!"

"왜?"

"어제 본 잡지에서 봄나물이 로가닉 식재료라고 써 있었거든요. 근데 저는 마을 동산에서 이것들을 다 쉽게 구했으니까 엄청 행운아인 거죠!"

겨우내 얼었던 땅을 뚫고 스스로 새싹을 키운 놀라운 에너지의 산물을 보며 소리는 경이로움을 느꼈다. 그리고 그 생명력에 감탄했다. 하지만 한결은 진심으로 뿌듯해 하는 소리를 보며 헛웃음을 흘릴 수밖에 없었다. 어디서 들은 건 있는지 말은 청산유수로 로가닉이니 뭐니 하면서 소리는 계속 실수투성이였다. 준비는 거의 된 것 같은데 나물의 배치를 어떻게 해야 할지 난감해하는 것 같았다.

"어차피 쌈 싸 먹을 건데 대충 놓지?"

"그래도 이왕이면 보기 좋은 떡이 먹기도 좋다고, 색깔 배치를 잘 하고 싶어요."

"그럼 달래를 이쪽에 놓고, 그 옆에 유채, 그 옆에……."

색감에는 자신 있는 한결이기에 소리에게 바로바로 지시를 했다. 소리는 한결이 읊는 대로 빠르게 손을 움직였다. 그리고 완성된 배치를 보자 감탄이 절로 나왔다.

"우와! 본부장님 센스가 좀 있으시네요?"

"……미국에서 놀기만 했는 줄 알아?"

"아, 맞다. 전공인데 이 정도는 기본이시죠? 괜히 감탄했네. 당연한 건데."

"이봐, 아무리 전공했다고 해도 센스가 없으면……."

"네네, 알았으니까 이것 좀 날라 주세요. 얼른 먹고 싶어 죽겠어요."

한결은 자신의 말을 끊으며 쟁반을 내미는 소리 때문에 이마에 빠직 힘줄이 돋았다. 하지만 한결 역시 얼른 맛보고 싶은 마음에 한숨을 푸욱 내쉬고는 쟁반을 받아들었다. 점심에 먹은 봄나물도 맛있었지만, 봄나물 쌈은 또 색다른 맛이었다.

"이걸 다 장씨한테 배운 거라고?"

"네, 장씨 아줌마 진짜 대단하시죠? 못하시는 요리가 없어요."

"요리사 출신인가?"

"아니요. 장씨 아줌마 어머니도 인부들 밥해 주는 일을 하셨대요. 그래서 장씨 아줌마도 어릴 때부터 어머니 도와서 하다가 지금까지 하게 되셨대요. 원래 요리사보다 이렇게 요리해 주시는 아줌마들이 훨씬 더 인간적인 맛으로 잘 만드시잖아요."

소리는 쌈을 싸서 입안 가득 넣으며 말했다. 가끔 소리는 식당에서 밥을 하는 자신의 어머니보다 장씨가 훨씬 더 요리를 맛있게 잘 한다는 생각을 했다. 그 정도로 장씨의 손맛은 일품이었다.

"원래 요리하는 걸 좋아하나?"

"아뇨."

"용케도 점심, 저녁 손 많이 가는 음식들을 준비했군."

소리는 배를 채우기 위해, 살기 위해 먹는 한결이 안쓰럽고 안타까워 준비했지만 입 밖으로 내지는 않았다. 대신 조금 돌려서 물었다.

"본부장님은 언제 가장 행복하세요?"

"행복이라……. 글쎄, 행복 그게 뭔데?"

"저는 무언가를 관찰할 때 행복해요. 그리고 먹을 때랑 잘 때가 가장 행복하고요."

"식욕과 수면욕은 인간의 기본 욕구니까."

근데 본부장님은 남들 다 누리고 사는 그 기본적인 욕구가 충족되었을 때에 대한 행복조차 모르는 것 같아요.

소리는 혼자 생각하며 쌈을 입에 우겨넣었다. 볼이 터져라 먹는 모습이 꽤나 볼만했다.

"본부장님, 근데 이거 인간적으로 진짜 맛있죠?"

"건강한 맛이군."

"이제 텃밭에 있는 상추랑 채소들 먹어도 될 것 같은데, 내일 장씨 아줌마랑 변 소장 아저씨랑 다른 아저씨들도 다 불러서 고기 파티 할까요? 원래 뭐 하나를 먹어도 여러 사람이 다 함께 먹어야 더 맛있는 법이거든요."

"그러든지."

싫다고 할 줄 알았던 한결은 의외로 순순히 긍정의 답을 내놓았다. 그러자 소리는 기분이 들떴다. 어쩌면 한결도 그들과 어울리고 싶은 건지도 모르겠다는 생각이 들었다.

"그럼 내일 낮에 모시러 갈 테니까 시내에서 장 봐요! 그리고 준비 다 끝내놓고 다들 초대하면 좋을 것 같아요."

"알아서 해."

한결이 조금씩 변하고 있었다. 그의 변화는 소리와 한결, 두 사람 모두를 기분 좋게 만들었다. 코끝에서 느껴지는 상큼한 봄 향기가 두 사람의 마음을 설레게 하고 있었다.

다음 날, 소리와 한결은 정신이 없었다. 한결을 데리러 장미호텔로 간 소리는 그와 함께 정육점에 들러 삼겹살 30인분을 사서 현장으로 돌아와 텃밭에서 가꾼 상추와 채소를 함께 뜯었다.

"이봐, 누구 먹으라고 상추를 그렇게 뿌리째 뽑는 거야?"

"어? 이렇게 따는 거 아니에요?"

상추를 뿌리째 뜯던 소리는 한결을 보며 의아한 표정을 지었다. 한결은 한숨이 절로 나왔다. 이만큼 키웠다는 거 자체가 믿기지 않을 정도로 소리의 손은 흙덩이였다.

"상추는 쌈 싸먹을 만큼만 자란 잎을 골라서 한 장 한 장 골라 뜯는 거야."

"우와, 본부장님은 그걸 어떻게 아세요? 누구한테 배웠어요?"

"어릴 때 정원에 어머니가 가꾸던 텃밭이 있었어. 그때 어머니랑 같이 상추도 뜯고 고추도 따고 해서 알게 된 거야."

한결은 조금 망설인 뒤 대답을 했다. 소리는 그의 대답에 고개를 끄덕이고는 해맑게 물었다.

"그래서 어떻게 뜯어야 한다는 거예요?"

"겉잎을 이렇게 밑으로 젖혀서 뜯고, 어린잎은 그냥 둬야지."

"아……."

소리는 그제야 알았다는 듯 한결이 하는 걸 보며 따라했다. 순간적으로 흙투성이인 자신의 손이 부끄러워졌다.

"손 씻고 와서 뜯지?"

"어차피 상추도 씻어야 하는데요 뭐."

"……말을 말자."

요즘 들어 한결은 소리를 보며 포기하는 것들이 많아졌다. 말을 해 봐야 자신의 입만 아프다는 걸 몇 번 경험하며 생긴 나름의 노하우였다. 입씨름할수록 소리는 더욱 우겼으니까.

상추와 채소들을 뜯고 다 씻어 놓은 뒤, 소리가 장씨와 인부들을 부르러 간 사이에 한결은 야외에 삼겹살을 구울 수 있도록 준비를 했다. 곧 소리와 인부들이 몰려왔고 그들은 한결의 모습을 보며 놀란 눈을 했다. 팔을 걷어붙인 채 장갑까지 끼고 준비를 하고 있는 한결의 모습은 놀라기에 충분했다.

"오셨습니까."

"오긴 왔는데, 이게 다 뭐래요?"

"제 비서가 고기 파티를 하자고 해서 준비했습니다만."

"허허, 오래 살고 볼 일이구만."

인부들은 허허 웃으며 자리를 잡고 둘러앉았다. 장씨와 변 소장은 한결이 고기 굽는 걸 도왔고 소리는 익은 고기를 인부들에게 날랐다.

"아저씨들! 오늘의 파티는 우리 박한결 본부장님이 마련하셨어요! 고기 엄청 많이 사온 데다가 우리 본부장님이 쏘시는 거니까 배 터지게들 드세요!"

"허허, 고마우이!"

"오랜만에 포식하겠구만."

"본부장 총각이 통이 크구만!"

"……많이들 드십시오."

한결이 민망해하며 딱딱하게 말했음에도 사람들은 그의 마음을 느낄 수 있었다. 현장에는 웃음소리가 끊이지 않았다. 한결도 인부들이 즐거워하며 먹는 걸 보니 기분이 좋아졌다. 소리의 의견에 따라 이런 자리를 마련하길 잘했다는 생각이 들었다.

"이럴 줄 알았으면 막걸리라도 준비할걸. 한 비서가 그저 빨리 오라고 해서 급하게 오느라 막걸리도 못 챙겼네."

장씨가 아쉬워하자 소리와 한결의 눈이 마주쳤다. 두 사람 모두 트렁크에 있는 소주를 떠올린 것이었다. 소리가 한결에게 눈짓을 하자 잠시 머뭇거리던 한결은 들고 있던 집게를 내려놓고 변 소장을 향해 말했다.

"변 소장님, 저 좀 도와주시죠."

"어떤……."

"에이, 변 소장 아저씨, 그러지 말고 본부장님 따라가 보세요. 저 딱딱한 사람이 도움을 요청하잖아요."

머뭇거리던 변 소장은 소리의 말에 한결의 뒤를 따랐다.

"허이구, 이 많은 술들이 다 어디서 난 거예요?"

"어쩌다 보니……."

변 소장은 트렁크에 있는 소주들을 보며 놀란 표정을 했다. 한결은 딱히 대답할 말이 없어 말끝을 흐렸지만 변 소장은 마음이 따뜻해졌다. 변 소장도 이런 자리를 마련하고 싶었지만 한결의 눈치를 보느라, 그리고 경제적 여건 때문에 고민하다 말았던 게 여러 번이었다.

"작은 것만 좀 들어주시죠."

한결은 자신이 소주가 담긴 큰 박스를 들고 옆에 작은 박스에 들어 있는 종이 소주잔을 변 소장에게 부탁했다. 처음 한결을 봤을 때와 지금은 많이 다르다는 걸 변 소장은 느낄 수 있었다. 그리고 마음속에 있던 무거운 짐의 원인을 변 소장은 깨달았다. 한결은 단지 표현 방식이 서투를 뿐이지, 변 소장이 보기에 소리만큼이나 인간적이고 따뜻한 사람인 것 같았다. 한결과 지낼수록 변 소장의 마음이 자꾸 움직였다. 결국 한결의 뒤를 따르던 변 소장은 망설이다 조용히 입을 열었다.

"본부장님."

"네, 말씀하십시오."

"사실, 본사로부터 본부장님의 모든 것을 보고하라는 지시를 받았습니다."

"알고 있습니다."

"알고 계셨다고요?"

"네, 알고 있었습니다. 헌데 지금 저에게 그 말씀을 하신다는 건, 변 소장님 심경에 변화가 있다는 걸로 받아 들여도 되겠습니까?"

걸음을 멈춘 채 한결이 변 소장의 눈을 똑바로 바라보며 물었다. 한결의 표정에는 확고한 의지와 신념이 들어 있었다. 그게 어떤 의지이고 어떤 신념인지는 몰라도 변 소장은 본사의 지시보다 한결을 믿고 싶었다. 더구나 자신이 딸처럼 아끼고 예뻐하는 소리가 따르고 챙기는 사람이니 더욱 그를 신뢰하고 싶었다.

"······어떻게 보고를 올릴까요? 본부장님께서 지시하시는 대로 보고하겠습니다."

"일단 마음을 돌려 주셔서 감사합니다. 아직은 때가 아니니 최대한으로 저를 한량처럼 포장해 주십시오."

"네?"

"현장 일에는 관심도 없고, 매일 술 마시러 다니고, 여자들과 어울려 돈 쓰는 생각 없는 한량으로 보고해 주십시오. 물론 지금도 본사에서는 저에 대한 신뢰가 없겠지만, 저를 최대한 무능한 놈으로 만들어 주십시오."

변 소장은 한결의 말을 이해할 수 없었지만 일단은 고개를 끄덕였다. 한결은 때를 기다리고 있었다. 아니, 정확히 말하면 계기를 만들고 싶었다. 폭설이 내렸을 때, 소리와 많은 이야기를 나눈 뒤 한결 역시 심경의 변화가 일어나 계속 고민하던 일이었다. 하지만 지금은 때가 아니었다. 자신이 변할 확실한 계기가 필요했다. 그리고 힘이 필요했다. 섣불리 덤볐다가는 여러 사람이 다칠지도 몰랐다. 일단 한결은 변 소장이 자신에게 마음을 열어준 것만으로도 감사했다. 봄바람이 불어오는 밤이 깊어갈수록 웃음과 행복이 넘쳐났다.

05
신데렐라 놀이?

고기 파티를 하며 다들 술을 진탕 마신 터라 한결은 변 소장에게 지시해 모두들 오전까지 쉬고 점심 먹을 때쯤 나오게 했다. 열두 시가 조금 넘자 인부들이 모이기 시작했고, 장씨가 준비한 해장국을 먹으며 쓰린 속을 달랬다. 한결 한 명 변했을 뿐인데 현장의 공기가 전과 다른 느낌이었다.

"본부장 총각이 볼수록 사람이 괜찮아."

"그렇죠?"

설거지를 하며 말하는 장씨의 말에 소리가 맞장구쳤다.

"젊은 놈이 허우대만 멀쩡하고 싸가지 없는 회장님 아들이라고 생각했었는데, 내가 잘못 알았나벼. 본부장 총각이 보면 볼수록 괜찮네."

"저도 처음엔 본부장님 엄청 이상한 사람인 줄 알았다니까요?"

"이게 다 한 비서 덕분이야. 한 비서가 마스코트 역할을 톡톡히 하니까 저 양반들도 더 기운내서 일하고, 본부장 총각도 점점 변하고. 아무튼 예뻐 죽겠어. 나도 한 비서 같은 딸 하나 있으면 좋으련만."

소리는 헤헤 웃으면서도 속으로는 장씨가 안쓰러웠다. 지금껏 결혼도 안 하고 인부들 밥해 주는 낙으로 사는 게 조금 안타까웠다. 오십 대면 자식이 있어도 셋은 있어야 할 나이인데 장씨는 어머니가 돌아가신 후 혼자 살며 인부들에게 밥해 주는 걸로 외로움을 달래고 있었다.

"아줌마, 이런 질문 실례될지도 모르겠는데요."

"우리 사이에 그런 게 어디 있어? 그냥 시원하게 물어봐."

"아줌마는 왜 결혼 안 하셨어요?"

"싱겁긴. 짝이 없으니 안 한 거지."

"여기 아저씨들 중에 괜찮은 분 많던데."

"사람이 아무리 괜찮아도 내 짝이 아니면 아무 소용없지. 왜 그 많은 사람들이 만났다 헤어지는 걸 반복하겠어? 다 자기 짝이 아니라서 그런 거지."

소리는 장씨의 말을 들으며 그저 고개를 끄덕였다. 맞는 말이었다. 아무리 괜찮은 사람이더라도 자신의 짝이 아니면 평생의 연이 될 수는 없으니까.

"나는 처음에 내 짝이 변 소장인 줄 알았어."

"헉! 진짜요?"

"나름 변 소장이 내 첫사랑이여. 벌써 삼십 년도 넘은 얘기지만."

"헐, 완전 충격적이에요. 근데 왜 변 소장 아저씨랑 결혼 안 하셨어요?"

"짝이 아니었던 거지. 나는 저 양반이 첫사랑이었지만, 저 양반은 아니었나 봐. 미순 언니라고 두 살 많은 언니가 있는데, 어느 날 그

언니가 애 가져서 둘이 식 올리더만."

이미 세월이 너무 많이 흐른지라 장씨는 무덤덤하게 말했다. 그리고 소리는 변 소장이 다시 보였다. 변 소장에게서 아버지처럼 자상하고 인자한 모습만 봐서인지, 그 시대에 아내가 두 살이 많다는 것과 사고까지 쳤다는 건 소리에게 충격적이었다.

"변 소장 아저씨가 인기가 많으셨나 봐요."

"허이구, 아주 많았지. 이 동네에서 저만한 인물이 없었어."

장씨는 그 당시를 떠올리는지 얼굴에 웃음꽃이 피었다. 비록 첫사랑이 이루어지지는 않았지만 장씨의 기억 속에는 아름다운 추억으로 자리 잡고 있는 모양이었다. 그때 한결이 뚜벅뚜벅 걸음을 옮기며 주방으로 들어왔다.

"한 비서, 준비해."

"네? 뭘요?"

"지금 서울 본사로 올라갈 거야."

"이렇게 갑자기요?"

"뭘 말이 그렇게 많아! 누누이 얘기하지만 넌 비서고 나는 본부장이거든? 당장 떠날 준비해. 5분 후에 떠날 거야."

아무래도 본사에서 생각지 못했던 지시가 온 모양이었다. 한결은 굉장히 예민한 모습이었다. 무슨 일인지는 몰라도 소리는 일단 물 묻은 손을 대충 바지에 닦으며 컨테이너 박스로 달려갔다. 거의 4개월 만에 서울에 가는 거였다. 그동안 어머니와 간간이 통화를 하긴 했지만 보고 싶은 마음을 숨길 수는 없었다. 서울로 가게 된 게 갑작스럽긴 했지만 소리는 내심 기쁘기도 했다.

"그 꼴을 하고 가겠다고?"

"네? 뭐 잘못됐어요?"

한결은 소리의 차림새를 보며 미간을 찌푸렸다. 여기야 현장이니까 소리가 어떤 옷을 입고 있어도 별말 하지 않았지만, 본사에 간다고 분명히 말했는데 소리는 흰 티에 청바지, 그리고 얇은 면으로 된 야상을 걸치고 있었다. 한결은 혹시 그때 급하게 내려오느라 정장을 챙기지 못했을 거라 생각하며 서울에 가서 출근 복장으로 갈아입겠지, 하는 마음으로 지금은 참기로 했다.

"일단 출발하지."

소리는 인부들에게 본사에 다녀온다며 일일이 인사를 한 뒤 운전석에 올라 시동을 걸었다. 한편 한결은 갑자기 당장 본사로 올라오라는 회장 비서실장의 연락에 골치가 아팠다. 이유도 말해 주지 않은 채 무조건 올라오라는 호출이라니.

"본부장님은 생일이 언제예요?"

"12월."

꽉 막힌 공간에서 단 한 마디 말도 없이 가는 게 불편하고 답답했던지 소리는 시답지 않은 질문을 했다. 덕분에 한결은 머릿속에서 끊임없이 생각하던 고민들을 잠시 지울 수 있었다.

"12월 언제요? 12월 내내 본부장님 생일은 아닐 거 아니에요."

"12월 15일."

"헉."

"왜."

"예전에 그나마 오래 사귀었던 남자 친구랑 생일이 같아서요."

"불쾌하군."

한결은 정말 불쾌하다는 듯 인상을 찌푸렸다. 본인만 알고 있으면 될 걸 굳이 입 밖으로 꺼내는 소리의 의도도 알 수 없었다.

"본부장님 혈액형은 뭐예요?"

"A형."

"그래서 엄청 소심하신 거구나."

"허! 내가 뭐가 소심하다고……."

"아님 말고요. 전 AB형이거든요."

"그래서 싸이코였군."

한결이 무심코 내뱉은 말에 소리가 발끈했다.

"저 싸이코 아니거든요?!"

"AB형은 천재 아니면 바보라고 하던데. 본인은 어느 쪽이라고 생각하지?"

"……천재 쪽은 아닌 것 같아요."

"아니 다행이네. 천재였다면 팩스 하나는 제대로 보냈겠지. 아니면 복사라도 제대로 할 줄 알았든가."

"역시 소심한 A형. 도대체 그 복사와 팩스 사건은 언제까지 우려드실 거예요?"

"이건 소심한 게 아니라 네가 천재가 아니라는 증거를 댄 거거든?"

가는 내내 한결과 소리는 티격태격했다. 그럴수록 소리의 운전은 점점 거칠고 난폭해졌다.

"저기 갓길에 차 좀 세워."

"갓길에 차 세우면 위험해요."

"일단 좀 세우라고."

소리는 어쩔 수 없이 갓길에 차를 세웠다. 그러자 한결은 튀어나가듯이 차에서 내렸다. 그리고 운전석으로 와서 소리를 내리게 한 뒤 조수석에 타도록 했다.

"도저히 네가 운전하는 차는 못 타겠어. 무슨 여자가 이렇게 험악하게 운전을 해? 멀미나서 죽을 뻔했네."

"본부장님, 매일 출퇴근하실 때마다 제가 운전하는 차 타고 하셨거든요?"

"아무튼 운전 습관을 고칠 필요가 있겠어."

직접 운전하니 한결은 메스거리던 속이 훨씬 나아짐을 느꼈다. 한편 보조석에 탄 소리는 입술을 삐죽이고 있었다. 운전 습관을 고치라는 말을 듣기 위해 매일 아침저녁으로 출퇴근시키며 운전을 해준 건 아니었다.

"내가 운전하니까 입 그만 삐죽이고 편하게 가."

소리의 표정을 힐끔 본 한결이 그녀의 마음을 읽었다는 듯 말했다. 그리고 분위기 전환을 위해 이번엔 한결이 소리에게 물었다.

"너는 어떤 집에서 살고 싶지?"

"갑자기 그게 무슨 말이에요?"

"말 그대로야. 나중에 어떤 집에서 살고 싶냐고."

"음……. 저는 2층 전원주택에서 살고 싶어요. 잔디가 깔린 정원이 있고, 거기에 꽃이랑 나무들을 많이 심어서 매일 가꿀 거예요. 1층과 2층은 안에서도 계단이 있어 올라갈 수 있지만, 밖에서도 2층으로 올라가는 대리석 계단이 있었으면 좋겠어요. 그 계단으로 장미 넝쿨이 올라가면 정말 예쁠 것 같아요."

편한 아파트를 좋아할 것 같았던 소리는 의외의 대답을 했다. 그리고 소리가 살고 싶어 하는 집은 한결이 자신의 어머니에게 지어 드리고 싶었던 집과 많이 닮아 있었다. 한결은 그리운 어머니를 떠올리며 운전대를 돌렸다. 그리고 곧 그 그리움을 지워내기 위해 다른 질문을 했다.

"가족 관계가 어떻게 돼?"

"엄마랑 언니랑 저요."

"아버지는? 전에 아버지랑 뱀 잡은 얘기도 했었던 것 같은데."

"열 살 때 교통사고로 돌아가셨어요. 뺑소니를 당했는데 범인은 아직도 못 잡았고요."

한결은 어떤 말로 그녀를 위로해야 할지 난감했다. 워낙 밝고 천방지축이었던 터라 소리에게 이런 아픈 상처가 있을 거라고는 생각지도 못했었다.

"위로해 주지 않으셔도 괜찮아요. 그땐 너무 어려서 그게 뭔지 잘 몰랐거든요. 그냥 이제 아빠를 만날 수 없구나, 아빠가 아무리 보고 싶어도 못 보는구나, 정도였어요. 그러다 보니 시간이 흘러 이제는 생각보다 담담해졌고요."

"그래도 씩씩하네."

"그 당시에는 정말 철이 없었나 봐요. 덕분에 언니가 빨리 철들어서 가장 역할을 하느라 고생했지만요."

"언니는 지금 뭐 하는데?"

소리는 잠시 망설였다. 그리고 이내 솔직해지기로 했다. 물론 술을 마시긴 했지만 한결도 자신에게 마음을 열고 가족의 이야기를 솔직하게 해주었으니까.

"언니는 어떤 남자랑 눈 맞아서 가출했어요."

"가출?"

"네, 엄마가 많이 반대하셔서……. 그런데 그 남자의 아기를 가져서 연락도 없이 사라졌어요."

"대단하군. 영특한 언니라고 하지 않았나?"

"영특하니까 도망간 거예요. 아니면 우리 엄마 성격상 언니 끌고 병원 데려가서 수술시켰을 테니까."

한결은 낮은 한숨을 쉬며 운전대를 돌렸다. 그런 사정이 있는데도 이렇게 밝은 걸 보면 소리의 성격도 꽤 긍정적이거나 아니면 아픔을 숨기는 데 익숙한지도 모를 일이었다.

"그래서 아직까지도 안 돌아온 건가?"

"네. 그날, 폭설 왔을 때 본부장님이랑 술 마셨잖아요."

"어."

"본부장님이 먼저 들어가시고 조금 뒤에 전화가 왔어요. 잘 있으니까, 아이 낳고 돌아갈 테니까 걱정 말라고. 그래서 걱정 안 하려고요. 워낙 똑똑하고 현명한 언니니까."

한결은 턱을 매만졌다. 언니라는 여자는 사랑에 목숨을 걸며 남자와 도망을 칠 정도고, 동생이라는 여자는 사랑을 두려워하며 남자를 믿지 못하고. 참 아이러니했다. 그러고 보니 함께 있는 동안 소리가 남자와 통화하는 걸 단 한 번도 보지 못했었다. 한결은 힐끔 소리를 곁눈질하고는 남자를 믿지 못하게 된 정확한 이유가 궁금해 물으려 했지만, 소리가 더 먼저 입을 열었다.

"본부장님은 서자……."

순간 소리는 자신의 입을 막았다. 서자면 집에서 미워하지 않냐고 묻고 싶었는데 돌려 말한다는 걸 생각한 그대로 '서자'라는 단어가 튀어나왔다. 한결은 소리의 당황한 모습을 보며 피식 웃었다.

"그럴 필요 없어. 서자 맞는데 뭐. 답지 않게 왜 그런 표정을 해? 그래서 내가 서자인데 궁금한 게 뭐지?"

"아, 죄송해요."

"죄송할 필요 없다니까. 틀린 말 한 것도 아니고. 그리고 서자라는 건 저번에 내가 먼저 말했고. 궁금한 거나 물어봐."

"……까먹었어요."

"네가 그럼 그렇지."

"사실은……."

소리가 눈치를 보며 물을까 말까 망설이자 한결은 버럭 성질을 내며 물어보라고 했다.

"그때 얘기해 주신 것들이요. 생각해 봤는데, 지금은 어떤지 궁금해서요. 새어머니가 지금은 잘해 주세요?"

"전혀. 쫓아내지 못해서 안달이지."

한결은 더 이상 소리가 스파이라는 생각이 들지 않았다. 자신에 대한 기본 정보조차 모르고 새어머니가 잘해 주냐는 원초적인 질문을 하는 여자가 절대 스파이일 리가 없었다. 더구나 이런 표정을 할 리도 없었다. 소리가 안타까운 표정으로 다음 말을 잇지 못하자 한결은 그동안 가장 궁금했던 걸 물었다.

"박태성 상무와는 얼마나 일했지?"

"네?"

"뭘 그렇게 놀라?"

한결은 어쩌면 소리가 스파이일지도 모르겠다는 생각이 다시 들었다. 박태성의 이름만 듣고도 이렇게 깜짝 놀라는 걸 보니, 무언가 켕기는 게 있긴 한 모양이었다. 그래도 내심 마음속으로 한결은 그녀가 스파이가 아니길 바라고 있었다.

"박태성 상무의 비서로 얼마나 일했는데?"

순간적으로 소리는 머리를 굴렸다. 유리가 언제 태신 건설에 입사했고, 언제 박 상무의 비서로 발령이 났는지 기억해 내기 위해 안간힘을 썼다. 그리고 문득 하나의 사건이 떠올랐다. 입사한 지 6개월도 않았는데 유리가 케이크를 사 온 적이 있었다. 태신 건설의 비서실에서 근무하던 유리가 비서실장의 눈에 들어 회장님 아들의 비서로 발령이 나며 봉급이 올라 자축의 의미로 케이크를 사 왔던 것이었다.

소리는 자신의 일처럼 기뻐하며 유리의 얼굴에 케이크를 묻혔던 기억이 났다.

유리가 스트레이트로 4년제 대학의 비서과를 졸업하고 스물네 살이 되던 해에 취업했으니까, 그러니까 그때가 언제더라…….

"입사한 지 6개월 정도 됐을 때부터 해서 3년 반 정도 모셨어요."

"꽤 오래됐군. 박 상무가 너를 꽤나 신임하는 것 같던데."

"하, 하, 하. 그, 그런가요? 저는 잘 모르겠는데……."

어색하게 웃으며 말을 더듬는 게 아무래도 수상했다. 한결은 자꾸 힐끔거리며 소리를 곁눈질했다. 소리는 덥지도 않은데 얼굴에 손부채질을 하고 있었다. 태성의 이야기가 나올 때마다 당황하거나 피하는 게 정말 무언가 있는 모양이었다. 그리고 한결은 그게 무엇인지 무척이나 궁금했고, 태성과 소리의 사이에 자신이 모르는 무언가가 있다는 게 불쾌했다. 지금도 마찬가지였다. 소리는 또다시 화제를 돌리고 있었다.

"본부장님은 왜 향수를 뿌리시는 거예요?"

"향이 좋으니까."

"오늘도 뿌리셨죠?"

"어."

"머리 아픈데."

"15년 습관을 너 때문에 고치라는 말이야?"

"딱히 그런 건 아니지만, 그냥 저는 향수의 인위적인 향이 머리 아프다는 걸 어필하는 것뿐이에요. 특히나 이렇게 밀폐된 공간에 있으면 더더욱."

소리는 말을 하며 창문을 조금 내렸다. 시원한 공기가 차 안으로 들어와 한결에게서 나는 향수의 향을 미약하게 만들었다.

"본부장님, 저는 사람 냄새를 굉장히 좋아하거든요? 그래서 향수를 싫어하기도 하고요. 향수는 그 사람만이 가지고 있는 고유의 냄새를 덮어 버리잖아요."

"향수의 향을 좋아하는 사람도 있어."

"폭설 왔을 때 컨테이너 박스에서 함께 있었잖아요. 그때는 본부장님이 향수를 안 뿌리셔서 본부장님만의 고유의 향을 맡을 수 있어서 좋았어요. 저는 사람 냄새가 정말 좋아요. 사람마다 전부 다른 그 사람만의 고유한 냄새가."

낯간지러운 말을 아무렇지도 않게 하는군.

한결이 볼을 긁적이며 헛기침을 했다. 누군가 한결에게 그만의 고유의 향기가 좋다고 한 건 처음이었다. 이건 한결이 유일하게 마음을 열었던 단 한 사람, 한결의 어머니에게서도 들어보지 못한 말이었다. 한결은 기분이 이상했다. 그리고 들려오는 소리의 음성에 갑자기 망치로 머리를 맞은 것처럼 멍해졌다.

"제가 볼 때는요, 본부장님은 자기를 감추기 위해서 향수를 뿌리는 것 같아요. 본부장님만이 가지고 있는 그 고유의 냄새를 남들에게 맡게 하고 싶지 않아서 스스로 한 꺼풀 코팅을 하신 것 같아요."

어쩌면 소리의 말이 맞을지도 몰랐다. 한결은 어릴 때부터 엄마 품에서 나는 냄새를 엄청 좋아했었고, 어머니가 돌아가신 후에는 엄마 냄새가 미친 듯이 그리워 한동안 많이 힘들었다. 한결이 향수를 뿌리게 된 건 그때부터였다. 어쩌면 누군가도 자신처럼 그 사람만의 냄새로 힘들어 하고 그리워하게 될까 봐 그랬는지도 모른다. 사실 잘 기억나지는 않지만.

한결이 혼자만의 생각에 잠겨 있는 사이 소리는 잠이 들어 있었다. 그도 그럴 것이 어제 술을 진탕 마신 걸로도 모자라 인부들이 돌아간 뒤 뒷정리까지 소리가 다 했다. 그리고 아침에도 일어나서 장씨가 해 놓은 해장국을 인부들에게 나르고 설거지까지 돕고 바로 출발했으니 피곤할 만도 했다.

"서울에 진입했습니다."

내비게이션의 음성을 듣고 한결은 가슴이 답답해졌다. 아직 다섯 시밖에 안 된 시간인데 벌써 숨 막히는 사람들과 만나야 한다고 생각하니 한숨이 절로 나왔다. 전에는 태성 모자와 마주치는 것에 대해 부담이나 불편함이 없었는데, 아니 오히려 당당했는데 지금은 마음가짐이 달라졌다. 소리와 지내며 욕심이라는 게 생긴 것 같았다.

"미치겠군."

심한 내적 갈등을 느끼며 한결은 괴로워했다. 어쩌면 생각 없는 한량인 척하며 살 때가 속은 편했던 것 같다. 본사가 가까워질수록 점점 답답해하던 한결은 소리의 티셔츠와 청바지를 힐끔 보고는 결국 운전대를 돌렸다. 소리는 여전히 세상모르고 잠들어 있었다.

한결은 태신 건설 근처에 있는 S백화점으로 향했다. 친절한 안내원의 지시에 따라 VIP 전용 주차장에 차를 대고 소리를 깨웠다.

"이봐. 이제 그만 일어나지?"

"으음……. 여기가 어디예요? 벌써 다 왔어요?"

"상사는 운전하고 있는데 퍼질러 자는 비서라니. 세상 말세야, 말세."

"억울하면 깨우지 그러셨어요. 그리고 운전은 본부장님이 직접 하시겠다고 절 밀어내신 거거든요? 그런데 여기가 어디예요?"

"내려."

한결은 짤막하게 말하고는 먼저 운전석에서 내렸다. 소리는 여기가 어딘지도 모른 채 일단 조수석에서 내려 한결의 뒤를 따랐다.

"어? 여기는 백화점이잖아요? 백화점에는 왜요? 본부장님 뭐 사실 것 있으세요?"

"그만 종알대고 그냥 따라와."

한결은 유명 브랜드의 여성 정장 매장으로 들어가 소파에 털썩 앉았다. 소리는 어리둥절한 표정으로 어쩔 줄 몰라 하며 어정쩡한 자세로 한결의 옆에 서 있었다.

"이 친구한테 어울릴 만한 걸로 몇 벌 보여주십시오. 단정하고 깔끔한 디자인으로요."

"네."

한결의 말에 소리는 깜짝 놀랐다. 백화점에 온 이유가 자신 때문이라는 걸 알자, 소리는 부담스럽기도 하고 불편하기도 해서 계속 직원의 눈치를 보았다. 더구나 패션에 관심이 없는 소리가 알 정도로 유명한 브랜드였기에 얼마나 비싼지도 대략은 알고 있어서 더욱 부담스러웠다. 그리고 한결이 도대체 왜 이러는 건지 알 수가 없었다. 직원이 옷을 고르는 사이 소리는 한결에게 다가갔다.

"본부장님, 배려는 정말 감사한데요, 엄청 부담스럽거든요?"

"누가 너 좋으라고 이러는 줄 알아? 내가 창피해서 그래."

"본부장님이 왜요?"

"내 비서가 이런 꼴로 본사에 들어가면 직원들이 뭐라고 하겠어?"

순간 소리는 아차 싶었고, 한결은 그저 그녀에게 옷을 선물하고 싶었던 마음을 합리화시켰다.

"손님, 어울릴 만한 옷들을 몇 벌 준비해 두었습니다."

"하나씩 입어 봐. 어울릴까 의문이지만."

"잘 어울리실 거예요. 이거부터 입어 보세요."

"죄송한데, 잠시만요!"

소리는 직원에게 양해를 구한 뒤 한결에게 강한 어조로 말했다.

"하나씩 입어볼 필요 없고, 지금 제 차림이 그렇게 창피하시다면 지금 당장 입고 가야 하는 거 딱 하나만 입을게요."

"사 주겠다는데도 난리군."

"본부장님께 이런 거 받는 거, 저 엄청 부담스럽고 불편해요."

"부담스러워 할 필요도 불편해 할 필요도 없어. 너한테 뭘 바라고 이러는 게 아니라, 돈 많아서 돈 지랄 하는 거라고 생각해."

"그래도 부담스럽고 불편해요. 마음 같아서는 여기 매장에서도 나가도 싶지만, 그건 본부장님 체면을 생각해서 참을 테니까, 저 중에 가장 싼 걸로 입을게요."

"……가격 상관없이 저걸로 하지. 갈아입고 나와."

한결은 가장 눈에 들어오는 세미 정장을 골랐다. 소리는 직원과 함께 탈의실로 들어갔고, 한결은 허! 바람 빠지는 소리를 냈다. 보통 여자들은 이런 고급 매장에 와서 옷을 여러 벌 사 주겠다고 하면 입이 찢어져라 좋아하고 콧소리를 내며 애교를 떨던데, 왜 저렇게 불편해 하는지 이해할 수가 없었다. 한결의 눈에 소리는 굴러 들어온 기회를 망설임 없이 뻥 걷어차 버리는 것처럼 보였다.

"괜찮군."

소리는 무릎 조금 위까지 오는 치마 정장을 입고 어색해하며 어정쩡한 모습으로 탈의실에서 나왔다. 생각보다 매끈하게 빠진 다리와 잘록하게 들어간 허리가 한결의 시야를 자극했다. 현장에 있을 때는 항상 추리닝 또는 박스 티와 청바지만 입고 있어서 전혀 느끼지 못했던 것들이 한결의 눈에 들어왔다. 소리의 머리끝부터 발끝까지 훑던 한결은 흙 묻은 운동화를 신고 있는 그녀의 모습에 눈살을 찌푸렸다.

"계산해 주시죠."

한결은 멍청하게 서 있는 소리를 둔 채 골드 카드를 내밀었다. 그리고 계산을 마친 뒤 소리를 데리고 유명 구두 브랜드 매장으로 들어갔다.

"설마 신발까지 사 주시려는 건 아니죠?"

"왜 아니겠어. 사이즈 몇이야?"

"본부장님, 도대체 저한테 왜 이러세요?"

"내가 너 예뻐서 이러는 줄 알아? 착각하지 마, 한 비서. 그 옷에 운동화는 좀 아니잖아. 시간 없으니까 빨리 사고 가자. 사이즈 몇이야?"

"……230이요."

한결은 직원에게 구두를 보여 달라고 했고, 그중 자신의 마음에 드는 걸로 소리에게 신게 했다. 그러고 보니 이제는 청바지에나 어울리는 백팩이 눈에 들어왔다.

머리끝부터 발끝까지 전부 세팅해 줘야겠군.

하지만 소리에게 하나씩 사 줄수록 한결은 답답했던 기분이 점점 나아지고 있었다. 소리는 엄두도 못 낼 가격의 숄더백까지 사 준 한결은 그녀를 데리고 근처 숍으로 갔다. 소리는 지금 자신이 무엇을 하고 있는 건지 도무지 알 수가 없었다.

"본부장님, 저 이 정도면 충분하신 것 같은데요."

"현장에서야 딱히 그럴 필요 없지만, 직업이 비서인데 스물여덟에 민낯으로 출근하는 건 예의 없는 행동 아닌가? 잠자코 시키는 대로 해."

"이것도 비서의 업무인가요?"

"어."

1초의 망설임도 없이 대답하는 한결로 인해 소리는 두 손 두 발 다

들었다. 결국 소리는 메이크업과 헤어까지 풀 세팅을 한 뒤 거울에 비친 자신의 어색한 모습을 빤히 바라보아야 했다. 이건 매일 아침 유리가 출근하던 모습과 거의 흡사했다. 쌍둥이이기 때문에 얼굴이 똑같은데, 스타일까지 비슷하게 해 놓으니 거울 속에는 마치 유리가 있는 것 같았다. 물론 입고 있는 옷과 신고 있는 구두, 들고 있는 가방의 가격은 유리가 가지고 있는 것들보다 몇십 배는 비싸겠지만.

"의외군."

"뭐가요?"

"흠흠, 다 됐으면 가지."

한결은 그녀를 더 보고 있으면 자기도 모르게 예쁘다는 말을 할 것 같아서 먼저 등을 돌렸다. 전혀 안 어울릴 거라 생각했던 것들이 처음부터 소리의 것이었던 것처럼 완벽하게 잘 어울렸다. 하지만 소리는 얼굴에 밀착되어 있는 화장이 답답했고, 꽉 끼는 옷이 불편할 뿐만 아니라 높은 힐은 중심을 잡고 제대로 걷기조차 버거웠다. 그리고 새 구두라 그런지 발뒤꿈치가 쓰린 게 가장 힘들었다. 소리는 겨우겨우 한결의 보폭을 맞추며 따라 걷고 있었다.

"본부장님."

"고맙다는 말은 필요 없어. 그리고 지금 사 준 것들에 대한 값을 청구할 생각도 없으니까 걱정 말고."

"후우, 본부장님 지금 혹시 신데렐라 놀이 하세요?"

"뭐?"

아무리 고맙다는 말이 필요 없다고 했어도, 예의상 고맙다는 말은 할 줄 알았다. 하지만 이번에도 한결의 예상은 빗나갔다. 고맙다는 말은커녕 소리는 오히려 한결에게 어이없는 질문을 던졌다. 그리고 한결이 황당해하자 부연설명까지 덧붙였다.

"그렇잖아요. 제 차림이 아무리 창피하다고 해도 이렇게 머리끝부터 발끝까지 풀 세팅해 줄 필요는 없는 거잖아요. 집에 들러서 준비하고 오라 해도 되고. 이렇게 쇼핑하고 화장하고 머리할 시간이면 충분히 집에 갔다 오고도 남아요. 본부장님이 돈 많아서 돈 지랄 하는 거라고 생각하라고 하셨죠? 근데 돈 지랄도 정도껏 하셔야지, 이건 좀 오버잖아요. 정말 신데렐라 놀이 하시는 거예요?"

"허! 신데렐라는 예쁘고 착하기라도 하지."

"뭐라고요? 제가 어디가 어때서요? 이 정도면 예쁘고 착한 거지."

"미쳤군."

한결은 태신 건설 주차장에 차를 대며 누구에게 하는지 모를 '미쳤군.'이란 말을 뱉어냈다. 이 정도면 예쁘고 착한 거라는 소리의 말이 미쳤다는 것인지, 정말 신데렐라 놀이를 하는 것처럼 소리에게 풀 세팅을 해준 자신에게 미쳤다는 것인지 알 수 없었다. 아니, 어쩌면 자신에게 하는 말이 맞을지도 몰랐다. 소리의 변화된 모습에 뿌듯하고 즐거워하는 자신을 느꼈고, 심지어 소리의 말처럼 그녀가 나름 예쁘고 착하다는 생각이 들었으니까.

그 사이 한결과 소리는 회장실 앞에 도착해 있었다. 한결을 발견한 비서실장은 회장실에 호출을 넣었다.

"회장님, 박한결 본부장님 오셨습니다."

"들어오라고 해."

"네. 본부장님, 들어오시랍니다."

"여기서 기다려."

한결은 짧게 심호흡을 한 뒤 소리를 남겨두고 혼자 회장실로 들어갔다. 소리는 이상하게도 그런 한결의 등이 작게만 보였다. 그리고 여기에 계속 있으면 비서실장이나 다른 비서가 자신을 유리로 알고 이런저런 말을 할 것 같아 급하게 걸음을 옮겨 자리를 피했다.

박 회장은 한결을 보자마자 눈살을 찌푸렸다. 아마도 변 소장이 태성에게 보고한 자신의 행태가 박 회장의 귀에도 들어간 모양이었다. 아니, 정확히 말해 태성이 낱낱이 고자질한 모양이었다.

"넌 언제 정신 차릴 테냐?"

"제가 정신 차릴 이유, 있나요?"

"뭐?! 이런 고약한! 듣자하니 강원도 현장에서도 엉망으로 생활하고 있다면서! 도대체 언제까지 애비 얼굴에 먹칠을 할 셈이야?!"

"아버지께는 잘난 태성이 형이 있잖아요. 그냥 저 포기하세요. 어차피 버린 자식이잖아요."

짝!

한결의 고개가 돌아갔다. 박 회장은 분노 가득한 표정으로 한결에 대한 실망을 고스란히 드러내고 있었다. 따귀를 맞은 한결도 볼이 아팠지만, 때린 박 회장 역시 마음이 쓰리긴 마찬가지였다.

"호출하신 이유가 뭡니까."

"후우……."

박 회장은 분을 삭이느라 말을 잇지 못했다. 한결은 쓰린 볼을 어루만지며 삐딱하게 서서 박 회장의 말을 기다리고 있었다.

"강원도 현장 공사 제대로 진행해."

"그 말씀 하시려고 강원도에서 여기까지 오라고 하신 겁니까."

"나에게는 너나 태성이나 똑같은 아들이야."

"그건 몰랐군요."

"저 녀석이! 후우, 네가 이번 강원도 현장 공사 제대로 진행하면 너도 후계자로 올릴 생각이다. 지금이야 워낙 네 평이 안 좋아서 이 사회에서도 너를 후계자로 올리면 원성이 많겠지만, 네가 강원도 건만 잘 마무리하면 이사회에서도 크게 말이 많지는 않을 게다."

 전혀 생각지도 못했던 말이 박 회장의 입에서 나왔다. 한결은 단 한 번도 후계자 자리를 탐내거나 욕심낸 적이 없었다. 태성의 자리라고 생각했고, 태성이 태신 건설을 물려받는 게 당연하다고 생각했다. 한결이 정말 삐뚤어지지 않은 마지막 이유가 박 회장이었지만, 그래도 박 회장이 자신의 어머니를 끔찍하게 사랑했다는 걸 알기 때문에. 하지만 박 회장이 어머니가 돌아가신 지 한참이 지난 지금 이토록 자신을 생각하고 있는 줄 한결은 미처 알지 못했었다. 그래서 머리가 복잡하고 혼란스러웠다. 이걸 어떻게 받아들여야 하는지도 난감했다.

 "난 너와 태성이에게 공평하게 기회를 줄 생각이다."

 "사모님이 아시면 가만히 있지 않으시겠군요."

 "서운해해도 어쩔 수 없지. 난 이미 마음의 결정을 내렸다. 그러니 너도 태신의 후계자가 되어 기회를 얻고 싶다면 앞으로 처신 똑바로 해."

 "……죄송합니다만, 저는 후계자 자리에 관심 없습니다. 물론 태신 건설에도 관심 없고요. 이런 일이라면 앞으로 호출하지 마십시오. 말씀 끝나셨으면 이만 가 보겠습니다."

 박 회장의 얼굴에 그늘이 드리우는 걸 봤지만 한결은 매몰차게 돌아섰다. 후계자 자리에 욕심내며 트러블을 만들고 싶지는 않았다. 그게 어머니를 위한 복수라면 수단과 방법을 가리지 않고 목숨을 걸겠지만 그건 어머니를 위한 길이 아니었다. 어머니는 돌아가시는 그 순간까지도 임 여사의 눈 밖에 나지 않기를 당부하고 또 당부하셨던 분이었다. 변 소장의 마음을 열고 박 회장의 마음까지 알게 되었으면서도 한결은 어머니의 당부로 인해 또다시 마음을 접었다.

〈말씀 끝나시면 연락 주세요. 테라스에서 바람 쐬고 있을게요. -한 비서〉

한결은 문자를 보며 피식 웃었다. 회장실 문 앞에서 마냥 대기를 하고 있어도 모자랄 판에, 테라스에서 바람 쐬며 대기하는 비서라니. 한결은 곧 무거운 마음을 외면하며 소리가 있는 테라스 쪽으로 걸음을 옮겼다.
"여기에서 너를 볼 줄은 몰랐구나."
한결은 등 뒤에서 들리는 카랑카랑한 목소리에 걸음을 우뚝 멈추었다. 정말 듣기 싫은 목소리가 한결을 붙잡았다. 고개를 돌리니 역시나 진한 화장을 한 태성의 어머니인 임지희 여사가 팔짱을 낀 채 한결을 벌레 보듯이 보고 있었다.
"그동안 잘 지내셨습니까."
그래도 예의상 인사를 했는데 임 여사는 인사를 받는 대신 자신이 하고 싶은 말만 했다. 이럴 때보면 태성이 누구를 닮았는지 정확히 알 수 있었다.
"얌전히 지내, 내 눈앞에서 걸리적거리지 말고."
"……원하시는 대로 얌전히 지내고 있잖아요. 여기서 얼마나 더 얌전히 지내요? 아예 사라져 드릴까요?"
"그럼 더 좋고."
어떻게 사람이 이럴 수 있을까. 아무리 싫어도 사람이라면 이럴 수는 없었다. 임 여사는 비릿한 웃음을 보이며 눈을 치켜떴다.
"왜, 막상 사라지려고 생각하니까 갈 곳이 없어? 네가 갈 곳은 얼마든지 만들어 줄 테니까 제발 좀 사라져."

"이미 지금도 산골에 처박혀 있어서 말입니다. 딱히 다른 곳에 가고 싶지는 않군요."

"그럼 계속 산골에 처박혀 있지 여기엔 왜 온 거야!"

"제가 오고 싶어서 온 건 아닙니다만. 저도 회장님 호출에 어쩔 수 없이 왔습니다."

한결은 임 여사 앞에서 절대 아버지라는 단어를 쓰지 않았다. 어릴 때부터 박 회장에게 아버지라고 부르는 순간 임 여사의 매서운 손이 날아왔다. 누가 네 아버지냐며 때리는 임 여사의 손은 꽤나 아프고 매웠다.

임 여사는 박 회장의 호출이라는 말을 듣자마자 단번에 인상을 구겼다. 강원도 산골에 보내 놓은 녀석을 본사까지 호출한 걸 보면 꽤 중요한 말을 하기 위함인 것 같았다. 언제나 신중하고 진중한 박 회장의 성격을 알기에 임 여사는 불안함을 느꼈다.

"내가 혹시나 해서 노파심에 하는 말인데, 설마 태신의 후계자 자리를 노리는 건 아니겠지?"

"……그렇다면요?"

"버러지만도 못한 자식. 주제 파악을 해. 감히 네가 어떻게 태신의 후계자 자리를 넘봐?"

"뭐가 그렇게 두려우세요? 혹시 제 어머니를 못살게 굴었던 거에 대해 제가 복수라도 할까 봐 그러세요? 아니면 저 같은 한량한테 정말 태신을 빼앗길까 봐 그러세요?"

한결의 비아냥거림에 임 여사가 표독스런 표정으로 팔을 올렸다. 그리고 한결은 가볍게 임 여사의 팔을 낚아챘다. 어릴 때는 때리는 대로 맞았지만, 이제는 상황이 달랐다. 어릴 때도 임 여사에게 가만히 맞고 있었던 이유는 자신이 맞지 않으면 어머니를 괴롭히기 때문이었

다. 하지만 이제 임 여사가 괴롭힐 자신의 어머니가 없으니 맞을 이
유가 없었다. 한결에게 손목이 잡힌 임 여사는 이를 악물며 분함을
참지 못하고 부들부들 떨고 있었다.

"제가 아버지한테는 맞아 드릴 수 있겠는데, 아줌마한테는 맞을 이
유가 없습니다만."

"뭐? 아버지? 누가 네 아버지인데! 이 벌레만도 못한 자식! 당장
꺼져! 내 눈앞에서 사라지라고! 제발 나타나지 마!"

결국 임 여사는 자기 분에 못 이겨 고래고래 소리를 질렀고, 한결
은 임 여사의 팔을 탁 놓은 뒤 가던 길을 갔다. 그리고 테라스에서 나
오던 소리는 본의 아니게 두 사람의 모습을 처음부터 다 지켜보게 되
었다. 소리는 기둥 뒤에 몸을 숨겼지만 뚜벅뚜벅 걸어오던 한결은 숨
어 있는 소리를 쉽게 발견했다. 그리고 눈이 마주치자 당황한 건 한
결이 아닌 소리였다.

"본부장님, 제가 일부러 보려고 한 건 아니……."

"상관없어. 퇴근하도록 해."

"네?"

"퇴근하라고."

한결은 더 이상 소리의 말을 듣지 않은 채 계속 걸음을 옮겼다. 목
적지도 없이 쓸쓸하고 아픈 가슴을 달래기 위해 계속 걸었다.

소리는 점점 멀어지는 한결의 뒷모습을 보며 한 발자국도 움직일
수가 없었다. 상처 받은 그의 눈빛이 숨이 막힐 정도로 아파 보였다.
그리고 점점 멀어지는 한결은 금방이라도 부서질 것만 같았다. 한결
이 코너를 돌아 완전히 모습을 감출 때까지 소리는 한 발자국도 움직
이지 못했다.

✽

"엄마!"

"아이쿠, 소리야! 이게 웬일이라니……."

소리는 어머니가 일하는 식당으로 찾아가 이산가족처럼 모녀 상봉을 했다. 거의 사 개월 만이었다. 서울에 올 거라고 연락을 안 했었기 때문에 소리의 어머니인 장순애 여사는 더욱 반갑고 놀란 마음을 숨기지 못했다. '엄마!'를 부르는 소리에 고개를 돌리자마자 차림새 때문에 유리인 줄 알았지만, 아무리 똑같이 생긴 쌍둥이라도 역시 장 여사는 자신의 딸들을 누구보다 잘 알아보았다.

"잠깐만 있어 봐. 주인아줌마한테 얘기하고 얼른 나올게."

"응."

장 여사는 눈물을 훔치며 다시 주방으로 들어갔다. 소리는 마음이 적적하고 울적했다. 겨우 사 개월 못 봤을 뿐인데 장 여사는 확연히 늙어 있는 모습이었다. 아니, 그전에도 지금과 비슷한 모습이었는데 소리는 갑자기 어머니가 확 늙으신 것처럼 느껴졌다. 곧 장 여사가 앞치마를 벗고 가방을 들고 나왔다.

"엄마, 우리 맛있는 거 먹자. 엄마 해물탕 좋아하지? 해물탕 먹을까?"

"해물탕은 무슨. 엄마는 칼국수 제일 좋아해."

"아, 좀! 오랜만에 같이 밥 먹는 건데 돈 생각하지 말고 먹고 싶은 걸로 먹어."

소리는 정말 속이 상했다. 아버지가 돌아가신 뒤로 장 여사는 가장 역할을 하는 유리를 보며 항상 미안해했다. 그리고 유리가 보너스를 받거나 월급을 받아 외식을 하자고 할 때도 고기를 먹자고 하는 소리를 제지시키며 언제나 칼국수를 먹자고 했었다. 그때 짜증을 내던 유리를 이해할 수 없었는데, 소리는 지금 그 누구보다 유리의 마음을 이해할 수 있었다.

"엄마 빨리, 뭐 먹을래? 엄마가 진짜 먹고 싶은 걸로 먹자."

"나는 칼국……."

"칼국수 말고! 그런 건 아무 때나 먹을 수 있잖아. 옛날에 칼국수 집에서 일하면서 매일 만들었으면서 질리지도 않아? 나는 냄새만 맡아도 토하겠네."

"지금은 백반 집이라 칼국수 먹은 지 오래돼서 자주 생각나."

"난 칼국수 싫어. 다른 거 먹어."

"그럼 고기 먹든가. 너 고기 좋아하잖아."

"고기는 엄마가 별로 안 좋아하잖아. 해물탕 먹자, 엄마가 제일 좋아하는 해물탕."

결국 소리는 장 여사와 함께 해물탕 집으로 갔다. 엄마를 보자마자 가장 먼저 묻고 싶었던 건 유리의 소식이었지만, 소리는 밥 먹는 동안만이라도 장 여사를 편하게 해주고 싶어 유리의 이름조차 꺼내지 않았다.

"진달래 따서 지짐이도 해 먹고, 냉이랑 미나리 그런 봄나물 캐서 반찬도 해 먹었어. 엄마, 봄나물 쌈 먹어 봤어? 장씨 아줌마가 가르쳐 준 건데 진짜 맛있어. 나중에 엄마도 해줄게."

소리는 일부러 현장에서 있었던 유쾌한 이야기들만 잔뜩 늘어놓고 있었다. 장 여사도 소리와 같은 마음인지 딸의 이야기를 들으며 간간이 웃음을 보였다. 하지만 유리 대신 먼 지방에 가서 고생하고 있는 소리를 보니 마음이 아픈 건 어쩔 수 없었다. 철없고 저밖에 모르던 소리가 시골에서 인부들과 어울리며 제법 많이 성숙해진 것 같았다.

"원래 장씨 아줌마 첫사랑이 변 소장 아저씨였대. 근데 변 소장 아저씨가 미순 아줌마라는 분이랑 사고치는 바람에……. 근데 더 대박인 건 그 미순 아줌마가 변 소장 아저씨보다 두 살이나 많대. 그 당시에는 연상 여자 만나는 게 엄청 힘들었을 텐데, 진짜 대박이지?"

밥을 다 먹을 때까지도 소리의 이야기는 끊이지 않았다. 소리는 한결의 이야기도 하고 싶었지만 꾹꾹 눌러 참았다. 한결의 이야기를 하는 순간 마음 약한 어머니가 원래 유리가 모셔야 할 본부장인데, 하며 눈물을 보일 것 같아 소리는 한결의 이야기를 입에도 담지 않았다.

그렇게 유쾌한 이야기를 하며 해물탕을 싹싹 비운 소리와 장 여사는 버스를 타고 집에 돌아왔다. 집으로 오는 버스 안에서도 소리는 장씨와 변 소장에 대한 이야기를 늘어놓으며 장 여사의 기분을 좋게 하기 위해 애를 썼다. 하지만 집에 도착하자마자 결국 장 여사가 먼저 유리의 이야기를 꺼냈다.

"잘 지내는 거 맞지?"

"응? 누구?"

"……유리."

"아, 응. 엄마한테는 연락 없어?"

이럴 줄 알았다. 이래서 밥 먹는 내내 소리가 그렇게 애쓰며 다른 얘기만 잔뜩 늘어놓은 거였다. 장 여사는 유리의 이름을 내뱉는 순간 눈물도 함께 쏟아냈다.

"엄마는 니들을 많이 좋아해주는 돈 많은 남자 만나서 행복하게 살았으면 좋겠어. 아빠가 그렇게 사고로 갑자기 죽은 뒤에 항상 니들 고생만 시켜서, 엄마는 니들이 정말 돈 걱정 없이 사는 게 소원이었어."

"……알아, 엄마."

"그런데 그게 다 무슨 소용이니……. 딸을 잃었는데 돈이고 뭐고 그런 게 다 무슨 소용이야. 밥이나 잘 챙겨 먹고 있는 건지……. 진작 허락해 줄걸. 허락해 줬으면 좀 힘들어도 우리 식구 다 같이 있었을 텐데……."

장 여사는 가슴을 치며 후회를 했다. 그동안 꾹꾹 눌러 참았던 것들이 소리를 보자 전부 터져 나오는 듯했다. 참지 못하고 우는 장 여사를 소리는 품에 꼭 안았다.

"괜찮아, 엄마. 유리 잘 살고 있어, 나랑은 연락한다니까. 그러니까 걱정하지 마, 유리 야무진 애잖아."

"다 내 잘못이야, 흐흑. 전부 내 죄야. 우리 유리가 이렇게 된 건 전부……."

"엄마 잘못 아니야, 진짜로 엄마 잘못 아니야. 그러니까 속상해 하지 말고 아파하지도 마. 엄마가 이러면 유리도 힘들 거야. 그러니까 엄마, 우리라도 제발 힘내자, 응?"

사실 장 여사를 보며 울고 싶었던 건 소리였다. 유리 때문에 이게 뭐냐며 투정 부리며 엄마 품에 안겨 울 생각이었다. 하지만 너무 나약해져 있는 장 여사의 모습을 보니 소리는 더욱 강해질 수밖에 없었다. 그리고 유리 때문이 아니라, 유리 덕분에 소리는 강원도 현장에서 너무 많은 걸 느끼고 배우고 얻어서 오히려 유리에게 고맙기까지 했다.

소리의 품에서 한참을 울던 장 여사는 결국 지쳐서 잠이 들고 말았다. 소리는 장 여사의 몸에 이불을 잘 덮어 주고 답답한 옷을 벗었다. 추리닝으로 갈아입고, 화장까지 지우고 나니 이제야 좀 살 것 같았다.

"후우……."

갑자기 피곤이 몰려왔다. 몸도 힘들고 마음도 힘들었다. 하지만 소리는 약해지지 않으리라 다짐했다. 그리고 오랜만에 소리도 장 여사의 옆에 누워 이불을 덮었다. 엄마랑 같이 자는 게 얼마만인지 모를 정도로 코끝에서 느껴지는 엄마의 냄새가 좋았다. 그리고 갑자기 순간적으로 떠오르는 한 사람이 있었다. 항상 인위적인 향으로 자신을 덮어 버리는 사람.

"집에 잘 들어가셨으려나……."

분명 장 여사를 만나러 가는 내내 한결을 걱정하느라 정신이 없었는데, 심지어 장 여사와 이야기 하는 동안에도 한결의 이야기를 하지 않기 위해 계속 신경을 썼는데, 유리 얘기를 하는 순간 한결을 까맣게 잊고 있었다.

"근데 그 아줌마 정말 생각할수록 너무하네."

소리는 표독스런 표정으로 앙칼진 말만 해대던 임 여사가 떠올랐다. 임 여사와 한결을 지켜보는 내내 손에 땀이 나고 속이 끓어올라 죽을 뻔했다. 당장이라도 뛰쳐나가 임 여사의 머리끄덩이를 잡고 싶은 걸 겨우 참았다. 물론 자신이 나설 자리가 아니라 숨죽이고 있던 것도 있지만.

"내일 출근은 하시려나……."

피곤해 죽겠는데도 잠은 들지 않고 계속 한결이 걱정되었다. 상처받은 그의 눈동자가 잊히지 않았다. 소리는 내일 꼭 한결을 열 번 이상 웃게 해줘야겠다고 생각하며 눈을 감았다. 그리고 내일은 유리에게 연락이 왔으면 좋겠다는 생각을 했다.

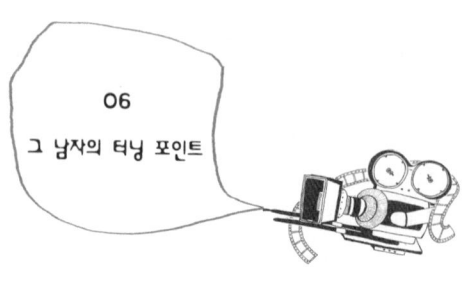

06
그 남자의 터닝 포인트

 다음 날, 소리는 한결의 전화를 받고 부리나케 태신 건설로 갔다. 어제와 똑같은 복장과 구두, 그리고 가방까지 들고 대충 화장도 했다. 어제처럼 예쁘게 풀 메이크업을 한 건 아니지만 비비크림을 바르고 눈에 아이섀도도 칠하니 제법 봐줄 만했다. 그리고 장 여사에게 인사하지 못하고 강원도로 갈지도 모르니까 걱정하지 말라는 메모도 잊지 않았다.

 "정확히 1분 48초 지각이군."

 "진짜 엄청 빨리 온 거거든요? 퇴근 시간이라 버스가 엄청 막혔다고요."

 "퇴근 시간인 걸 알면 그것까지 계산해서 더 일찍 나왔어야지. 나는 차 막힐 거 예상 안 하고 제 시간에 도착한 줄 알아?"

 태신 건설 정문 앞에서 만난 한결과 소리는 만남과 동시에 티격태격했다. 오랜만에 늦잠을 자고 오후가 되도록 연락이 없기에 호출하지 않을 줄 알았는데, 한결은 4시가 조금 넘은 시간에 소리를 호출했다. 소리는 한결이 원래의 모습으로 돌아온 것 같아 내심 안심했다. 그래서 한결을 보며 씩 웃었다.

"뭐야, 그 웃음의 의미는."

"별 의미 없는데요? 웃는 것도 제 맘대로 못 해요?"

"어, 못 해. 허락 받고 웃어."

"왜요?"

"내 눈이 보니까."

"헐……."

어이없어 하는 소리를 두고 한결은 혼자 태신 건설로 들어갔다. 소리는 투덜대며 재빠르게 한결의 뒤를 따랐다. 어제 정신이 없어 발마사지도 못 하고 그냥 잔 탓인지, 아니면 새 구두라서 그런지 발에서 느껴지는 통증이 장난 아니었다. 그래도 소리는 내색하지 않고 꾹 참으며 한결과 함께 걸었다.

"박태성 상무 만나고 와야 되니까 여기서 기다려."

"네."

"……같이 만날래?"

"아니요."

소리는 단번에 거절했다. 적어도 유리를 곁에 두고 3년 이상 본 사람이라면 자신의 정체를 꿰뚫어 볼 것 같았기 때문이었다. 하지만 한결은 의아했다. 당연히 같이 만나겠다고 할 줄 알고 일부러 여기서 기다리라고 한 건데 소리는 태성을 전혀 만나고 싶어 하지 않았다.

"그럼 기다리든가."

"얌전히 기다리고 있을 테니 다녀오십쇼."

소리는 태신 건설 내에 있는 커피숍으로 갔고, 태성은 상무실로 걸음을 옮겼다. 태성에게 정체가 탄로 날까 봐 두려운 것도 있었지만, 힐을 신고 뛰었더니 발바닥에서 불이 날 것 같아 소리는 일단 무조건 앉아서 발을 쉬게 해주고 싶었다. 그리고 다행히 발을 쉬게 해줄 수 있는 기회를 얻었다.

한결이 모습을 보이자 일어서서 고개를 꾸벅 숙인 비서가 상무실에 호출을 넣었다.

"상무님, 박한결 본부장님 오셨습니다."

"대기시켜."

"네. 본부장님, 상무님께서 잠시…… 앗, 본부장님!"

비서가 말리려 했지만 한결은 이미 걸음을 옮기고 있었다. 상무실 안에 누가 들어갔는지 알고 있는 비서들은 당황해서 어쩔 줄을 몰라 했다. 그리고 곧 저들끼리 서로 시선을 주고받았다. 분명 지난번에 왔을 때만 해도 껄렁껄렁한 모습으로 추파를 던졌던 사람이 지극히 사무적으로 변해 있었다. 분명 한결이 지금 들어가면 나중에 자신들이 깨지겠지만, 비서들은 한결이 들어가서 깽판 한번 제대로 쳐주길 은근히 바라고 있었다. 하지만 한결은 비서들의 반응에는 관심 없다는 듯 노크도 없이 상무실 문을 벌컥 열고 들어갔다.

"뭐야! 예의도 없어? 분명히 기다리라고 했잖아."

"사무실에서 별짓을 다 하는군."

태성은 직원으로 보이는 여자와 엉켜 있었다. 그리고 한결을 보자 화들짝 놀란 태성이 여직원의 몸에서 빠져나왔다. 한결은 책상 위에서 치마를 올린 채 다리를 벌리고 있는 여자를 바라보며 눈살을 찌푸렸다. 여직원은 심하게 당황한 건지 입도 다물지 못한 채 빠르게 옷을 여미며 도망치듯 상무실에서 빠져나갔다.

"아, 정말 재수 없게."

"호출한 건 형이잖아."

"내가 분명히 대기하라고 했지? 대기하라면 얌전히 대기할 것이지, 문을 벌컥 열고 들어와?"

"문을 잠그든가. 열리기에 들어왔을 뿐인데?"

태성은 화를 이기지 못하고 한결에게로 책상 위에 있는 재떨이를 던졌다. 하지만 한결은 마치 태성이 할 행동을 알고 있었다는 듯 고개를 비틀며 날아오는 재떨이를 가볍게 피했다. 태성은 문을 잠그지 않은 자신의 실수를 인정하기보다는 한결에게 이런 모습을 들킨 게 더 분하고 화가 났다. 약점을 잡힌 기분이었다.

"용건이 뭐야?"

한결은 태성이 무엇을 하고 있었던 관심 없다는 듯한 태도와 귀찮은 말투로 물었다. 지금까지 태성의 비위를 맞춰주며 껄렁껄렁하게 굴었던 모습은 온데간데없고 그저 형식적인 모습이었다. 태성은 일단 박 회장의 지시가 있었으니, 보고할 사항을 만들기 위해 하기 싫은 말을 억지로 꺼냈다.

"아버지가 걱정하셔. 그러니까 적당히 해."

"적당히 해야 하는 건 형 아닌가?"

"뭐?"

"여직원이랑 사무실에서 뒤엉켜 있는 거, 회장님도 아셔? 아시면 좋아하시겠군."

"저 자식이!"

이번엔 명패가 날아왔다. 하지만 이번에도 한결은 가볍게 피했다. 명패가 바닥으로 추락하며 요란한 소리를 냈지만 한결은 전혀 신경 쓰지 않았다.

"아버지가 걱정하시니까 나한테 적당히 하라고 했지? 정말로 적당히 해줘?"

"……."

한결의 예상대로 태성은 대답을 하지 못했다. 한결은 그럴 줄 알았다는 듯 말을 이었다.

"어차피 내가 막나갈수록 형한테는 좋은 거 아닌가? 불안해하지 마, 계속 망나니처럼 살아 줄 테니까."

"너, 아버지 관심 받고 싶어서 일부러 그러는 거냐?"

"그럴 리가. 형을 돋보이게 하기 위해서 그러는 거지."

"뭐? 근데 이 자식이!"

태성이 한결에게 달려들 것처럼 굴자 한결은 한 걸음 뒤로 물러나며 일단 후퇴하기로 했다. 생각 없이 한량처럼 살아 주어도 태성은 한결에 대한 열등감으로 꽤나 불안한 모양이다. 오늘은 이 정도면 충분한 것 같았다.

"워워, 진정하라고 형. 장난이야, 장난. 나 원래 생각 없고 개념 없는 거 알잖아. 하루 이틀도 아니고, 일일이 반응할 필요 없잖아?"

"후우, 당장 꺼져."

"이 집안 사람들은 다들 나한테 꺼지라고만 하는군. 젠장, 그럴 거면 호출을 하지 말든가."

한결은 혼잣말처럼 읊조린 뒤 등을 돌렸다. 한결의 말을 다 들은 태성은 속이 끓어올라 견딜 수가 없었다. 인정하고 싶지도 않고, 인정할 수도 없었지만 이건 열등감이 확실했다. 어릴 때 생긴 이 열등감은 이십 년이 지난 지금까지도 태성을 옭아매고 있었다. 크게 여러 번 심호흡을 하며 진정하려 했지만 태성은 쉽게 마음이 가라앉지 않았다.

상무실 안에서 워낙 둔탁하고 요란한 소리가 들린 터라 비서들은 초긴장 상태였다. 태연한 표정으로 나온 한결에게 목례를 했지만 한결은 받아주지 않은 채 그들을 지나쳐 갔다. 그리고 잠시 후, 태성이 문을 벌컥 열고 상무실에서 나왔다.

"상무님, 뭐 필요한 거 있으세요?"

"신경 끄고 일들 봐."

태성은 신경질적으로 말을 내뱉고 바로 엘리베이터에 올랐다. 비서에게 지시할까 하다가 결국엔 끓는 속을 식히기 위해 직접 나온 것이었다. 태성은 1층에 있는 커피숍으로 내려가는 동안에도 계속 씩씩거리며 흥분을 가라앉히지 못했다.

소리는 아이스 아메리카노를 마시며 아픈 발을 주무르고 있었다. 그리고 그때, 소리는 커피숍에 들어서는 한 남자를 바라보며 그대로 행동을 멈추었다. 한결에 비하면 그다지 큰 키도 아니고 한결처럼 시원시원하고 남자답게 생긴 얼굴도 아닌데, 소리는 그에게서 시선을 뗄 수가 없었다. 날카로운 눈매와 화나는 일이 있는지 꾹 다물고 있는 입술. 표정이 좋아 보이지는 않았지만 그냥 봐도 외형적으로 스타일리시한 남자였다. 소리가 강원도로 내려가기 전 만났던 마지막 남자와 너무나도 닮은 남자였다.

"안 돼, 한소리. 저런 스타일에 끌려서 매번 상처 받았잖아. 이번엔 안 돼."

그러면서도 소리는 그에게서 눈을 떼지 못했다.

한편 반말은 기본, 거친 말투로 태성은 캐러멜 마끼야또를 주문했다. 평소라면 이미지상 에스프레소를 마셨겠지만 지금은 한결 때문에 극도로 스트레스를 받아서인지 단 걸 먹어야 할 것 같았다. 그리고 주문한 커피를 기다리는 사이, 태성은 누군가 자신을 빤히 쳐다보는 게 느껴져 불쾌한 기분으로 고개를 돌렸다. 그곳엔 그동안 잊고 있던 여자가 자신을 빤히 바라보고 있었다.

박한결이 왔으면 한유리도 당연히 같이 온다는 걸 잊고 있었군.

태성은 주문한 캐러멜 마끼야또를 받아들고 비열한 미소를 지은 채 소리에게 다가갔다.

소리는 남자가 다가올수록 심장이 쿵쿵거렸다.

설마 나한테 오는 건 아니겠지? 설마…….

"오랜만이네, 한 비서."

설마가 현실이 되는 데에는 단 10초도 걸리지 않았다. 소리는 자신이 반한 남자가 다가와 놀라기도 했지만, 자신을 알고 있다는 사실에 더 놀랄 수밖에 없었다. 그리고 이 남자의 정체를 알 수 없어서 어떻게 반응해야 할지 난감했다.

"안녕하십니까, 상무님."

소리가 어색하게 웃으며 고민하는 사이, 다른 남자 직원이 태성에게 인사를 했다. 덕분에 소리는 그가 박태성 상무라는 걸 알 수 있었다.

잠깐만, 박태성 상무? 헉! 유리가 3년 넘게 모신 박태성 상무?!

"한 비서, 현장으로 발령 난 거에 대해 서운해 하는 건 아니지?"

소리는 어떻게 반응해야 할지 몰라서 눈치를 보고 있었다. 그리고 유리가 통화하던 모습을 떠올린 소리는 최대한 말투와 목소리를 흉내 내며 어색한 미소로 입을 열었다.

"아닙니다. 적응할 만합니다."

"다행이네, 걱정했는데."

"감사합니다."

"박본하고는 좀 어때?"

"모시는 데 어려움은 없습니다."

소리는 자신의 정체를 들키지 않기 위해 정신을 바짝 차리고 머릿속에 계속 유리를 떠올렸다. 헌데 태성은 보면 볼수록 소리가 좋아하는 스타일이었다. 이제 다시는 남자를 믿지 않기로 다짐했건만, 다시는 상처 받지 않겠다고 다짐했건만, 사람이다 보니 매번 흔들리는 순간이 오는 건 어쩔 수 없었다. 그리고 유리가 매일 이런 남자 곁에서 일했다고 생각하니 소리는 내심 부러워졌다.

"강원도로 다시 내려가기 전에 식사 한번 하자."

"네, 상무님."

"아니면 오늘 저녁에 어때? 온 김에 일도 잠깐 도와주면 좋고. 아, 그건 박본 때문에 좀 힘드려나?"

잠시 망설인 소리는 머릿속으로 엄청난 갈등을 한 뒤 대답을 했다.

"퇴근 이후에 도와드리겠습니다, 상무님."

"역시 한 비서는 융통성이 있다니까? 하하, 내가 이래서 한 비서를 좋아하잖아."

소리는 태성과 마주보며 눈을 휘고 웃었다. 태성은 차갑고 쌀쌀맞던 여자가 갑자기 호의적이고 살갑게 대하는 모습에 속으로 쾌재를 불렀다. 아무래도 강원도 공사 현장에서 고생을 하며 그녀의 생각이 바뀐 것 같아 보였다.

한편, 상무실에서 나와 생각을 정리할 겸 테라스에서 바람을 쐬던 한결은 소리가 있는 커피숍으로 들어오다 서로 마주보며 웃고 있는 소리와 태성의 모습을 보고 단박에 인상을 썼다.

"허! 따라오지 않은 이유가 있었군."

둘이 따로 만나기 위해 아까 소리가 함께 상무실에 올라가지 않은 거라고 생각하니 한결은 굉장히 불쾌해졌다. 무슨 얘기를 나누기에 저렇게 웃음이 사라지지 않을까 궁금하기도 했지만, 그전에 치밀어오르는 화가 먼저였다. 한결은 불쾌한 표정을 고스란히 드러내며 두 사람에게로 다가갔다.

"분위기 좋군."

"아, 본부장님."

"한 비서, 그럼 연락할 테니까 이따 보자고. 박본, 우리 한 비서 좀 잘 챙겨줘."

태성은 여유롭게 인사를 하고는 돌아섰다. 한결은 표정관리도 제대로 못한 채 자신도 모르게 비아냥거리고 있었다.

"오랜만에 옛 상사를 만나서 꽤나 기분 좋은 모양이군."

"당연하죠. 3년 넘게 모신 분인데."

한결이 미심쩍은 표정을 하며 눈을 가늘게 떴다. 아침에 상무실에서 봤던 상황이 있어서인지 기분이 더욱 불쾌했다. 소리가 태성과 그러지는 않았겠지만, 그래도 이렇게 좋아하는 모습을 보니 알 수 없는 화가 치밀어 올랐다.

"내일 아침 일찍 현장으로 떠날 거야."

"헤? 그렇게 빨리요?"

"여기 더 있어 봤자 어차피 할 일도 없어."

"현장 가도 할 일 없는 건 마찬가지면서……."

"뭐?!"

한결이 눈을 부릅뜨자 소리는 시선을 피했다.

"후우, 밥이나 먹자. 하루 종일 굶었더니 속이 쓰리다."

"아니, 하루 종일 밥도 안 먹고 뭐 하셨어요?"

"바빴어."

할 일도 없으면서.

그런데 생각해 보니 소리도 자고 일어나 바로 나온 터라 먹은 게 없었다. 더구나 커피숍에서 잠깐 쉬긴 했지만, 발에서는 구두 때문에 불이 나는 것처럼 심한 통증을 호소하고 있었다. 한결과 소리는 근처 일식집에서 저녁을 먹었다. 저녁을 먹으면서도 한결은 계속 기분이 좋지 않았다. 태성과 소리가 서로 마주보며 웃던 모습이 계속 상기되어 자신이 먹고 있는 게 무엇인지 모를 정도로 신경 쓰였다. 저녁을 먹고 나오며 한결은 계속 마음에 걸린 탓인지 퉁명스럽게 말을 뱉어냈다.

"역시 여자들이란 별수 없군."

"뭐가요?"

"그저 얼굴 번지르르 하고, 돈 많고, 조금만 잘 해주면 좋다고 헤헤거리고. 아까 보니까 너도 어쩔 수 없는 것 같더군."

"뭐라고요? 본부장님, 말씀이 좀 지나치신 거 아니에요?"

"내가 틀린 말 했나? 아까 박 상무랑 있을 때 아주 좋아 죽으려고 하더만."

한결은 이유도 모른 채 괜히 빈정대고 있었다. 소리가 불쾌해 하는 걸 느꼈지만 멈추지 않았다. 이렇게라도 해야 이 답답한 속이 풀릴 것 같았다. 하지만 소리는 자신이 왜 이런 말을 들어야 하는지 알 수 없었다. 공식적으로 3년 이상 모셨던 상사를 만나 이야기를 좀 나눈 게 그렇게 잘못이란 말인가.

"본부장님, 자격지심 있으세요?"

"뭐?"

"맞아요, 본부장님 말 틀린 거 아니에요. 상무님 정도면 얼굴도 수준급이고, 태신 건설 회장님 아들이니 돈도 많고, 스타일리시하고, 더구나 저한테 잘 해주기까지 하는데 제가 싫어할 이유가 없잖아요? 안 그래요?"

"너 지금 그걸 말이라고! 그럼 돈 많고 잘 해주면 다 좋다는 거야?"

"왜 화를 내세요? 제가 상무님을 괜찮게 생각하는 게 본부장님이 화내실 일이에요?"

결정타였다. 한결은 자신이 왜 이렇게 흥분하며 화를 내고 있는 건지 본인 스스로도 이해할 수가 없었다. 그러자 더한 짜증이 밀려왔다. 그때 소리의 입에서 한결을 어이없고 황당하게 만들 만한 말이 흘러나왔다.

"본부장님 혹시 질투하세요?"

"뭐? 질투? 내가? 누구를?"

"그렇잖아요. 지금 본부장님 보면 제가 아까 상무님이랑 얘기 좀 했다고 질투하시는 것 같아요."

"미쳤어? 내가 그런 걸로 질투를 하게! 그리고 말은 바로 해야지. 네가 박 상무랑 얘기만 했어? 아주 좋아 죽겠다는 표정으로 희희낙락거렸지."

"제가 언제 희희낙락거렸다고 그러세요? 아, 진짜 어이없네."

한결이 빈정대자 소리는 발끈해 버렸다. 한결은 이렇게까지 말할 생각은 없었지만, 이미 뱉어 버린 말이기에 돌이킬 수 없다는 걸 느끼며 후회를 했다. 하지만 여전히 속이 끓어오르는 건 사실이었다. 두 사람 모두 인상을 쓴 채 서로를 노려보고 있었다. 그리고 소리는 발의 통증을 느끼며 지금 자신이 뭘 하고 있는 건가 싶었다.

"오늘은 일 끝난 거죠? 먼저 퇴근하겠습니다."

소리는 꾸벅 고개를 숙인 뒤 한결에게서 돌아섰다. 한결과 잘 지내고 싶은데 왜 자꾸 이렇게 꼬이기만 하는 건지 소리는 기분이 착 가라앉았다. 걸음을 옮기면 옮길수록 발뒤꿈치와 발바닥의 통증이 심해서 도저히 걸을 수가 없을 정도로 아파왔다. 결국 소리는 길에서 구두를 벗었다. 그리고 한 손에 구두를 들고 맨발로 걷기 시작했다. 발바닥이 쓰리긴 했지만 힐을 신고 걸을 때보다는 통증이 훨씬 덜했다.

"꺄악!"

순식간에 소리의 몸이 공중으로 번쩍 들렸다. 놀란 소리가 비명을 지르며 자신을 번쩍 들어 올린 사람을 보았다. 아니, 누구인지 확인도 하기 전에 소리는 코끝에 스미는 불가리 향만으로도 그가 누구인지 알 수 있었다. 역시나 한결이 무표정으로 소리를 가볍게 품에 안은 채 자신의 차로 향하고 있었다.

"이게 무슨 짓이에요? 내려 줘요!"

"시끄러."

"내려 달라고요!"

"누가 너 예뻐서 그러는 줄 알아? 네가 그러고 다니면 내 얼굴에 먹칠하는 거야."

"말도 안 되는 소리 하지 말고 당장 내려 달라고요!"

"……원한다면."

한결은 보조석 문을 열고 소리를 앉혔다. 소리가 차에서 내리겠다며 발버둥 쳤지만 한결은 문을 쾅 닫고 얼른 운전석에 타서 차를 출발시켰다. 난리를 치던 소리는 차가 출발하자 곧 얌전해졌다.

"집이 어디야."

"집은 알아서 뭐하시게요?"

"그럼 우리 집으로 갈 텐가?"

"……목 2동이요."

"멀기도 하네."

강남에서 지금 시간에 가려면 적어도 30분 이상 걸릴 터였다. 더구나 소리를 데려다 주고 돌아오려면 한결은 한 시간 이상이나 운전을 해야 되는 거였다. 한결은 아까 자신이 좀 심하게 말했던 것 같아 미안한 마음에 소리를 집 문 앞까지 데려다 주겠다고 결심했다.

Rrrr. Rrrr.

그때 가지고 있던 유리의 휴대폰이 울렸다. 소리는 발신인을 확인하며 받을까 말까 망설이다 한결의 눈치를 보며 전화를 받았다.

"네, 상무님."

전화 상대방이 누구인지 알게 된 한결은 또다시 짜증이 치밀고 화가 나려고 했다. 하지만 아까처럼 또 상처 주는 말을 뱉게 될까 봐 한결은 호흡을 가다듬으며 마인드컨트롤을 하기 위해 애썼다.

"몇 호요? 1204호요?"

순간 소리는 망설였다. 태성이 말한 곳은 호텔이었고 심지어 룸의 호수까지 정확히 불러 주었다. 설마 하는 생각이 들었지만 아닐 거라고 믿었다. 그냥 비즈니스 룸일 거라고 생각했다.

"네, 네, 조금 있다 찾아뵐게요."

"박 상무인가?"

소리가 전화 끊기 무섭게 한결이 물었다. 소리는 다 알면서 뭘 묻느냐는 듯한 표정으로 한결을 바라보며 주위를 둘러보았다.

"저기 횡단보도 앞에서 내려주세요."

"어디서 만나기로 했는데."

"R호텔이요."

1204호라는 말을 들을 때 이미 짐작했지만, 소리의 입에서 정확히 호텔의 이름을 듣고 나니 한결은 미간이 찌푸려졌다.

"……안 가는 게 좋을 텐데."

"일 좀 도와드리기로 해서요."

"호텔 방에서?"

"네. 비즈니스 룸이요. 일하는 중이라고 하셨어요."

"설마 그걸 믿는 건 아니겠지?"

"아무리 사이가 안 좋다지만, 본부장님은 자기 형을 그런 파렴치한으로 몰고 싶으세요?"

소리의 말투가 거슬린 한결은 미간을 찌푸리며 거칠게 유턴을 했다. 상무실에서 본 게 있는 터라 불안했지만, 3년 넘도록 박 상무의 비서로 지내며 아직 좋은 관계라면 괜찮을 것 같기도 했다. 한결은 호텔 정문 앞에서 브레이크를 거칠게 밟으며 차를 급정거시켰다.

"내일 아침에 뵐게요."

"……."

한결이 대답도 하지 않고 앞만 보고 있자 소리는 한숨을 내쉬고 차에서 내렸다. 이건 정말 질투라고밖에 생각되지 않았다. 그리고 소리가 내리자마자 한결의 차는 바람처럼 쌩하니 사라졌다.

1204호 앞에 선 소리는 자신의 옷매무새를 점검한 뒤 벨을 눌렀다. 그리고 안에서는 태성이 기다렸다는 듯 미소를 지으며 문을 열어 주었다. 태성은 넥타이를 풀고 와이셔츠 단추를 몇 개 풀고 팔을 걷은 채 조금은 흐트러진 차림으로 소리를 맞았다.

"생각보다 일찍 도착했네?"

"네, 근처였습니다."

소리는 섣불리 룸으로 들어서지 못했다. 비즈니스 룸일 거라 생각했는데, 태성이 있는 곳은 스위트룸이었다. 소리가 어정쩡하게 서서 들어오지 못하고 있자 태성이 한 발 비켜섰다.

"들어와."

"아…… 네."

소리가 주춤거리며 룸으로 들어서자 문이 쾅 닫혔다. 소리는 문이 닫히는 소리에 저도 모르게 화들짝 놀라고 말았다. 그리고 자신을 먼저 지나쳐 들어가는 태성에게서는 남성적인 머스크 향이 풍겼다. 장소만 호텔 룸일 뿐이지 태성의 모습은 지극히 사무적이고 일에 지친 피곤한 모습이었기 때문에 소리는 불안한 마음을 식히려 애썼다.

"앉아."

소리는 테이블 위에 놓인 서류들을 보며 난감함을 감출 수가 없었다. 막상 도와주겠다고는 했는데, 생각해 보니 자신은 유능한 비서 한유리가 아니기 때문에 할 줄 아는 게 없었다. 문득 자신이 왜 여기에 왔는지 후회가 밀려왔다.

"식사는 했어?"

"네? 아, 네."

"다행이네. 일은 얼마 안 걸릴 거야. 이거 하나만 정리하면 되거든."

"아, 네. 제가 어떤 걸 도와드리면 될지······."

"이것들 좀 항목별로 정리해 줘. 다 섞여 있어서 말이야."

"네."

소리는 태성이 가리킨 서류 뭉치들을 들고 그의 맞은편에 앉아 그를 힐끔거렸다. 태성은 소리에게 안중도 없는 듯 서류에 집중한 모습이었다. 그제야 소리는 안심을 하며 가방을 내려놓고 서류 뭉치들을 분류하기 시작했다. 유리가 3년 넘게 모신 상무를 두고 잠시나마 몹쓸 생각을 했던 게 미안해졌다. 그리고 처음 봤던 한결의 모습과 비교가 되었다. 물론 한결에 대한 오해가 풀리긴 했지만, 그래도 서류에 집중하고 있는 태성의 모습은 그 누구보다 근사했다. 지금 자신이 모시고 있는 본부장인 한결에게서는 한 번도 본 적 없는 모습이라 더 그럴지도 몰랐다.

서류를 항목별로 정리하는 건 생각보다 쉬웠다. 꼬리말이 달려 있기 때문에 같은 이름별로 페이지 순서만 맞추어 분류하는 단순 노동이었다. 소리가 집중해서 빠른 손길로 정리하는 사이 아까 잠시 느껴졌던 향이 갑자기 가까이 훅 다가왔다.

"손이 많이 거칠어졌네."

아, 깜짝이야. 심장 떨어질 뻔했네.

소리가 화들짝 놀라며 조금 옆으로 떨어져 앉았다. 집중하고 있는 사이 어느새 태성이 옆으로 자리를 옮겨 앉아 있었다. 그리고 태성의 큼지막한 손이 소리의 작고 흰 손을 살며시 잡아왔다.

"예쁜 손이 다 망가졌어."

"아, 아무래도 현장에 있다 보니……."

"괜히 강원도로 발령 내서 미안하네."

"아닙니다, 괜찮습니다."

소리가 손을 빼려 했지만 태성에게 잡혀 있는 터라 쉽지 않았다. 소리는 태성의 갑작스런 행동 때문에 당황함을 감출 수가 없었다. 특히나 향수를 통째로 부은 건지 숨 막힐 정도로 진한 향 때문에 머리까지 아플 지경이었다. 소리는 어떻게든 이 상황에서 벗어나는 게 급선무라는 것을 직감으로 알 수 있었다. 그래서 어색하게 웃으며 말을 돌렸다.

"사, 상무님, 향수 뿌리시나 봐요."

"역시 한 비서는 이런 쪽으로도 세심하네. 자기 발령 낸 뒤에 버버리로 바꿨어."

"아, 네. 저 무, 물 좀……."

소리는 태성이 잠시 느슨해진 틈을 타 손을 확 빼내며 자리에서 벌떡 일어섰다. 그리고 급한 걸음으로 침대 옆 탁자로 다가가 생수 병을 집어 물을 벌컥벌컥 마셨다. 아무래도 뭔가 이상했다. 분명 룸에 들어와서 서류를 받았을 때만 해도 이런 무겁고 불안한 분위기가 아니었다. 지극히 사무적이고 정말 상사와 부하 직원의 분위기였다. 그런데 왜 갑자기 이렇게 된 건지 이유를 알 수가 없었다.

"나도 물 좀."

"네?! 아, 네."

갑자기 들리는 음성에 소리가 화들짝 놀라며 태성에게로 새 물병을 건넸다. 태성은 자연스레 물을 받아 조금 마시고는 다시 시선을 돌려 소리가 분류하던 서류를 보았다. 그 모습에 소리가 주춤거리며 어쩌지 못하고 있자, 고개를 든 태성이 피식 웃으며 대수롭지 않게 말했다.

"이거랑 이거 다시 분류해야겠는데?"

"네? 어떤 거요?"

다시 일 얘기를 하는 태성 덕분에 소리는 자신이 무슨 실수를 했나 당황해하며 저도 모르게 다시 자리에 앉아 서류를 보았다. 그러자 태성은 소리가 분류해 놓은 것들 중 하나를 집어 소리에게 내밀었다.

"이거. 문서명은 같아도 상반기, 하반기가 섞여 있잖아."

"헛, 바, 바로 다시 하겠습니다."

"한 비서 현장에서 정말 많이 힘든가 봐. 평소 안 하던 실수를 다 하고."

"죄송합니다."

소리는 등 뒤로 식은땀이 흐르는 것을 느끼며 서류를 다시 분류하기 위해 허둥거렸다. 그리고 귀에서 들리는 목소리에 모든 움직임을 멈추어 버렸다.

"공사장에서 고생하니까 내가 그립지 않았어?"

그립지 않았냐고? 이게 무슨 말이지?

소리는 태성이 하는 말을 제대로 이해할 수가 없었다.

"그게 무슨……."

"그렇잖아. 내가 여러 번 기회를 줬음에도 딱딱하게 굴더니, 이렇게 여기까지 왔다는 건 강원도에 있는 동안 내가 그리웠다는 뜻 아니야?"

"그, 그런 게 아니라……."

태성의 손이 소리의 허벅지를 쓰다듬고 있었고, 소리는 어떻게든 그 손을 치워내기 위해 애를 썼다. 이 인간과 유리 사이에 무슨 일이 있었기에 이런 상황이 벌어진 건지 도통 감이 잡히지 않았다. 소리는 어떻게든 마인드컨트롤을 하려고 애썼다. 자신의 성격이었다면 당장 따귀를 때리고 자리를 박차고 일어났겠지만, 태성과 있는 내내 유리라는 걸 잊지 않기 위해 엄청난 긴장을 하고 있었다. 그리고 혹시라도 진짜 태성의 따귀를 때리고 자리를 박차고 나간다면 대출 받은 금액을 어떻게 일시 상환해야 할지도 눈앞이 캄캄했다.

"생각이 바뀌었다고 하면 다시 본사로 발령 내 줄게."

"괘, 괜찮습니다. 저는 강원도 현장이 좋습니다!"

볼을 쓰다듬는 태성의 손을 피하며 소리가 벌떡 일어섰다. 유리와 태성 사이에 소리가 모르는 무언가가 있는 게 분명했다. 어쩌면 유리는 이런 일을 한두 번 겪은 게 아닐지도 몰랐다. 소리는 팔에 소름이 쫙 돋았지만 애써 태연한 척 태성과 눈을 마주쳤다. 태성은 소리의 행동에 한쪽 입꼬리만 올리며 비열한 웃음을 보이더니 소파에 등을 기대어 앉아 거만한 음성을 냈다.

"딱딱하게 굴지 말고, 이리 와서 앉아. 다시 본사로 불러 준다니까?"

"아뇨, 괜찮습니다. 굳이 서울로 발령 내 주시지 않아도……."

"다 알고 왔으면서 왜 이렇게 뻗대?"

불안함이 소리의 온몸을 엄습했다. 한결이 왜 걱정을 했는지 알 것 같기도 했다. 태성이 느긋한 자태로 몸을 일으켜 한 걸음씩 다가올수록 소리는 자신도 모르게 뒷걸음질을 쳤다. 심장이 쿵쿵거리고 다리가 후들거렸다. 이게 무슨 상황인지 이해할 수가 없었다. 다만, 한 가지 확실한 건 이런 일이 처음이 아닐 거라는 직감이었다.

"여기까지 네 발로 스스로 찾아왔으면, 즐기고 가라고."

"왜, 왜 이러세요?"

"한유리, 아직도 순진한 척하는 거야? 여기까지 왔기에 생각이 바뀐 줄 알았다고. 근데 그때나 지금이나 변한 게 없네. 그럴 거면 여기까지 네 발로 오지를 말든가."

그래, 내가 미친년이다. 내 발로 여기까지 온 내가 미친년이야!

소리는 속으로 자신을 질책하며 후회했지만 이미 늦은 듯했다. 그리고 조금은 안심을 했다. 태성의 말 중, 그때나 지금이나 변한 게 없다는 말은 유리도 자신처럼 이렇게 그를 피했다는 뜻일 테니까. 대출이고 일시 상환이고 뭐고, 막상 정말 위험한 상황이 되니 소리는 그런 것까지 신경 쓸 여유가 없었다. 그저 이 상황에서 도망쳐 신고하고 싶은 생각뿐이었다.

"더 다가오시면 소리 지를 거예요."

"질러 봐. 네가 소리 질러봐야 올 수 있는 사람은 아무도 없으니까."

소리는 더 이상 뒤로 물러날 곳이 없었다. 등 뒤에 느껴지는 딱딱한 벽이 야속하게만 느껴졌다. 태성이 코앞까지 다가오자 소리는 숨을 훅, 들이마셨다. 무서워 죽을 것만 같았다. 머리로 들이받고 뛸까,

발로 차고 도망칠까 별생각을 다 해 보았지만 막상 행동으로 옮기지는 못했다. 그 어떤 행동조차 할 수 없을 정도로 두 사람의 거리가 가까웠기 때문이다.

"독 안에 든 쥐새끼처럼 그런 표정 짓지 말라고."

"이러지 마세요. 상무님, 이거 범죄예요."

"여기까지 제 발로 온 사람이 할 말은 아닌 것 같은데? 내가 억지로 끌고 온 것도 아니고 네 스스로 왔잖아."

"제 손 끝 하나라도 건드리시면 신고할 거예요. 이거 정말 진심이에요."

"허! 지금 나랑 장난해?! 신고?"

휴대폰의 긴급통화 버튼을 누를 준비를 하는 소리 때문에 태성이 인상을 썼다. 소리는 다리가 후들거려서 제대로 서 있기도 버거웠다. 정신이 없고 혼란스럽고, 오로지 이 상황에서 탈출해야 한다는 생각뿐이었다. 하지만 머리가 점점 하얗게 비워지고 있었다.

탁. 후두둑.

태성의 손이 소리의 손을 탁 쳐내자 그녀의 손에 들려 있던 휴대폰이 바닥으로 추락했고, 태성은 기다렸다는 듯이 소리의 블라우스를 확 젖혔다. 그 바람에 블라우스의 단추들이 바닥으로 후두둑 떨어져 내렸고, 당황한 소리가 반사적으로 가슴을 가리며 블라우스를 여미려 했다.

"한 비서, 이 상황 낯설지 않은데? 이번에도 내 손을 물어뜯고 도망갈 텐가? 아니면, 내 정강이를 걷어 찰 거야?"

소리는 망치로 머리를 맞은 것처럼 멍해졌다. 이 비슷한 상황에서 유리는 손을 물어뜯고 도망갔었든가, 정강이를 찼었나 보다. 권력을 이용해 이런 몹쓸 짓을 하려는 때려죽여도 시원치 않을 이런 놈에게 겨우 손을 물어뜯고 정강이를 찬 게 전부인가 보다. 회사 생활이 어떠냐고 물을 때마다 재미있다고 했던 유리의 표정이 생각났다. 자기 적성에 맞고 즐겁다며 행복한 표정을 짓기도 했었다. 심지어 누구의 비서냐고, 배 나온 아저씨 아니냐고 장난처럼 물었을 때도 유리는 웃으며 좋은 분이라고 했었다. 도대체 무슨 생각으로 그렇게 웃으며 이런 놈을 '좋은 분'이라고 한 건지 화가 치밀어 올랐다. 걱정시키고 싶지 않아서 이런 일을 당할 뻔하고도 속으로만 끙끙 앓으며 욕 한 번 제대로 못하고, 심지어는 좋은 사람으로 포장까지 했던 유리의 마음이 얼마나 괴롭고 힘들었을지 생각하니 눈물이 차올랐다.

소리는 울컥하려는 마음을 겨우 다잡으며 이를 악물고 읊조렸다.

"짐승만도 못한 새끼."

소리가 이를 악물며 읊조렸다. 어디서 이런 용기가 나왔는지 모를 정도로 악에 받친 말이었다. 자꾸만 눈물이 나려 했지만 소리를 이를 악물고 참았다. 하지만 태성은 뭐가 그리 여유로운지 입가에 있는 미소를 지우지 않았다.

"고고한 우리 비서님께서 그런 말도 할 줄 알아? 공사판에서 노가다랑 어울리며 안 좋은 말만 배웠나 보네?"

태성이 그녀의 볼을 쓸어내리자 소리는 소름이 돋았다.

"나한테 손대지 마."

"그때도 이런 말을 했던가? 아니지, 그때는 도망치듯 나가서 바로 휴가를 냈었지?"

도망치듯 휴가를 내고 그대로 가출한 것도 이 이유 때문이었어? 그런 거야, 한유리? 말도 못 하고 그렇게 사라진 게 다 이거 때문인 거냐고! 말을 하지. 얘길 하지. 혼자 짊어지지 말고, 차라리 말이라도 하고 신고라도 했어야지!

자꾸만 울컥하며 무언가 뜨거운 게 올라오려고 하자, 소리는 혼미해지려는 정신을 붙잡기 위해 애썼다. 조금이라도 긴장을 늦추면 그대로 당할 게 뻔했다.

안 돼. 정신 차려, 한소리. 절대 여기서 무너지면 안 돼.

정신을 차리기 위해 애쓰면서도 유리가 생각나 이를 악물었다. 유리는 이런 상황에서 어떻게 대처했을지 걱정되면서도 안쓰러웠다. 깡이라면 자신 있는 한소리도 이렇게 두렵고 무서운데, 천생 계집애인 한유리가 이런 상황을 혼자 겪었을 걸 생각하니 몸이 부들부들 떨려왔다. 수치스럽고 화가 나서 견딜 수가 없었다. 어쩌면 유리는 성격상 휴가를 내고 다시는 회사에 가고 싶지 않은 마음이 전부였을지도 모른다. 그저 이 악몽에서 도망치고 싶다는 생각뿐이었을지도 모른다. 하지만 소리는 해고를 당하는 일이 있어도 이 자식을 가만 둘 수가 없었다. 정황상 모든 것을 알아버린 지금은 앞뒤를 잴 여유가 없었다.

"으아아악! 이게 미쳤나?!"

소리는 자신의 블라우스를 벗긴 뒤 가슴을 만지려는 태성의 팔을 있는 힘껏 깨물고 재빨리 도망쳤다. 하지만 소리가 신발도 신지 못한 채 호텔의 문을 여는 순간, 뒤따라 달려온 태성에게 머리채를 휘어잡혔다.

"꺄아아악!"

퍽!

문이 열리고 소리가 머리채를 휘어 잡히자마자 태성의 몸이 뒤로 날아갔다. 문 앞에는 땀을 흘리며 오른쪽 손목을 매만지고 있는 한결이 잔뜩 성난 표정으로 서 있었다.

"후우, 역시 오길 잘했군."

소리를 내려주고 홧김에 쌩하니 갔던 한결은 계속 불안감이 커져 결국 다시 호텔로 돌아온 것이었다. 아무래도 아까 상무실에서 봤던 적나라한 상황이 마음에 걸렸던 것이다. 마음을 굳히자 행동은 빨랐다. 불법 유턴을 하고 액셀러레이터를 밟으며 한결은 소리가 통화했던 내용을 떠올리며 몇 호인지 기억하려 애썼다. 하지만 천이백 몇 호인지 잘 기억이 나지 않았다. 그리고 호텔 앞에 도착해 급하게 내려 12층으로 올라갔다. 다행히 타이밍이 좋았던 건지, 한결이 소리에게 전화를 걸기 위해 통화 버튼을 누르기 직전 문이 열리며 잠깐 보였던 소리가 비명을 질렀다.

"박한결, 이게 무슨 짓이야?!"

"그건 내가 묻고 싶은 말이군. 지금 그 더러운 손으로 감히 어딜 만지려고 하는 거야?"

한결은 소리를 등 뒤로 숨기며 겨우 화를 억누르는 듯한 지독한 목소리를 냈다. 한결을 보자 긴장이 풀린 건지, 안심이 돼서인지 소리는 그대로 바닥에 주저앉고 말았다. 한결은 블라우스가 거의 벗겨져 있는 그녀의 모습에, 그리고 민소매 속옷 사이로 그녀의 가슴골까지 다 보이는 그 모습에 겨우겨우 참고 있는 화가 폭발하기 직전이었다. 한결의 눈빛은 살기를 띠고 있었다. 하지만 태성은 어이없다는 듯 비열하게 입꼬리를 올리며 피식 웃었다.

"네가 그러니까 웃기잖아, 박한결. 다른 사람은 몰라도 매일 다른 여자 치마폭에서 놀아난 너는 이러면 안 되지."

"역시 속고 있었군. 그렇게 따지면 내가 지금껏 연기를 잘해 왔나 보네."

"뭐라고?"

한결은 여자에게 관심도 없을 뿐더러 술도 별로 좋아하지 않았다. 귀국한 후에도 하루가 멀다 하고 술집을 드나들었지만 그건 그저 카드 내역이 태성 모자의 귀에 들어가게 하기 위해 돈을 쓸 요량으로 다녔던 것이었다. 그리고 미행이 붙었다는 걸 알 때 역시 일부러 여자들을 데리고 모텔에 들어가곤 했었다. 단지 그뿐이었다.

"설마 내가 진심으로 그렇게 망나니처럼 살았다고 생각하는 건 아니겠지?"

"너 설마……."

"아까 상무실에서 벌어진 상황을 봤을 때 짐작했지만 역시 더러운 새끼였어. 지금껏 고상한 척은 혼자 다 하더니."

한결은 더 이상 태성의 앞에서 생각 없는 척, 한량인 척, 망나니인 척할 필요성을 느끼지 못했다. 지금까지의 생활이 연기였다는 걸 직접 밝힐 정도로 맞서 싸울 생각이 있었다. 태성은 한결의 살기 띤 눈빛을 피하지 않고 입가의 피를 닦으며 일어섰다.

"연기였든 아니었든, 어차피 너란 새끼는 망나니로 낙인 찍혀 있잖아? 한 번 망나니로 찍힌 낙인이 한순간에 쉽게 지워질 것 같아?"

"능력 여하에 따라 달라질 수도 있겠지. 그전에, 먼저 정리해야 할 상황이 있는 것 같은데? 지금 내 비서한테 이게 무슨 짓이지?"

"원래 쟤는 내 비서였잖아. 내 비서 좀 잠깐 빌려줬더니, 네가 그새 재미 본 거야? 좋았어? 그래서 나눠 갖긴 싫……."

퍽!

비아냥거리는 태성에게 결국 참지 못하고 한결이 또다시 주먹을 날렸다. 소리가 지금 이런 쓰레기 같은 말을 들어야 하는 것도 견딜 수 없었고, 자신이 와보지 않았다면 어떤 상황이 벌어졌을까 생각하니 더더욱 견딜 수가 없었다. 저 풀어헤쳐진 블라우스만으로도 폭발하기 직전이었다. 한결은 끓어오르는 분노를 주체할 수가 없었다.

"박한결, 돌았어? 감히 나한테 무슨 짓이야!?"

"누가 할 말인데. 박태성, 너야말로 돌았나? 지금 네가 무슨 짓을 하려고 했는지 알고 있긴 한 건가?"

"뭐? 박태성?! 너 단단히 미쳤구나? 그리고 감히 내 얼굴에 손을 대?!"

"맞을 짓 했잖아."

"근데 이 새끼가!"

퍽!

달려들려는 태성에게 이번엔 발이 날아들었다. 잔뜩 흥분한 태성과 달리 한결은 극도로 화가 난 상태라 오히려 무서울 정도로 침착했다.

"이 정도로 하는 걸 감사하게 생각해. 마음 같아서는 여기서 지금 죽이고 싶은 거 겨우 참는 거니까."

"박한결, 이러고도 네가 무사할 것 같아?"

"내가 너희 모자 앞에서 한 번이라도 편하게 숨 쉰 적 있었나? 하고 싶은 대로 해. 치워 버리고 싶으면 치워 버리든가. 두렵지도, 무섭지도 않으니까."

한결의 음성에는 단호함이 담겨 있었다. 어머니가 돌아가신 뒤에도 어머니의 마지막 말에 따라 숨죽인 채 살아왔다. 하지만 이제는 그럴 이유가 없어졌다. 지키고 싶은 사람이 생겼다. 어머니 이외에 지켜 주고 싶은 여자가 생겼다. 말 그대로 이 여자만 지킬 수 있다면 두려울 것이 없었다. 그녀가 스파이였든 아니었든 그런 건 아무래도 상관없었다.

한결은 여전히 놀란 가슴을 부여잡은 채 주저앉아 있는 소리의 몸을 일으켜 세웠다. 그리고 자신의 재킷을 벗어 그녀의 몸 위를 덮어 주었다. 미약하게 떨고 있는 그녀의 몸이 느껴지자 한결은 도저히 참을 수가 없었다. 이렇게 몇 대 때린 걸로는 분이 풀리지 않았다. 그리고 한결은 소리를 데리고 나가기 직전, 잊은 말이 있다는 듯 걸음을 멈추고 고개를 돌려 태성을 내려다보았다. 이건 태성에게 정식으로 도전하는 것과 같은 의미였다.

"혹시나 해서 하는 말인데, 아버지가 나에게도 후계자 자리의 기회를 주시려고 한다는 건 알고 있나?"

"뭐?! 그게 무슨 헛소리야!"

"역시 모르고 있었군. 몰랐다면 지금부터라도 참고하든가. 아버지는 너와 나에게 기회를 공평하게 주실 계획이신 것 같으니까. 하긴, 그래야지. 적어도 내 어머니를 사랑하셨다면."

"저 새끼가 정말 보자 보자 하니까!"

"똑똑히 지켜보라고, 내가 어떻게 후계자 자리에 오르는지."

한결은 자기 분에 못 이겨 추한 모습을 보인 한결을 둔 채 소리의 어깨를 감싸 안고 1204호에서 나왔다. 많이 놀라서인지 소리는 한결에게 안긴 채 그가 이끄는 대로 가고 있었다.

"많이 놀란 모양이군."

로비를 걸으면서도 미약하게 떨고 있던 소리는 한결의 나지막한 목소리가 귓가에 들려오자 그대로 다리에 힘이 풀려 주저앉고 말았다. 한결이 혹시라도 위로의 말을 건넨다면 왈칵 눈물이 쏟아져 나올 것 같았다. 하지만 이런 일 때문에 울고 싶지는 않았다. 무섭기도 했지만 분하고 억울해서라도 절대 울고 싶지 않아 소리는 이를 악물고 눈물을 참았다. 그 모습이 한결에게는 아프고 답답하게 다가왔다.

"후우, 기다려 봐."

지금 소리를 데리고 다른 장소에 가는 게 무리라고 판단한 한결은 룸 하나를 체크인 했다. 방금 안 좋은 일을 당할 뻔한 터라 호텔 룸으로 들어가는 게 거부감이 들 수도 있지만, 일단 그녀를 진정시키는 게 급선무였다. 한결은 여전히 가라앉지 않는 화를 억지로 누르며 애써 태연하게 입을 열었다.

"일어날 수 있겠어?"

"……."

"후우, 어쩔 수 없군."

한결이 소리를 번쩍 들어 안았지만 발버둥 치며 거부할 줄 알았던 소리는 의외로 얌전했다. 오히려 한결의 가슴에 얼굴을 묻으며 이를 더 악물었다. 따뜻한 그의 가슴이 느껴지자 겨우겨우 참고 있던 눈물이 눈꼬리를 타고 흘러내렸다. 한결은 가슴 부근에서 뜨거운 촉촉함이 느껴지자 손에 힘이 들어갔다. 어떻게 해야 이 화가 풀릴지 알 수가 없었다. 한결은 호텔 방으로 들어가 소리를 침대에 내려놓으려다가 방향을 틀어 소파에 눕혔다. 소리가 얼굴을 묻고 있던 부분의 와이셔츠가 눈물로 흥건하게 젖어 있었다. 소리는 소파에 몸을 축 늘어트린 채 제대로 울지도 못하고 그저 하염없이 흐르는 눈물을 방치하고 있었다. 한결은 그게 화가 나서 미칠 지경이었다. 차라리 욕을 하고 울며불며 난리를 치는 게 더 나을 것 같았다.

"도대체 생각이 있는 거야, 없는 거야! 내가 다시 안 갔으면 어쩔 뻔했어!"

"……."

"3년 넘게 봤으면서 그런 놈인 줄 몰랐던 거야?!"

많이 놀란 거냐고, 이제는 괜찮다고 위로해 주고 싶었던 마음이 이상하게도 화로 분출되었다. 지금 그 누구보다 힘들 사람에게 이렇게 화를 내면 안 된다는 걸 알지만, 태성의 앞에서는 한없이 잘 되던 침착함을 전부 잃은 상태였다. 한결은 소리의 앞에서 스스로를 컨트롤

하는 게 쉽지 않았다.

"……모를 수밖에 없죠. 나는 한유리가 아니니까."

"뭐?"

한결의 표정에 놀라움과 당혹감이 담겼다. 자신이 지금 그녀의 말을 잘못 들었나 하는 생각이 지배적이었다.

네가 한유리가 아니면, 어떻게 내 비서로 있는 거지?

이게 어떻게 된 상황인지 한결은 잘 정리가 되지 않아 자기도 모르게 인상을 썼고, 소리는 소파에 몸을 기댄 채 흐르는 눈물을 닦지도 않고 허공을 바라보며 입만 달싹이고 있었다.

"유리와 나는 일란성쌍둥이에요. 똑같이 꾸며 놓으면 구분하지 못할 정도로 비슷하게 생겼어요."

"잠깐만, 그게 무슨 말이지?"

한결은 미간을 좁히며 관자놀이를 눌렀다. 그녀의 입에서 나오는 말들이 도대체 무슨 말인지 잘 인지되지가 않았다. 무슨 말인지 이해하려고 해보아도 쉽게 이해가 되지 않아 복잡한 표정이었다.

"일부러 속인 건 아니에요. 하지만 그게 사실이에요. 난 박태성 상무의 비서로 일했던 한유리가 아니에요."

"그럼 너는 누구지?"

"나는…… 유리의 쌍둥이 동생 한소리예요."

소리가 밝힌 그녀의 정체는 충격이었다. 한결은 혼란스러워서 오묘하고 복잡한 표정으로 말을 잇지 못했다. 하지만 그제야 한결은 소리가 왜 복사도 제대로 못하고 팩스 하나 못 보냈는지 이해할 수 있었다. 해 본 적이 없으니 할 줄 모르는 게 당연한 거였다. 그러나 한결은 유능한 비서라는 말을 들었던 터라, 그녀를 오해하고 있었던 것이다.

아무리 그래도……!

한결이 복잡한 머리를 정리하려고 애쓰는 동안 소리의 힘없는 목소리가 다시 울렸다.

"미안해요. 속이려고 한 건 아니었는데 어쩌다 보니 이 지경까지 됐어요. 일이 이렇게까지 될 줄은 몰랐지만……."

"그럼 지금 박태성의 진짜 비서, 아니 네 쌍둥이 언니는 어디에 있지?"

"모르겠어요. 그때 남자랑 도망갔다고 했던 언니가 사실은 쌍둥이 언니예요. 그 이후로 지금까지 한 번도 연락이 없어요. 솔직히 저도 나 몰라라 하고 싶었는데, 회사에서 대출을 받은 게 있는데, 해고당하거나 퇴사하면 일시 상환해야 한다고 해서 어쩔 수 없이 대신 가긴 했는데, 그러니까……. 모르겠어요, 정말 아무것도 모르겠어요. 아무것도…… 흐흑."

결국 소리는 유리의 이야기를 하며 참고 있던 울음을 터트렸다. 유리가 그런 일을 당할 뻔했다는 것과 자신이 유리로 오해 받아 또다시 그런 일을 당할 뻔했다는 게 견딜 수 없이 서러움이 복받쳐 올랐다. 그동안 유리가 말도 못하고 마음고생했을 걸 생각하니 속상하고 미안해서 한 번 터진 울음이 쉽게 그치지 않았다.

일찍 퇴근하는 날을 손에 꼽을 정도로 매일 야근을 하고 지친 모습으로 퇴근했던 유리의 모습이 떠올랐다. 그러면서도 심지어 집안 청소나 빨래까지도 유리가 책임지고 있었다. 그렇게 몸이 힘든 유리는 마음까지도 힘들었던 것이다. 헌데 소리는 그것도 모른 채 새벽에 들어와 쓰러지듯 자는 유리를 보면서도 자신은 밤낮이 바뀐 터라 불조차 꺼주지 않았다. 하지만 유리는 단 한 번도 불을 꺼달라거나, 자야 되니까 조용히 하라거나 하는 불평을 한 적이 없었다. 그런 사소한 것들이 하나씩 떠오르자 소리는 가슴이 미어져 견딜 수가 없었다.

잠시 망설이던 한결은 울고 있는 소리의 곁에 다가가 그녀를 품에 꼭 안아 주었다. 자신에게 안긴 채 엉엉 울고 있는 소리를 보며 한결은 머리가 복잡하고 혼란스러워서 아무 말도 할 수가 없었다. 그리고 확실한 한 가지를 깨달았다. 그녀는 역시 스파이가 아니었다는 중요한 사실을.

한결에게 안겨 한참을 울던 소리는 지친 건지 미동도 없었다. 이러다 탈진할까 봐 걱정될 정도로 소리의 몸이 축 늘어져 있었다. 그 사이 한결은 머릿속으로 나름 생각을 정리하고 있었다. 그리고 자신과 함께 시간을 보낸 여자가 태성의 비서가 아니고, 그녀의 쌍둥이 동생인 소리여서 다행이라는 결론이 나왔다.

"정말 미안해요. 이렇게까지 폐를 끼치고 싶지는 않았는데……."

이제 좀 정신을 차린 건지 소리가 한결의 품에서 빠져나오며 힘없이 말했다. 한결은 그녀에게 물을 건네며 안타까운 한숨을 내쉬었다. 소리는 물을 마시며 점점 안정을 찾아가고 있었다.

"궁금한 게 많으시다는 거 알아요. 물어보시면 하나씩 다 대답해 드릴게요."

"……네 정체는 뭐지?"

한결은 가장 궁금했던 걸 물었다. 알고 싶었다, 한소리라는 이 여자에 대해. 어머니를 제외하고 자신의 마음을 움직인 첫 여자에 대해. 아니, 어머니의 마지막 말까지 저버리고 태성에게 도전할 수 있게끔 계기를 만들어 준 이 여자에 대해 알고 싶었다.

소리는 막상 어떻게 대답해야 할지 난감했다. 아무리 쌍둥이라도 이건 사기나 범죄가 아니냐며 다그칠 줄 알았던 한결이 예상외의 질문을 한 탓이었다. 질문을 하더라도 왜 유리의 행세를 하게 되었고,

왜 진작 얘기하지 않았냐는 종류의 질문을 할 줄 알았는데, 한결은 그런 건 아무래도 상관없는 모양이었다. 어떤 대답을 해야 할지 고민하던 소리는 차근차근 설명하기 시작했다.

"어려서부터 영화에 푹 빠져 살면서 언젠간 영화를 만들겠다고 생각했어요. 영화감독이 되는 게 꿈이었거든요."

"영화감독?"

"네. 그러면서 주변을 관찰하는 버릇이 생겼어요. 노점 수레를 따라가다 넘어지기도 하고, 오토바이를 모는 양아치 같은 차림의 배달원을 따라가다 전봇대에 박기도 했어요."

한결은 소리의 이야기를 들으며 그녀를 조금 더 이해할 수 있게 되었다. 봄나물을 캐며 해가 진 줄도 모른 채 빠져 있던 모습이나, 다람쥐와 청설모 같은 동물들을 보며 말을 걸고 시선을 떼지 못했던 모습, 그리고 폭설이 내렸던 어느 날 눈부시게 흰 눈의 아름다움을 감상하느라 자신이 불러도 듣지 못했던 모습까지. 한결은 이제야 조금 소리를 알아가는 것 같은 기분이었다.

"영화감독이 왜 되고 싶었는데?"

"되고 싶었던 게 아니라, 아직도 그 꿈을 좇고 있어요. 비록 지금은 유리 행세를 하느라 잠시 내려두었을 뿐이지. 영화라는 것은 허구지만 그 안에서 현실과 사람, 그리고 그들의 인생을 마주하는 것이잖아요. 현실을 제대로 알아야 영화도 사람들에게 감동을 줄 수 있지 않을까 하는 그런 생각을 했거든요."

"너다운 생각이군."

"특히 지하철역에서 노숙자를 보게 된 날은 약속 시간을 지킨 적이 없었어요. 저 사람은 왜 저런 인생을 살고 있을까, 어쩌다 저렇게까지 됐을까, 지금 그는 저렇게 차가운 바닥에 엎드려 동전 떨어지는 소리가 들리기를 기다리며 무슨 생각을 할까……. 이런 생각들을 하느라 시간 가는 줄도 몰랐어요."

소리는 잠시 숨을 들이마시며 심호흡을 했다. 어쩌면 진짜 하고 싶은 얘기는 지금부터일지도 몰랐다. 차마 유리에게 직접 할 수 없는 말들을 지금 이렇게라도 하지 않으면 소리는 심장이 먹먹해서 숨조차 제대로 쉴 수 없을 것 같았다.

"그런데…… 그런데 정작 나는…… 가장 많이 관찰하고 마음을 들여다보아야 할 언니는 외면하고 있었어요. 나보다 똑똑하고 잘났다고 질투나 하고, 입바른 소리만 한다고 싫어하면서도 돈이 궁할 때면 용돈 달라 떼쓰고, 정말 철없이 굴기만 했죠."

"네 잘못은 아니야. 원래 가장 가까이 있어도 서로에 대해 생각보다 잘 모르는 게 가족이라잖아."

"그래도 난 정말 나밖에 모르는 이기적인 애였던 것 같아요. 사랑하는 사람과 함께하는 것도 죄가 되는 집에서, 가족들을 먹여 살려야 한다는 책임감에 매일같이 자신을 탐하려는 상사 밑에서, 기댈 곳 하나 없이 고민이 있어도 아픔이 있어도 내색할 수 없었던 그 시간들을 언니는 어떻게 버텨냈을까요. 얼마나 아팠을까요, 얼마나 힘들었을까요……. 언니는 떠나는 순간까지도 얼마나 가족들에게 미안해했을까요. 그게 너무 미안해요. 그게 너무, 가슴이 아파요. 왜 진작 몰랐는지……."

조용히 눈물만 흘리며 담담하게 말하는 모습이 한결의 눈에는 오히려 더 안타깝고 안쓰럽게 보였다. 그녀가 누구든 상관없었다. 한유리든, 한소리든, 그건 중요한 게 아니었다. 지금 눈앞에서 힘겹게 속마음을 꺼내고 있는 이 여자가 자신의 곁에 있으면 그걸로 될 것 같았다. 한결은 소리를 다시 품에 안으며 마음속으로 다짐을 했다. 무슨 일이 있어도 이 여자 하나만은 꼭 지켜 주겠다고.

"앞으로 절대 이런 일 없을 거야."

"……."

"다시는 이런 일 생기게 두지 않을 거다."

소리는 한결의 품에 안겨 조용히 눈물만 흘리며 흐느꼈다. 이제 더 이상 울 기운도 없었다. 그래도 한결에게나마 이렇게 속마음을 털어놓고 나니 조금은 괜찮아지는 것 같았다. 다시 힘을 낼 수 있을 것 같았다. 유리가 돌아오면, 아무것도 묻지 않고 돌아와 줘서 고맙다며 그저 안아 줄 수 있을 것 같았다. 한결의 품에서 풍기는 불가리 향이 소리의 코끝을 찔러왔다. 이제는 익숙해진 그 향이.

"본부장님."

"어."

"……강원도로 가고 싶어요."

"그래, 가자. 지금 당장."

07
사랑나무

화려한 네온사인이 가득한 도심을 지나 고속도로를 달리다 보니 어느새 강원도에 진입했다. 한결이 운전대를 돌리며 힐끗 곁눈질 하자, 한참 고속도로를 달릴 때까지만 해도 멍하니 창밖을 바라보고 있던 소리가 어느새 잠들어 있었다.

"후우……."

걱정이 되었다. 자신이 갑자기 변하게 되어 태성을 위협한다면 분명 전쟁이 될 터였다. 더구나 박 회장이 이번 강원도 현장 공사의 실적을 보고 한결을 후계자 후보에까지 올리려 하고 있고, 한결은 무슨 수를 써서라도 그 기회를 잡겠다고 다짐했으니 요란한 전쟁이 될 게 뻔했다. 특히 임 여사가 이 사실을 안다면 절대 가만히 있지 않을 것이었다. 한결은 걱정이 되긴 했지만 무섭거나 두렵지 않았다. 처음으로 그들과 맞설 생각을 하니 오히려 쾌감 어린 긴장감이 서릴 정도였다.

"으음……."

소리가 뒤척이자 한결은 자신도 모르게 천천히 브레이크를 밟으며 속력을 줄였다. 그녀가 깰까 봐 행동 하나하나가 조심스러웠다. 정말 신경이 많이 쓰이는 여자였다. 처음에는 몰상식한 모습으로 자꾸 심기를 건드리더니, 그 다음에는 뚱딴지같은 행동으로 신경 쓰이게 하고, 이제는 전혀 예상도 못했던 나약한 모습으로 마음을 쓰이게 했다. 그리고 한결은 처음부터 그녀에게 자꾸 시선이 갔던 이유를 이제 확실하게 알 수 있었다. 그건 마음을 움직일 수 있는 위대한 감정이었다.

"나쁘지 않군."

한결이 표현할 수 있는 최상의 단어였다. 앞으로 그녀와 함께하다 보면 다른 단어들을 많이 구사하겠지만, 일단 그녀의 마음에 대한 확신이 없기 때문에 이 정도로 만족해야 했다. 그리고 한결은 그녀도 자신과 같은 마음이기를 바랐다. 소리와 한결을 태운 아우디가 장미호텔 앞에 조용히 멈춰 섰다.

한결은 잠들어 있는 소리를 가만히 응시했다. 어느새 길어 버려 목선을 덮는 단발이 소리의 얼굴을 반이나 가리고 있었다. 한결의 조심스런 손길이 그녀의 머리카락을 정리하며 귀 뒤로 넘겨주었다. 소리가 조금 뒤척이는 것 같았으나 잠에서 깨어나지는 않았다.

강원도 산골에서 뜨거운 햇볕을 받으며 기초화장도 제대로 하지 않는 것 같은데 소리의 피부는 아기 피부처럼 곱기만 했다. 고요하게 감겨 있는 눈과 가지런한 속눈썹, 여자치고는 조금 높은 코, 그리고 아무것도 바르지 않았지만 남들보다 조금 빨간 얇은 입술. 한결은 문득 부드러워 보이는 체리빛 입술에 입을 맞추고 싶다는 생각을 했다.

"미쳤군, 자고 있는 사람한테……."

"어? 벌써 다 왔어요? 깨우지 그랬어요."

한결의 혼잣말을 들은 건지 소리가 눈을 비비며 웅얼거렸다. 한결은 자신이 했던 생각을 들킬까 봐 괜히 퉁명스럽게 말했다.

"누가 본부장이고 누가 비서인지 모르겠군."

마치 무슨 일이 있었냐는 듯 한결은 태연한 척하기 위해 노력했다. 이제는 그녀가 누군지 정확히 알았고, 더 이상 그녀를 스파이라고 의심할 일도 없을 거였다. 지금껏 한결이 알던 천방지축에 명랑하고 밝고, 할 말 다 하는 그런 비서로 여기면 되는 일이었다. 그리고 한결은 그게 더 좋았다.

"피곤하실 텐데, 깨우시지. 운전 교대라도 해 드렸으면 좋았을 텐데……."

"됐어. 이 새벽에 너에게 내 목숨을 맡기고 싶지 않아서 그랬을 뿐이야."

"죄송합니다."

"정나미 뚝 떨어지는 말이네."

소리에게서 들려오는 딱딱한 말에 한결은 미간을 찌푸렸다. 평소처럼 돌아왔다고 느낀 건, 아니 서로의 마음을 느꼈다고 생각한 건 한결의 착각인 모양이었다. 소리의 딱 선을 긋는 '죄송합니다.' 한 마디에 한결은 가슴이 시렸다. 역시 그녀는 자신과 같은 마음이 아닌 것 같았다. 하지만 다시 들려오는 소리의 음성에 한결의 입꼬리가 슬쩍 올라갔다. 어쩌면 착각이 아닐 수도 있었다.

"그럼 뭐 어쩌라고요? 죄송해서 죄송하다고 한 건데, 저는 뭐 양심도 없는 줄 아세요?"

"양심이 있긴 해?"

"저도 사람이거든요? 양심이 왜 없겠어요? 본부장님 말처럼 지금 누가 비서고 누가 비서인지 저도 헷갈리잖아요. 괜히 배려하지 마시고 평소처럼 부려 먹으세요. 저도 그게 훨씬 더 편하니까."

"오늘부터 여기서 지내."

"네. ……네?!"

지금 무슨 말을 들었더라…….

소리는 한결이 한 말을 자신이 잘못 들은 거라고 생각했다. 그렇지 않고서는 몇 시간 전에 서울에서 그런 일이 있었는데 호텔에서 같이 지내자고 할 리가 없었다. 정상적인 남자라면 절대 그러지 못할 것이었다.

"본부장님, 제가 지금 혹시 잘못 들은 건가요?"

"아니, 제대로 들었어. 오늘부터 장미호텔에서 지내."

"싫어요."

"왜?"

한결은 생각해 보지도 않고 단번에 거절하는 소리를 이해할 수 없었다. 같은 방에서 지내라는 것도 아니고, 옆방에서 지내라는 건데 도대체 뭐가 문제인지 알 수 없었다. 소리를 혼자 컨테이너 박스로 보내는 것도 불안할 뿐만 아니라 혼자 두는 건 더욱 불안했다. 태성이 무슨 짓을 할지 모르는 판에 절대 그녀를 혼자 둘 수는 없었다. 그래서 제안한 거였는데 소리는 생각이 다른 것 같았다.

"아무리 한 방에서 지내는 게 아니더라도 같은 호텔에서 매일 지내라는데 그럴 여자가 세상에 어디 있어요? 안 그래도 흉흉한 세상에."

"지금 나를 뭘로 보고……."

"그렇잖아요, 제가 본부장님을 뭘 믿고 같이 호텔에서 지내요? 벌써 잊으셨어요? 아까 제가 무슨 일을 당할 뻔했는……."

"지금 나를 그 새끼랑 같은 놈으로 취급하는 거야?!"

한결은 자신의 배려가 왜곡되자 인상을 구기며 발끈했다. 순간 소리는 자신이 실수했다는 걸 느꼈다. 그 상황 속에서 구해 준 건 한결이었고, 그가 그럴 남자가 아니라는 건 소리가 더 잘 알고 있었다. 한결이 태성과 같은 부류의 사람이었다면, 이미 폭설 때 컨테이너 박스에서 함께 지내며 일이 터졌을 테니까. 그래도 소리는 이미 컨테이너 박스에 마음을 둔 터라 이곳에 있고 싶지는 않았다.

"제가 실수했어요. 본부장님을 상무님과 같은 부류로 취급한 건 아니었는데, 죄송해요."

"그런 새끼한테 상무님이라는 호칭이 잘도 나오는군. 욕도 안 나와? 욕 할 줄 몰라?"

"……욕 나오고, 욕 할 줄도 알아요. 하지만 그런 쓰레기 같은 인간 때문에 제 입을 더럽히고 싶지 않을 뿐이에요. 아무튼 여기는 싫어요. 전 제 방으로 돌아갈게요."

"그럼 내가 컨테이너 박스에서 같이 지내도록 하지."

"미쳤어요?"

"안 미쳤는데. 그리고 처음도 아니잖아. 전에도 같이 컨테이너 박스에서……."

"그때랑 지금이랑은 다르죠!"

소리가 한결의 말을 자르며 흥분한 모습을 보였다. 한결은 소리가 평소의 모습으로 돌아와 다행이라고 생각하면서도 걱정하는 마음을 몰라주는 것에 대해 서운함을 느꼈다. 한편으로는 걱정과 배려를 마음대로 왜곡하고 있는 소리가 야속하기도 했다.

"다를 게 뭐가 있지? 아, 있긴 하군. 오히려 그때보다 나은 거 아닌가? 그때는 한 방에서 지냈지만, 지금은 같은 건물에만 있지 각각 자기 방에서 지내는 거니까."

"아무튼 싫어요. 저는 현장으로 돌아갈래요."

"도대체 이유가 뭐야? 편하게 지낼 수 있도록 기회를 주는데 왜 생각도 해 보지 않고 거절부터 하는 거지?"

"저는 이런 호텔 방 불편해요. 컨테이너 박스에 있으면서 정든 게 많아요. 밤에는 고라니가 내려와 뛰노는 모습도 볼 수 있고, 텃밭 가꾸는 재미도 쏠쏠하고요. 그리고 아침에 이름 모를 산새들이 지저귀는 소리에 눈을 뜨는 것도 좋고요."

소리는 정말 행복한 표정으로 컨테이너 박스에서 생활했던 걸 떠올리며 하나하나 설명했다. 한결은 그녀의 표정을 보며 일단 자신이 후퇴해야 한다는 것을 느꼈다. 그리고 피식 웃음이 나왔다.

"다행이군, 나랑 있는 게 싫어서라는 이유 때문이 아니라는 게."

"본부장님이랑 있는 게 싫어서는 아니에요. 단지 현장이 더 좋을 뿐이지. 그러니까 오해하지 마세요."

"그거면 됐어."

"네?"

소리가 무슨 뜻이냐는 듯 되물었지만 한결은 대답 대신 다시 차에 시동을 걸었다. 그 모습에 소리가 한결을 만류하며 어쩔 줄 몰라 했다.

"제가 운전해서 갈 테니까 본부장님은 들어가서 쉬세요. 여기까지 운전해서 오시느라 피곤하실 텐데."

"됐어, 오늘만 데려다 줄 테니까 얌전히 있어."

"제가 불편해서 그래요. 본부장님 말처럼 저는 비서잖아요. 제가 알아서 갈 테니……."

"거 참, 말 많네."

한결은 소리의 말을 자르며 액셀러레이터를 밟았다. 더 이상 종알

대지 말고 데려다 줄 때 감사히 여기라는 뜻이었다. 하지만 소리는 달리는 차 안에서 자신이 보조석에 앉아 있는 게 여간 불편한 게 아니었다. 더구나 지금 자신을 데려다 주기 위해 일부러 현장까지 가는 거니까. 소리를 내려주고 여기로 다시 돌아오려면 적어도 한 시간 반 정도는 금세 흐를 텐데.

"미안해 할 필요 없어."

"그래도……."

"내일부터 할 일이 많아. 그러니까 오늘은 내가 베푸는 배려를 즐기라고."

"그렇게까지 말씀하신다면 제가 딱히 할 말은 없지만, 그런데 갑자기 할 일이라니요?"

한결은 강원도에 오는 내내 머릿속에서 정리한 말을 일목요연하게 설명했다.

"아버지께서 나와 박 상무에게 똑같이 기회를 주신다네. 이번 강원도 현장 공사의 실적을 보고 나도 태신 건설 후계자에 올릴 모양이시더군."

"우와, 그럼 잘된 거 아니에요?"

"얘기를 들을 땐 별생각 없었는데, 지금 생각하니 잘된 일이긴 하더군."

"본부장님 진짜 일 열심히 하셔야겠네요. 하긴 강원도에 와서 내내 빈둥거렸으면 이제 일할 때도 되셨죠."

"뭐?!"

한결이 눈을 부릅뜨자 소리는 혀를 쏙 내밀며 배시시 웃었다. 그리고 궁금했다. 그가 일하는 모습은 어떨지. 항상 햇살 좋은 곳에 앉아 책을 읽거나, 느릿한 걸음으로 바람을 즐기며 산책을 하거나, 한량처럼 빈둥거리는 모습만 봐서인지 한결이 일하는 모습은 잘 그려지지 않았다.

"본부장님."

"왜."

"힘내세요. 제가 물심양면으로 도와드릴게요."

말뿐이었지만 한결은 그녀의 응원에 벌써부터 힘이 나는 것 같았다. 하지만 입에서는 한결의 마음과 전혀 다른 말이 나오고 있었다.

"……딱히 네가 도울 일이 있을지 모르겠군."

"왜 이러세요? 저 이래 봬도 고급 인력이거든요?"

"허! 팩스 하나도 제대로 못 보내면서 고급 인력은 무슨."

"아, 진짜! 도대체 그건 언제까지 우려 드실 거예요? 역시 A형은 이래서 안 된다니까."

"A형이 왜!"

다른 것도 아니고 혈액형을 가지고 소리가 근거 없는 이야기를 하자 한결은 심통이 났다. 지금껏 살면서 단 한 번도 자신이 A형이라 피해를 본 적도 남에게 피해를 준적도 없었다. 심지어 다른 사람들은 한결이 A형인 것조차 몰랐다. 그런데 소리는 한결이 지금껏 단 한 번도 들어보지 못한 말을 벌써 두 번이나 늘어놓고 있었다.

"잊어도 되는 걸 꼭 가슴 깊이 넣어놨다가 이렇게 잊을 만하면 또 얘기하고. 보통 사람들은 이미 까먹어도 벌써 까먹을 내용이거든요? 이게 다 본부장님이 소심한 A형이라서 그런 거예요."

"허! 근거 없는 말을 잘도 늘어놓는군."

"이게 왜 근거가 없어요? A형은 소심하다, 요즘 초딩들도 다 알거든요?"

"거 참, 되게 시끄럽네. 됐고, 아무튼 내일부터 본격적으로 현장

일에 뛰어들 생각이니까 알고 있어."

소리는 입을 삐죽이며 고개를 끄덕였다. 내일부터 왠지 현장 분위기가 더 활기찰 것 같았다. 그리고 빨리 한결이 일하는 모습을 보고 싶었다. 될 수 있으면 최대한 도움을 주어 그에게 힘이 되고 싶었다. 파렴치한 짓을 하려고 했던 박 상무가 태신 건설의 후계자가 되어 회장이 된다면 정말 화가 나서 멱살을 잡을지도 모를 일이니까. 지도층에 그런 사람이 있다는 건 사회의 악이니까. 소리는 어떻게든 한결이 태신 건설의 후계자가 되는데 일조를 하고 싶었다.

현장에 도착한 차가 컨테이너 앞에서 매끄럽게 멈춰 섰다. 장시간 운전을 해서인지 피로가 쌓여 있었다. 한결은 결의를 다지고 있는 소리를 힐끔 보며 입을 열었다. 벌써 헤어지는 게 아쉬운 마음이 들었다.

"내일은 내가 알아서 올 테니까 푹 자."

"네, 본부장님도 푹 쉬세요."

"본격적으로 일 시작하면 눈코 뜰 새 없이 바쁠 테니까 아침에 픽업 올 때 절대 지각하지 말고."

"네, 운전 조심해서 가세요."

"가라고?"

"그럼요? 안 가실 거예요?"

"……피곤해 죽겠는데도 여기까지 데려다 줬는데, 자고 가라는 말도 안 하나?"

한결은 장난처럼 말하긴 했지만, 워낙 피곤한 터라 내심 긍정의 대답을 기다리니 소리와 눈을 마주쳤다. 헌데 아무래도 괜한 말을 한 듯 싶었다. 소리의 말은 최대한 뻔뻔하고 당당하게 포장되어 있었지만, 그녀의 눈이 두려움에 떨리고 있다는 걸 한결은 알아차리지 못했다.

"본부장님, 저랑 뭐 하고 싶으세요?"

"뭐?"

"아니면 욕구불만이세요?"

"넌 여자가 못 하는 말이……!"

"그것도 아니면 여자랑 자고 싶으신 거예요?"

"너 정말!"

남자 상사에게 어떻게 이런 말을 표정 하나 안 변하고 아무렇지 않게 하는지 한결은 괜히 자기가 더 민망했다.

"이봐, 내 말을 왜곡해서 들은 것 같은데, 내 말 뜻은 그런 게 아니라 단순히……."

"실망이에요."

소리는 한결의 말을 끝까지 듣지도 않은 채 새침하게 말하고는 차에서 내려 문을 쾅 닫았다. 한결은 억울했지만 이미 소리가 컨테이너 박스 안으로 빠르게 들어간 후라 변명할 기회조차 놓치고 말았다.

"……하하."

참 이상한 일이었다. 오해를 받고 실망이라는 말을 들었는데도 이렇게 웃음이 나는 걸 보니. 아무래도 한결은 소리의 매력에 매료되어 그녀에게 제대로 빠진 듯했다.

✽

정확히 아침 9시에 현장에 도착한 한결은 변 소장부터 찾았다. 현장 공사의 모든 것을 알고 있으며 현재 한결 대신 모든 것을 지휘하고 있는 게 변 소장이었기 때문이었다. 변 소장이 다가오자 한결은 인사를 하며 고개를 꾸벅 숙였다.

"현장이 생각보다 일찍부터 돌아가는군요."

"해가 일찍 뜨니까 요즘은 6시 반쯤부터 모여서 시작합니다."

"다들 고생 많으십니다."

"허허, 별말씀을요. 이게 저희들 일인데. 그런데 무슨 일로 부르셨는지······."

한결은 고기 파티 이후 인부들과도 꽤 잘 어울려 지내고 있었다. 물론 소리처럼 살갑게 구는 건 아니었지만 적어도 인사는 기본으로 하고 식사를 하며 인부들과 간간이 대화를 나누기도 했다. 그리고 한결을 어려워하던 인부들도 조금씩 그에게 마음을 열고 있었다.

"이번 공사, 제대로 해 볼 생각입니다. 아무래도 변 소장님의 도움이 가장 많이 필요할 것 같습니다."

"얼마든지 도와드려야죠. 생각을 굳히셨다니 다행입니다."

"처음 시작했을 때부터 현재까지의 진행상황과 진행 예정 사항은 물론, 사업 계획서, 자재 목록, 예산안을 비롯해 리스크 대비책, 향후 계획까지 전부 보고해 주십시오. 아, 설계 도면과 가지고 계신 모형도요. 그리고 아직 이르긴 하지만 내부 디자인 시안과 색 배치도 나온 게 있다면, 그것도 준비해 주시면 감사하겠습니다. 빠른 시간 내에 파악해서 지휘할 예정입니다."

"네, 그럼 한 비서 통해서······."

"아뇨, 직접 변 소장님과 진행하겠습니다."

"네?"

변 소장이 당황한 얼굴로 한결을 바라보았다. 이런 건 당연히 비서를 통해서 보고를 하는 게 원칙인데, 직접 진행하겠다니. 그럼 굳이 이 현장에 비서가 있을 이유가 없는 것이다. 하지만 변 소장은 한결의 다음 말을 듣고 그의 의도를 이해할 수 있었다.

"시간이 없습니다. 한 비서를 통하는 것보다 저와 직접 정리하시는 게 훨씬 빠를 것 같아서 드리는 말씀입니다."

한결은 소리에게 맡기는 게 불안하기도 했지만, 그녀를 좀 더 쉽게 해주고 싶은 마음이 더 컸다. 컨테이너 박스 안이 조용한 걸 보니 소리는 아직도 꿈나라에서 여행 중인 것 같았다.

"네, 알겠습니다. 지금부터 바로 준비하겠습니다."

"준비되는 것들부터 바로바로 보고해 주십시오."

"네."

변 소장은 제대로 된 본부장의 모습을 보이는 한결 때문에 갑자기 할 일이 많아졌다. 그리고 일단 바로 준비할 수 있는 것들에 대한 서류를 바쁜 손길로 챙기기 시작했다. 그 사이 한결은 벤치에 앉아 자신이 생각한 내부 인테리어를 스케치했다. 아무리 공장이라 할지라도 내부 인테리어가 좋아야 직원들의 사기가 오를 것이기에 한결은 색감과 디자인에 더욱 신경을 썼다. 한결이 앉아 있는 벤치에는 여러 색의 색연필들이 흩어져 있었다.

소리는 한결이 인부들과 어울려 장씨가 준비한 점심을 먹을 때까지도 모습을 드러내지 않았다. 아무래도 제대로 뻗은 모양이었다. 점심 식사를 마친 뒤부터 한결은 정신없이 바빴다. 그동안 손 놓고 있었던 현장 공사에 대한 모든 것을 변 소장한테 한 번에 보고 받으려니 이것도 보통 일이 아니었다.

"으아아아아. 몇 시지?"

소리는 팔다리를 쭉 늘이며 시원하게 기지개를 켰다. 팔을 뻗어 머리맡에 있는 휴대폰을 집어 시간을 확인한 소리는 깜짝 놀라고 말았다.

"두, 두 시?! 설마 새벽 두 시는 아니겠지?"

그럴 리가 없었다. 밖은 환했고, 시끌벅적한 소리는 낮임을 알려주기에 충분했다. 이런 공사 소리에도 깨지 않고 잔 걸 보니 엄청 피곤했었던 것 같았다. 어제 별로 몸을 쓴 일도 없었는데 현장에서 인부들을 도왔을 때보다 근육통이 더 심했다.

"아이고, 팔다리야. 완전 뻗었네."

팔을 주무르며 일어난 소리는 수건을 목에 걸고 씻기 위해 컨테이너 박스를 나섰다. 아침, 점심도 건너뛰고 늘어지게 잤더니 꽤 허기졌다.

"어?"

컨테이너 박스에서 나오자마자 보이는 광경에 소리는 놀란 표정을 했다가 이내 흐뭇한 미소를 지었다. 한결이 엄청 집중한 모습으로 각종 서류들을 보며 변 소장과 대화를 나누고 있었다. 지금까지 단 한 번도 본 적 없는 한결의 진지하면서도 몰입하고 있는 모습이었다.

일하는 모습은 저렇구나.

한결이 다른 사람처럼 보였다. 진지한 표정으로 집중하며 일에 몰입한 모습에서 또 다른 매력을 느낄 수 있었다. 소리는 그의 모습을 좀 더 보고 싶지만 찝찝하기도 하고 씻고 싶기도 해서 어쩔 수 없이 걸음을 옮겼다. 소리가 씻으러 가는 동안에도 한결은 얼마나 집중하고 있는지 그녀에게 눈길조차 주지 않았다.

샤워까지 마친 소리는 수건으로 젖은 머리를 털며 나왔다. 날씨가 좋아 굳이 머리를 말릴 필요가 없었다. 수건으로 대충 머리카락의 물기만 제거한 소리가 수건을 아무 곳에나 두고 한결에게 다가갔다. 때마침 이야기를 마친 변 소장은 다시 인부들에게로 돌아가고 있었다.

"본부장님!"

높은 하이 톤의 밝은 목소리가 들리자 한결의 고개가 돌아갔다. 그곳에는 흰색 반팔 티셔츠에 짧은 반바지를 입고 있는 소리가 젖은 머리를 한 채 서서 웃고 있었다. 한결은 저절로 올라가려는 입꼬리를 끌어 내리며 딱딱한 음성을 냈다.

"일찍도 일어나는군."
"어제 본부장님이 푹 자라고 하신 걸로 기억합니다만?"
"푹 자라고 했지, 누가 두 시 넘어서 일어나라고 했나?"
"혹시 저 필요한 일 있으셨어요?"
"아니."

한결은 짤막하게 대답한 뒤 다시 수많은 서류로 눈을 돌렸다. 계속 그녀를 보고 있다가는 집중할 수가 없을 것 같았다. 소리는 늘 추리닝이나 청바지를 입고 있었고, 서울에서 입었던 정장 치마도 무릎보다 조금 위로 올라가는 거라 별생각이 없었는데 지금은 상황이 달랐다. 하얀 허벅지를 고스란히 드러내고 있는 탓에 자꾸 시선이 그쪽으로 향하는 것이었다. 하지만 소리는 한결의 마음도 모른 채 퉁명스런 음성을 냈다.

"몇 시에 오셨어요?"
"도착하니 정확히 9시더군."
"히익! 그럼 최소 8시에는 일어나셨다는 거잖아요. 어제 저 내려주신 시간이 새벽 2시가 넘어서니까 호텔까지 다시 가셨으면 2시 40분, 씻고 뭐 하다 보면 3시……. 본부장님 정말 체력이 대단하시네요."
"운동으로 훈련된 몸이니까."

한결은 소리와 눈도 마주치지 않고 서류만 바라보며 대수롭지 않게 대답했다. 하지만 사실 한결은 피곤해서 죽을 지경이었다. 한시라도 빨리 일을 시작해야 하기 때문에 아침에도 겨우겨우 일어난 것이지, 그렇게 장시간 운전을 하고 노곤한 몸을 일으키는 건 정말 쉬운 일이 아니었다.

"본부장님 운동도 하세요? 의외네요."

"그럼 이 몸이 그냥 만들어진 건 줄 알아?"

한결이 발끈하며 소리에게로 고개를 돌렸다. 소리와 눈이 마주쳤지만 한결의 시선은 자꾸 그녀의 다리로 떨어지려 하고 있었다.

"본부장님 몸이 왜요? 잘 모르겠는데?"

"보는 눈이 없군."

한결은 다시 서류에 집중하려 애썼다. 그 사이 소리는 한결의 몸을 찬찬히 훑어보았다. 조금 마른 체형이어서 그렇지 어깨도 떡 벌어져 있고 유독 긴 팔다리에는 자잘한 근육들이 각을 잡고 있었으며, 앉아 있는데도 불구하고 근육으로 다져진 배는 쏙 들어가 있었다.

"자세히 보니 운동을 좀 하긴 하신 것 같네요. 항상 빈둥거리시거나 어슬렁거리시는 것만 봐서 운동하고는 거리가 먼 줄 알았더니."

"뭐?"

"본부장님 몸 좋으시다고요."

한결이 눈을 부릅뜨자 소리는 뻔뻔하게 대답했다. 그리고 소리는 그동안 유심히 본 적이 없어서 미처 몰랐던, 그가 이렇게 몸이 좋았다는 사실에 호기심이 생겼다.

"운동은 얼마나 하셨어요?"

"오래전부터."

"왜요? 몸 만들려고요?"

"습관이야."

한결은 소리가 묻는 질문들에 단답형으로 짤막하게 대답했다. 눈으로는 서류를 보고 있는데 전혀 집중이 되지 않았다. 지금 할 일이 산더미라 이럴 시간이 없음에도 한결은 그녀를 잘라내지 못했다. 머리로는 일을 해야 한다는 걸 알고 있지만 마음은 그녀와 이렇게 계속 대화를 나누고 싶었다.

하지만 소리가 더 이상 말을 걸지 않는데도 한결은 도무지 집중할 수가 없었다. 벌써 한 페이지만 몇 번째 보는 건지 알 수 없었다. 이유는 시야 내에서 왔다 갔다 하는 그녀의 다리가 자꾸 신경 쓰이기 때문이었다. 아무래도 이대로 둘 수 없다는 판단을 내린 한결은 결국 짧은 숨을 내뱉고는 입을 열었다.

"근데 계속 그 차림으로 있을 생각인가?"

"왜요? 덥잖아요."

"생각이 있는 건지 모르겠군. 남자들만 가득한 이런 곳에서 그렇게 다리를 훤히 내놓고 있겠다고?"

"다 아저씨들인데요 뭐."

"아저씨들은 여잔가?"

"여자는 아니지만, 뭐 다들 별로 신경도 안 쓸 것 같은데요?"

별거 아니라는 듯 대수롭게 대꾸하는 소리 때문에 한결 답답했다. 이렇게 남자를 몰라서야 이 험한 세상을 어떻게 살아갈지, 하는 어이없는 걱정까지 들었다. 하긴, 생각해 보면 태성이 불렀을 때도 그랬다. 순진한 건지, 생각이 없는 건지, 호텔 방으로 부르는데도 일 때문이라는 말을 철석같이 믿고 갔었던 여자다. 아무래도 소리는 남자에 대해 알 필요가 있을 것 같았다. 그때 소리가 한쪽 다리를 홱 들며 장난 섞인 음성을 냈다.

"근데요, 제가 옛날부터 안 그렇게 생겨서 다리 예쁘다는 말은 좀 들었거든요. 그러니 기회 있을 때 눈요기 좀 하세요."

"허! 미쳤어?!"

"아니, 왜 화를 내세요?"

"당장 긴 걸로 입어! 내 눈이 썩을 것 같으니까."

"말이 좀 심하신 거 아니에요? 눈이 썩을 필요까지는 없잖아요! 흥, 갈아입으면 될 거 아니에요! 정말 별꼴이야."

소리는 제대로 삐쳐서 돌아섰다. 쿵쿵 발을 구르며 컨테이너 박스 안으로 들어가는 소리의 뒷모습을 한결은 빤히 바라보았다. 생각보다 비율 좋은 소리의 몸매가 한결의 시야에 가득했다. 그리고 소리가 컨테이너 박스 안으로 사라지자 한결이 혼잣말처럼 중얼거렸다.

"예쁘니까 내놓지 말라는 거라고. 후우……."

한결은 자신의 머리를 헤집으며 다시 서류에 집중했다. 검토해야 할 게 한두 개가 아니었다. 그래도 다행히 지금까지 변 소장이 잘 관리한 덕분에 크게 문제될 만한 사항은 없었다. 서류를 검토하는 한결은 점점 집중하고 있었다.

한편 컨테이너 박스 안으로 들어온 소리는 입고 있던 바지를 훌러덩 벗으며 투덜댔다.

"아니, 더워 죽겠는데 왜 난리야? 내 다리가 뭐 어떻다고. 뭐? 눈이 썩어? 정말 웃기고 있어. 이래 봬도 대학 다닐 때 내 별명이 '안산의 학다리'였다고. 이거 왜 이래."

소리는 칠부 추리닝 바지를 입은 뒤 한결에게 한마디 할 생각으로 다시 컨테이너 박스에서 나왔다. 유일하게 자신의 다리를 인정해 주지 않은 한 사람이었다. 그래도 다리 하나는 자신 있었던 소리이기에 이대로 넘어가지 않을 생각이있다. 하지만 집중한 표정으로 서류에 몰두하고 있는 한결을 보니 그에게 하려고 했던 말이 쏙 들어갔다. 대신 그를 돕고 싶은 마음이 커졌다.

쳇, 조금 멋있긴 하네.

소리는 마지못해 인정하는 것처럼 속으로 생각하고는 한결의 곁으로 갔다. 한결은 얼마나 집중하고 있으면 소리가 다가온 것도 모른 채 빨간색 펜으로 서류에 이것저것 적기 바빴다. 소리는 자신이 말을 걸면 그를 방해하는 것 같아 조금 미안했지만, 그래도 도움이 되고자 그의 어깨를 톡톡 쳤다.

"뭐 도울 일 없어요?"

"가만히 있는 게 돕는 거야."

한결은 힐끗 소리의 칠부 추리닝 바지만 본 뒤 다시 서류에 집중하며 대답했다.

"아니, 사람이 돕겠다는데 꼭 그렇게 말씀하셔야 돼요? 일단 기회는 줘 봐야죠."

"진짜 비서들도 제대로 하기 힘든 일이야. 그냥 옆에 앉아 있어."

"그럼 차라리 아저씨들 도와드릴래요."

소리가 등을 돌리자 한결은 고개를 번쩍 들었다. 인부들을 돕는다면 저 가느다란 팔로 또 자재들을 옮길 게 분명했다. 그녀가 그런 것들을 옮기는 것도 싫지만, 안전모도 쓰지 않고 위험한 곳에 노출되는 게 더 싫었다. 그리고 지난번에 봤던 그녀의 손에 있는 작은 생채기들이 생각났다.

정말 엄청 신경 쓰이게 하는군.

어쩔 수 없이 한결은 그녀를 불러 세웠다.

"한 비서."

"왜요?"

"……이거 10부 복사."

한결은 이미 본 서류들 중 아무거나 집히는 대로 소리에게 건넸다.

딱히 복사할 필요가 없는 서류임에도 그녀를 위험지대에 보낼 수 없어 뭐라도 시키는 게 마음 편할 것 같아서였다. 그녀가 인부들을 도와 자재를 나르면 한결은 지금까지처럼 불안하고 초조한 마음으로 그녀를 지켜보느라 일에 집중할 수가 없다는 걸 스스로 잘 알고 있었다.

"거봐요, 찾아보니까 저도 도울 일이 있죠?"

"10부 분류해서 제대로 복사해. 원본은 중요하니까 다시 챙겨주고."

"분부 받듭죠!"

그 뒤로도 한결은 전혀 할 필요 없는 자잘한 일들을 소리에게 지시했다. 소리는 날이 어두워질 때까지 그의 곁에 딱 붙어 앉아 간간이 그가 시키는 일을 하며 즐거워했다. 그에게 조금이나마 도움이 될 수 있다는 사실이 행복했다.

벌써 열흘째 같은 일의 반복이었다. 한결은 잘 시간도 쪼개며 호텔에 돌아가서까지도 일을 했고, 소리는 휴대폰 알람을 6개 이상씩 맞추어 놓고 지각하지 않기 위해 노력했다. 덕분에 요즘은 소리가 장미호텔에 도착해 한결을 깨우는 일이 잦았다.

"내려가 있어. 씻고 내려갈게."

"네."

소리는 한결이 씻으러 들어가는 걸 보고는 차가 있는 곳으로 갔다. 한결은 대충 샤워를 하고 젖은 머리를 수건으로 떨며 욕실에서 나왔다. 대충 스킨로션을 바르고 편한 옷을 입었다. 그리고 버릇처럼 향수를 집어 뿌리려는 순간 자신도 모르게 멈칫했다. 소리가 했던 낯간지러운 말이 머릿속을 스쳤기 때문이다.

'폭설 왔을 때 컨테이너 박스에서 함께 있었잖아요. 그때는 본부장님이 향수를 안 뿌리셔서 본부장님만의 향을 맡을 수 있어서 좋았어요. 저는 사람 냄새가 정말 좋아요. 사람마다 전부 다른 그 사람만의 고유한 냄새가.'

잠시 고민하던 한결은 피식 웃고는 향수를 그대로 쓰레기통에 처박아 버렸다. 앞으로는 뿌릴 일이 없을 것 같았다. 한결은 조금 허전함을 느꼈지만 가벼운 걸음으로 방을 나섰다. 어쩐지 자신에게서 소리가 말한 그런 자신만의 고유의 향이 나는 것 같다는 착각도 들었다.

"본부장님 요즘 너무 무리하시는 거 아니에요?"

"그동안 펑펑 놀았던 거에 대한 죗값이지."

"본부장님이 놀고 싶어서 놀았던 거도 아니고, 기회를 못 받아서 그랬던 것뿐이잖아요. 그게 무슨 본부장님 죄라고……."

"어쨌든."

"피부가 거칠어요. 많이 피곤해 보이시고요."

"피곤해 보이는 게 아니라, 실제로도 피곤해."

"현장 도착할 때까지 눈 좀 붙이세요. 안전 운전할 테니까 걱정 마시고요."

새벽까지 일에 몰두하다 보니 한결은 살도 조금 빠진 상태였다. 이동을 하면서도 차에서 이것저것 아이디어를 구상하던 한결은 소리의 말처럼 정말로 잠깐 눈을 붙일까 생각했다. 하지만 그럴 시간이 없었다. 빨리 내부 디자인이 나와야 준비를 할 터였다. 본사에서 온 거라며 변 소장에게서 디자인 시안을 몇 개 받긴 했지만 한결은 마음에 들지 않았다. 전부 사람 냄새라고는 전혀 찾아볼 수 없는 투박하고 건조한 공장의 디자인들뿐이었다. 매일 이렇게 아이디어를 짜고 여러 디자인 시안을 스케치하는데도 한결은 마음에 들지 않았다. 마음이 조급해서일까.

"본부장님, 급할수록 돌아가라는 말이 있잖아요. 머리도 좀 쉬어줘야 더 회전이 빠르다고요. 학교에서도 왜 수업을 50분 동안 하고 10분은 쉬는 시간으로 주겠어요?"

소리는 마치 한결의 생각을 읽은 것처럼 말하고 있었다. 한결도 그걸 모르는 건 아니었지만 마음이 급해서 머리를 쉬게 할 수 없는 거였다.

"본부장님 이러다가 쓰러지실 것 같아요."

"안 쓰러지니까 걱정 마."

"쓰러질 걸 미리 아는 사람이 어디 있어요? 그걸 알면 세상에 쓰러지는 사람 한 명도 없게요? 시간이 없는 건 알지만, 그래도 본부장님 건강이 우선이에요. 아무리 돈 많고 능력 있어도 건강을 잃으면 아무 소용없다고요. 그러니까 이제 이동할 때만이라도 눈 좀 붙이세요."

그러고 보니 최근 요 열흘 동안 머리를 제대로 쉬게 해준 적이 한 번도 없었다. 잠들기 직전까지도 아이디어를 구상할 정도니까. 하지만 이런 꼬부랑길에서!

"운전을 이렇게 험하게 하면서 할 말은 아닌 것 같은데?"

"완전 조심해서 운전할 테니까 눈 붙이세요. 요즘 본부장님 오른쪽 눈가에 자주 미세한 경련이 일어난다고요."

소리의 말에 한결이 놀란 표정을 했다. 요즘 오른쪽 눈꺼풀이 미세하게 떨리며 자주 경련이 일어나긴 했지만, 소리가 그것까지 알고 있을 줄은 전혀 몰랐다. 그리고 그 정도로 소리가 자신에게 관심을 갖고 있다고 생각하니 슬며시 입가가 올라가려고 했다. 그녀의 걱정이 기분 좋아 한결은 조수석에 몸을 편히 기대며 눈을 감았다. 잠들지 않을 것 같았는데 한결은 생각보다 쉽게 잠의 나락으로 빠져들었다.

소리는 한결의 평온한 표정을 보며 속도를 늦췄다. 소리가 볼 때 한결은 요즘 하루에 많이 자 봐야 서너 시간 정도 자는 듯했다. 그렇게 자고도 이렇게 버티는 걸 보면 그의 정신력이 정말 대단하다는 생각이 들 정도였다.

"그래도 쉴 때는 제대로 쉬어야지."

소리는 현장이 보이는 곳에 잠시 차를 대고 조용히 시동을 껐다. 딱 한 시간만이라도 그를 편하게 자도록 두고 싶었다. 소리는 안쓰러운 눈빛으로 잠들어 있는 한결을 살폈다. 열흘 전과 비교해 확실히 볼에 살도 좀 빠지고 턱 선도 날카롭게 변해 있었다. 소리는 한결 때문에 처음으로 무언가에 몰두하고 집중하는 남자가 멋있다는 생각을 했다. 요즘 소리의 관찰 대상은 한결이었다. 계속 붙어 있다 보니 그런 것도 있지만 그에 대해 궁금한 것들이 많았다.

이 남자는 왜 서자로 태어나 눈치를 보며 자신을 감춘 채 살아 왔을까. 이 남자는 왜 지금까지 한 번도 태성 모자에게 반항하지 않았을까. 이 남자는 왜 자신이 유리 행세를 한다는 걸 알면서도 본사에 알리지 않은 걸까. 이 남자는 왜 자꾸 보고 싶게 만들고 걱정하게 만드는 걸까. 그리고 이 남자가 이렇게 변하여 태신 건설의 후계자 자리를 노리게 된 계기는 뭘까…….

그에 대해 아는 건 많지 않았지만 소리는 요즘 그를 마음껏 관찰할 수 있다는 사실만으로도 좋았다. 열흘 사이에 소리는 한결을 관찰하며 그의 작은 버릇들을 꽤 많이 알아냈다. 그는 무언가에 집중할 때는 살짝 미간을 좁히고, 무언가 잘 떠오르지 않을 때는 가만히 눈을 감는 버릇이 있었다. 서류를 볼 때는 오른손으로 볼펜을 돌렸고, 피곤함이 느껴지면 마른세수를 했다. 이렇게 소소한 그의 버릇을 하나씩 알 때마다 소리는 기분이 꽤 좋았다.

소리는 정확히 한 시간 뒤에 차에 시동을 걸고 현장으로 향했다. 이렇게라도 그를 잠시 쉬게 해주었다는 생각에 소리는 괜히 뿌듯했다.

"본부장님, 일어나세요."

"으음……."

"본부장님!"

"하암, 벌써 도착했나?"

한결은 떠지지 않는 눈을 억지로 뜨며 주변을 둘러보았다. 현장에는 인부들이 땀을 흘리며 일을 하고 있었다.

"지금 몇 시지?"

"열 시 조금 넘었어요."

"열 시?!"

"본부장님 조금 더 주무시라고 잠깐 차 세웠었어요. 벌을 주시면 받겠지만, 저는 제가 잘못했다고 생각하지는 않아요."

당당한 소리의 말에 한결은 그저 피식 웃고는 차에서 내렸다. 한마디 할 줄 알았던 한결이 그냥 차에서 내리자 소리는 내심 스스로가 대견스러웠다.

현장에 도착해서부터 또다시 한결은 일에 치일 수밖에 없었다. 점심을 먹는 시간을 제외하고는 한결은 의자에서 한 번도 일어서지 않았다. 한결이 벤치에 앉아 일하는 게 마음 쓰였던 변 소장이 인부들과 함께 창고 한쪽에 책상을 들여 놓고 사무실처럼 꾸며준 덕분에 업무 환경은 훨씬 나아진 상태였다.

"한 비서."

"네!"

"여기 컬러 프린트도 되나?"

"네, 제 방에 연결된 컴퓨터에서 하면 되더라고요."

"이거 디자인 시안 스케치한 거 작업한 거니까 전부 출력해 와. 색감을 봐야 하니까 꼭 컬러로."

"네!"

소리는 한결이 건네준 USB를 들고 자신의 컨테이너 박스로 향했다. 그가 작업하는 걸 매일 옆에서 봤으면서도 막상 완성된 시안을 보자 소리는 입을 다물 수가 없었다. 공장의 내부라고는 믿기 어려울 정도로 세련되고 깔끔한 디자인이었다. 소리는 총 열세 장의 디자인 시안을 컬러로 프린트해 한결에게로 갔다.

"여기요, 본부장님."

"그거 전부 컨테이너 박스에 붙여."

"네? 제 방 밖에요?"

"어. 지금 당장."

소리는 한결의 의도가 궁금했지만 일단 테이프를 챙겨 컨테이너 박스 앞으로 가서 한결이 지시한 대로 했다. 한결은 피곤을 이겨내기 위해 눈가를 문지르며 소리가 하는 양을 지켜보았다. 별거 아닌 자잘한 일도 열심히 하는 모습이 기특했다.

"다 붙였어요!"

"변 소장님 좀 모셔와."

"네!"

소리는 얼른 달려가 변 소장을 데려왔다. 그 사이 한결은 컨테이너 박스 벽에 붙은 시안들을 찬찬히 훑어보았다. 이 순서대로 본다면 한결은 그나마 4번이 나은 것 같았다.

"본부장님, 변 소장 아저씨 오셨어요."

"변 소장님. 지금부터 투표를 진행할 예정입니다."

"투표요?"

"네, 실내 디자인 시안이 나왔는데 제 임의로 정하는 것보다는 직접 일하실 분들의 의견을 듣는 게 더 중요한 것 같아서요."

한결의 의견에 소리와 변 소장은 시선을 교환하며 미소 지었다. 아무래도 이번 공사의 예감이 좋았다.

"투표 방식은 변 소장님께서 알아서 결정하시고 진행해 주세요. 이왕이면 한 시간 내로 결과가 나왔으면 좋겠습니다. 아, 그리고 장씨 아주머니도 투표해 주시면 좋을 것 같군요."

"네, 바로 진행하겠습니다."

"변 소장 아저씨! 저 스마일 스티커 있으니까 그걸로 붙이면 될 것 같아요!"

변 소장은 소리에게 인자한 미소로 고개를 끄덕인 뒤 인부들을 불러 모으기 시작했다. 변 소장이 인부들에게 설명하는 동안 한결은 디자인 시안을 보고 있는 소리에게 물었다.

"네가 보기엔 어때?"

"뭐가요?"

"너라면 이 중에 어떤 디자인에 투표하겠어?"

"음……."

소리는 진지하게 고민했다. 열세 장의 디자인 시안을 하나씩 꼼꼼히 보며 공장에서 일할 사람들을 떠올렸다. 그리고 자신은 어떤 공장에서 일하고 싶은지 생각해 봤다. 열세 장 모두 이런 공장이라면 즐겁게 일할 수 있을 것 같았지만, 그래도 자신이 일할 공간이라는 생각으로 진지하게 고르고 싶었다.

"저는 4번이요."

"왜?"

"제가 이 공장에서 일하면 어떨까 생각해 봤어요. 아니, 이 중에 어떤 공장에서 일하고 싶은지 생각해 봤어요. 공장에서 일하면 단순 노동이라 피곤하기도 하고 지루하기도 할 텐데, 녹색 계통이면 아무래도 눈의 피로도 풀어줄 수 있고, 산뜻하니까 좀 더 좋지 않을까 싶어요."

소리의 대답이 끝남과 동시에 인부들이 몰려와 시안을 둘러보았다. 그들 사이에는 장씨와 변 소장도 끼어 있었다. 그리고 여기저기서 감탄사가 쏟아져 나왔다.

"허이구, 이게 공장이야?"

"세상에 이런 공장이 어디 있어?"

"진짜 이대로만 만들 수 있으면 일할 맛 나겠네, 허허."

"나야말로 이 공장에 취직해야겠어!"

인부들은 저마다 한마디씩 하며 소리가 나눠주는 스마일 스티커를 받아 가장 마음에 드는 시안에 투표했다. 보자마자 눈에 딱 들어오는 시안에 스티커를 붙이는 인부가 있는가 하면, 10분이 지나도록 결정하지 못하고 고민하는 인부도 있었다. 그리고 그 사이에서 소리는 자신도 스티커 하나를 떼서 4번에 붙이고 한결에게도 스티커 하나를 내밀었다.

"뭐."

"본부장님도 투표하세요."

"됐어, 내가 디자인한 거에 내가 투표하기에는 좀 그렇잖아?"

"이런 투표에서는 한 표 한 표가 얼마나 중요한데요. 다들 이렇게 즐거워하시는데 그러지 말고 본부장님도 하나 고르세요."

한결은 못 이기는 척 스티커를 받아 들었다. 그리고 망설임 없이 4

번 시안에 스티커를 붙였다.

"본부장님이 보시기에도 이게 제일이죠?"

"아무래도 가장 먼저 디자인한 거니까."

"이게 제일 먼저 디자인하신 거라고요? 이게 지금 우수한 성적으로 1등인데요?"

"참 아이러니해. 언제나 처음에 한 게 선택되는데 혹시나 하는 생각으로 다른 버전을 계속 만들잖아."

언제나 그랬다. 결국엔 처음 게 선택된다는 걸 알면서도 혹시나 더 좋은 게 나오지 않을까 하는 마음에 계속 여러 버전을 만들었다. 하지만 결론은 지금처럼 언제나 처음에 한 게 선택되었다. 내 눈에 좋아 보이는 건 다른 사람 눈에도 좋아 보이는 법인가 보다. 마지막 인부까지 투표를 마치자 디자인이 결정되었다.

"4번이 당첨이네요."

"본사로 확정 시안 팩스 보내."

"음? 파일 있는데 메일로 보내면 안 돼요?"

"원본을 넘기겠다고? 한 비서, 이건 기본 중에 기본……."

"네! 반드시 팩스로 보내겠습니다!"

소리는 자신의 실수를 깨닫고 바로 정정하며 복종하겠다는 뜻으로 거수경례를 했다. 그 모습에 한결은 하려던 말을 못 끝냈음에도 입을 다물고 피식 웃었다. 전에는 묻는 것도 많고 트집 잡는 것도 많았는데, 지금은 뭐 하나를 시키면 바로 행하는 모습이 꽤나 한결의 마음에 들었다.

"본부장님, 중요한 거 하나 끝내셨으니까 이제 좀 쉬세요."

"쉴 시간이 어디 있어. 할 일이 산더미인데. 따라와."

한결은 다시 간이 사무실로 먼저 걸음을 옮겼다. 소리는 한결의 넓은 등을 바라보며 그의 뒤를 따랐다. 문득 저 품 안에 안겨 울었던 게 생각이 났다. 한결의 외향은 자상하고 따뜻하다기보다는 차갑고 이지적이었지만, 그 품만큼은 계속 안겨 울고 싶을 정도로 따뜻하고 포근했다. 어릴 때 많이 안겼던 아빠의 품이 생각날 정도로. 조금 더 이기적으로 생각한다면 계속 그의 품에 기대고 싶었다.

"이거 진행 예정 사항이니까 복사해서 변 소장님 갖다 드려. 원본은 다시 가져오고."

"네."

"아, 그리고 회장님 비서실로 팩스 넣고."

한결은 소리에게 서류를 넘겨준 뒤 예산안을 펼쳤다. 일전에 본사에서 내부 자재를 최고급으로 바꾸라고 지시한 것 때문에 생각보다 꽤 많은 금액이 오버되어 있었다. 하지만 아무리 보아도 내부 자재를 최고급으로 바꿀 이유가 없었다. 본사에서 바꾸라고 한 자재는 공장에서 쓰는 자재가 아니라 고급 빌라나 오피스텔에 쓰이는 자재였다. 일단 자신이 결재 서류에 사인까지 했으니 어쩔 수 없지만, 이제 와서 뒤늦은 후회가 밀려왔다. 한결은 어떻게든 예산안을 맞추기 위해 머리를 굴리며 집중했다.

소리는 한결에게서 받은 서류를 일단 회장 비서실에 팩스를 보낸 뒤, 복사를 해서 변 소장에게로 갔다.

"변 소장 아저씨!"

"어, 한 비서."

"이거 진행 예정 사항인데요, 본부장님이 전달해 달라고 하셨어요."

변 소장은 소리가 전해 준 서류를 쭉 읽어내려 갔다. 읽으면 읽을수록 변 소장은 한결에 대한 신뢰가 커졌다. 그곳엔 본사에서 내려온 서류에는 없었던 인부들의 복지에 관한 사항까지 꼼꼼히 적혀 있었다. 변 소장은 한결의 마음이 느껴져 가슴이 뭉클했다. 지금도 현장 분위기가 좋긴 하지만, 아마도 인부들이 복지사항에 대한 이야기를 들으면 사기가 충천하여 지금보다 더 활력이 넘칠 것 같았다.

"본부장님께 감사하다고 전해 줘."

"우리 본부장님 보면 볼수록 사람이 참 괜찮죠?"

"허허, 괜찮다마다. 잘해 봐, 한 비서."

"에? 아저씨도 참. 그런 거 아니에요."

"왜, 허허. 요즘 둘이 계속 같이 있는 거 보면서 다들 잘 어울린다고 하던데. 본부장님 정도면 우리 한 비서 맡겨도 아깝지 않지."

소리는 변 소장의 말에 볼을 붉혔다. 인부들이 그렇게 생각하고 있을 줄은 상상도 못한 일이었다. 한결을 관찰하면서 그에게 점점 빠져들고 있는 건 사실이었지만, 막상 타인의 입을 통해 들으니 괜히 낯간지러웠다. 그리고 혹시라도 이 말이 한결의 귀에 들어가면 아마 그는 펄쩍 뛸 것이었다. 그래서 소리는 넉살좋게 웃으며 손사래를 쳤다.

"에이, 아저씨 정말 그런 거 아니에요."

"아니긴. 요즘 한 비서 매일 본부장님만 쳐다보고 있던데."

소리는 당황할 수밖에 없었다. 한결을 관찰하는 걸 변 소장이 알고 있을 줄은 몰랐기 때문이었다. 소리는 어떻게든 변명을 하고 싶었다. 굳이 순서를 따지자면 그를 좋아해서 관찰을 한 게 아니라, 관찰하면서 그에게 빠져든 것이니까.

"그건 요즘 본부장님이 너무 무리하시니까 비서로서 잘 챙겨드리기 위해서 그런 거죠. 아저씨가 모르셔서 그렇지, 그것도 비서의 업무 중 하나예요."

"에이, 아닌 것 같은데? 눈빛이 달라. 사무적으로 보는 눈빛이랑 애정이 담긴 눈빛이랑은 엄연히 다르지."

"그거야 같이 붙어 있다 보니까 친해져서 그런 거지, 정말 그런 거 아니에요. 그리고 본부장님은 엄연히 제 직장 상사이기도 하고요. 아저씨 말처럼 정말 그런 거면 일은 안 하고 눈만 맞았다고 사람들이 욕해요. 정말 아저씨가 오해하시는 거예요."

"오해는 무슨. 본부장님도 한 비서 각별히 챙기고 신경 쓰는 거 여기 사람들이 다 아는데. 젊은 남녀가 계속 같이 있으면 충분히 그럴 수 있는 거니까, 우리 신경 쓰지 말고 좋으면 잘해 봐. 우리 그런 걸로 욕하는 꽉 막힌 사람들 아니야. 허허."

"아저씨도 참……. 본부장님이 찾으실지도 모르니까 저는 이만 가 볼게요."

소리는 자꾸만 심장이 간지러워서 도망치듯이 변 소장과의 자리를 벗어났다. 한결에게로 가는 내내 얼굴에 열이 오르는 것 같아 손부채질을 계속했다. 그리고 간이 사무실 근처에 다다른 소리는 걸음을 멈추었다. 지금 한결을 본다면 괜히 민망할 것 같았다. 잠시 고민하던 소리는 걸음을 돌렸다. 아무래도 지금은 한결과 마주치지 않는 게 나을 것 같다는 판단에서였다. 소리는 오랜만에 장씨를 도와 인부들의 저녁 준비를 해야겠다고 생각하며 주방으로 향했다.

한편 예산안을 수정하던 한결은 잠들어 있는 상태였다. 잠시 피로를 풀기 위해 잠깐 눈을 감았다가 잠시만 쉬자는 생각에 책상에 엎드렸는데 그대로 잠이 들어 버렸다. 요즘 무리를 하긴 한 모양이었다. 잠자리가 마음에 들지 않거나 불편하면 잠에 들지 못하는데, 피로가 쌓여있는 탓에 요즘은 장소가 어디든 눈만 감으면 바로 잠들기 일쑤였다. 그리고 중요한 건 한결은 자신이 잠들어 있다는 사실을 깨닫지 못한다는 거였다. 몸이 피곤한 것보다 머리를 많이 써서 정신적인 피로가 더했고, 수면부족이 가장 큰 원인이었다.

Rrrrr. Rrrrr.

한결이 잠든 지 한 시간 정도가 흘렀을 때 요란한 벨 소리가 울렸다. 문득 잠에서 깬 한결은 자신이 잠들었던 사실에 한 번 놀라고, 귓가에 울리는 벨 소리에 두 번 놀랐다. 한결은 벨이 울리는 게 소리가 두고 간 휴대폰이라는 것도 모른 채 귀찮다는 듯 통화 버튼을 눌렀다.

"……"

[여보세요? 한유리 비서?]

한결이 아무 말도 하지 않자 상대 쪽에서 먼저 입을 열었다. 그로 인해 한결은 자신이 받은 게 소리의 휴대폰이라는 걸 알게 되었다.

"박한결입니다."

[아, 본부장님, 안녕하세요. 회장님 비서실입니다. 죄송하지만, 한 비서와 통화할 수 있을까요?]

"잠시 자리 비웠습니다. 저한테 말씀하시죠. 무슨 일이십니까."

[회장님께서 아까 보내 주신 팩스 내용에 대해 흡족해 하셨습니다. 디자인 시안도 결재해 주셨고, 현장 공사 인부들의 복지사항까지 전부 진행하라고 하십니다.]

"알겠습니다."

한결은 간결하게 대답한 뒤 전화를 끊었다. 하지만 아무리 둘러보아도 소리가 보이지 않았다. 한결은 갑자기 불안함을 느끼며 소리에게 전화를 걸려고 했다. 그러다 문득 방금 자신이 받은 휴대폰이 소리의 것이라는 걸 깨달았다. 휴대폰까지 두고 사라진 소리 때문에 한결의 불안함은 커져만 갔다. 인부들이 이렇게 많은데 설마 태성이 사람을 보냈을 거라는 생각은 하고 싶지 않았다. 한결은 생각할 것도 없이 몸을 움직였다.

"변 소장님, 혹시 한 비서 보셨습니까?"

"네? 한 비서라면 아까 본부장님이 찾으실지도 모르니까 간다고 했습니다. 같이 계신 거 아니었어요?"

"그게 언제입니까!"

"벌써 한 시간도 더 됐는……."

"젠장!"

한결은 변 소장의 말을 끝까지 듣지도 않은 채 뛰기 시작했다. 변 소장은 무슨 일인가 싶어 어리둥절해 하다가 아까 인부 하나가 했던 말을 떠올렸다. 물 마시러 주방에 갔는데 소리가 과일을 주기에 먹고 왔다고 해서 부러움을 샀었다. 변 소장이 한결에게 아마도 주방에 있을 거라는 사실을 알리려 했지만 한결은 이미 바람처럼 사라지고 없었다.

"혹시 한 비서 보셨습니까?"

한결은 보이는 사람마다 잡고 물었다. 하지만 공사가 진행 중인 곳에서도 그녀의 모습은 찾을 수 없었다.

도대체 어디로 사라진 거야!

한결은 타들어 가는 속을 주체할 길이 없었다. 컨테이너 박스에도 가 보고, 텃밭에도 가 보고, 소리가 갈 만한 곳은 샅샅이 다 뒤졌는데도 그녀의 머리카락 하나 볼 수가 없었다. 그리고 아직 가 보지 않은 곳이 한군데 있다는 사실을 깨달았다. 한결은 온 힘을 다해 주방으로 뛰었다. 제발 그곳에 소리가 있기를 바라며.

젠장!

막상 주방에서 소리의 모습을 발견하자 한결은 안도하면서도 화가 끓어올랐다.

"어디를 가면 간다고 말해야 할 거 아냐!"

한결이 버럭 화를 내자, 고개를 돌린 소리는 그의 모습에 놀란 눈을 했다. 흐트러진 모습으로 땀을 잔뜩 흘리며 화를 내고 있는 한결의 표정엔 복합적인 감정들이 들어 있었다.

"히익, 이 땀 좀 봐. 지금 계속 저 찾아다니신 거예요? 전화를 하시지."

"휴대폰도 놓고 갔으면서 전화를 어디에 해!"

"아, 죄송해요. 혹시 저 필요한 일 있으셨어요?"

"필요하든 필요 없든 비서면 옆에 있어야지! 자다 깼는데 없어서 놀랐잖아."

소리는 화를 내는 한결을 이해할 수 없었다. 자신이 놀고 있었던 것도 아닐 뿐더러, 잠깐 눈에 안 보였다고 이러는 것이 황당하기도 했다. 이게 이렇게까지 화낼 일인지도 잘 모르겠고, 자다 깼는데 없어서 놀란 이유도 알 수가 없었다.

"뭘 그런 걸로 놀라고 그러세요? 눈에 안 보여도 어차피 3분 거리에 있는데. 오랜만에 아저씨들 저녁 하는 거 도와드리느라 그랬어요."

"네가 도와 봐야 뭘 얼마나 돕는다고."

"지금 저 무시하세요?"

"무시하는 게 아니라 걱정하는 거잖아!"

"……저 걱정하셨어요?"

"당연히 걱정되지! 갑자기 사라졌는……."

그제야 장씨를 발견한 한결이 말끝을 흐렸다. 처음부터 장씨는 소리와 함께 저녁 준비를 하고 있었는데, 한결의 눈에는 소리만 보여서 미처 장씨를 보지 못한 탓이었다.

반면 소리는 한결이 화내는 이유가 걱정 때문이었다는 걸 알게 되자, 갑자기 변 소장이 아까 했던 말이 떠올라 얼굴이 화끈거렸다. 더구나 이 상황을 장씨가 봤으니 소문이 더 불거질 것 같았다. 그런데 그보다 한결이 다가왔는데도 항상 느껴지던 인위적인 향이 나지를 않았다. 그러고 보니 서울에서 그의 품에 안겨 울 때도 느꼈던 불가리 향이 다시 강원도에 온 뒤로는 나지 않았다. 계속 붙어 있으면서도 한결에게서 한 번도 인위적인 향을 맡지 못했다.

설마 나 때문에……? 아니겠지, 설마…….

하지만 설마가 사람을 잡는다는 걸 소리는 잘 알고 있었다. 그리고 그의 변화가 싫지 않았다. 아니, 오히려 감동적일 정도로 기분 좋았다. 소리는 분위기를 전환시킬 겸 웃으며 화제를 돌렸다.

"본부장님, 배고프시죠? 준비는 다 됐고, 이제 밖에 세팅만 하면 되니까 조금만 기다리세요."

소리는 괜히 바쁜 척 정신 산만하게 이리저리 움직이며 준비를 했다. 그리고 헛기침을 한 한결은 잠시 소리를 지켜보다 주방에서 나갔다. 한결이 나가자마자 기다렸다는 듯 장씨의 물음이 이어졌다.

"본부장 총각이 한 비서 좋아하는 거 아냐?"

"에이, 아줌마까지 왜 그러세요."

"다들 알고 있는데 본인들만 모르는 것 같아서."

"정말 그런 거 아니에요."

소리가 손사래를 쳤지만 장씨는 의심의 눈초리를 거두지 않았다. 더구나 방금 본 것까지 있으니.

"나한테만 말해 봐, 둘이 뭐 있지?"

"있긴 뭐가 있어요."

"수상한데……."

"아줌마도 참, 빨리 날라요. 식사 시간이에요, 아저씨들 시장하시겠다."

소리는 볼이 화끈거리는 걸 느끼며 반찬을 담은 쟁반을 들고 먼저 주방에서 나갔다. 장씨는 그런 소리의 모습에 더욱 미심쩍어하며 그녀를 보다가 쟁반을 들고 뒤를 따랐다.

"좋을 때네."

이내 장씨도 얼굴 가득 미소를 지으며 저녁을 차리기 시작했다. 저녁을 먹을 때 소리와 한결은 서로 가장 멀리 떨어진 가장 자리에 앉아 밥을 먹었다. 간간이 눈이 마주칠 때마다 소리가 먼저 시선을 피했다. 한결은 그녀가 왜 그러는 건지 신경이 쓰였지만, 멀리 앉아 있어서 물어볼 수도 없어 답답했다. 그리고 저녁을 마치자마자 소리는 장씨를 도와 설거지를 하겠다며 주방으로 쏙 들어가 버렸다.

*

"뭐? 후계자?"

태성에게서 이야기를 들은 임 여사는 주먹을 꽉 쥐며 표독스런 표정을 했다. 한결에게 후계자 이야기를 들은 뒤부터 계속 불안해서 안절부절못하던 태성은 결국 임 여사에게 도움을 요청했다.

"어떡하죠? 아버지가 정말로 그 새끼를 후계자 후보에 올릴 생각은 아니시겠죠?"

"도대체 무슨 생각이신 건지!"

"어머니, 어머니도 아시잖아요. 그 새끼가 아무리 망나니처럼 살았어도 감이 있는 놈이에요. 아까 공장 실내 디자인 시안이 왔는데 반응도 엄청 좋았어요. 아버지가 그렇게 만족하는 표정을 지으시는 건 처음 봐서 당황스러울 정도였다고요."

"이번에 네가 맡고 있는 리조트 건 제대로 진행해. 거기에서 점수를 확 따는 수밖에 없어."

"제가 아무리 발버둥 쳐도 안 된다는 거 아시잖아요!"

"쯧쯧, 못난 녀석."

임 여자는 울상을 하고 있는 태성을 한심하다는 눈으로 쳐다보았다. 하지만 아들이 이렇게 힘들어 하는데 모르는 척할 어미는 없었다.

"태성아, 아예 눈에서 안 보이는 곳으로 치워 버리자꾸나. 나도 그 녀석을 볼 때마다 그 여자가 생각나서 정말 미쳐 버릴 것 같아!"

히스테리컬하게 말하는 임 여사를 보며 태성은 안쓰러운 눈빛을 했다. 집안 때문에 억지로 정략결혼을 한 후, 단 한 번도 박 회장에게서 사랑받아 보지 못한 임 여사는 한결을 보는 것만으로도 진절머리가 나서 죽을 지경이었다. 태성과 함께 겨우겨우 박 회장을 구워삶아서 한결을 강원도로 발령 내고 얼굴 안 보니 이제야 살 것 같았는데, 전혀 생각지도 못했던 문제가 머리를 아프게 했다.

"태성아, 다시 미국으로 보내 버리는 건 어떨까?"

"무슨 명목으로요?"

"무슨 이유를 만들어서라도. 그 자식이 미국에 있을 때는 우리 둘 다 이렇게 스트레스 받을 일 없었잖아."

"그렇게 하도록 아버지가 그냥 두실까요?"

임 여사와 태성은 머리를 맞대고 계획을 세우기 시작했다. 태성은 열등감에 미치기 일보직전이었다. 대학에서 경영학만 전공한 태성은 미국에서 디자인과 경영을 함께 공부하고 온 한결을 이길 수 없었다. 아니, 태생부터 그들의 두뇌가 다른 탓도 있었다. 결국 임 여사와 태성은 돌이킬 수 없는 계획을 세우고 말았다.

※

 한편, 밤 12시가 넘었는데도 소리는 뭘 하는지 굉장히 분주해 보였다. 한결은 자기 위해 누운 채로 소리가 하는 양을 지켜보고 있었다. 하지만 시간이 지나도록 창틀 앞에서 떨어지지 않는 소리 때문에 한결은 결국 궁금증을 참지 못하고 입을 열었다.
 "아까부터 도대체 뭘 하는 거지?"
 "제가 여기 와서 제일 많이 찍은 게 동물이거든요? 근데 아까 변소장 아저씨가 그러는데 새벽에 멧돼지가 내려와서 먹을 걸 찾는대요."
 "뭐? 멧돼지?!"
 생각지도 못한 단어가 소리의 입에서 나왔다. 한결은 고라니만으로도 충분히 괴롭고 무서운데, 멧돼지라는 단어를 듣자마자 팔에 소름이 돋았다. 어쩌면 이곳은 굉장히 위험한 곳일지도 모른다는 생각이 들었다.
 "아기 멧돼지래요. 지금까지 찍은 걸로 서울 가면 동물 다큐 만들 거거든요. 근데 멧돼지까지 찍으면 대박일 것 같아서 제가 저기 앞에다가 먹을 것 좀 놨어요. 오늘도 내려올지는 모르겠는데, 꼭 내려왔으면 좋겠어요."
 "미치겠군, 정말."
 아무리 아기 멧돼지라도 한결은 절대 마주치고 싶지 않았다. 헌데 소리는 머리에 뭐가 들어 있는지 멧돼지를 보겠다고 창틀에 힘겹게 카메라까지 설치하고 있었다. 잘 고정이 되지 않는지 벌써 몇 번째 떼었다 붙였다를 반복하는 모습을 보며 한결은 크게 한숨을 내쉬었다.

"도대체 멧돼지는 찍어서 뭐하게? 그 동물 다큐의 콘셉트가 뭔데!"

"콘셉트는 사람과 함께 어우러져 사는 야생 동물이요. 겨울에 공모전이 있는데 거기에 낼 거예요."

"정말 가지가지 하는군."

"홍, 상금 타도 본부장님한테는 절대 안 쏠 거예요!"

"기대도 안 하거든?"

한결은 더 이상 대화할 가치를 느끼지 못하며 등을 휙 돌리고 눈을 감았다. 도대체 저런 게 뭐가 재미있다고 저렇게 열성적인지 한결은 이해하고 싶어도 이해할 수가 없었다. 아무리 그녀를 사랑한다고 해도 그녀의 저런 이상한 취미까지 받아주기엔 한결이 동물을 심하게 무서워했다. 하지만 한결은 인정하고 싶지 않았다. 자신이 동물을 무서워한다는 걸.

"불 꺼! 잘 거야."

"여기 제 방이거든요? 아니, 좋은 호텔 놔두고 왜 굳이 제 방에 쳐들어오신 건데요?"

"여기에서만 휴대폰 안테나가 잘 선다고 했지? 돌고래야? 벌써 네 번째 얘기하는 거거든?"

한결은 되도 않는 핑계를 대며 괜히 이불을 여몄다. 조금이라도 더 같이 있고 싶은 마음에 일부러 시간을 끌다 보니 소리에게 운전을 시켜 호텔로 돌아가기에는 너무 늦은 시간이 되었다. 한결은 의도했던 대로 소리의 컨테이너 박스로 들어왔지만 긴장은커녕 어이없는 일에 열을 올리며 집중하고 있는 소리 때문에 김이 새고 짜증까지 나려고 했다.

"제 생각에는 시내에 있는 장미호텔에서 안테나가 더 잘 설 것 같은데요."

"시끄러, 잠 좀 자자. 피곤해 죽겠네."

"잠깐만요, 거의 다 됐어요."

"불 끄라고! 환하니까 잠이 안 오잖아!"

"거의 다 됐다고요! 1분만 기다려 봐요!"

1분만 기다려 보라고 했던 소리는 10분도 더 지난 뒤에야 불을 끄고 누웠다.

"멧돼지는 절대 나타나지 않을 거야."

"말이 씨가 된다고요! 그런 불안한 말은 하지도 마세요!"

"멧돼지가 있다는 게 사실이라면 정말 끔찍하다고."

"멧돼지가 있어야 제 다큐가 풍부해진다고요!"

"절대 나타나지 마라! 절대로!"

"멧돼지 안 나타나면 다 본부장님 책임이에요!"

"허! 그게 왜 내 책임이야! 안 나타난 멧돼지 책임이지!"

두 사람은 불을 끄고 누워 잠이 들 때까지 티격태격했고, 결국 소리가 피곤함을 이기지 못하고 먼저 잠이 들면서 조용해졌다. 요란하고 시끌벅적했던 두 사람의 하루가 또다시 저물어가고 있었다. 하지만 한결은 잠든 그녀의 손을 가만히 잡은 채 거의 뜬 눈으로 밤을 지새워야만 했다.

✽

다음 날, 소리는 뜬금없이 묘목 한 그루를 구해 와서 심을 자리를 보고 있었다. 묘목을 한 손에 든 채 이리저리 왔다 갔다 하는 소리를 보며 한결이 심드렁하게 입을 열었다.

"식목일은 이미 예전에 지난 것 같은데."

"꼭 식목일에만 나무 심으라는 법 있나요? 저는 지금 심고 싶은데요?"

"갑자기 왜?"

"그냥요. 나무 심고 싶다고 했더니 변 소장 아저씨가 구해 주셨어요. 아, 여기다 심으면 되겠다!"

소리가 선택한 곳은 텃밭의 가장자리였다. 해도 잘 들고 바람도 잘 통해서 나무가 잘 자랄 것 같았다. 한결은 소리의 행동이 어이없긴 했지만, 그녀가 삽으로 땅을 파려고 하자 어쩔 수 없이 삽을 빼앗아 들었다. TV나 영화에서 몇 번 보긴 했는데 막상 실제로 삽을 이용해 땅을 파려고 하니 생각보다 쉽지 않았다.

"본부장님 삽질해 보신 적 없으시죠?"

"내가 삽질해 볼 일이 뭐 있겠어. 시골에 온 것도 여기가 처음인데."

"그래도 남자들은 이런 거 기본으로 하지 않나? 주세요, 그냥 제가 하는 게 나을 것 같아요."

소리는 한결에게서 삽을 빼앗아 능숙하게 땅을 팠다. 매일 삽질만 한 것처럼 소리가 너무 잘하자 한결은 놀란 표정으로 소리의 행동을 지켜보았다. 자존심이 상하는 건 둘째 치고 여자가 어떻게 저렇게 삽질을 잘 하는지 신기하기만 했다. 문서 쪽이나 두뇌를 쓰는 쪽에는 한결이 뛰어났지만, 이렇게 몸으로 하는 건 소리가 뛰어난 편이었다. 소리는 한결이 빤히 바라보고 있는 게 느껴지자 괜히 어깨가 으쓱했다.

"잘 좀 잡아 보세요."

"잡고 있잖아."

"삐뚤어졌잖아요. 본부장님은 이렇게 예쁜 나무가 삐뚤게 자랐으면 좋겠어요?"

소리는 흙을 덮는 내내 한결에게 잔소리를 했다. 자신이 한결보다 잘 하는 게 있다는 사실이 뿌듯하고 자랑스러웠다. 소리는 처음에 팩스와 복사 사건으로 무시당했던 걸 고스란히 갚아 줄 심산인지 나무를 다 심을 때까지도 잔소리를 멈추지 않았다.

"뭐 하는 거야?"

"이름표 만들어 주려고요."

소리는 변 소장 부인에게서 받은 판자 이름표에 나무 이름을 적어 어린 묘목에 걸어 주었다. 이름표에는 '사랑나무'라고 적혀 있었다. 그리고 소리가 하는 양을 흐뭇하게 지켜보던 한결은 궁금한 듯 물었다.

"이건 무슨 나무야?"

"본부장님 한글 몰라요?"

"뭐?"

"이름 쓰여 있잖아요. '사랑나무'라고."

"그건 네가 지은 이름이고, 나무 종류가 뭐냐고."

소리는 묘목을 바라보며 심각하게 고민했다. 변 소장에게서 묘목을 받을 때 종류는 묻지 않았다. 하지만 아무리 봐도 소리는 나무의 종류를 알 수 없었다.

"음……. 그냥 나문데……."

"설마 어떤 나무인지도 모르고 심은 거야?"

"어떤 나무인지는 알아요."

"어떤 나문데?"

"……사랑나무."

"됐다, 말을 말자."

한결은 포기했다는 듯 반듯이 심어 놓은 묘목 앞에 털썩 주저앉았다. 이게 얼마 만에 느끼는 여유인지 모를 정도로 가슴이 평온했다. 소리도 한결의 옆에 털썩 앉으며 미약하게 불어오는 바람을 쐈다.

"본부장님 요즘 향수 안 뿌리죠?"

"어."

"왜요?"

"바빠서 향수 뿌릴 시간이 없어."

"일부러 안 뿌리는 건 아니고요?"

한결은 며칠 전에 휴지통에 버린 향수가 생각나 정곡을 찔려 당황했지만 이내 표정관리를 하며 퉁명스런 음성을 냈다.

"내가 일부러 안 뿌릴 이유라도 있나?"

"아님 말고요. 난 본부장님이 내가 향수 냄새 머리 아프다고 해서 안 뿌리는 거면 조금 감동받을 뻔했거든요."

아무래도 시기를 앞당겨야 할 것 같았다. 한결은 후계자 후보에 오른 뒤 소리에게 고백하려고 했던 걸 지금 이 시점에 하기로 했다. 이 타이밍을 놓치면 꽤나 오랜 시간을 기다려야 할 것 같았다. 하지만 그의 말투는 여전히 투박하고 퉁명스러웠다.

"그럼 감동받든가."

"……네?"

"일부러 안 뿌린 거 맞으니까."

"정말요?"

"신기하더군. 15년의 습관도 한순간에 바꾸게 만드는 사람이 있다는 게."

"……그게 무슨 의미인지, 그 감정이 뭔지는 알고 말씀하시는 거예요?"

소리가 떨리는 음성으로 물었다. 그리고 한결은 정확히 알고 있었다. 이 마음이 어떤 의미인지, 이 감정이 무엇인지. 한결은 소리와 시선을 마주치며 부드러운 음성으로 말했다.

"알아."

"……모르시는 것 같은데."

"정확히 알고 있어. 15년의 습관을 한순간에 바꿀 수 있게 만드는 힘이 무엇인지."

"그게 뭔데요?"

소리와 한결의 시선이 부딪쳤다. 하지만 두 사람 다 시선을 피하지 않았다. 서로에게 빨려들 것처럼 마주보던 한결의 입이 마법처럼 달싹였다.

"사랑해."

"……."

"사랑한다, 한소리."

한결이 점점 소리에게로 얼굴을 가까이 했다. 입 맞추고 싶다고 생각했던 그 입술을 훔칠 생각이었다. 그러나 입술이 닿기 직전 소리는 저도 모르게 고개를 비틀어 피해 버렸다. 소리는 시간이 멈춘 것 같아 숨도 제대로 쉴 수가 없었다. 한결에 대한 마음이야 충분했지만 또다시 사랑을 믿는 게 두려웠다. 또다시 상처 받게 될까 봐 무서웠다.

하지만 소리가 피하자 그녀에게는 너무 갑작스러웠을지도 모른다는 생각이 들었다. 그리고 그녀에게도 조금 생각할 시간을 주는 게 나을 것 같다는 판단이 들었다. 한결은 자신의 섣부른 행동을 후회하며 간격을 떨어트려 원래의 자리로 돌아와 그녀를 응시했다. 그녀는 여전히 시선을 돌린 채 사랑나무를 보고 있었다.

"본부장님, 제 이름 처음 부른 거 아세요?"

"그랬나."

"네."

"그럼 앞으로 많이 불러줄게, 사랑하니까……. 네 마음이 아직 확실하지 않다면 당장 대답하지 않아도 돼."

한결은 소리가 매일 자신을 빤히 바라보는 걸 알고 있었다. 그리고 자신만 바라보는 그 시선이 좋았다. 하지만 왜 쳐다 보냐고 말을 하면 더 이상 자신을 보지 않을 것 같아 한결은 알면서도 모르는 척했었다. 자신의 감정을 아직 깨닫지 못했을지도 모르지만, 조금만 더 시간이 지나면 아마도 그녀는 자신과 같은 답을 내놓을 거라는 확신이 있었다. 사랑에 대한 두려움과 남자에 대한 두려움을 그로 인해 벗어던질 수 있을 것 같았다.

"나에 대해 진지하게 생각해 봐."

"……네."

"그런데 알고는 있었으면 좋겠다, 내가 너를 사랑한다는 걸……."

소리는 시선을 피하며 고개를 끄덕이고는 괜히 손으로 바닥에 있는 흙을 만지며 흙장난을 쳤다. 자신도 한결에게 빠진 건 사실이지만 지금 당장은 어떻게 대답해야 할지 고민스러웠다. 같이 사랑한다고 말하자니 낯간지러울 뿐만 아니라 민망하기도 했고, 그렇다고 아니라고 하자니 그건 또 말이 안 되는 거였다. 소리가 부끄러워한다는 걸 눈치챈 한결은 묘목을 가리키며 화제를 돌렸다. 이래야 원래의 소리로 돌아올 것 같았다.

"근데 이거 소나무 같이 생겼는데?"

"소나무는 아닐걸요?"

"소나무 같은데."

"소나무 아니거든요? 사랑나무라니까요!"

소리가 이름표를 보여주며 발끈하자 한결은 씩 웃었다. 역시 그녀에게는 부끄러워하는 모습보다 이렇게 통통 튀는 모습이 훨씬 더 잘 어울렸다. 한결은 가만히 흙장난 하던 소리의 손을 잡았고 소리는 잡힌 손을 빼내지 않았다.

변하지 않고 사시사철 푸른 상록수.

지금의 이 마음, 이 감정도 상록수처럼 변하지 않기를…….

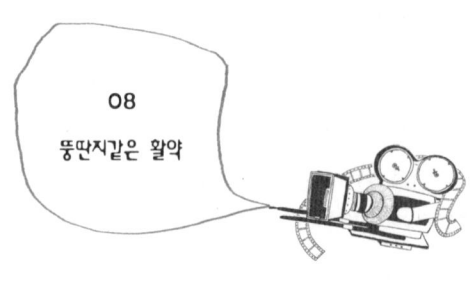

08
뚱딴지같은 활약

"본부장님 정말 미치셨어요?"

"아니, 안 미쳤어."

한결은 장미호텔에서 짐을 싸들고 나와 막무가내로 소리의 컨테이너 박스로 들어가려 했다. 하지만 소리는 인상을 쓴 채 필사적으로 문 앞을 가로막고 있었다. 어제까지만 해도 멀쩡하던 사람이 갑자기 왜 이러는 건지, 소리는 미치고 팔짝 뛸 지경이었다.

"비켜. 비켜야 들어갈 거 아냐."

"그러니까 본부장님이 왜 그 짐을 다 들고 제 방에 들어오시겠다는 건데요?"

"몇 번을 말해? 오늘부터 나도 여기서 지낼 거라니까."

"절대 안 된다니까요!"

계속 똑같은 말만 벌써 네 번째 반복하고 있었다. 한결은 말을 알아듣지 못한 채 막고 있는 소리 때문에 답답했고, 소리는 막무가내인 한결 때문에 미칠 것 같았다.

"그러니까 본부장님이 왜 여기서 지내신다는 건데요?"

"호텔 불편해."

"허! 호텔 방 잡으라고 난리 치실 때는 언제고!"

"그땐 그때고."

"아니, 왜 좋은 방 놔두고 이 좁아터진 방에 들어오려고 하세요? 정말 이해할 수가 없네."

"이해할 필요 없어. 그리고 원래 여기가 내 방이었잖아. 비켜."

소리는 절대 비켜설 수가 없었다. 이미 고백을 받았고, 말하진 않았지만 자신의 마음도 그와 같기 때문에 더욱 물러날 수 없었다. 그를 믿지 못하는 건 아니지만, 그래도 남녀가 한 방에서 같이 지내면 무슨 일이 벌어질지 절대 알 수 없었다.

"본부장님, 제발 이성적으로 생각하세요. 이건 좀 아니잖아요."

"아니긴 뭐가 아니야. 바빠 죽겠는데 호텔 왔다 갔다 할 시간 없어서 그런 거니까 비켜."

"그럼 제가 장미호텔에서 지낼게요."

"안 돼."

"아, 정말! 그럼 뭐 어쩌자고요!"

"비키라고!"

전혀 소통이 안 되는 입씨름이었다. 한결은 힘으로 제압할까 생각했지만 나중에 두고두고 욕을 먹을 것 같아 일단 참았다. 호텔까지 왔다 갔다 하는 시간이 아까운 것도 사실이었고, 조금 더 욕심을 내자면 그녀와 조금 더 오래 같은 공간에 있고 싶은 마음이었다. 하지만 이렇게까지 필사적으로 거부하는 걸 보니 한결은 자기 혼자만의 마음일 수도 있다는 불안감이 들었다.

"본부장님이 여기서 지내는 걸 보면 아저씨들이 뭐라고 생각하시겠어요?"

"이미 폭설 때 같이 잔 거 다 아는데 뭐."

"뭐라고요?! 입은 삐뚤어졌어도 말은 바로 하라고 했어요! 같이 자긴 누가 같이 잤다는 거예요!"

"생각하는 거 하고는. 나는 그냥 한 방에서 각자 잤다는 의미였거든?"

"어, 어쨌든 절대 안 돼요!"

온갖 핑계를 갖다 붙이는 소리를 보며 한결은 어떻게든 그녀의 마음을 얻으리라 다짐에 다짐을 거듭했다. 그러기 위해서는 반드시 함께 있어야 했다. 그리고 조금 치사하긴 했지만 최후의 보루로 남겨두었던 방법을 꺼내기로 했다.

"태신 건설의 직원은 한소리가 아닌 한유리야, 그렇지?"

"……무슨 말씀이 하고 싶으신 거예요?"

"현장에 와 있는 게 한유리가 아닌 한소리라는 게 본사에 알려지면 어떻게 될까? 아마도 해고……."

"아, 정말 치사하게!"

"치사해도 어쩔 수 없어. 난 여기 들어가야겠으니까. 선택은 네 몫이야."

한결은 팔짱을 낀 채 소리를 빤히 응시했다. 억울한 표정으로 고민하고 있는 소리의 표정을 보는 것도 꽤나 즐거운 일이었다. 소리는 생각을 마친 건지 한결을 있는 힘껏 노려보더니 옆으로 비켜섰다. 해고 이야기까지 나올 정도면 소리에게는 이미 선택의 여지가 없는 거나 마찬가지였다. 하지만 한결은 씩 웃으며 소리의 화를 돋웠다.

"현명한 선택이군."

자신의 짐을 들고 컨테이너 박스 안으로 들어가는 한결을 아무리 노려보아도 소리는 분이 풀리지 않았다. 이건 치사한 정도가 아니었다. 심지어 비겁해 보이기까지 했다.
"청소 좀 하고 살아라. 바닥 저벅저벅한 것 좀 봐."
"남이사 청소를 하든 말든 무슨 상관이에요!"
"이런 데서 잠이 와? 걸레 가져와."
"직접 걸레질도 하시려고요?"
"네가 하지는 않을 거 아냐."
 정답이었다. 절대 소리가 걸레질을 할 리가 없었다. 가끔 장씨가 들여다보며 정말 지저분할 때마다 한 번씩 청소를 해주었지, 소리는 스스로 청소를 한 적이 없었다. 아주 심하다 싶을 때만 휴지로 몇 번 바닥의 먼지를 닦았을 뿐 걸레질은 한 번도 하지 않았다. 서울에서 깨끗한 집에 살 수 있었던 건 모두 유리의 덕분이었다. 소리는 걸레에 대충 물을 묻혀 한결에게 가져다주었다.
"정리라도 좀 해. 이게 사람 사는 방이야? 뭐 하나 찾으려면 하루 종일 걸리겠네."
"금방 찾아요, 저는 어디 있는지 다 아는데요?"
"앞으로는 너 혼자 쓰는 공간 아니니까, 네 물건들은 한쪽에 잘 정리해 놔."
"완전 자기 멋대로 쳐들어왔으면서."
"뭐?!"
"걸레 여기 있다고요."
 소리는 투덜대며 늘어놓은 짐을 한쪽으로 정리하기 시작했다. 한결은 걸레로 바닥을 닦는 내내 끊임없이 잔소리를 했다. 한국에서나 미국에서나 일하는 사람이 따로 있어서 한결 역시 스스로 청소를 한 적은 없었다. 하지만 워낙 깔끔한 걸 좋아하는 터라 청소를 하지 않고는 이 방에서 단 1분도 있을 수 없을 것 같았다.

"이제야 좀 봐줄 만하군."

한결은 깨끗해진 방을 둘러보며 만족스런 음성을 냈다. 그리고 미동도 않는 소리를 보며 인상을 찌푸렸다. 물건만 대충 정리한, 아니 한쪽으로 몰아 놓은 소리는 한결이 걸레질을 하는 동안 컴퓨터 앞에 앉아서 신나게 키보드를 두드렸다. 그녀는 한결이 함께 있다는 것도 이미 잊은 듯했다.

또 그 말도 안 되는 시나리오를 쓰는 모양이군.

한결은 그녀가 이번엔 어떤 내용을 쓰는지 매우 궁금했다. 그녀의 뒤에서 슬쩍 보려고 했지만 모니터의 글씨가 잘 보이지 않아 답답했다. 결국 한결은 참지 못하고 발로 소리를 툭 쳤다.

"왜요?"

"먹을 것 좀 가져와."

"이 애매한 시간에요? 점심 드셨다면서요. 조금 있으면 저녁 먹을 건데."

"벌써 5시 넘었어. 저녁 좀 일찍 먹는다 생각하고 빨리 밥 줘."

"제가 무슨 식모예요? 저도 바쁘단 말이에요."

소리는 한결의 말을 들은 척도 않고 여전히 키보드를 두드렸다. 한결이 몇 번 더 소리를 발로 툭툭 쳤지만 소리는 꿈쩍도 하지 않았다. 더하면 소리가 쫓아낼 것 같아 한결은 어쩔 수 없이 포기하며 벽에 기대어 앉아 소리를 곁눈질 했다. 어떤 내용을 쓰고 있는지는 모르겠으나 소리의 표정에는 흐뭇하면서도 설렘이 담긴 꽤 만족스런 미소가 담겨 있었다.

아, 정말 궁금해 죽겠네. 화장실도 안 가나.

한결은 궁금해서 견딜 수가 없었다. 그러나 소리는 미동도 없이 완전 몰입한 모습으로 모니터만 바라보며 손가락을 움직이고 있었다. 대놓고 그녀를 바라보는 건 아니었지만 한결은 계속해서 소리를 힐끔거렸다. 그녀의 표정 변화를 지켜보는 건 꽤 즐거운 일이었다. 그리고 생각보다 시간도 빠르게 흘렀다. 그녀를 보고 있는 이 시간은 지루할 틈이 없었다. 가슴이 간질거리고 자꾸만 입꼬리가 올라가려는 것이 꽤 흡족했다. 하지만 소리는 한결이 힐끔거리는 것도 모른 채 오로지 자신만의 생각에 빠져 있었다. 그러다 한결은 문득 소리가 자신이 일하는 모습을 계속 바라보며 무슨 생각을 했을지 궁금해졌다.

"으아, 배고파. 히익, 벌써 7시네."

드디어 소리가 움직이기 시작했다. 그녀가 기지개를 켜자 한결은 자기도 모르게 벽에 머리를 기대고 자는 척을 했다. 단축키를 누르며 저장을 마친 소리는 그제야 한결에게로 시선을 두었다.

"저렇게 자면 불편한데, 잘 거면 편하게 누워서 자든가."

소리의 음성에는 걱정이 담겨 있었다. 소리는 한결을 깨워 똑바로 누워 자라고 하려다 그만두었다. 요즘 그가 많이 피곤해 했던 터라 한결의 피부는 전에 소리가 봤을 때보다 더 거칠어져 있었다. 아무래도 장씨에게 얼핏 들었던 천연 팩이라도 해줘야 할 것 같았다.

"호호……"

한결의 얼굴에 팩을 붙여 놓을 생각을 하니 벌써부터 웃음이 났다. 난리를 치고 화를 내겠지만 그래도 무조건 해주어야겠다고 생각했다. 왠지 한결이 팩을 하고 있는 모습은 잘 그려지지 않았다.

한결은 눈을 감은 채 그녀의 의미심장한 웃음소리를 듣고는 심히 불안해졌다. 그녀가 무슨 이유로 웃는지 눈을 뜨고 확인하고 싶었지만 자는 척하는 걸 들킬까 봐 인내심을 발휘해 꾹 참았다. 곧 저녁 준비를 하러 가는지 소리가 나가는 기척이 느껴졌다. 살짝 실눈을 뜨고 방 안을 살펴보니 예상대로 소리의 모습이 보이지 않았다.

이 기회를 놓칠 수는 없지.

한결은 재빨리 모니터 앞으로 다가가 소리가 쓰던 시나리오를 빠르게 읽어 내려갔다. 그리고 곧 한결의 표정에도 아까 소리와 같은 흐뭇하면서도 설렘이 담긴 꽤 만족스런 미소가 피어났다. 시나리오에는 사랑나무를 심는 모습과 한결이 고백했던 말이 대사로 적혀 있었다.

"신기하더군. 15년의 습관도 한순간에 바꾸게 만드는 사람이 있다는 게."

소리에게 말할 때는 몰랐는데, 막상 자신이 한 말을 글로 보니 꽤나 낯간지러웠다. 온몸에 벌레가 기어 다니는 것처럼 간지럽고 손가락과 발가락에 저절로 힘이 들어갔다.

"사랑해. 사랑한다. 네 마음이 아직 확실하지 않다면 당장 대답하지 않아도 돼. 그런데 알고는 있었으면 좋겠다, 내가 너를 사랑한다는 걸……."

한결은 자신이 고백했던 대사를 읽으며 그 당시 소리의 표정을 떠올렸다. 긍정의 의미는 아닐지라도 적어도 싫은 표정은 아니었다. 부끄러워하는 것 같기도 하고, 어색해 하는 것처럼 보이기도 했었다. 하지만 한결은 마지막 줄에 있는 부분을 읽고 그때 소리의 표정이 어떤 의미였는지 알 수 있었다. 마지막 줄에는 여자주인공이 혼잣말하듯 중얼거리는 대사가 적혀 있었다.

"나도 그래요, 나도 그쪽을 사랑하는 것 같아요."

한결은 그 부분만 읽고, 또 읽고, 몇 번이나 다시 읽었다. 믿기지도 않을 뿐더러, 저절로 입꼬리가 올라가고 엔도르핀이 솟아나서 자꾸만 다시 읽게 되었다. 그리고 여자주인공이 마지막에 속마음처럼 하는 말이 소리의 마음인 것처럼 느껴졌다. 하지만 직접 입으로 들은 게 아니라 확신은 없었다. 그래도 지금은 그냥 이걸로 만족할 수 있었다. 혹여 이게 그녀의 마음이 아닐지라도, 그래도 어쩔 수 없었다. 같은 마음이 들도록 만들 생각이니까.

사랑하기 때문에. 부수적인 것들을 전부 잊고, 단지 지금 이 순간 내가 그녀를 사랑하고 있다는 사실이 가장 중요하니까.

"미쳤지?"
"멀쩡한데요?"
"아니, 하나도 안 멀쩡해. 너 미쳤어."

저녁을 먹은 뒤 한결과 소리는 또다시 입씨름을 벌이고 있었다. 자기가 저녁 준비했으니 한결에게 설거지를 시킬 줄 알았던 소리는 고분고분하게 저녁을 치우고 설거지까지 직접 했다. 그리고 설거지를 했어도 세 번 이상 했을 만큼 시간이 지나도록 한참 동안 들어오지 않기에 한결이 나가려던 차에 소리가 무언가를 들고 나타났다.

"내 피부는 내가 알아서 하니까 신경 쓰지 마."
"본부장님이 알아서 못하시니까 그러는 거죠. 이게 콜라겐 덩어리라서 피부에 정말 좋대요."
"그렇게 좋으면 네가 하면 되잖아."
"저는 이미 피부 '미인'이라 괜찮아요."

"그냥 피부 '인' 이겠지."

꼬투리를 잡을 줄 알았던 소리는 의외로 조용했다. 아무래도 어떻게든 이 팩을 하게 하려고 비위를 맞추는 것 같았다. 하지만 한결은 정체불명의 이것을 절대로 얼굴에 붙일 생각이 없었다. 색깔도 이상할 뿐만 아니라 냄새도 이상한 게 꼭 돼지 사료를 갈아 놓은 듯한 느낌이었다.

"절대 안 할 거니까 당장 치워."

"왜 무조건 안 한다고만 하세요? 20분만 붙이고 있으면 피부가 확 달라질 텐데."

"피부에 욕심 없으니까 안 한다고. 왜 이렇게 말귀를 못 알아들어? 안 한다고! 절대 안 해!"

"내가 이걸 얼마나 힘들게 준비한 건데요! 본부장님 팩 해 드리려고 아저씨들 구워 드시는 돼지 껍데기 몰래 훔친 거란 말이에요!"

"뭐? 돼지 껍데기?!"

이 거부감 드는 것의 정체가 돼지 껍데기라는 것을 알자 한결은 기겁했다. 혐오스럽고 거부감이 드는 건 물론, 이걸 얼굴에 붙이라고 하니 까무러치기 직전이었다. 그리고 돼지 껍데기라는 말에 역한 냄새의 원인까지 알 수 있었다. 그녀의 노고에는 고마운 마음이 들었지만 그건 마음뿐, 정체를 안 이상 목에 칼이 들어와도 붙이지 않겠다고 다짐했다.

"그렇다면 더더욱 안 해!"

"제가 본부장님 생각해서 세 번이나 펄펄 끓이고 졸인 걸로도 모자라 믹서에 갈아서 녹말가루까지 섞어 만든 거란 말이에요. 적절한 비율로 섞는 게 얼마나 힘든 일인 줄 아세요? 이거 식으면 굳으니까 빨리 해야 돼요!"

"안 한다고! 안 해, 안 해! 절대 안 해!"

너무도 완강하게 거부하는 한결 때문에 소리는 속이 상했다. 기껏 생각해서 시행착오까지 거쳐 가며 만들어 왔더니, 만든 사람의 성의를 무시하는 정도가 정말 심하다는 생각이 들었다. 소리는 무슨 수를 써서라도 이게 식어서 굳기 전에 한결의 얼굴에 꼭 붙이리라 다짐했다. 그래서 내린 결론은 특단의 조치를 취하는 거였다.

"그럼 하지 마세요."

"그래, 잘 생각했어. 먹는 걸로 장난치면 벌 받아."

"대신 저는 장미호텔에 가서 지낼게요."

단호한 소리의 말에 한결의 표정이 굳어졌다.

"왜 얘기가 그쪽으로 빠지는 거야?"

"제 마음이에요. 본부장님이 이거 안 한다고 하시면 전 장미호텔로 갈 거예요."

소리는 단호한 음성으로 말하며 당장이라도 나갈 태세를 취했다. 한결은 고민하지 않을 수 없었다. 지금껏 봐온 소리의 성격상 그녀는 한다면 하는 여자였다. 하지만 그래도 저 불쾌한 덩어리를 절대 얼굴에 붙이고 싶지는 않았다.

"선택하세요. 붙이실래요, 아님 저 장미호텔로 갈까요?"

"좀 기다려 봐, 지금 고민하고 있잖아."

"이거 식으면 소용없어요. 저 장미호텔로 갑니다."

"……젠장!"

소리가 계속 다그치자 한결은 자포자기의 심정으로 바닥에 벌러덩 누워 버렸다. 눈을 꼭 감은 채 잔뜩 인상을 쓰고 있는 한결의 모습은 초등학생이 엉덩이 주사를 맞기 싫어하는 모습과 비슷해 보였다. 소리는 회심의 미소를 지으며 한결의 얼굴에 돼지 껍데기 팩을 올리기 시작했다.

"인상 펴세요. 주름 생겨요."

"정말 끔찍하고 불쾌해."

"내일 아침 되면 생각이 달라지실 거예요."

소리의 말을 들으면서도 한결은 피부에 닿는 콜라겐 덩어리의 느낌이 불쾌하고 기분 나빴다. 더구나 역한 냄새가 코끝에서 바로 맡아지는 게 가장 견딜 수 없었다. 그래도 참을 수 있는 이유는 있었다. 지금 한결은 소리의 다리에 머리를 대고 누워 있었다. 한결은 그걸로 위안을 삼았다.

"이대로 20분만 가만히 있으세요."

소리가 한결의 머리를 들며 일어나려고 하자 한결의 손이 그녀의 가느다란 손목을 휘어잡았다. 그 바람에 일어나려던 소리는 그 자세 그대로 다시 앉아야 했다.

"저 손 좀 씻어야 할 것 같은데."

"어차피 떼 줄 때 또 묻을 거 아냐."

"그래도 이 자세로 계속 있는 건 좀……."

"당장 다 떼 버리고 싶은 거 겨우 참고 있으니까 가만히 있어."

어쩔 수 없이 소리는 그대로 있어야 했다. 한결이 정말로 팩을 떼어낼 것처럼 손을 얼굴로 가져갔기 때문이다. 팩을 붙여줄 때는 고개를 숙이고 계속 한결의 얼굴만 봤는데, 지금은 아예 고개를 숙일 엄두가 나지 않았다. 소리는 자신의 다리를 베고 누워 있는 한결을 쳐다보지도 못한 채 괜히 허공만 바라보았다. 여전히 오른쪽 손목은 그의 큰 손에 잡혀 있는 상태였다. 그때 눈을 감고 있던 한결이 웅얼거리며 입을 움직였다.

"궁금한 게 있어."

"뭔데요?"

"남자 친구는 몇 번이나 만나봤어?"

"서너 번 정도요."

"언제? 한 번 만나면 보통 얼마나 만나지?"

한결이 무슨 의도로 묻는지 알 수는 없었지만, 소리는 자신이 언제 연애를 했었는지 생각해 봤다. 그러고 보니 그것도 꽤 오래전 일이었다.

"고등학교 2학년 때 6개월 정도 만났던 친구가 있었고, 대학 입학해서 CC로 두 달 정도였나? 암튼 짧게 만난 선배 있었고, 스물다섯 살 때 1년 좀 넘게 만났던 후배 있었고, 그리고 강원도에 오기 직전에 한 달 정도 만나다 헤어진 오빠 있었고요."

생각보다 정확하게 기억하고 있는 소리 때문에 한결은 괜히 기분이 나빠졌다. 심지어 자신은 지금까지 제대로 된 연애 한 번 못해 본 게 억울하기도 했다. 그러자 갑자기 짜증이 치밀어 올랐다. 그리고 가장 최근에 헤어진 게 강원도 오기 직전이라는 것도 마음에 들지 않았다. 아니, 정확히 말하면 그녀의 입에서 나오는 '오빠'라는 단어가 거슬렸다.

"여기 오기 직전에 만난 사람은 어떤 사람이었는데?"

"음……. 제가 좋아하는 스타일의 사람이요."

"……."

"사실 제가 정말 엄청 많이 좋아했었거든요? 같은 동네에 사는 남자였는데 몇 번 마주치다 보니까 인사하며 지내게 됐어요. 처음에는 인사만 하고 지냈는데 어쩌다 보니 이런저런 대화도 하고, 그러면서 우리는 정말 잘 통한다고 생각했죠. 그러면서 생긴 관심이 호감이 되었고, 그 호감이 점점 좋아하는 감정으로 발전했어요."

소리는 그와의 기억을 떠올렸다. 어색하게 인사했던 처음, 운명 같았던 우연의 마주침, 그리고 만날수록 설렘이 커졌던 마음까지.

"그래서 사귄 건가?"

"불나방 같았어요. 이렇게 급속도로 빠져들어도 되나 싶을 정도로 모든 게 빠르기만 했어요. 오빠한테 빠져드는 게 무서울 정도였으니까요. 더구나 같은 동네에서 사니 거의 매일 10분씩이라도 꼭 얼굴을 봤어요. 오빠가 퇴근하면서 항상 전화해서 집 근처에 도착하면 제가 나갔거든요. 그게 아니라면 제가 있는 곳으로 오빠가 잠깐 들렀다 가거나. 하루라도 안 보면 견딜 수가 없을 정도였으니까. 부질없는 생각도 했었어요, 이 사람이 아니면 안 될 것 같다는."

한결은 들으면 들을수록 짜증이 났다. 눈을 감고 있어서 그녀의 표정이 어떤지는 알 수 없었지만, 차라리 보지 않는 편이 나을 것 같았다. 이미 낮게 가라앉은 그녀의 목소리만으로도 표정이 그려졌으니까. 더 이상은 그녀의 마음을 들을 자신이 없었다. 차라리 이 이야기를 빨리 마무리 하는 게 좋을 것 같다는 판단을 내렸다. 그렇지 않으면 버럭 화를 낼 것만 같았다. 소리의 손목을 잡고 있는 한결의 손에 점점 힘이 들어갔다.

"왜 헤어졌는데? 한 달이면 긴 시간은 아니잖아."

"헤어진 이유……. 흐음, 한 달 조금 안 된 시점이었나? 어느 순간부터인가 연락이 잘 안 되더라고요. 전화 횟수도 적어지고 문자도 성의 없고. 바빠서 그렇다고 하니까 전 정말 오빠가 바빠서 그런 줄 알았죠. 오빠를 믿고 싶었으니까. 그만큼 좋아했으니까."

"결국 차인 건가."

"그럴지도 모르죠. 오빠는 유부남이었으니까."

"뭐?!"

한결이 깜짝 놀라며 일어나려고 했다. 하지만 소리는 별거 아니라는 듯 그를 제지했다. 한결은 끓어오르는 화를 주체할 수가 없었다.

"설마 유부남인 걸 알면서도 만난 거야?"

"……아니요. 헤어지고 나서 알았어요."

"유부남인 걸 알고 헤어진 건 아니고?"

"그건 아니에요. 와이프한테 의심 받으니까 그쪽에서 나를 정리한 거죠."

"그럼 그가 유부남인 건 어떻게 알았는데?"

"……강원도에 오기 며칠 전에 우연히 마주쳤는데, 단란한 가족의 모습이더라고요. 대여섯 살 정도 돼 보이는 여자 아이가 '아빠'라고 부르는데 한동안 꼼짝도 못 했어요. 너무 놀라서."

소리는 헤어지고 정말 많이 힘들었다. 보고 싶은 그리움에 견딜 수가 없는 시간들이었다. 하지만 제대로 울지도 못했다. 사랑 앞에서는 전혀 쿨하지 못하고, 앞으로도 쿨하지 않을 예정이었지만, 그럼에도 소리 내어 울지도 못했다. 헤어지고 나서 우연히 그가 유부남이었다는 걸 알게 되고 큰 배신감에 휩싸였었다. 이미 헤어졌음에도 소리는 우는 것조차 자신에게 허락되지 않는 것 같았다. 비록 순간의 감정을 사랑이라 착각했을지도 모르지만, 그 순간만큼은 그래도 그를 사랑했다고 믿고 싶었다. 함께 있는 순간엔 죽을 만큼 좋았지만, 결국 두 사람은 처음 그랬던 것처럼 더 이상 아무 사이도 아닌 남이 되었다.

"정말 형편없는 놈이군. 쓰레기 같은 놈, 가정이 있으면 가정에 충실할 것이지."

소리는 대답하지 않았지만 그건 쓰레기 같은 놈이라는 말에 동조해서가 아니었다. 소리는 그래도 그 순간만큼은 그도 자신을 사랑했었다고 믿고 싶었다. 그게 사실이 아닐지라도 그렇게 믿으려 했다. 그렇지 않으면 그를 사랑했던 마음에게 많이 미안할 것 같아서, 그를 사랑했던 마음이 많이 안쓰러울 것 같아서.

이런 나라도 괜찮아요? 이런 나를 사랑하나요?

한결은 소리의 말을 들으며 몰래 본 그녀의 시나리오 내용이 떠올랐다. 어쩌면 그것이 소리의 이야기일 수도 있겠다는 생각이 들었다. 소리가 바보 같이 그런 남자 때문에 상처를 받고 남자를 믿지 않는다고 했던 건 아닌가 하는 마음에 속이 쓰렸다. 하지만 그녀의 마음이 이해가 되기도 했다. 그렇게 상처를 받았으면 쉽게 마음을 못 여는 게 어쩌면 당연한 일일지도 몰랐다. 그리고 자신이 그녀의 마음을 치유해 주고 싶었다.

괜찮아, 이미 지난 일일 뿐이니까. 중요한 건 지금의 마음이야.

두 사람은 각자 다른 생각을 하고 있었다. 강원도에 와서 한결을 만난 뒤로 소리는 그 남자의 생각을 단 한 번도 하지 않았다. 오기 전에는 그 남자 때문에 하루하루가 그렇게 힘들고 괴롭고 보고 싶고 그리웠는데, 이상하게도 이곳에 온 뒤로는 마치 아무 일도 없었던 것처럼 지낼 수 있었다.

한결은 잠시 눈을 뜨고 소리의 표정을 살폈다. 무언가 생각하는 듯한 그녀의 표정을 보자 짜증과 화가 동시에 치밀었다. 아마도 그 남자의 생각을 할 거라 생각하니 더 참을 수가 없었다. 이제 겨우 15분 지났을 뿐이지만 한결은 퉁명스런 말투로 입을 움직였다.

"20분 지난 것 같은데."

"히익, 벌써요?"

소리는 자신이 한결의 얼굴에 언제 팩을 붙였는지 기억하지 못했다. 그저 한결의 말만 믿고 그의 얼굴에 붙인 팩을 제거하기 시작했다.

"아야!"

"가만히 좀 계세요."

"살살해. 내 피부까지 뜯을 생각이야?"

"엄살은. 최대한 살살 하고 있는 거거든요?"

팩을 뜯으며 한결은 오만상을 찌푸렸다. 팩을 해서 오히려 피부가 더 거칠어진 것처럼 느껴질 정도였다. 소리는 마지막까지 다 뜯어낸 뒤 버려야 할 것들을 챙기며 한결에게 말했다.

"세수하고 오세요. 클렌징은 하지 마시고 물 세안만요."

"허. 꽤나 귀찮은 일이군."

한결이 수건을 챙겨 컨테이너 박스에서 나가는 모습을 보며 소리는 미소 지었다. 사랑을 잃은 슬픔에서 빠져나올 수 있었던 건 전부 저 남자 덕분일지도 모른다. 그때, 한결이 무언가 잊은 게 있는 듯 다시 문을 벌컥 열었다.

"왜요? 뭐 빠뜨렸어요?"

"아니, 묻고 싶은 게 있어서."

"뭔데요?"

"그래서 지금은?"

"네? 지금은 뭐요?"

"지금도 그 남자를 사랑하나?"

진지하게 묻는 한결 때문에 소리는 슬머시 웃음이 나오려고 했다. 누가 봐도 한결이 질투하고 있다는 걸 알 수 있을 정도였다. 눈을 깜빡이던 소리는 예쁘게 웃으며 분명하게 대답했다.

"아뇨."

"그래……. 그거면 됐어."

한결은 다시 문을 닫고 세수를 하러 갔다. 소리는 문이 닫히자마자 발그레해진 볼을 두 손으로 감쌌다. 상대에 대해 잘 모른 채 언제나 불나방처럼 한순간에 빠졌던 지난날과 다르게, 이렇게 스며드는 것처럼 누군가에게 빠져드는 게 처음이라 마냥 두근거리기만 했다.

 밤 11시가 넘고 잘 시간이 다가오자 두 사람은 말이 없어졌다. 소리는 여전히 컴퓨터 앞에 어색하게 앉아 있었고, 한결은 벽에 기대어 앉아 무언가 스케치하고 있었다. 소리가 졸린 마음에 힐끔 한결을 바라보았지만 그는 스케치에 열중하고 있어 잘 생각이 없어 보였다.

"본부장님."

"왜."

"안 주무세요?"

"졸려?"

"네, 벌써 11시 넘었잖아요."

 한결은 시간을 확인하며 스케치하던 노트를 덮었다. 소리는 한결의 눈치를 보며 여전히 컴퓨터 앞에 앉아 있었다. 한결은 소리가 자신의 눈치를 보는 걸 알고 있었지만, 모르는 척하며 한쪽에 자신의 이불을 펴고 자연스럽게 누웠다. 그리고 소리가 빤히 바라보자 누운 채로 말을 툭 내뱉었다.

"안 잘 건가? 졸린다며."

"……."

"왜 대답은 안 하고 빤히 쳐다보기만 해?"

"……여기서 자라고요?"

"그럼 밖에서 자든가."

 한결은 관심 없다는 듯 말을 내뱉고는 몸을 바로 하고 눈을 감았다. 소리는 한결이 여기서 자라며 잡을 거라고 생각했는데 막상 밖에 나가서 자라고 하니 무안해졌다.

"저 진짜 밖에서 자라고요?"

"마음대로 해."

"……."

한결이 퉁명스럽게 말했는데도 불구하고 소리에게서 아무 말도 들리지 않자, 한결은 슬쩍 눈을 뜨고 소리를 바라보았다. 소리는 한결을 원망스런 표정으로 쳐다보고 있었다.

"왜. 설마 잡아주길 바라는 건가?"

"그런 거 아니거든요!"

꽥 고함을 친 소리는 한결의 이불 옆에 자신의 이불을 깔았다. 이불을 깔고 탁탁 정돈하는 소리의 손길이 매섭고 거칠었다. 한결은 못 본 척 고개를 돌리고 눈을 감은 채 말했다.

"불 꺼."

"네?"

"……그럼 불 켜고 잘 건가?"

당황하는 소리의 반응에 한결은 터져 나오려는 웃음을 참으며 시큰둥하게 대꾸했다. 그녀의 반응이 원초적이라 자꾸만 장난을 치고 싶었다. 하지만 겉으로만 그럴 뿐, 한결은 은근히 긴장하고 있었다. 아무렇지 않은 척하고 있지만 이불 속에 있는 손바닥에서는 자꾸만 땀이 차올랐다.

소리는 신경질적인 손놀림으로 불을 탁 끄고는 쿵쿵거리며 자리로 돌아가 이불을 덮고 누웠다. 매일 혼자 쓰던 방에 다른 누군가가 함께 있다는 게 마냥 어색하기만 했다. 더구나 마음을 빼앗아간 남자가 옆에 누워 있다고 생각하니 심장이 쿵쿵거려 터져 나올 것 같았다. 폭설 때 함께 지낼 때는 전혀 느끼지 못했던 감정들이 소리를 어지럽히고 있었다. 말없이 함께 누워 있는 이 순간이 어색하고 낯설어서 어떻게 해야 할지 모를 정도였다. 이미 고백까지 받은 데다 좋아하는 감정이 점점 더 커지고 있기 때문에 더욱 긴장되었다.

꼴깍.

고요한 방 안에 침 삼키는 소리가 울렸다. 그녀는 자신의 목울대에서 난 소리인 걸 알고 매우 당황했고, 한결은 그런 그녀의 반응이 귀여워 설핏 웃음이 나왔다.

"걱정 마. 안 건드려."

"누, 누가 뭐라고 했어요?"

"긴장할 필요 없다고. 네가 허락할 때까지는 손끝 하나 안 대."

"……진짜요?"

"자꾸 물으면 마음 바뀔 것 같으니까, 그냥 내가 한 번 말할 때 믿는 건 어때?"

긴장했으면서도 은근히 기대를 했나 보다. 한결의 말에 안심이 되기보다는 서운한 마음이 더 앞서는 걸 보면. 소리는 입을 삐죽이며 등을 돌리고 돌아누웠다. 도대체 뭘 기대한 건지 모르겠다. 계속 의식하고 긴장하고 몸 둘 바를 몰랐던 주제에, 막상 한결이 매너와 배려를 보이자 소리는 심통이 났다.

"자나?"

"누운 지 얼마나 됐다고 벌써 잠들었겠어요?"

소리에게서는 퉁명스런 음성이 나왔고, 한결은 그 이유를 알 것 같아서 피어나는 미소를 지우지 않았다.

"너에 대한 마음이 없어서가 아니라, 너에게 상처 주고 싶지 않기 때문이야. 나는 널 사랑하지만, 아직 네 마음은 모르니까."

"……"

"파렴치한이 되고 싶지 않을 뿐이라고. 나도 꽤 힘들게 참는 거야."

"누가 뭐라고 했어요?"

"알고 있으라고."

점점 어둠에 익숙해져 갈 때쯤 소리의 차가운 손에 따뜻한 온기가 큼지막하게 닿아왔다.

"손끝 하나 안 댄다면서요!"

"그래도 손 정도는 잡아도 되지 않나?"

"안 돼요!"

"꽤나 튕기는군."

"튕기는 거 아니거든요? 손끝 하나 안 대겠다고 한 건 분명히 본부장님이잖아요. 저는 뱉으신 말에 대한 책임을 요하는 것뿐이고요."

"……설마 내가 손끝 하나 안 댄다고 해서 실망한 건가?"

"무, 무, 무슨 뚱딴지같은 소리예요! 완전 어이없네, 정말."

속마음이 들킨 것 같아 당황한 소리는 말까지 더듬으며 어쩔 줄 몰라 했다. 하지만 그에게 잡혀 있는 손을 빼지는 않았다. 고백을 받고 함께 지내는 첫날밤은 이렇게 손을 잡고 자도 좋을 것 같았다. 두 사람 모두 심장이 쿵쿵거려서 잠들 수 있을지는 모르겠지만.

다음 날, 먼저 눈을 뜬 건 한결이었다. 자다 보니 어느새 잡은 손은 풀려 있었고 소리는 한결 쪽으로 웅크린 채 잠들어 있는 상태였다. 한결은 소리가 자고 있는 모습을 가만히 보았다. 머리카락이 얼굴을 반이나 덮고 있었지만 그 모습마저 한결의 눈에는 사랑스러워 보였다. 티 하나 없이 맑은 피부와 곱게 감겨 있는 눈, 그리고 다물려 있는 입술은 마치 아기 같았다. 자는 모습을 보는 것만으로도 한결은 미소가 지어졌다.

"이렇게 매일 아침, 나의 하루가 네 모습을 보는 걸로 시작되면 좋겠다."

소리에게 들리지 않을 말을 중얼거리며 한결은 그녀의 머리카락을 귀 뒤로 넘겨주었다. 그 행동에 소리가 잠시 얼굴을 찡그리며 뒤척였지만 잠에서 깨지는 않았다. 사람들이 사랑을 하는 이유, 그리고 결혼하는 이유를 조금은 이해할 수 있을 것 같았다. 사랑하는 사람의 모습을 보며 하루를 시작하는 건 더할 나위 없는 행복이었다.

조금 더 그녀를 바라보고 싶었지만, 벌써 9시가 넘은 시간이라 더이상 지체할 수가 없었다. 이제는 좀 여유가 생긴 터라 굳이 지금 일어나지 않아도 되는데도 불구하고 한결은 공사가 진행 중인 현장 상황을 지켜보려 했다. 한결은 그녀의 이마에 조심스레 입을 맞추고 자리에서 일어났다.

세수를 하며 한결은 놀랄 수밖에 없었다. 어젯밤에 억지로 했던 팩의 효과가 단 한 번만으로도 톡톡히 나타났기 때문이다. 얼굴이 매끈하고 부드러운 게 확실히 보습 효과가 있긴 한 모양이었다.

"그래도 절대 다시는 안 해."

아무리 효과가 있더라도 또다시 하고 싶지는 않았다. 얼굴에 닿는 물컹거림과 역한 냄새는 참을 수 없을 만큼 불쾌했으니까. 하지만 혹시 또 모를 일이었다. 소리가 어떤 조건을 제시하느냐에 따라 참을 수 있을 것 같기도 했다. 역시 처음이 힘들지, 그 다음부터는 뭐든지 쉬운 법이었다.

"얼레? 본부장 총각, 어제 한 비서 방에서 잔 거야?"

수건으로 젖은 머리를 털며 나오는데 현장으로 출근하던 장씨가 한결을 발견하고 말을 걸었다. 한결은 대충 둘러댈까 하다가 소리가 누구보다 따르는 사람이기에 솔직하기로 했다.

"네, 앞으로 여기에서 같이 지낼 생각입니다."

"일이 그렇게 많아? 호텔 왔다 갔다 할 시간이 없을 정도로?"

"아니요. 급한 건 거의 처리해서 이제 좀 한가합니다."

"역시 본부장 총각이 한 비서한테 마음이 있었네그려."

"모두들 눈치채고 계셨을 거라고 생각됩니다만."

"짐작이야 했지, 근데 한 비서가 아니라고 우기니까 그냥 다들 그런가보다 하고 말았어."

장씨의 말에 한결이 눈썹을 꿈틀거렸다.

아니라고 우겼다고?

고백까지 들어 놓고 아니라고 우겼다는 건, 자신에게 마음이 없다는 의미일 수도 있었다. 이건 예상 밖의 시나리오였다.

"한 비서가 아니라고 우겼습니까?"

"내가 계속 떠봤거든. 본부장 총각이랑 잘 해 보라고."

"그런데 싫다고 했다는 겁니까."

"싫다고 한 건 아니고, 그냥 그런 거 아니니까 오해하지 말라고 하던데? 근데 정말 둘이 뭐 있는 거야?"

"한 비서의 마음은 어떨지 모르겠지만, 적어도 저는 그녀를 제 여자로 만들고 싶습니다."

솔직하고 당찬 한결의 말에 장씨는 적잖이 당황한 표정이었다. 말도 안 되는 소리라며, 쓸데없는 이야기 하지 말라고 정색할 줄 알았는데 이렇게 대놓고 말하니 또 다르게 보였다. 이미 장씨도 한결에게 마음을 열어서인지 그의 대찬 행동이 마음에 들었다.

"잘 해봐. 한 비서가 안 그렇게 보여도 수줍음이 많아."

"조언 감사합니다."

한결이 살짝 목례를 하고 돌아서자, 장씨는 잊은 말이 있다는 듯 그를 다시 불러 세웠다.

"본부장 총각."

"네?"

"내가 볼 때는 말이야, 한 비서가 쑥스러워 해서 그렇지 본부장 총각이랑 같은 마음일 거야."

훗. 알고 있습니다.

한결은 자신만만한 속마음과 다르게 장씨가 생각하는 이유를 듣고 싶어 입을 열었다. 제 3자의 눈에는 어떻게 비춰질지 궁금한 마음에 서였다. 그리고 누군가가 하는 긍정의 말을 들어서 확신을 갖고 싶은 마음도 있었다.

"왜 그런 생각을 하시죠?"

"내가 이래 봬도 산전수전 다 겪은 오십 대야. 여자 마음은 여자가 안다고 눈에 뻔히 보여. 아무리 직장 상사고 본부장 총각이 막무가내로 왔다고 해도, 여자는 마음 없으면 절대 한 방에 안 들여. 그러니까 남자답게 강하게 밀고 나가. 제대로 잡으라고."

한결은 장씨의 응원이 기쁘면서도 한편으로는 의아했다. 장씨는 한결보다는 소리와 더 친하고, 그녀를 더 아끼고 위하는 사람이었기 때문이다.

"한 가지만 여쭈어도 되겠습니까?"

"두 개 물어도 돼."

"……혹시 제 편이십니까?"

"허이구, 그걸 말이라고."

장씨의 말에 한결의 입꼬리가 씩 올라갔다. 소리와 가장 친한 장씨가 자기편이라면 굉장히 든든할 것 같았다. 하지만 다음에 이어지는 장씨의 말을 듣자 한결은 곧 실망을 했다.

"당연히 한 비서 편이지."

"그럼 왜……."

"본부장 총각이라면 우리 한 비서 맡겨도 안심될 것 같아서, 허허. 그럼 일 봐, 난 저 양반들 점심 준비해야 하니까."

장씨는 자기 말이 끝나기 무섭게 주방으로 향했다. 한결은 씩 웃으며 펑퍼짐한 장씨의 뒷모습을 보았다. 왠지 든든한 지원군을 만난 기분이었다. 상쾌한 공기와 부드러운 미풍, 따뜻한 햇살, 그리고 예상치 못한 응원까지. 한결은 아침부터 기분이 좋았다.

소리가 눈을 떴을 때 옆자리는 휑하니 비어 있었다. 시간을 확인하니 벌써 10시가 거의 다 된 시간이었다. 또 늦잠을 잤나 하는 생각에 소리는 부리나케 씻고 사랑나무에 물을 준 뒤, 현장으로 가서 한결을 찾았다. 한결은 인부들 사이에 섞여 변 소장과 진지한 표정으로 대화를 나누고 있었고, 간간이 인부들이 던지는 농담에도 적절하게 대처하고 있었다. 이제 그는 인부들과 잘 어울릴 뿐만 아니라 일까지 열심히 했다. 그 모습에 새삼 또 한 번 반해 버렸다. 소리는 변 소장이 인부들 틈으로 섞여 들어가는 걸 확인한 뒤, 혼자 자재를 확인하고 있는 한결에게로 다가가 해맑은 목소리로 그를 불렀다.

"본부장님!"

"일찍도 일어나는군. 지금이 몇 시야?"

"헤헤, 깨우지 그러셨어요?"

"허! 비서를 깨워야 하는 본부장도 있나?"

"있을 수도 있죠. 근데 많이 바쁘세요?"

"어, 바빠."

생각해 보지도 않고 말하는 한결 때문에 소리는 살짝 서운했지만,

그가 진지한 표정으로 자재를 확인하는 모습이 좋아 바보처럼 그저 웃기만 했다. 하지만 한결은 막상 바쁘다고 대답했으면서도 그녀가 왜 물어봤는지 궁금했다.
"왜."
"바쁘시다면서요, 일하세요."
"빨리 말 안 하지?"
한결은 보던 자재를 두고 소리에게로 집중했다. 대답을 하지 않고 실실거리며 빤히 바라보고 있는 소리를 향해 한결이 미간을 찌푸렸다. 그러자 소리는 여전히 웃는 얼굴로 별일 아니라는 듯 말했다.
"안 바쁘시면 같이 마을 뒷산에 가자고요."
"마을 뒷산?"
"네, 요즘 본부장님 엄청 바쁘시고 잠도 제대로 못 주무셨잖아요. 바람 쐬면 좋을 것 같아서요. 뒷산에 있는 새들이랑 동물들, 나무들도 보고 싶고요."
소리의 목적은 후자에 더 가까웠지만, 한결에게는 뒷말은 전혀 들리지 않았다. 그가 느끼기에는 소리가 지금 자신에게 데이트 신청을 하는 것 같았다.
그렇다면 거절할 이유가 없지.
어쩌면 그녀의 마음을 잡을 기회일지도 모른다. 더구나 장씨에게 들은 말이 있는 터라 한결은 자신감도 충만했다.
"아직 자재 확인이 좀 남았으니까, 30분 후에 출발하도록 하지."
"그럼 차라리 점심 먹고 가요! 본부장님도 자재 확인이랑 다른 일 더 있으시면 마저 하세요. 저는 장씨 아주머니 점심 준비하는 거 도와드리고 있을게요."
"그러든지."

"점심 먹고 바로 출발하는 거예요!"

소리는 아침부터 뭐가 저리 신나는지 기분이 업 돼서 팔랑거리는 걸음으로 사라졌다. 한결의 눈에는 그 모습이 마치 한 마리의 나비 같아 보였다.

한결과 소리는 점심을 먹은 뒤 함께 느릿한 걸음으로 마을 뒷산에 올랐다. 소리는 오전 내내 그랬듯이 뒷산을 오르면서도 뭐가 그리 좋은지 마냥 싱글벙글거렸다. 덕분에 한결까지 기분이 유쾌해졌다. 뒷산에 올라 한결은 나무 위에서 재빠르게 움직이는 무언가를 발견했다.

"다람쥐군."

"다람쥐 아니고 청설모거든요?"

"흠흠, 그거나 그거나."

"완전 다르거든요? 쟤는 까맣고, 다람쥐는 갈색에 줄무늬가 있잖아요. 그게 어떻게 그거나 그거나예요?"

한결은 자신 있게 말했지만 다람쥐가 아닌 청설모라고 정정하는 소리 때문에 민망해졌다. 그리고 좋게 설명해 줄 수 있는 것도 타박하며 말하는 소리에게 조금 서운했다. 마치 청설모와 다람쥐도 구분 못하는 바보라고 놀리는 것 같았다. 한결이 자존심 상해 있을 때 커다란 무언가가 한결의 눈앞으로 휙 지나갔다.

"으아아아! 깜짝이야!"

"푸하하하."

호들갑을 떨며 놀라는 한결의 모습에 소리는 배를 잡고 크게 웃었다. 분명 두 사람 앞으로 지나갔건만 무슨 여자가 겁도 없는지 소리는 전혀 놀라는 기색도 없이 신기하다는 듯 바라보았다. 그리고 오히려 가슴을 쓸어내리고 있는 한결을 놀리고 있었다.

"본부장님, 무서워서 그러신 거죠?"
"아니거든!"
"에이, 무서워하시는 거 같은데."
"무서운 게 아니라 싫은 거야! 난 저것들이 정말 싫어! 젠장, 여긴 왜 이렇게 노루가 많아!"

발끈해서 말하는 한결을 보며 소리는 어이없는 표정을 지었다. 한결이 발끈한 것 때문이 아니라 한결의 입에서 나온 '노루'라는 단어 때문이었다. 한결이 '노루'라고 지칭한 동물 때문에 놀란 게 처음이 아니거늘, 어떻게 이름조차 제대로 모를 수 있는지 소리는 이해할 수가 없었다.

"노루 아니고 고라니예요. 본부장님 동물 잘 모르시죠? 청설모를 다람쥐라고 하지 않나, 고라니를 노루라고 하지 않나, 어떻게 조금만 비슷하게 생기면 구분을 못하세요?"
"내가 저것들이 뭔지 꼭 알아야 하나?"
"저건 초딩들도 다 알겠네."
"뭐라고?!"
"어? 방금 뱀이 지나갔나?"

소리는 혼잣말을 하며 괜히 자리를 슬금슬금 피했다. 그리고 이내 한결을 잊은 채 곧 자연에 빠져들었다. 언제 챙겨 왔는지 캠코더로 이것저것 찍으며 관찰하는 모습이 꽤나 진지해 보였다. 소리가 흥미로워하며 이름 모를 새들과 동물들을 찍는 동안 한결은 그녀에게서 눈을 떼지 못했다. 그녀는 다양한 표정을 보이며 시간 가는 줄 모르고 빠져들어 있었다. 언젠가 그녀가 자연 다큐에도 관심이 있다고 했던 게 생각나긴 했지만, 한결은 이렇게까지 즐거워하며 호기심을 보이는 그녀가 신기하기만 했다.

도대체 이것들이 뭐가 재미있다고.

벌써 네 시간이 지났지만 소리는 지친 기색이 없었다. 한결은 소리를 마음껏 볼 수 있는 게 즐겁긴 했지만, 네 시간이 지나자 슬슬 지치기도 하고 힘들어지기도 했다. 소리는 한결에게 시선도 주지 않았고, 심지어 그가 자신만 빤히 바라보고 있다는 사실조차 인지하지 못하고 있었다.

내가 저것들보다 못한 건가. 하, 이제 하다 하다 동식물에게까지 밀리는군.

이름 모를 새들이 지저귀며 한결의 마음을 달래주고 있었다.

"하지만 그랬다가 걸리면……."

"그러니까 김 실장만 알고 비밀리에 진행하라는 거 아냐!"

태성은 우물쭈물하는 김 실장에게 버럭 고함을 질렀다. 몇 날 며칠을 임 여사와 함께 머리를 싸매고 고민한 결과, 두 사람은 한결을 아예 치워 버릴 수 있는 좋은 아이디어를 짜냈다. 그리고 태성은 그걸 실행에 옮기기 위해 은밀히 지시를 하고 있었다. 하지만 대범하지 못한 김 실장은 굉장히 당황스러워 하며 난색을 표했다.

"하지만 현장 바로 옆에 한 비서가 머물고 있는데……."

"그러니까 몰래 하라는 거 아냐!"

"상무님도 한 비서 아시잖아요. 그 성격에 분명히 눈치챌 거예요."

태성이 걱정하는 것도 그 부분이었다. 3년 넘도록 자신의 비서로 데리고 있으면서 유리의 업무성과에 태성은 굉장히 만족했었다. 유리는 태성의 부족한 부분을 완벽하게 채워 주었고, 태성이 놓치는 부분까지도 다 잡아 주었다. 태성이 상무 자리를 지키며 능력을 인정받고 공을 세운 데에는 유리의 역할이 가장 컸다고 해도 과언이 아니다. 그래서 태성은 조금 후회를 했다. 평생 옆에 두고 비서로 썼으면 훨씬 더 나은 결과가 있었을 텐데, 눈이 멀어 그녀를 탐하려 했었다. 그건 태성이 태신 건설에 들어와 했던 수많은 실수 중 가장 큰 실수였다. 하지만 여기에서 포기할 수는 없었다. 태성은 절대로 한결이 후계자 후보에 오르는 걸 가만히 두고 볼 수가 없었다. 한결이 후계자 후보에 오른다면 결과는 보지 않아도 뻔했다. 그건 절대 일어날 수도 없고, 일어나서도 안 되는 일이었다. 이렇게까지 하고 싶지는 않았지만, 어쩔 수 없이 태성은 김 실장을 협박하기에까지 이르렀다.

"김 실장. 기러기 아빠잖아, 빚까지 내서 하나밖에 없는 딸 유학까지 보냈으면 많이 힘들 텐데."

"상무님이 그걸 어떻게……."

"김 실장이 지금 여기서 해고되면 어떻게 될 것 같아?"

"상무님, 제발 한 번만 더 생각을……."

"2억이야. 2억은 김 실장이 한 번에 만질 수 있는 돈이 아니라고. 2억이면 빚도 갚고 딸 유학시키는 데에도 부담 없고, 생활도 안정될 거야."

김 실장은 고민하지 않을 수 없었다. 미술 전공하는 딸을 무리하게 유학을 보내며 빚이 늘어가고 있는 건 사실이었다. 이태리에 있는 아내와 딸에게 생활비와 학비, 미술 재료비로 월급의 3분의 2 이상을 보내는 탓에 김 실장은 생활고에 시달리고 있었다. 하지만 기러기 아빠가 다 그렇지, 하는 생각으로 딸을 위해 애써 버티는 나날이었다. 하지만 태성의 말대로 2억이 한 번에 생기면 경제적 고통에서 바로 벗어날 수 있었다. 더 이상 독촉 전화에 시달리지 않아도 되고, 딸이

미술 하는 데 필요한 재료비도 마음껏 보내 줄 수 있고, 생활고에 시달릴 일도 없었다. 마음의 결정을 마친 김 실장은 주먹을 꼭 쥐며 떨리는 음성으로 물었다.

"언제 실행하면 되는 건가요?"

"정확히 오늘 자정에 김 실장 통장으로 입금될 거야. 입금 확인되면 기회 봤다가 바로 움직여. 믿을 만한 놈들로 잘 골라서 데려가고."

"네, 그렇게 하겠습니다."

"이 일은 절대 새어 나가면 안 돼. 이 일이 새어 나가는 즉시 김 실장은……."

"무슨 말씀이신지 압니다. 무덤에서도 절대 발설하지 않겠습니다."

태성은 김 실장에게 몇 번이나 다짐을 받아낸 뒤 그를 돌려보냈다. 현장 근처에서 머무는 한 비서만 눈치채지 않는다면 완전범죄가 될 수 있었다. 태성은 초조한 마음을 숨기며 애써 마음을 다잡으려 노력했다.

태성의 말처럼 정확히 자정이 되자 김 실장의 통장에는 2억이 입금되었다. 김 실장은 믿기지 않아 2옆에 있는 0의 숫자를 몇 번이나 세어 보았다. 그리고 머릿속으로 계획을 세우기 시작했다.

※

"아니, 장마도 아닌데 갑자기 웬 비래요? 며칠 전까지만 해도 쨍하더니."

소리는 창고 처마 밑에 서서 내리는 비를 손바닥에 똑똑 맞으며 믿기지 않는다는 음성을 냈다. 그도 그럴 것이 이제 여름의 초입에 들어섰는데 예고 없는 장대비가 내리는 것이었다. 벌써 이틀이나 날씨가 이런 탓에 인부들 역시 생각지 못한 휴가를 받게 되었다. 하지만 옆에서 주룩주룩 내리는 비를 보고 서 있던 한결은 별로 대수롭지 않게 생각하는 듯했다.

"인간들이 환경을 너무 파괴해서 날씨가 화가 난 거지."

"불쌍한 지구······."

"아까 인터넷 보니까 도로도 침수되고 피해가 장난이 아니더군."

한결의 말처럼 공사가 중단된 것도 무리는 아니었다. 소나기라고 하기에는 믿기지 않을 정도로 마치 장마처럼 폭우가 이틀째 쏟아져 내리고 있었다. 어젯밤에는 컴퓨터도 문제가 생긴 건지 부팅이 되지 않아 소리는 한숨만 내쉬며 하루 종일 내리는 비만 바라보고 있을 수밖에 없었다. 이렇게 비를 구경하다 보니 벌써 해가 저물고 어두컴컴한 밤이 되었다.

"그만 들어가지?"

"벌써요? 들어가서 할 일도 없는데."

"10시 넘었어."

"그럼 저 본부장님 씻으시는 동안만 노트북 좀 잠깐 써도 돼요?"

"그러든가."

소리는 쾌재를 부르며 빠르게 컨테이너 박스 안으로 달려 들어갔고 한결은 그 모습을 보며 나오는 웃음을 숨기지 못했다. 그리고 소리가 좀 더 노트북을 쓸 수 있게 천천히 씻고 들어가야겠다고 생각했다.

"이럴 거면 진작 빌려주든가. 코멘트 보고 싶어서 죽을 뻔했네."

소리는 한결의 노트북 앞에 앉아 자신이 시나리오를 올리는 사이트에 접속했다. 그의 노트북에는 이미 창이 하나 띄워져 있고 한결의 메일이 열려 있었지만 소리는 미처 그거까지 신경 쓸 겨를이 없었다.

"호오, 그렇지? 조금 로맨틱하긴 하지, 히히."

소리는 자신이 업로드한 시나리오 아래 달린 댓글들을 보며 히죽거렸다. 시나리오의 뒷이야기도 써서 커뮤니티에 올리고 싶었지만 한 번 시작하면 새벽 늦도록 한결의 노트북을 붙잡고 있을 것 같았다. 소리는 근질거리는 손을 겨우 자제하며 커뮤니티 사이트를 종료시켰다.

"응? 필립? 누구지?"

소리가 커뮤니티 사이트를 종료시키자 원래 한결이 보던 메일함이 보였고, 그곳엔 '필립'이라는 처음 들어보는 이름으로 받은 메일들만 가득했다. 메일의 제목들은 거의 대부분 비슷했다. 소리는 그중 가장 최근의 메일을 클릭했다.

"어? 이건 어제 온 메일이잖아."

〈제34회 한국 인테리어디자인대전 대상을 축하합니다.〉로 시작하는 메일의 내용은 얼마 전 대한민국에서 열린 인테리어디자인대전에서 '필립'이라는 사람이 대상을 받았고, 그걸 축하한다는 것이었다.

"대상은 필립이 받았는데, 왜 축하 메일을 본부장님한테 보낸 거지?"

소리는 자신도 모르게 다른 메일들도 열어 보았다. 남의 메일을 보면 안 되지만, 그런 걸 생각할 겨를도 없이 클릭을 하고 있었다. 메일함의 메일 내용들은 전부 비슷했다. 가장 처음에 본 것만 한국 인테리어디자인대전의 대상이고, 나머지 메일은 전부 미국에서 열린 인테리어디자인 공모전에 당선되었다는 내용이었다.

"필립이라는 이 사람, 엄청 대단한 사람인가 보네? 우와, 이렇게나 당선됐으면 대체 상금이 얼마야?"

대충 세어 보아도 필립의 당선작은 열 개가 넘었다. 가장 오래된 메일을 보니 거의 5년 전에 미국에서 디자인이 당선되었다는 메일이었다. 아마도 이때부터 이 사람은 인정을 받기 시작한 모양이었다. 그런데 왜 한결이 이 메일에 로그인을 하고 보고 있었는지 소리는 의아하지 않을 수 없었다. 그러다 문득 떠오르는 생각에 박장대소하고 말았다.

"푸하하하! 내가 영화에 미치긴 했나? 이거 뭐 반전 영화도 아니고 어떻게 본부장님이 필립일지도 모른다는 생각을 할 수가 있지? 푸하하하."

소리가 말도 안 된다며 깔깔거리고 있을 때 한결이 문을 열고 들어와 이상한 눈빛을 그녀에게 보냈다. 미친 듯이 웃고 있는 소리는 누가 봐도 정상의 모습이 아니었다.

"푸하하하, 본부장님."

"……왜."

"본부장님 혹시 '필립'이라는 사람 아세요?"

"뭐?!"

딸꾹, 딸꾹!

급격히 놀라며 모든 행동을 멈춘 한결을 보며 소리는 저도 모르게 딸꾹질을 시작했다. 한결의 이런 반응을 보면 왠지 아까 자신이 했던 생각이 맞을지도 모른다는 생각이 들자 소름이 돋으려고 했다. 한결은 자신이 열어 놓은 메일은 까맣게 잊은 채 소리가 어떻게 필립의 이름을 알고 있는지 당황스럽기만 했다.

"필립이라는 이름을 네가 어떻게 알지?"

"아, 그게……. 아니, 그전에, 이건 정말 혹시나 해서 여쭤보는 건데요, 설마 본부장님이 필립은 아니시죠?"

"……."

"……."

한결은 아무에게도 말하지 않은 비밀을 들켜 움찔했지만, 일단 소리가 어떻게 필립이라는 이름을 알고 있는 건지 확인해야 했다.

"네가 필립을 어떻게 아는 거지?"

"……그, 그냥 어쩌다 알게 됐어요."

"그냥 어쩌다?"

한결은 추궁하는 투로 눈을 가늘게 뜨며 소리에게 미심쩍은 눈빛을 보냈다.

"어떻게 알게 됐는지가 중요해요? 설마 본부장님이 진짜 필립이라서 그러시는 거예요?"

"내가 필립이든 아니든, 어떻게 알았냐고."

"그게……."

한결의 표정이 굳은 걸 보며, 결국 시선을 피하던 소리가 먼저 이 실직고를 했다.

"그러게 왜 메일함을 그냥 열어 놓고 나가세요! 누군 보고 싶어서 본 줄 아세요?! 열려 있으니까 어쩌다, 우연히, 의도하지 않게, 어쩔 수 없이 보게 된 거지!"

"허! 그걸 말이라고……. 남의 프라이버시는 생각도 안 하나? 메일함이 열려 있으면 그걸 보는 게 아니라, 창을 닫아주는 게 매너 아닌가? 그런 기본 매너도 없어?"

"아니, 처음부터 로그아웃을 하셨으면 되는 거잖아요! 열어놓고 나간 사람이 누군데!"

"열려 있어도 남의 걸 왜 보느냐고! 혹시 남의 사생활 염탐하는 이상한 취미 있나?"

"본부장님이 진짜 필립이에요? 지금 그래서 저한테 딱 걸려서 이렇게 화를 내시는 거예요? 아니, 열려 있으면 볼 수도 있는 거지, 그게 이렇게까지 언성 높이고 화내실 일이에요?"

"후우……."

결국 한결은 자신의 머리를 헤집으며 한숨을 내쉬었다. 이건 객관적으로 따졌을 때 엄연히 로그아웃을 하지 않은 자신의 잘못이었다. 언성을 높이며 옥신각신하던 한결과 소리는 잠시 말이 없었다. 그리고 한결은 문득 중요한 사실을 깨닫자 그녀에게 언성을 높인 게 조금 미안해졌다.

"……내가 필립이라는 게 중요한가? 네가 한유리든 한소리든 한비서든 상관없이 그냥 '너'면 되는 것처럼, 나 역시도 박한결이든 필립이든 박본이든 그냥 '나'면 되는 거 아닌가?"

오, 마이 갓.

소리는 멍하니 입을 벌린 채 아무 말도 할 수 없었다. 그녀가 알고 있는 한결은 능력이 조금 있는 것 같긴 하지만 뻔뻔하고 딱딱하고 능글맞은 사람인데, 어쩌면 자신이 생각한 것보다 훨씬 더 능력 있고 실력 있는 유능한 사람일지도 몰랐다. 미국에서 공모전 당선은 물론, 한국에 돌아와서까지. 소리는 왠지 그가 더 멋있어 보였다. 보면 볼수록, 알면 알수록 좋은 점이 더 많았다. 그리고 문득 그는 왜 필립임을 숨기고 사는 걸까 하는 궁금증이 일었다. 하지만 묻지 않기로 했다. 그의 말처럼 그가 박한결이든 필립이든 그게 중요한 건 아니니까.

"안 잘 건가."

"자야죠."

한결이 먼저 이불 속으로 들어가 누웠고, 소리는 실실 웃으며 노트북을 한곳에 내려두고 눈을 감는 한결을 가만히 바라보았다. 그에 대한 신뢰가 생긴 건 조금 오래된 일이었다. 이렇게 함께 한 방에서 지내면서도 그는 소리가 불편해하거나 불안해할 만한 행동을 단 한 번도 하지 않았다. 사실 그가 덮치지 않을까 걱정하지 않았던 건 아니지만, 꽤나 자제력 있게 통제하고 상처 주지 않기 위해 조심하는 모습을 계속 보면서 그에 대한 신뢰는 커지고 두려움은 점점 사라져 갔다.

"본부장님, 주무세요?"

"어."

"그럼 주무시면서 들으세요."

소리는 불을 끄고 자신도 이불 속으로 들어가 누우며 말을 이었다. 다른 특별한 뜻이 있어서 그런 게 아니라 그냥 이 남자는 다르길 바라는 마음에서 하는 말이었다.

"제가 여기 오기 전에 만났던 남자들에 대해 얘기했던 거 기억하세요?"

"……내가 그걸 굳이 기억해야 하나. 난 지금이 중요해. 내가 널 사랑하는 건 사실이지만, 네가 과거에 사랑했던 남자들에 대해서까지 마음을 쓰고 싶지는 않군."

"신경 쓰실 필요 없어요, 이미 지난 일이니까. 근데 그들과 헤어지고 나서 깨달은 게 있어서요. 그때는 사랑에 눈이 멀어 몰랐…… 히익!"

한결이 소리의 몸 위로 몸을 겹치며 내려다 본 건 순간이었다. 소리가 천정을 보며 입술을 달싹이고 있을 때 더 이상 듣고 싶지 않은 한결이 저도 모르게 한 행동이었다. 그녀의 입에서 나오는 예전에 사랑했었던 남자들에 대한 이야기는 더 이상 듣고 싶지 않았다. 아니 들을 자신이 없었다.

그가 고개만 숙이면 입술이 닿을 만큼 가까이 다가왔다. 소리는 그에게 잡힌 양쪽 손목이 타들어가는 것 같이 뜨겁고 심장이 쿵쿵거려서 숨을 쉬는 방법을 잊은 것처럼 아무 생각도 할 수가 없었다. 눈앞에 있는 그의 얼굴이 너무 가깝고 적나라해서 눈도 제대로 마주칠 수가 없었다.

"한소리, 지금 내 인내심 테스트하는 건가?"

"그, 그런 게 아니라……."

"그런 게 아니면, 질투에 눈이 멀어 내가 너에게 나쁜 짓 해주길 바라는 건가?"

"네?"

"내가 얼마나 힘들게 참고 있는지는 안 보이지? 사랑하는 여자의 입에서 과거의 남자 이야기가 나오는 걸 내가 어떤 기분으로 들어 줘야 하는 거지? 내가 손끝 하나 안 댄다고 해서 사랑하는 여자를 매일 밤마다 옆에 눕혀 놓고 아무 생각도 안 하는 것처럼 보여?"

소리는 으르렁거리는 한결을 보며 어떤 대답을 해야 할지 아무 생각도 들지 않았다. 그냥 단지 심장이 쿵쿵 뛰는 것만 느껴지고 숨 쉬는 게 조심스러울 뿐이었다. 하지만 이상하게도 두렵거나 거부감이 들지는 않았다. 아니, 오히려 설렘으로 뛰는 심장이 느껴졌다.

"네가 생각하는 것만큼 내가 도덕적인 인간은 아냐. 지금 이 순간에도 마음속에서는 미친 듯이 갈등하고 있다고. 이대로 안아 버릴까, 아니면 오늘 밤도 손끝 하나 대지 말아야 하는 걸까."

"……어떻게 하고 싶으신데요?"

소리는 자신이 어떤 용기로 물었는지 모를 정도로 대담하게 말했다. 시선을 마주치고 있는 두 사람 중, 오히려 눈빛이 떨리고 있는 건 한결 쪽이었다. 이대로는 정말 위험했다. 한결에게는 소리의 이런 질문이 도발로밖에 보이지 않았다. 이러다가는 정말 자제하지 못하고 상처를 줄 게 뻔했다.

"젠장!"

한결은 소리의 몸 위에서 내려오며 자신의 자리에 제대로 누워 머리를 헤집었다. 시원한 빗줄기가 귓가를 때리고 있었다.

"아까 하려던 말이나 해."

"듣기 싫으시잖아요."

"이미 궁금하게 만들어 놨잖아. 뭐야, 얘기해."

한결의 목소리에는 살짝 짜증과 탄식이 담겨 있었다. 소리는 여전히 세차게 뛰어대는 심장부근을 손으로 짚으며 일어나 앉았다. 이대로 계속 누워 있으면 여전히 한결의 얼굴이 눈앞에 있는 것 같아 심장이 터질지도 몰랐다.

"그냥 그들과 막상 헤어지고 보니까, 난 그들에 대해 아는 게 별로 없었다는 얘기를 하고 싶었어요."

"그 얘기가 왜 하고 싶었는데."

"그냥…… 본부장님에 대해 많이 알고 싶어서요."

"……뭐?"

한결이 무슨 뜻이냐는 듯 시선을 마주치며 소리를 마주보고 앉았다. 한결은 지금 자신이 생각하는 그 의도로 소리가 말한 게 맞는지 확인하고 싶었다.

"방금 한 말, 무슨 뜻이지?"

"그냥 말 그대로 본부장님에 대해 더 알고 싶다는 뜻이에요."

"나에 대해 알고 싶은 이유는?"

"그건……. 그냥 알고 싶어요, 본부장님에 대해."

두 사람은 마주친 시선을 피하지 않았다. 서로의 눈동자에는 오직 서로만 담겨 있었다. 한결은 그녀가 알고 싶다고 하는 그 말을 자신이 편한 대로 해석하기로 했다. 한결이 다가갈수록 점점 두 사람의 얼굴이 가까워지고 있었다. 소리는 충분히 피할 수 있었지만 조금도 물러서지 않고 다가오는 한결을 보고만 있었다. 그리고 입술이 닿기 직전, 한결의 입술이 달싹였다.

"허락, 해주는 건가."

소리는 대답 대신 조용히 눈을 감았다. 그리고 한결은 그게 허락의 의미임을 알 수가 있었다. 부드럽게 닿은 두 입술이 서로를 느끼며 달콤함에 취해 갔다. 서로의 입술을 탐하는 두 사람에게는 더 이상 세차게 내리는 빗소리도 들리지 않았다. 오직 서로에게만 집중할 뿐이었다.

소리가 눈을 떴을 때 옆자리는 이미 비어 있었다. 늘어지게 기지개를 켜고 눈을 비비며 밖으로 나가자 어느새 비가 그친 건지 하늘이 맑았다. 마치 지난 이틀 동안 내린 폭우가 꿈인 것처럼 느껴질 정도로 날씨는 화창하기만 했다. 군데군데 보이는 물웅덩이들만이 폭우의 흔적을 기억하는 듯했다. 그리고 눈앞에 보이는 모습에 소리의 입가에 미소가 번졌다. 한결은 벌써 현장에서 가장 먼저 출근한 변 소장과 실내 디자인 진행 상황에 대한 이야기를 나누고 있었다. 주말에 못 보는 것과 마찬가지로 겨우 이틀 못 봤을 뿐인데 소리는 변 소장이 그렇게 반가울 수가 없었다. 사실은 한결을 보기 민망한 이유도 있었다.

"변 소장 아저씨!"

"어, 한 비서. 잘 잤어?"

"네!"

"나는 보이지도 않는 모양이군."

한결이 서운한 투로 말하자 소리는 괜히 새침하게 고개를 홱 돌렸다.

"매일 보는 얼굴인데요 뭐."

"매일 보면 인사할 필요도 없다는 건가."

"누가 그렇대요? 변 소장 아저씨를 오랜만에 뵈니까 너무 반가워서 그러는 거지."

"오랜만은 무슨, 겨우 이틀 가지고."

"겨우 이틀이라니요! 이틀 내내 폭우가 와서 제가 변 소장 아저씨를 얼마나 걱정했는데요!"

"말이나 못 하면."

변 소장은 티격태격하는 한결과 소리를 보며 흐뭇한 미소를 지은 채 돌아섰다. 두 사람을 보면 미순과 결혼 전에 연애하던 생각이 나서 가슴이 뭉클해지기도 했다. 변 소장은 여전히 투닥거리고 있는 한결과 소리를 한 번 더 돌아본 뒤, 인부들이 오기 전에 오늘 할 일에 대해 정리하기 시작했다.

그때 입씨름을 하던 소리가 등을 홱 돌리며 걸음을 옮겼다. 그러자 한결이 그녀의 등에 대고 소리쳤다.

"어디 가!"

"어디 가긴요! 일하러 가요! 오랜만에 아저씨들 도와드릴 거예요!"

"이제 네가 도울 일 없어. 위험한 일만 남았으니까 그냥 있어. 아무리 조심해도 더는 위험하다고!"

"제가 도울 일이 왜 없어요? 그리고 남는 안전모 쓰면 괜찮으니까 걱정하지…… 꺄아악!"

소리가 한결에게 따박따박 말대꾸하며 안전모를 집으려 몸을 숙였을 때, 옆에 세워져 있던 긴 나무가 소리 쪽으로 쓰러졌다. 한결이 재빨리 소리의 몸을 끌어당겨 품에 안으며 피했기에 망정이지 정말 아찔한 순간이었다.

"괜찮아?"

놀라서 묻는 한결에게 소리가 할 수 있는 건 그저 고개를 끄덕이는 것뿐이었다. 소리는 방금 무슨 일이 있었나 싶을 정도로 찰나의 순간에 심장이 쿵 떨어지는 걸 경험했다. 여전히 놀란 표정을 하고 있는 소리였지만, 한결은 그녀가 무사하다는 걸 확인하자 걱정이 화로 표현되었다.

"그러게 위험하니까 그냥 있으라고 했잖아! 왜 이렇게 말을 안 들어?!"

"지금까지 아무 일 없었으니까 괜찮을 줄 알고……."

"누구 미치는 꼴 보고 싶어서 그래?! 다시는 이 근처에 얼씬도 하지 마, 알았어?!"

소리는 그저 한결에게 기계적으로 고개를 끄덕일 뿐이었다. 너무 놀라서 몸이 굳고 정신이 혼미해졌다. 그리고 한결이 말한 위험에 대해 직접 겪을 뻔하고 나니 손이 덜덜 떨려 왔다. 그때, 변 소장이 사색이 되어 한결에게로 헐레벌떡 뛰어왔다.

"본부장님! 큰일 났습니다!"

"무슨 일이십니까."

"자재가…… 최고급으로 바꾼 자재들이 몽땅 사라졌습니다! 창고가 텅텅 비었어요. 도대체 이게 어떻게 된 일인지……."

"그게 무슨 말씀이십니까. 창고가 텅텅 비다니요."

"저기 제일 끝에 있는 자재 창고에 아무것도 없어요. 분명 폭우 내리기 전날 퇴근할 때까지만 해도 있었는데, 지금은 텅텅 비었어요!"

한결은 순간적으로 머릿속에 스치는 생각이 있었지만 아니길 바랐다. 그렇게까지 비겁한 짓을 할 거라고는 믿고 싶지 않았다. 한결이 주먹을 쥐었다 폈다 하며 어떻게 대처해야 할지 고민하는 동안 소리는 놀란 것도 잊고 안절부절못했다. 그리고 직접 눈으로 확인해야겠는지, 소리는 창고로 달려갔다. 곧 한결과 변 소장도 뒤따라갔다.

"맙소사……."

소리는 입이 떡 벌어진 채 망연자실한 표정을 했다. 최고급 자재들로 가득 찼던 창고는 변 소장의 말처럼 정말 텅텅 비어 있었다. 폭우와 함께 흔적도 없이 사라져 버렸다. 그리고 한결이 대처 방안을 생각하기도 전에 휴대폰 벨이 울렸다. 전화를 받는 한결의 표정이 심각했다.

"뭐래요? 본사에서 연락 온 거 맞죠?"

소리의 말에 한결은 고개를 끄덕였다. 아직 인부들이 출근하기 전이라 창고의 자재가 없어진 걸 아는 사람은 한결과 소리, 그리고 변 소장 딱 세 사람뿐인데 어떻게 벌써 본사에서 알고 연락이 왔는지는 생각할 필요도 없었다. 한결은 마음을 굳히고 주먹을 꽉 쥐었다. 이렇게 치사하고 비겁한 방법은 용서할 수가 없었다.

"서울에 좀 다녀와야겠어."

"같이 가요, 본부장님."

"아니, 이번엔 혼자 가는 게 나을 것 같군."

"절대 안 돼요! 무조건 같이 가요. 저 본부장님 비서예요."

"여기에 있어. 내 비서면 내 지시를 따라. 변 소장님, 한 비서 좀 부탁드립니다."

한결은 끝까지 따라가겠다고 난리 치는 소리를 변 소장에게 맡긴 뒤 급하게 서울로 향했다. 한결은 본사로 가는 내내 끓어오르는 화를 식히느라 엄청난 인내심을 발휘해야 했다.

소리는 한결이 서울로 떠난 뒤 밥도 마다한 채 휴대폰만 바라보며 발을 동동 구르고 있었다. 하지만 한결에게서는 그 어떤 연락도 오지 않았다. 그런 소리가 걱정됐는지 변 소장이 다가와 소리의 어깨를 다독였다.

"아저씨, 사실은요. 저 본부장님이 정말 좋아요."

"알지. 한 비서 마음 다 알아. 유능한 분이니까 잘 해결하실 거야."

"왜 혼자 해결하려고 하는지 모르겠어요. 저 정말로 본부장님이 좋아요. 그런데 이렇게 좋아하는 사람이 곤경에 처했는데, 제가 할 수 있는 게 아무것도 없어서 정말 화가 나요. 걱정돼서 견딜 수가 없어요……. 가슴이 너무 아파요."

"본부장님은 한 비서가 이렇게 걱정하는 것도 마음 아파하실 거야."

"아니요. 저는 본부장님 비서 자격도 없어요. 자기가 모시는 상사가 어려움에 처했는데, 이렇게 아무것도 할 수 없는 비서가 세상에 어디 있어요? 저는 본부장님을 위해 할 수 있는 게 아무것도 없어요……. 정말 바보 같아요."

소리의 눈에서는 눈물이 떨어지고 있었다. 소리는 울지도 못하고 그저 가만히 볼을 타고 흐르는 눈물을 방치할 뿐이었다. 변 소장 역시 마음이 쓰리기는 마찬가지였다. 변 소장도 한결을 돕고 싶었다. 인부들의 복지까지 생각해 주는 상사를 위해 곤경에서 빠져나올 수 있도록 작은 도움이나마 되고 싶었다. 하지만 그를 도울 수 있는 방법이 없었다. 소리와 변 소장은 답답한 마음에 한숨만 내쉬며 어쩌지를 못하고 있었다.

본사에 도착하니 이미 이사회가 소집되어 있었다. 서울에 오며 통화한 비서실장의 말로는 박 회장의 실망이 이만저만이 아니라고 했다. 큰 충격을 받으신 건지, 태성과 임 여사가 이사회를 소집하는데도 말리지 않았다고 하더니, 결국엔 일이 커진 것이다.

한결은 대회의실 문 앞에서 비열한 미소를 지으며 걸어오는 태성과 딱 마주쳤다. 그대로 무시하고 들어갈까 했지만, 한마디는 해야 할 것 같았다. 아니면 화를 주체할 수 없을 것 같았다.

"이러려고 말도 안 되는 자재로 교체하라는 지시를 내리고, 결재 서류에 사인을 시킨 거였군."

"이러려고 그런 건 아닌데, 마침 생각이 나서 말이야. 운 좋게도 타이밍이 맞았지."

"내가 그렇게 두려워?"

"웃기고 있네. 두렵긴 누가? 내가 너를? 하하, 네가 언제까지 그렇게 큰소리 칠 수 있을 것 같아?"

"박태성, 나한테 태신 빼앗길까 봐 무서워 죽겠지?"

궁지에 몰렸으면서도 여전히 자신감 넘치는 한결을 보며 태성의 표정이 잔뜩 굳어졌다.

"……안에 들어가서도 그 따위 말을 지껄일 수 있을지 궁금하네. 넌 어차피 지금 독 안에 든 쥐야, 알고 지금 그 따위 말을 하는 거야?"

"독 안의 든 쥐일수록 겁이 없어지거든. 어차피 죽을 거 뭔들 못하겠어."

"언제까지 그렇게 당당할 수 있는지 궁금하네. 다들 기다리고 계시니 그만 지껄이고 들어가는 게 어때?"

태성이 먼저 대회의실 안으로 들어가고, 곧이어 한결도 그의 뒤를 따라 들어갔다. 이미 모두 모여 있는 사람들은 태성이 흘린 소문을 이미 들은 터라, 한결을 곱지 않은 시선으로 바라보며 자기들끼리 수군거리고 있었다.

이사회의 회의 안건은 어이가 없었다. 앞에서 회의를 진행하고 있는 태성은 정말 말도 안 되는 내용들을 읊으며 어떻게든 한결을 몰아내기 위해 안간힘을 쏟고 있었다.

"박한결 본부장은 강원도 현장으로 발령을 받은 후 줄곧 근무 태도가 방만하였고 술집을 들락거리기도 했으며 여비서에게 운전을 시키는 등 위치에 적합하지 않은 행동을 했습니다. 뿐만 아니라 필요 없이 예산을 초과하여 최고급 자재를 들였고 이를 도난 사건으로 위장해 자재를 빼돌리려 했습니다. 나눠드린 것이 바로 본사에 보고도 없이 자재를 최고급으로 바꾸면서 박한결 본부장이 승인을 했음을 증명하는 결재서류이며, 자재 도난 사건에 대해 연락받고 알아낸 결과 오늘 새벽 몰래 인천항을 통해 자재를 밀수출하려다 적발되었습니다. 붙잡힌 밀수출업자에 의해 이미 박한결 본부장이 꾸몄다는 자백을 받아냈습니다."

술술술 뱉어내는 태성의 말을 들으며 한결은 억울하고 어이없고 기막히고 황당하고 할 말이 많아 미칠 지경이었다. 하지만 발언권조차 얻지 못했고, 모든 준비를 한 뒤 작정하고 몰아세우는 태성 때문에 죄인처럼 앉아 있을 수밖에 없었다.

"이번 사건을 계기로 박한결 본부장의 자질이 의심되어 이사회를 소집하게 되었습니다. 뿐만 아니라, 이번 사건은 그냥 덮고 넘어가기에는 회사의 손실이 막대하고 잘못이 너무 큰 바, 박한결 본부장에게 책임을 물어 해임하고자 합니다. 이의 있으신 분, 계십니까?"

회의실 안에는 수군거림만 가득할 뿐 그 누구도 나서지 않았다. 한결은 기가 막혔지만 일단 지금은 나설 때가 아니었다. 정황을 알아보고 어떻게든 이 일의 진실을 밝히는 게 순서이고 방법이었다. 하지만 태성은 이번 사건을 마무리 짓는 멘트를 이어 갔다.

"오늘부로 박한결 본부장을 본부장직에서 해임하고, 이번 사건으로 발생된 피해에 대해 엄중히 법의 심판을 받게 하려고 합니다. 그럼 이의 없으신 줄로 알고······."

그리고 그때 적막을 깨는 우렁찬 목소리가 있었다.

"이의 있습니다!"

대회의실의 문을 활짝 열어젖히고 당당하게 외치며 들어오는 사람은 다름 아닌 소리였다. 한결은 깜짝 놀란 표정으로 소리를 바라보았고, 소리는 몇 시간 사이에 수척해진 한결을 보자 왈칵 눈물이 쏟아질 것 같았다. 예상치 못했던 사람의 등장에 태성은 적잖이 당황했으나 곧 정신을 차리고 입을 열었다.

"지금은 간부회의 중입니다. 당장 나가세요."

하지만 소리는 태성의 말을 무시하며 아랑곳하지 않고 씩씩하게 인사를 했다.

"안녕하세요, 박한결 본부장님을 모시고 있는 비서 한유리입니다. 제가 올 자리가 아니라는 건 알지만, 자재 도난 사건은 박한결 본부장님이 꾸민 일이 아니라는 걸 증명하기 위해 무례함을 무릅쓰고 들어오게 되었습니다. 양해 부탁드립니다."

"강원도 현장에서 공사 진행 총책임을 맡고 있는 소장 변철수입니다. 꼭 말씀드릴 사항이 있어 이렇게 실례를 무릅쓰게 되었습니다."

"지금 뭐하는 짓이야! 경호원, 당장 끌어내지 않고 뭐해!"

두 사람의 등장으로 급격히 불안해진 태성이 흥분해 소리쳤다. 곧 경호원 세 사람이 대회의실로 뛰어 들어왔고, 소리와 변 소장을 억지로 끌어내려 했다. 경호원에게 소리의 팔이 잡히는 순간 한결은 저도 모르게 벌떡 일어섰고, 한결이 나서기 직전, 이 상황을 정리시킨 건 박 회장이었다.

"일단 얘기는 들어보도록 하지. 그래, 박한결 본부장의 결백을 증명하겠다고?"

박 회장이 입을 열자 눈치를 보던 경호원들은 소리와 변 소장을 두고 문 앞에서 대기를 했다. 그리고 먼저 입을 연 건 변 소장이었다. 그 사이 소리는 한결과 잠시 눈을 마주치고는 누군가를 찾기 위해 두리번거렸다.

"저는 박한결 본부장님이 강원도 현장에 내려오시기 전에 본사로부터 지시를 받았습니다. 정확히 말씀드리면 박태성 상무님으로부터 받은 지시입니다. 박한결 본부장님의 모든 것을 낱낱이 보고하라는 내용이었습니다."

"그건 나한테도 보고가 들어오는 거네만."

박 회장의 말에 태성은 안도의 숨을 내쉬며 입꼬리를 올렸고, 변 소장은 침을 꼴깍 삼켰다. 그리고 짧게 심호흡을 한 뒤 머릿속에 정리한 다음 말을 뱉어냈다.

"최고급 자재로 교체하라는 지시를 한 것도 박한결 본부장님이 아닌…… 박태성 상무님입니다."

회의실이 술렁이기 시작했다. 태성은 얼굴이 붉으락푸르락해지며 어쩔 줄 몰라 했고, 박 회장은 눈을 가늘게 뜨며 변 소장을 주시했다.

"여러분이 보고 계신 그 결재 서류 또한 마찬가지입니다. 자재를 최고급으로 바꾸라는 지시가 먼저 내려왔고, 곧 연락이 왔습니다. 박한결 본부장님의 사인을 꼭 받아내라는 지시였습니다. 무슨 일이 있어도 꼭 받아야 한다고 했습니다."

"그 이유 때문에 박본이 결재 서류에 사인을 했다는 건가?"

박 회장은 여전히 의심을 거두지 않은 채 물었다. 한결은 이제 변 소장이 그만하길 바랐다. 자신을 위해 저렇게 해주는 건 고마웠지만, 까딱 잘못하다가는 변 소장에게 화가 돌아갈 수 있었다. 물론 최선을 다해 막아 주겠지만, 자신을 위해 희생하는 변 소장을 보는 건 꽤나 마음이 쓰렸다. 하지만 변 소장은 다시 한 번 침을 꼴깍 삼킨 뒤 말을 이었다.

"박한결 본부장님은 이런 일이 일어날 걸 예상하셨습니다. 그럼에도 불구하고 결재 서류에 사인을 해주셨습니다."

"알면서도 사인을 했다? 박본이 그렇게 어리석은 사람은 아닌데? 이유는?"

"제가 곤란해지기 때문이었습니다. 본부장님이 사인을 하지 않으시면 제가 본사에 곤란한 입장이 되기 때문에 위험을 감수하고 사인을 하셨습니다. 제가 박태성 상무님께 받은 돈이 있다는 걸 박한결 본부장님은 알고 계셨습니다."

사람들의 의견은 분분했다. 변 소장의 말을 믿는 사람이 있는가 하면 오히려 변 소장을 의심하는 사람도 있었다. 박 회장은 머리가 복잡했다. 변 소장의 말에서는 한결에 대한 진심과 걱정이 느껴져 사실임을 알 수 있었지만, 자신의 큰 아들인 태성이 그런 짓을 했다는 게 믿겨지지 않았다. 하지만 이어지는 변 소장의 말에 박 회장은 실망감을 감출 수가 없었다.

"확정지어 말씀드리기에는 조금 부족하지만, 제 짧은 소견으로는 이번 자재 도난 사건 역시 지금까지 있었던 일의 연장선이라고 생각합니다."

"미쳤어? 증거도 없이 무슨 헛소리야! 저 노인네가 노망이 났나!"

결국 참다못한 태성이 폭발해 버렸다. 지금 이 자리에 어떤 사람들이 있는지도 잊은 채 태성은 버럭 고함을 쳤다. 그 모습에 박 회장의 표정이 실망으로 일그러졌고, 한결은 짧은 한숨을 내쉬었다. 결국 이렇게 되어 버리고 말았다. 그리고 이번엔 소리의 차례였다.

"증거, 여기 있습니다."

소리는 혹시라도 김 실장이 도망갈 걸 대비해 그를 발견하자마자 한결에게 귀엣말을 했다. 무슨 일이 있어도 김 실장이 도망가지 못하게 잡아 달라고. 의아해 하는 한결에게 소리는 일단 무조건 그렇게 해 달라고 부탁을 했고, 한결은 변 소장이 말하는 동안 김 실장의 옆으로 자리를 옮긴 상태였다.

소리는 강원도에서 동물들을 찍었던 캠코더를 빠른 손놀림으로 대회의실 컴퓨터에 연결했다. 일전에 아기 멧돼지를 찍기 위해 설치했던 캠코더를 소리는 습관처럼 매일 관리했었다. 그리고 그곳에는 운 좋게도 한쪽 구석에 창고의 모습까지 찍혀 있었다. 소리가 자신 있게 플레이 버튼을 눌렀다. 하지만 첫 장면은 소리가 다큐를 찍기 위해 잘 찍히나 확인하는 원맨쇼의 장면이었다.

아, 이게 아닌데…….

원맨쇼를 하는 영상이 화면 가득 나오자 소리는 쥐구멍에 숨고 싶을 정도로 창피했다. 소리는 당황하여 어쩔 줄 모르고 우왕좌왕하며 빨리 감기 버튼을 눌렀다. 그러다 제대로 된 영상이 나오자 소리는 위풍당당한 모습으로 얼른 플레이 버튼을 눌렀다. 그러자 화면을 보는 사람들의 표정이 굳어지며 술렁이기 시작했다.

비가 주룩주룩 내리고 있는 영상 안에는 작은 모습으로 찍히긴 했지만 김 실장의 얼굴이 정확히 찍혀 있었다. 비 때문에 정확히 무엇을 하는지에 대한 확신을 할 수는 없었지만 언뜻 보기에 김 실장은 낯선 사람들에게 조용히 무언가를 지시하고 있었다. 소리는 일시정지를 한 뒤 김 실장의 모습을 가리키며 물었다.

"이 사람, 아저씨 맞죠?"

소리가 김 실장에게 물었다. 부들부들 떨던 김 실장은 협박당해서 어쩔 수 없었다며 용서해달라고 울면서 빌기 시작했다. 아니라고 부정한다면 비디오 판독으로 어떻게든 빌미가 잡혀 더 큰 벌을 받게 될 것이기에 김 실장은 무릎을 꿇었다.

대회의실은 엉망이 되었다. 두려움에 떠는 김 실장과 온갖 욕설을 내뱉으며 흥분하는 태성이 경호원에게 끌려 나갔다. 박 회장은 비서실장에게 부축 받으며 나갔고, 다른 사람들은 서로 의견을 주고받았다. 그 모습을 보며 한결은 변 소장에게 다가가 꾸벅 고개를 숙였다.

"어려운 결정이셨을 텐데, 감사합니다, 변 소장님."

"본부장님께 조금이나마 도움이 되었다면 다행이죠."

"조금이 아니라, 매우 큰 도움이 된 것 같군요."

"제가 한 게 뭐 있다고……."

"변 소장님, 앞으로도 잘 부탁드립니다."

한결이 씩 웃으며 변 소장에게 악수를 청했다. 변 소장도 함께 함박웃음을 보이며 한결의 손을 맞잡았다. 그리고 현장에 돌아가 먼저 정리를 하고 있겠다며 회의실을 나섰다. 모두 나간 대회의실에는 한결과 소리, 두 사람만 남아 있었다.

"고맙다는 말은 안 해도 돼요."

"비서 일 한번 화끈하게 하는군."

"당연하죠. 누구 비서인데."

소리가 새침하게 웃으며 양손을 허리춤에 턱 올렸다. 그러자 한결이 그녀의 허리를 잡고 번쩍 들어 안았다. 소리는 미소를 지으며 양손으로 그의 얼굴을 감싸 쥐고 그대로 입을 맞췄다. 소리가 비서로서 처음이자 마지막으로 스스로 해낸, 제대로 된 일이었다.

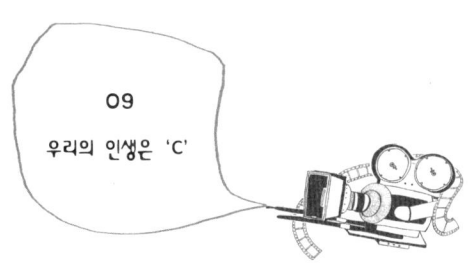

09
우리의 인생은 'C'

 자재 도난 자작극 사건 이후 태성은 박 회장에 의해 머리를 비울 겸 쉬면서 공부를 하라는 명목으로 미국으로 보내졌다. 울며불며 난리를 치던 임 여사는 결국 태성을 따라 미국행 비행기에 올랐다.
 강원도 공사는 성공적으로 마무리되었다. 강원도의 현장이 마무리됨과 동시에 한결은 서울 본사로 발령이 났다. 비어 있는 태성의 자리인 상무 직함이었지만, 한결은 매몰차게 거절했다. 그래서 그의 직함은 여전히 본부장이었다.
 "이번에 설계팀으로 발령 난 본부장 박한결입니다. 잘 부탁드립니다."
 직원들은 환하게 웃으며 따뜻한 박수로 한결을 환영했다.
 두 달 사이에 많은 변화가 있었다. 그중 가장 큰 변화는 소리가 한결의 비서 일을 그만둔 것이었다. 한결이 서울 본사로 오게 되면서 빚을 대신 일시 상환해 주어 그녀를 감동의 도가니에 빠뜨렸었다. 그리고 본사로 오면 정체가 탄로 날 것을 부담스러워 하는 소리를 위해 한결은 유리를 휴직으로 처리했다. 그리고 비서실에서의 발령을 대신해, 이제 막 제대한 변 소장의 큰 아들인 변준영이라는 남자 비서를 고용했다.

"변 비서."

"네, 본부장님."

"내가 지시한 건 잘 진행되고 있는 건가?"

"그럼요. 비밀리에 진행하고 있습니다."

"진행 정도는?"

"저희 아버지가 신경 많이 쓰고 계셔서 벌써 반 이상 진행된 상태입니다."

변 비서의 대답에 한결은 흡족한 미소를 지었다. 한결이 본사에 올라와 가장 먼저 한 일은 소리와 나중에 결혼해서 함께 살 집을 만드는 거였다. 강원도에 있을 때부터 설계를 조금씩 구상하고 준비해서인지, 계획은 차질 없이 착착 진행되었다. 한결은 시간을 확인한 뒤 자리에서 일어섰다. 이제 슬슬 출발해야 제 시간에 도착할 것 같았다.

"6시 이후 스케줄 전부 취소해."

"네? 6시에 협력업체 미팅 있고 7시 반에 이사진들과 식사 예약되어 있습니다. 더구나 식사 후에는 2차로 회식까지 잡혀 있는데, 다른 것도 아니고 이사진들 미팅을 어떻게 취소합니까?"

"취소하라면 취소해, 인마. 난 네 능력을 믿는다, 변 비서."

한결은 울상이 된 변 비서에게 눈길도 주지 않은 채 말을 내뱉으며 빠르게 퇴근 준비를 했다. 준영은 한결의 비서를 하며 하루도 마음 편할 날이 없었다. 워낙 꼼꼼하고 업무 처리 능력이 확실한 한결 때문에 준영은 매일 식은땀을 흘리며 그의 보조를 맞추고 있었다. 하지만 아무리 정신을 바짝 차리고 노력해도 그의 페이스를 따라가기에는 역부족이었다. 벌써부터 직원들 사이에서는 한결이 '괴물'로 불리고 있었고, 변 비서가 가장 힘들어하는 일 중에 하나가, 스케줄을 다 잡아 놓으면 저녁 6시 이후의 스케줄은 전부 취소시키는 거였다. 한결은 변 비서가 출근한 첫날부터 오늘까지 하루도 빠짐없이 6시 이후의 스케줄을 전부 취소시켰다. 하지만 이번에는 이사진들과의 미팅이기 때문에 변 비서는 무슨 수를 써서라도 한결을 그 자리에 데리고 가야만 했다.

"본부장님, 오늘은 절대 안 됩니다! 어쩌면 회장님까지 참석하실지도 모르는데."

"그건 네 추측이고."

"제 추측인 건 맞지만, 진짜로 회장님이 참석하시면 어쩌려고 그러십니까?"

"내가 책임질 테니까 취소해."

한결은 단호했다. 하지만 변 비서도 이번엔 물러서지 않았다.

"절대 안 돼요! 어제까지는 다 취소해 드렸지만, 오늘은 정말 중요한 자리라고요."

"그거보다 더 중요한 일이 있어."

"회장님보다 더 중요한 일이 어디 있다고 그러세요! 도대체 무슨 일이신데요!"

변 비서의 재촉에 한결이 걸음을 멈추고 뒤돌아보며 씩 웃었다.

"데이트. 나 먼저 간다."

"본부장님!!!"

한결은 뒤도 돌아보지 않고 변 비서를 남겨둔 채 등을 돌렸다. 변 비서와 잠깐 입씨름을 하는 사이 5분이나 시간이 흘러 있었다.

"젠장, 이러다 늦겠군."

한결은 차의 속력을 올리며 소리의 집으로 향했다. 강원도에서 하루 종일 붙어 있었던 탓일까, 일을 하는 내내 시간이 더디게 흘렀고 그녀에게로 달려가는 이 시간이 가장 조바심 났다. 소리의 집 앞에 도착한 한결은 대충 주차를 하고 성급한 손길로 초인종을 눌렀다.

[누구세요?]

"나야."

곧 문이 열리고 소리가 모습을 드러냈다. 매일 그렇지만, 한결은 소리가 웃음 가득한 밝은 얼굴로 문을 열어주면 하루의 피로가 싹 풀리는 것 같았다.

"나인 거 알면서 매번 묻는 심보는 뭐지?"

"초인종이 울리면 누구냐고 묻는 게 예의니까요."

"언제부터 그렇게 예의 있었다고."

"그럼 묻지 말고 바로 문 열까요?"

"아니. 그건 좀 곤란한데."

집으로 들어서자 군침 도는 향이 한결의 식욕을 자극했다. 두 사람은 매일 소리의 집에서 함께 저녁을 먹었다. 요즘 소리는 어울리지 않게도 요리에 취미를 붙여 어머니인 장순애 여사에게 이것저것 배워서 한결의 저녁을 책임지고 있었다.

"오늘 메뉴는 뭐야?"

"꽃게탕이요. 냄새 죽이죠?"

한결은 소리가 저녁상을 차리는 모습을 흐뭇한 표정으로 지켜보았다. 그녀의 앞에만 서면 자꾸 실실 웃음만 나오는 탓에 바보가 되어가는 것 같았지만, 그것마저도 행복했다. 곧 늘 먹던 밑반찬에 꽃게탕을 두고 한결과 소리는 함께 저녁을 먹기 시작했다.

"어제 김치 찜도 맛있었는데, 오늘 꽃게탕도 성공적이네."

"당연하죠, 누가 만든 건데."

"겸손함도 좀 배워."

"그게 뭔데요? 먹는 거예요?"

소리가 뻔뻔한 얼굴로 물으며 입안 가득 밥을 넣자 한결은 그저 피식 웃어 버렸다.

그래, 내가 너한테 뭘 바라겠냐. 매일 저녁 해주는 것도 감지덕지지.

강원도에 있을 때는 주말마다 당연한 것처럼 밥을 해주던 소리는 서울에 돌아오자 요리는커녕 손에 물 한 방울 대지 않았다. 하지만 한결이 빚을 일시 상환해 준 후, 그 마음에 감동한 소리는 한결에게 소원이 무엇이냐고 했다. 보답을 하고 싶으니까 자기가 해줄 수 있는 선에서 얘기해 달라고. 한결은 망설임 없이 매일 퇴근해서 올 테니 저녁을 해 달라고 했다. 소리는 당황한 듯했으나 어색하게 웃으며 고개를 끄덕였고, 처음엔 마지못해 준비를 했었다. 하지만 맛있게 먹는 한결을 보며, 한결도 음식을 먹으며 행복해하는 걸 느낀 뒤부터 소리는 이것저것 해주고 싶은 요리가 많이 생겨 버렸다. 더 이상 그를 위해 준비하는 저녁이 귀찮지 않았다.

"참 신기해."

"뭐가요?"

"이 반찬들은 왜 매일 먹어도 질리지 않는 걸까."

한결이 어제도 그제도 먹었던 밑반찬을 씹으며 말했다. 그러고 보니 소리도 같은 생각을 했다. 옛날부터 엄마가 해준 밑반찬은 세 끼마다 매일 먹어도 질리거나 맛없지 않았다. 아마 집에서 밥을 먹는 대부분의 사람들이 그럴 것이다. 매일 같은 반찬을 먹으면서도 질린다는 느낌 없이 먹고 있을 것이다.

"아마, 집에서 먹어서 그런 게 아닐까요?"

"그런가."

"본부장님은 집에서 밥을 먹은 적이 많지 않아서 더 그럴지도 몰라요."

한결은 정말 그런가 생각하다 문득 귀에 거슬리는 단어가 쏙 들어왔다.

"지금 뭐라고 했지?"

"응? 뭐가요? 집에서 밥을 먹은 적이 많지 않아……."

"아니, 아니. 나를 뭐라고 불렀지?"

"본부장님?"

역시. 한결은 미간을 찌푸리며 퉁명스럽게 말했다.

"언제까지 그 호칭을 쓸 생각이지?"

"네?"

"이제 본부장이라고 부르지 마."

"본부장님 맞잖아요."

"내가 네 본부장이야? 아니잖아."

"그럼 뭐라고 불러요?"

그러게, 뭐라고 부르라고 해야 할까.

한결은 듣고 싶은 호칭이 있었지만 차마 입에서 나오지 않았다. 이런 건 좀 알아서 해주면 좋으련만, 소리는 그런 것까지 생각해줄 만한 여우가 아니었다. 결국 아쉬운 사람이 먼저 말하는 수밖에 없었다.

"……오빠."

"네?"

"차라리 오빠라고 해."

"네, 오빠."

한결의 행동이 그대로 멈춰 버렸다. 꽃게탕 국물을 뜨던 수저가 허공에 멈춰 있었고 한결은 눈을 깜빡이며 소리를 빤히 바라보았다. 그녀의 입에서 망설임도 전혀 없이 순조롭게 '오빠'라는 단어가 나오자 한결은 그렇게 뿌듯할 수가 없었다.

지금 정말 나한테 '오빠'라고 한 건가?

낯간지럽다고 계속 본부장이라는 호칭으로 부를 줄 알았는데, 마치 진즉부터 오빠라고 부르고 싶었던 것처럼 쉽게 나오자 기분이 급격히 좋아졌다. 남들이 흔하게 사용하는 이 단어 하나가 사람을 이렇게 기쁘게 하고 만족스럽게 할 수 있다는 게 이상하면서도 좋았다.

"푸하하하."

갑자기 한결이 웃음을 빵 터트렸다. 소리는 뭐 잘못됐냐는 듯한 표정으로 시선을 마주치고 있었지만, 그가 왜 웃는지 알 것 같아 민망한 마음에 모르는 척하며 밥을 마저 먹었다.

저녁을 먹은 뒤에 두 사람은 함께 TV를 보거나 시답지 않은 이야기를 나누다 12시가 거의 다 되면 한결이 집에 돌아갔다. 그리고 오늘도 별로 한 것도 없는데 벌써 12시가 가까워 오고 있었다.

"시간이 진짜 빨리 가는 것 같아요."

"원래 좋은 시간은 빨리 가는 법이지. 싫은 시간은 더디게 가는 법이고."

"누가 오빠랑 있는 게 좋아서 시간 빨리 가는 것 같다고 한 줄 알아요?"

"그럼 나랑 있는 시간이 싫은 건가?"

소리는 입술만 삐죽일 뿐 대답하지 않았다. 알면서 꼭 저렇게 물어볼 때마다 소리는 그가 얄미워 보였다. 헌데 한결의 말이 맞긴 맞았다. 늘 붙어 있던 게 습관이 돼서인지 혼자 있는 시간은 엄청 더디게 흘러 지루해 미칠 것 같았다. 반대로 함께 있는 시간은 너무도 빨리가 잡고 싶을 만큼 아쉬웠다.

"아, 가기 싫다."

이제 정말 집으로 가야 할 때가 오자 한결의 입에서는 오늘도 어김없이 같은 말이 나왔다. 소리는 자신의 침대에 벌러덩 눕는 한결을 보며 그의 옆에 앉았다. 그가 빚을 일시 상환해 준 뒤 작은 선물이라도 하고 싶어서 며칠 전에 사 둔 게 있었지만 매번 타이밍을 놓쳐 아직 주지 못했다. 소리가 지금 줄까, 생각하고 있을 때 눈을 감은 채 입만 웅얼거리는 한결의 음성이 들렸다.

"여기서 자고 싶다."

한결의 음성에는 피곤함이 담겨 있었다. 그도 그럴 것이 매일 아침 7시 정도에 일어나서 출근하는데다가 자정이 되도록 소리와 함께 있다 집에 돌아가서 씻고 누우면, 평균 취침 시간이 새벽 두 시 정도였다. 소리는 눈을 감고 있는 한결을 안쓰럽게 바라보며 조금 망설이다 입을 열었다.

"……자고 갈래요?"

"그러고 싶어."

"그럼, 자고 가요."

"아냐, 가야지."

한결이 몸을 벌떡 일으키며 피곤한 눈을 지압했다. 그 행동에 소리는 내심 서운했다. 기껏 용기내서 한 말이었는데 매몰차게 거절당한 것 같았다. 그런 소리의 마음을 읽었는지 한결이 그녀의 볼을 쓰다듬은 뒤 움직이지 않는 몸을 억지로 일으켰다.

"여기서 자면, 내일 아침에 출근하기 싫을 것 같아서 그래."

흐트러지지 않으려고 하는 한결의 굳은 의지가 느껴졌다. 소리는 아쉽지만 그를 보내기로 하고 한쪽에 숨겨 두었던 작은 쇼핑백 하나를 들고 와 한결에게 내밀었다.

"이게 뭐야?"

"선물이요. 오빠 생각나서 산 거예요."

"열어 봐도 돼?"

소리는 예쁘게 웃으며 고개를 끄덕였다. 생각지도 못한 선물을 받은 터라 감동받아서인지 선물 상자를 여는 한결의 손길이 조심스러웠다. 상자 안에는 브라운 계열의 벨트가 들어 있었다.

"예쁘네."

"당연하죠, 내가 고른 건데. 마음에 들어요?"

"어, 마음에 들어. 안 그래도 브라운 컬러 벨트 하나 사려고 했는데."

"정말요?"

"어. 고마워, 잘 쓸게."

그에게 필요한 걸 선물했다는 생각에 소리는 뿌듯해졌다. 그에게 어떤 선물을 할까 얼마나 고민했는지 모른다. 이것저것 인터넷에서 찾아보기도 하고 주변 사람들에게 물어보기도 했다. 가장 많이 돌아온 답변은 '향수'였으나 소리는 내키지 않았다. 자신 때문에 15년 넘도록 뿌린 향수를 끊은 남자에게 향수를 선물하고 싶지는 않았다. 그리고 소리는 그의 품에 안길 때마다 코끝에서 느껴지는 그의 체향이 좋았다.

"이거 의미 있는 거예요."

"의미?"

"응, 아무 데서나 풀지 말라고요."

"뭐?"

"아무 여자 앞에서나 벨트 풀지 말라고요. 벨트는…… 내 앞에서만 풀라고요."

소리가 조금은 수줍은 듯한 모습으로 기어들어가는 음성을 냈다. 한결의 눈에는 그 모습이 더할 나위 없이 사랑스러워 보였다. 그녀가 직접 고른 세련된 디자인이 마음에 쏙 들 뿐만 아니라 그녀가 새긴 의미는 더욱 마음에 들었다. 그리고 이제 확실히 해야 할 때가 온 것 같았다.

"근데 난 아직 대답 못 들은 것 같은데?"

"이 선물의 의미로 이미 대답이 된 거 아니에요?"

"그래도 듣고 싶은데."

"뭘요?"

소리는 괜히 모르는 척 물었다. 그러자 한결은 이번만큼은 양보하지 않겠다는 듯 눈을 가늘게 뜨며 소리를 바라보았다.

"내가 듣고 싶은 말이 뭔지 몰라서 묻는 건가."

"그럼 알면 묻겠어요?"

"말 한 번 듣기가 이렇게 힘들다니……. 갈게."

한결이 돌아서는 시늉을 했고, 놀란 소리가 잠시 머뭇거리다 혼잣말하듯 중얼거렸다.

"……사랑해요."

소리의 입에서 흘러나온 감미로운 음성을 듣자마자 돌아섰던 한결은 참지 못하고 그녀의 입술에 자신의 입술을 급하게 묻었다. 소리의 작은 얼굴을 큼지막한 손으로 감싸고, 고개를 살짝 비틀며 부드러운 입술 사이를 촉촉한 혀로 가르며 침범하자 수줍은 입술은 기다렸다는 듯 살짝 벌어지며 한결을 받아들였다. 그러자 그는 더 이상 참을 수 없다는 듯 숨을 쉴 틈조차 주지 않으며 거칠게 파고들었다. 소리는 그의 목에 팔을 두르며 매달렸다. 치열을 훑고 입천장을 자극하며 혀를 읽는 한결은 소리의 정신을 쏙 빼놓을 정도로 아무 생각도 할 수 없게 만들었다. 혀와 혀가 만나고, 농염하게 입안 구석구석을 쓸어내리는 한결로 인해 소리는 아찔하다 못해 머리가 하얗게 비워지는 느낌이었다.

"하아······."

잠시 떨어진 입술 새로 소리의 신음 섞인 한숨이 흘러나왔다. 눈도 마주치지 못한 채 붉게 물든 소리의 볼이 사랑스러웠다. 한결이 다시 소리의 뒷목을 잡아채며 달려들려고 하자 소리가 그의 가슴을 밀며 떨리는 음성으로 말했다.

"불 꺼요."

"싫어."

"오빠, 불 끄면 안 돼요? 응?"

안달 난 표정으로 애원하듯 말하는 소리를 보며 한결은 한계를 느꼈다. 지금 이런 걸로 입씨름할 시간이 없었다. 한결은 얼른 불을 끄고 다시 침대로 돌아와 소리의 입술에 입을 맞췄다. 눈을 살짝 내리깐 소리의 모습에 한결은 극심한 자극을 느끼며 적극적으로 그녀의 혀를 농락하기 시작했다. 치열과 입천장까지 훑어 내리며 능숙한 테크닉을 보이는 한결로 인해 몸이 간질거리는 것을 느낀 소리는 간드러지는 신음을 뱉어내고 있었다.

"흐웃······."

"괜찮아?"

"응, 괜찮아요."

마지막 남은 이성을 움켜쥐고 힘겹게 말하는 한결의 마음을 아는지 모르는지 소리는 고개를 끄덕이며 허락의 의미를 보였다. 그리고 소리의 허락이 떨어지기 무섭게 한결은 그녀의 가슴으로 입술을 묻었다. 그러자 소리에게서는 그를 더욱 흥분으로 몰고 가는 신음이 터져 나왔다. 소리는 온몸을 지배하는 생경한 감각에 참을 수 없다는 듯 허리를 비틀며 신음을 뱉어냈고, 한결은 손을 그녀의 허벅지로 옮기며 농염하게 쓸어내렸다. 한결의 입술이 점점 아래로 내려가며 배꼽을 간질이고 조심스러운 손길로 점점 깊은 곳까지 손을 올렸다. 소리가 흥분에 겨워 몸을 비틀며 내는 신음을 들을수록 한결도 얼른 그녀와 하나가 되고 싶은 생각만으로도 몸이 달아올라 미칠 것 같아 이를 악물었다.

소리의 바지를 벗기며 자신의 바지도 벗어 버린 한결은 부끄러움에 다리를 오므리는 그녀에게 입을 맞추며 마지막 남은 속옷까지 벗겨 버렸다. 키스만으로도 아찔한 쾌감을 주는 한결로 인해 머릿속이 새하얘진 소리는 괜찮다는 듯 질끈 눈을 감았다. 한결은 소리의 꽃샘에 입을 맞추며 조심스럽게 혀를 놀리기 시작했다. 온몸을 지배하는 쾌락과 흥분이 소리에게는 너무도 강렬한 자극으로 다가왔고, 금방이라도 숨이 막혀 죽을 것만 같았다.

"흐읏! 하악……"

한결이 그녀의 귓가로 입술을 옮긴 뒤 조심스럽게 하나가 되려 했다. 소리는 귀에서 느껴지는 적나라한 그의 숨소리와 쉬지 않고 놀려대는 혀 때문에 더 큰 흥분에 휩싸여 그의 등을 끌어안으며 연신 신음을 흘려댔다.

"괜찮아?"

"하아…… 괜찮아요."

흥분으로 물든 표정으로 고개를 끄덕이는 그녀는 세상 그 누구보다 사랑스러웠다. 한결은 다급한 마음과는 달리 소리가 아플까 봐 자신의 욕망을 누르며 속도를 내지 않은 채 천천히 허리를 움직이기 시작했다. 자신의 안을 쿡쿡 찌르는 느낌으로 인해 소리는 말로 형언할 수 없는 쾌감을 느끼며 허리를 비틀었다. 운동으로 인해 적당히 근육 잡힌 탄탄한 가슴이 소리의 눈앞에 자리 잡고 있었다. 그렇게 두 사람은 서로만 바라보며 하나가 되었다.

두 번이나 사랑을 나눈 뒤 한결이 먼저 씻고 나왔다. 벌써 새벽 2시가 넘은 시간이었다. 한결은 이불로 몸을 가린 채 침대 위에 누워 있는 소리에게 다가가 그녀의 이마에 입을 맞추었다.

"씻어야지."

"힘이 하나도 없어요."

"씻겨 줘?"

"아니요. 일으켜 줘."

소리가 한결에게 안아달라는 듯 아기처럼 팔을 벌렸다. 한결은 본 적 없는 그녀의 애교가 마음에 드는 듯 그녀를 번쩍 들어 안아 욕실까지 데려다 주었다. 한결이 옷을 챙겨 입는 사이 욕실에서는 샤워기에서 물이 떨어지는 소리가 났고, 그는 그녀의 방을 둘러보았다. 그녀의 집에 올 때마다 한 번씩 청소를 해 줘야겠구나 싶었는데, 그 날이 오늘인 듯했다.

"청소 좀 하고 살지……."

컨테이너 박스에 쳐들어갔을 때도 느꼈던 거지만 소리는 정말 청소를 싫어하는 듯했다. 어떻게 여자가 이렇게 해 놓고 사는지 의심스러울 정도로 소리의 방은 엉망이었다. 한결은 먼저 아무렇게나 여기저기 늘어져 있는 그녀의 물건을 정리하기 시작했다. 그러다 침대 밑에서 무언가를 발견했다.

"이게 뭐지?"

한결은 먼지가 가득 쌓인 물건을 들어 휴지로 대충 닦아 냈다. 한결이 발견한 건 통장이 든 봉투였다. 그 안에는 도장도 들어 있었다. 아무래도 돈을 인출할 때 사용할 수 있는 도장인 듯했다. 열어 보니 유리의 이름으로 된 통장에는 다달이 일정 금액의 돈을 넣어 꽤 큰 액수가 찍혀 있었다. 그리고 통장 마지막 장에는 편지가 끼워져 있었다.

"뭐해요?"

어느새 다 씻었는지 큰 수건으로 몸을 가린 소리가 방으로 들어와 물었다. 한결은 잠시 고민하다 말없이 소리에게 통장을 내밀었다.

"이게 뭐예요?"

"네 언니가 집 나가기 전에 두고 간 것 같은데, 침대 밑에 떨어져 있더군."

"유리가요?"

소리는 떨리는 손으로 통장을 받아 들었다. 그리고 통장을 한 장 한 장 넘길수록 소리의 눈에는 점점 눈물이 차올랐다. 그리고 편지를 읽으며 결국 소리는 울음을 터트렸다.

소리야, 직접 말하지 못하고 이렇게 편지를 남기게 되었어.

일단 미안하다는 말을 먼저 해야 할 것 같아. 너한테도 많이 미안하고, 엄마한테도 정말 죄송스러운 마음뿐이야.

그래도 이렇게밖에 할 수 없는 나를 조금만 이해해 줬으면 좋겠어. 네가 이걸 발견했을 때는 내가 이미 떠난 뒤겠지? 고민 많이 하고 내린 결정이니까 미워하지도, 원망하지도 않았으면 좋겠어.

같이 있는 통장은 내가 태신에 입사했을 때부터 계속 모아온 돈이야. 이거면 빚은 일시 상환할 수 있을 거야.

이렇게 떠나는 거 정말 무책임하다는 거 알아. 나, 정말 많이 고민하고 또 고민해 봤는데 도저히 현준 씨와 아기를 포기할 수가 없어. 제발 조금만 나를 이해해 줘.

내 걱정은 하지 말고 엄마 잘 챙겨드려.

미안해, 소리야.

방 안에는 소리의 울음으로 가득했다. 함께 편지를 읽은 한결은 말없이 그녀를 품에 안고 다독여 주었다. 소리는 잠시나마 유리를 원망했던 마음이 미안해졌다. 그리고 한편으로 걱정이 되었다. 지금껏 모아온 돈을 이렇게 전부 두고 갔으면, 유리는 분명히 가지고 있는 돈이 없을 터였다. 장 여사에게 들은 말에 의하면 유리와 함께 떠난 남자 역시 돈이 없다고 했는데, 도대체 유리는 어떻게 살고 있는 걸까 한없이 걱정되었다. 갑자기 떠났어도 장녀의 책임을 다하고 떠난 유리의 마음을 알게 된 소리는 새벽이 깊도록 울음을 그치지 못했다.

✽

"오빠, 12분 지각이에요."

소리가 휴대폰으로 시간을 확인하며 한결에게 눈을 흘겼다. 사실 소리도 방금 전에 도착했지만 그건 비밀로 하기로 했다. 시간관념이 철저한 한결은 자신이 늦은 것에 대해 많이 미안한 눈치였다.

"미안, 퇴근 시간이라 그런지 차가 너무 많이 밀렸어."

"퇴근 시간인 걸 알면 그것까지 계산해서 더 일찍 나왔어야죠. 나는 차 막힐 거 모르고 나와서 제 시간에 도착한 줄 알아요?"

한결은 언젠가 자신이 소리에게 했던 말을 고스란히 돌려받는 중이었다. 하지만 토씨 하나 안 틀리고 그 당시 한결의 말투까지 흉내 내며 허리춤에 팔을 턱하니 올리고 말하는 소리는 무섭다기보다 마냥 귀엽기만 했다. 그 모습에 한결은 피식 웃으며 소리의 이마에 손가락을 튕겼다.

"앗!"

"밥 먹자, 배고프다."

맛집으로 소문 난 중식 집으로 들어간 두 사람은 메뉴를 주문하고 서로를 바라보았다. 이렇게 함께 있고 서로를 바라보는 것만으로도 행복감을 느끼게 해주는 사람이 있다는 건 정말 신의 축복이라는 생각이 들었다.

"영화 예매해 놨어요."

"어떤 영화?"

"이따 가서 보면 알아요."

"어떤 영화인데? 궁금하네."

"……오빠가 전부터 보고 싶다고 했던 거요."

한결이 전부터 보고 싶다고 했던 영화는 하나였다. '첫사랑'이라는 타이틀을 내세운 그 영화는 한결의 직업과 연관 있는 건축 관련 영화였다. 사람들에게 그 영화에 대한 이야기를 하도 많이 들어서 꼭 보고 싶었는데 시간이 여의치 않아 지금껏 보지 못하고 있었다. 하지만 한결은 소리에게 조금 미안해졌다.

"자기는 그 영화 봤잖아. 두 번이나 봤다며."

"괜찮아요, 오빠랑 본 건 아니니까. 그리고 오빠가 보고 싶어 했던 영화잖아요."

"그래도 세 번이나 보기에는……. 다른 영화로 하지 그랬어."

"원래 다른 영화 보려고 했는데 시간이 안 맞아서요. 아무튼 이미 예매한 거니까 봐야 돼요."

한결은 소리의 마음이 예뻐 그녀의 입술에 짧게 입을 맞췄다. 이미 두 번이나 본 영화를 자신이 보고 싶다고 또다시 보겠다는 그 마음이 감동적이었다. 소리는 마치 잘했냐는 듯 으쓱한 표정으로 한결을 바라보았다.

"오늘 오랜만에 데이트하는 거니까 재미있게 놀아요."

"내가 회사 여직원들한테 물어봤는데……."

한결이 말끝을 흐리자 소리는 그가 여직원들에게 무엇을 물어보았을지 궁금해졌다. 변 비서에게 들은 말에 의하면 사무적인 것 이외에는 여직원들과 말도 잘 섞지 않는다고 들었는데, 도대체 뭘 물어본 것일까.

"뭘요?"

"남자 친구 만나면 뭐 하면서 데이트 하냐고."

순간 소리는 터져 나오는 웃음을 참기 위해 애썼다. 지극히 사무적이고 '괴물'이라 불리는 사람이 뜬금없이 저런 질문을 했을 거라고 생각하니 터져 나오는 웃음을 참을 수가 없었다. 그 질문을 받은 여직원들의 표정까지 그려져서 더욱 재미있었다.

"그랬더니 여직원들이 뭐래요?"

"CF에서 나왔던 대답을 하더군."

"CF요?"

"밥 먹고 영화 보고 차 마시고. 영화 보고 차 마시고 밥 먹고. 차 마시고 밥 먹고 영화 보고. 늘 반복이라고 하더군."

"데이트가 다 그렇죠 뭐."
"그런가."

한결은 연애가 마냥 어색하기만 했다. 그녀와 함께 있는 건 좋았지만, 무언가 특별한 것들을 함께하고 싶었다. 그래서 나름 무안함을 무릅쓰고 여직원들에게까지 물어본 건데, 막상 들려온 대답은 딱히 마음에 드는 대답이 아니었다. 더구나 소리까지 그 말에 동조를 하니 한결은 괜히 속상해졌다.

그리고 한결과 소리는 이날, 밥 먹고 차 마시고 영화를 봤다.

딩동딩동.

한결은 소리의 집 앞에서 초인종을 눌렀다. 하지만 안에서는 인기척이 없었다.

"자는 건가……."

딩동딩동.

한결은 혼잣말을 하며 또다시 초인종을 눌렀다. 하지만 이번에도 안에서는 아무런 반응이 없었다. 한결은 밖으로 나와 소리의 집을 보았다. 방과 거실 모두 어두컴컴한 채로 불빛을 찾아볼 수가 없었다. 연락 없이 와서 놀라게 해주려고 했더니, 새벽 1시가 다 된 시간이라 그런지 소리는 이미 잠든 것 같았다.

"후우, 보고 싶어서 왔더니만."

한결은 잠시 망설였다. 하지만 한결의 선택은 단호했다. 그녀를 쉬게 하고 싶은 마음도 컸지만, 그보다는 보고 싶은 마음이 훨씬 더 컸다. 많이 피곤해한다면 목소리만이라도 듣고 싶었다. 그래서 한결은 휴대폰을 꺼내 소리에게 전화를 걸려고 했다. 그리고 그때 등 뒤에서 듣고 싶었던 익숙한 목소리가 들려왔다.

"어? 오빠?"

고개를 돌리니 역시나 그녀가 놀란 표정으로 눈을 깜빡이며 서 있었다. 옷차림을 보니 아무래도 잠깐 편의점이나 슈퍼에 나온 게 아니라 이제 귀가하는 모양이었다.

"설마 지금 들어오는 거야?"

"네, 오늘 일이 좀 많았어요."

그토록 보고 싶었던 그녀임에도 한결은 저절로 미간이 좁혀졌다. 안 그래도 늦은 새벽 시간인데 이런 골목을 혼자 걸어 올라온 그녀를 보니 화가 나려고 했다.

"지금 몇 신 줄은 알아?"

"지금? 벌써 거의 1시가 다 됐네요?"

휴대폰으로 시간을 확인하며 태연하게 대답하는 소리를 보자 한결은 더욱 화가 치밀었다. 걱정하는 걸 아는지 모르는지 소리는 의아한 표정으로 한결을 빤히 바라보고 있었다.

"버스, 지하철 다 끊긴 시간이야."

"그래서 택시 타고 왔어요."

"택시를 탔으면 집 앞까지 와야지, 왜 이 골목을 걸어오는 건데?"

"택시 아저씨들이 여기까지 와달라고 하면 싫어하더라고요. 나도 굳이 그 싫은 표정과 반응 보고 싶지 않고."

"그걸 지금 말이라고! 택시 기사들이 아무리 싫어하는 티를 내도 세상이 이렇게 흉흉한데, 좀 참고 타고 오면 어디가 덧나? 그것도 이렇게 늦은 시간인데!"

소리는 보고 싶다고 생각했던 그가 집 앞에 서 있는 걸 봤을 때 설렘으로 심장이 두근거렸다. 연락 없이 찾아온 한결로 인해 놀라기도 했지만, 서 있는 그의 뒷모습을 보는 것만으로도 좋아서 입꼬리가 올라갔다. 하지만 그가 갑자기 이렇게 화를 내며 인상을 쓰니 어떻게 반응해야 할지 난감했다. 하루가 멀다 하고 만나고는 있지만 그래도 볼 때마다 반갑고 좋고 설레는데 왜 이렇게 얼굴을 붉혀야 하는지 이유를 알 수가 없었다. 오늘 하루 늦게까지 고생했다고 그냥 안아 주면 안 되는 거란 말인가.

"지금, 화내는 거예요?"

"그럼 화 안 나게 생겼어?"

"왜 화가 났는데요? 내가 늦게 들어와서?"

"지금 새벽 1시야. 오전에는 뭐 했기에 여태 밖에 있다가 이제 들어와?!"

"오늘 중요한 미팅 자리가 있었어요. 물론 결과가 어떨지는 모르겠지만, 그래도 나한테는 너무 중요한 일이라 시간이 이렇게 된 줄도 몰랐어요. 이것도 더 늦어질 것 같아서 양해 구하고 먼저 일어난 거라고요. 왜 자초지종은 들어보지도 않고 화부터 내요? 오빠가 화낼 정도로 내가 그렇게 잘못한 거예요?"

소리의 표정에는 억울함과 이해할 수 없다는 의미가 담겨 있었다. 그녀가 영화에 대해 얼마나 애착을 가지고 있는지 알기 때문에 한결은 언성부터 높인 자신의 행동에 대해 잠시 후회했지만, 그래도 시간이 시간이니만큼 화가 안 날 수가 없었다. 그리고 화를 낸 이유는 단 하나였다.

"걱정하는 사람은 생각도 안 해?"

"걱정, 했어요?"

"그럼 걱정 안 해? 이 늦은 시간에 당연히 집에 있을 거라 생각하고 왔는데, 아무리 초인종을 눌러도 대답은 없지, 불은 다 꺼져 있지. 그래서 자나 하면서도 혹시나 싶어 전화하려던 참이었어. 그런데 이

시간에 택시를 타고 왔으면서도 아래에서 내려서 이런 골목을 너 혼자 걸어 올라왔다고 하는데 화가 안 나? 내가 걱정 안 하게 생겼어?"

소리는 눈을 깜빡이며 한결의 말을 듣고 있었다. 그리고 그의 말이 끝나자 눈을 휘며 배시시 웃었다.

"지금 웃음이 나와? 뭘 잘했다고 웃어?"

"보고 싶었어요, 오빠."

"뭐?"

"엄청 많이 보고 싶었어요."

소리는 한결의 입술에 쪽 하고 입을 맞추고는 그의 목을 팔을 두르며 안겼다. 얼렁뚱땅 넘어가지 말라고 한 마디 하려던 한결은 그리웠던 그녀의 향기가 코끝으로 다가오자 하려던 말을 그만두고 그녀의 허리를 끌어안았다.

"나 이렇게 늦게 다니는 거 싫어요?"

"그럼 좋겠어?"

"이 골목을 혼자 걸어오는 것도 싫어요?"

"밤이 늦은 시간에 내 여자가 위험에 노출되는 걸 원하는 남자는 없어."

"내 꿈을 포기하지 않는 이상, 여러 번 더 이런 일이 있을지도 모르는데, 어쩌면 자주 있을지도 모르고."

한결은 그녀가 말하는 의미가 무엇인지 알 수 있었다. 영화판이라는 게 일반 회사와 달라서 오전 시간보다는 밤 시간에 더 많이 활동한다는 걸 들었기 때문이다.

이 여자를 어쩌면 좋을까…….

그녀가 영화에 얼마나 애착이 있고 열정이 강한지 알기 때문에 한결은 절로 한숨이 흘러 나왔다. 그녀가 꿈을 이룰 수 있도록 응원하면서도 한편으로는 걱정되는 건 사실이니까.

"영화가 그렇게 좋은가?"

"내 평생의 꿈이니까요."

"후우……."

"그런데 나는 영화만큼 오빠도 좋은데, 오빠는 내가 영화 때문에 늦게 다니고 그래서 나 싫은 거예요?"

도대체 이 아가씨는 어떤 대답이 듣고 싶어서 이렇게 자꾸 유도심문을 하는 걸까.

꼭 끌어안은 채 귓가에 속삭이는 소리의 목소리를 들으면 들을수록 한결은 마음이 약해지려고 했다. 걱정되니까 다시는 늦게 다니지 말라고, 늦게 돼서 택시를 타면 꼭 집 앞까지 타고 오라고, 그것도 싫으면 자신한테 연락하거나 변 비서한테라도 데리러 오라고 연락하라고 엄포를 놓으며 다짐을 받아내려고 했는데 아무래도 틀린 것 같았다. 결국 한결의 입에서 나오는 말은 백기를 든 상태였다.

"내 마음을 시험하려고 하지 마."

"시험하는 거 아니에요. 궁금해서 묻는 거지."

"그걸 꼭 말로 들어야 아나? 느껴지지는 않아?"

"진심은 절대 마음과 눈빛만으론 통하지 않아요. 늘 확인시켜 주고, 말해 주고, 만져 주고, 예뻐해 주고, 꽉 잡아 줘야만 알 수 있는 게 현실이에요. 내가 오빠에게 늘 표현하는 것처럼."

"……그래, 내가 졌다."

"사랑해요."

소리가 또다시 한결의 입술에 쪽 하고 베이비 키스를 했다. 부드럽게 내려앉았던 그녀의 입술이 순식간에 사라져 버리자 한결은 갈증이 일었다.

"오빠가 싫다고 하면 안 할게요."

"뭐를 말이지?"

"막차 끊기기 전에 집에 들어오고, 시간이 늦어 택시를 타면 기사 아저씨들이 싫은 티내도 골목 올라와 달라고 해서 집 앞까지 올게요. 가끔 택시 타기 싫으면 오빠한테 데리러 와 달라고 전화해서 투정도 부리고."

"……진짜 그럴 건가? 나 안심시키려고 말로만 그러는 거 아니고?"

한결이 의심의 눈초리를 보내자 소리는 확신에 찬 표정으로 고개를 끄덕였다.

"응, 오빠가 싫다면 안 할 거야."

"믿어도 되는 거야?"

"응. 나한테 영화는 정말 소중하고 이루고 싶은 꿈이지만, 그것보다는 오빠가 더 소중하고 중요하니까. 오빠가 싫어하는 일은 나도 별로 하고 싶지 않아."

"예쁜 말도 할 줄 아네."

"당연하죠, 누구 여자인…… 읍!"

소리의 말이 끝나기도 전에 한결은 그대로 그녀의 입술에 자신의 입술을 묻었다. 조금은 거칠게 그녀의 혀를 옭아매며 안고 있는 팔에 힘을 주어 그녀의 몸을 확 끌어당겨 밀착시켰다. 예쁜 말을 하는 그녀를 갖고 싶고 안고 싶다는 열망이 가득했다. 점점 고개가 꺾이고 다리가 풀리려는 그녀의 몸을 지탱하며 한결은 마음껏 그녀의 입술을 머금었다.

"하아……. 들어갈래요?"

조금은 달뜬 표정으로 묻는 소리에게 한결은 대답 대신 그녀의 손목을 이끌고 계단을 올라갔다. 올라가면서도 몇 번이나 그녀의 입술을 탐하고 가슴을 헤집었다. 문 앞에 다다라 열쇠를 넣는 소리의 손이 떨려 쉽게 문이 열리지 않았다.

"오빠, 피곤하지 않아요?"

"피곤해."

"그런데 괜찮겠어요?"

"누가 누구를 걱정하는 거지? 지금은 네 걱정을 하는 게 더 나을 텐데."

소리가 문을 여는 동안에도 한결은 뒤에서 그녀를 안은 채로 몸을 밀착시키고 그녀의 몸을 어루만졌다. 한시라도 빨리 그녀와 하나가 되고 싶어 안달이 나 있었다.

"앞으로 지금보다 더 바빠질 거야."

"그럼 자주 못 보겠네요."

"아마 요즘처럼 잠깐 보는 것도 힘들지도 몰라."

"그럼 나도 더 바빠져야겠다. 하루 종일 오빠 생각하면서 오빠만 기다릴 수도 없으니까."

"하루 종일 내 생각하면서 나만 기다리는 것도 나쁘지는 않을 것 같은데?"

불도 켜지 않은 채 집에 들어온 한결이 장난스럽게 웃으며 그녀를 침대에 눕히고 그 위에 올라탔다. 소리가 밉지 않게 한결을 흘겨보았지만 그는 여전히 장난스런 미소를 지우지 않았다. 그리고 그 사이 서로의 옷이 하나씩 벗겨지고 있었다.

"나도 엄청 바쁘게 미팅도 하고 장소 헌팅도 하고, 오빠가 바쁜 만큼 열심히 할 거야."

"그래도 늦게 들어오는 건 안 돼."

"응, 하지만 가끔은 늦을지도 몰라요. 물론 아까 약속한 대로 집 앞까지 택시 타고 올게요."

"나보다 더 바쁜 것도 안 돼."

"치, 그러는 게 어디…… 흐윽!"

실오라기 하나 걸치지 않은 두 사람은 어스름한 달빛을 조명 삼아 하나가 되어 가고 있었다.

그날 이후로 한결과 소리가 얼굴을 못 본 지 벌써 열흘째였다. 갑자기 몰려드는 일들로 인해 한결은 매일 새벽 3시가 넘어서야 퇴근을 했고, 소리는 더 이상 저녁을 준비하지 않았다. 그가 바쁘고 능력을 인정받는 건 좋았지만, 막상 이렇게 만나지 못하자 소리는 내심 속상하고 서운했다.

"늦게 들어오지 말라고 하고, 자기보다 바쁜 것도 안 된다고 해서 새벽같이 나갔다가 일찍 들어왔더니!"

오늘 역시 장소 헌팅을 끝내고 돌아와 이미 샤워까지 하고 침대에 누워 9시가 넘는 시간이 되었는데도 그에게서는 아무런 연락이 없었다. 결국 휴대폰만 만지작거리던 소리는 한결에게 먼저 문자를 보냈다.

〈오빠, 많이 바빠요?〉
〈미안, 일이 좀 많네.〉
〈그럼 오늘도 늦게 끝나요?〉
〈아마 그럴 것 같아.〉

답장은 바로바로 왔지만 그것만으로는 만족할 수가 없었다. 오늘도 늦게 끝날 것 같다고 한다. 그 말은 즉, 오늘도 못 만날 것 같다는 말과 같았다. 소리는 갑자기 바빠진 한결 때문에 하루하루 그에 대한 그리움과 애틋함이 커지고 있었다. 그리고 결국 생각만 하던 걸 문자에 적어 내려갔다.

〈요즘 오빠가 갑자기 너무 많이 바빠진 것 같아요. 오빠가 인정받고 유능한 건 좋지만, 나는 오빠가 조금만 덜 바빴으면 좋겠어요. 오빠 잠 제대로 못 자는 것도 속상하고, 자꾸 살 빠지는 것도 속상하고, 피곤해하고 힘들어 하는 것도 속상하고, 이렇게 못 만나는 것도 속상해요. 보고 싶어요.〉
〈그러게. 그래도 한창 일할 때인데 아무리 피곤하고 힘들어도 이렇게 바쁜 거에 감사해야지.〉

소리는 한결에게서 온 문자를 읽고 또 읽었다. 하지만 읽을수록 서운한 감정만 커졌다. 특별한 대답을 기대하고 보낸 메시지는 아니었지만, 그래도 어른처럼 답장한 한결이 조금 야속하게 느껴졌다. 빈 말이라도 보고 싶고 사랑한다고 해주었으면 이렇게 속상하지는 않을 것 같았다. 그가 바쁜 걸 이해 못 하는 건 아니었지만, 그래도 투정을 부리면 받아줄 거라 생각했는데, 한결은 그럴 여유조차 없는 모양이었다. 소리는 곧 휴대폰을 휙 던지고 이불을 머리끝까지 끌어올려 덮었다.

"자기만 바쁜 줄 알아?! 나도 스케줄 빡빡하다고! 만나자고 하기만 해 봐! 절대 안 만나 줄 거야!"

많이 바쁘다고는 하지만 그래도 이건 너무하다는 생각이 들었다. 아무리 바빠도 새벽에 잠깐, 10분이라도 만나러 오던 사람이 열흘째 얼굴은커녕 코빼기도 보이지 않고 있었다. 그가 지금 얼마나 중요한 시기인지도 알고, 일에 대한 열정이 넘치는 것도 알지만 역시 서운한 건 어쩔 수 없었다. 소리는 자기 혼자만 그리워하고 보고 싶어 하는 것 같기도 했다. 어쩌면 그는 일 때문에 바쁘고 정신없어서 자신의 생각을 할 시간이 없을지도 모른다는 생각도 들었다. 이렇게 문자에 답장을 해주는 시간조차 그에게는 사치일지도 모른다는 헛된 생각까지 들었다. 그렇게 쓸데없는 생각을 10분 정도 했을 무렵 그에게서 먼저 문자가 왔다.

〈삐쳤어?〉
〈응, 삐쳤어요.〉
〈사랑해^^〉

아무리 문자를 많이 주고받았어도, 단 한 번도 이모티콘을 쓰지 않던 사람이 어울리지 않게 '^^' 모양까지 보낸 걸 보니 미안하긴 한가 보다.

〈병 주고 약 주고.〉
〈예뻐서 그래.〉
〈나도 알아요, 나 예쁜 거.〉
〈ㅋㅋㅋㅋㅋㅋㅋ〉
〈비웃는 거 같은데…….〉
〈아니야 바보야.〉
〈됐어요, 바쁜데 일해요.〉
〈보고 싶다. 그리고 사랑해^^〉

소리도 보고 싶다고, 사랑한다고 답장을 보내고 싶었지만 그만두었다. 한결이 미안해하는 건 알지만, 소리는 이미 서운한 마음이 들었기 때문에 그가 괘씸했다.
　"그래도 보고 싶고 사랑하는 건 사실인데……."
　침대에 누워 혼잣말을 중얼거리던 소리는 휴대폰에 보고 싶고 사랑한다는 말을 썼다 지우길 몇 번이나 반복했다. 그러다 결국 문자를 보내지 못하고 소리는 불도 켜 놓은 채 그대로 잠이 들고 말았다. 집에 10시 전에 들어오긴 했지만, 요즘 시나리오 자료 수집 차 새벽부터 이곳저곳을 돌아다녔더니 몸이 많이 피곤했다.

　한편 한결은 변 비서에게 억지로 끌려 다음 미팅 장소로 이동하고 있었다. 그는 요즘 이렇게 이동 중에 차에서 잠깐씩 눈을 붙이는 일이 잦아졌다. 2주 전에 리모델링을 끝낸 펜션의 주인이 컴플레인을 건 뒤로 한결은 작은 것 하나라도 일일이 다 미팅을 한 뒤 직원들에게 지시를 했다. 결재만 해주고 맡긴 일 중, 딱 한 번 컴플레인이 들어온 거지만 한결은 단 한 사람에게도 불만족을 느끼게 하고 싶지는 않았다.
　"본부장님, 다 왔어요."
　변 비서가 한결을 깨우자, 그는 떠지지 않는 눈을 비비며 기지개를 켰다. 요즘 한결의 희망사항은 단 하나였다. 소리를 품에 안고 머리 아플 때까지 푹 자는 거.
　"원하시는 걸 말씀해 보십시오."
　한결의 사무적인 말투에 커피숍을 내길 원하는 여자는 잠시 고민을 하더니 늘 클라이언트들이 하는 말을 똑같이 했다. 미팅을 할 때마다 느끼는 거지만, 커피숍을 내거나 리모델링을 원하는 주인들은 앵무새처럼 하나같이 같은 말만을 반복했다.

"예쁘고 편했으면 좋겠어요. 누구라도 예쁘고 편했던 곳으로 기억할 수 있도록요."

한결은 그저 형식적으로 고개를 끄덕인 뒤 디자인 시안 몇 개를 그녀에게 보여주었다. 한결이 어제 새벽까지 이 커피숍을 위해 디자인한 것들이었다. 시안은 전체적으로 깔끔하고 세련된 느낌이었다. 하지만 주인이 원한 편안함은 그 어디에서도 찾아볼 수 없었다. 역시나 여자의 표정을 보니 그다지 마음에 들지 않는 모양이었다.

"예쁘고 좋은데, 의자가 좀 투박해 보여요. 이게 제일 예쁜데요, 의자만 편한 소파로 바꾸면 좋을 것 같아요."

"돈 벌려고 커피숍 차리시는 거 아닙니까?"

"그렇죠."

"의자 편하면 손님들이 안 나갑니다. 손님 회전력이 빨라야 돈을 많이 벌죠."

"그렇긴 한데……."

여자는 한결의 말에 당황한 표정을 지으며 말끝을 흐렸다. 한결은 그녀가 고민하는 것까지 기다려 줄 만큼 시간이 많고 아량이 넓은 남자는 아니었다. 그는 시안을 테이블 위에 그대로 둔 뒤 자리에서 일어섰다.

"그럼 생각해 보시고 변준영 비서에게 연락 주십시오."

한결이 먼저 나가고 그 뒤를 변 비서가 따랐다. 주차장으로 향하던 한결은 도저히 못 참겠다는 듯 결국 열흘 만에 인내심의 한계를 드러내고 말았다.

"나머지 일정 취소해."

"네? 안 돼요, 본부장님."
"지금 11시야. 피곤해 죽겠다고."
"이제 마지막 미팅만 남았으니까 조금만 힘내세요."

이미 밤늦은 시간인데 미팅이 또 남아 있다니. 한결은 죽을 맛이었다. 사실 피곤한 건 핑계였다. 피곤하긴 했지만 워낙 운동으로 다져진 몸이라 못 버틸 만한 정도는 아니었다. 하지만 소리를 못 보는 건 버텨낼 재간이 없었다.

"힘내고 나발이고 우리 못 본 지 벌써 열흘이야."
"소리 누나도 이해해 줄 거예요."
"소리가 이해해도 내가 보고 싶어 죽을 것 같아서 그런다!"
"스케줄 이렇게 많아진 거, 다 소리 누나 때문이잖아요. 그러니까 본부장님도 참으세요. 소리 누나랑 결혼해서 살 집 공사에 온 신경 다 쏟으시는 바람에 이 미팅들이 다 뒤로 밀려서 이 시간까지 있는 건데. 그래도 집 완성 됐으니까 제발 오늘은······."
"아, 몰라. 오늘은 나도 양보 못 하니까 취소해."
"본부장님!"

한결이 타인의 앞에서 소리에 대한 마음을 적나라하게 표현하는 건 처음이었다. 그래도 어쩌면 그게 변 비서이기 때문에 가능한 건지도 몰랐다. 변 비서는 애처럼 구는 한결 때문에 조금 당황스럽긴 했지만 뚜벅뚜벅 걸음을 옮기는 그를 그대로 둘 수는 없었다. 한결의 마음을 모르는 건 아닌데, 그래도 그를 이대로 보내는 건 절대 안 되는 일이었다. 변 비서는 빠르게 달려가 한결을 잡았다.

"오늘 마지막 미팅이잖아요. 프랜차이즈 미팅만 남았으니까 그거 빨리 끝내고 가세요. 이건 큰 프로젝트라서 제 마음대로 취소할 수 있는 게 아니라는 거 본부장님도 잘 아시잖아요."

"네가 취소하는 게 아니라, 내 권한으로 취소하라는 거야."

"이거 취소하면 저 진짜 비서실장님께 죽어요. 안 그래도 본부장님의 낙하산이라고 찍혀 있는데, 제발 저 좀 살려 주세요, 네?"

"……아후, 정말!"

한결은 어쩔 수 없이 한 발 양보해야 했다. 변 비서가 입사한 초반에 6시 이후 스케줄을 매일 취소시킨 터라 변 비서의 입장이 난처하다는 걸 잘 알고 있었다. 더구나 함께 일하면서 겉으로 내색하지는 않지만 한결은 변 비서를 친동생처럼 아끼고 있었다. 아까 마지막으로 문자를 주고받은 뒤 소리에게서 더 이상 연락이 없는 탓일까, 미팅을 하러 가는 한결의 발걸음이 무겁기만 했다.

딩동, 딩동.

소리는 초인종을 듣고 몸을 뒤척이며 시간을 확인했다. 벌써 3시가 넘은 시간이었다. 혹시나 유리가 돌아온 건가 싶은 마음에 소리는 급하게 몸을 일으키고는 인터폰을 들었다.

"누구세요?"

[나야.]

짤막하게 들리는 목소리는 한결의 것이었다. 유리가 아니라 한숨이 흘러 나왔지만 이 늦은 시간에 찾아온 한결로 인해 소리는 반가운 마음이 앞섰다.

"오빠, 어떻게 이 시간에……. 괜찮아요? 엄청 피곤해 보여요."

"피곤해 보이는 게 아니라 진짜 피곤해."

한결은 눈이 빨갛게 충혈된 건 물론, 피부도 거칠었고, 서 있는 것조차 힘들어 보였다. 소리는 얼른 한결을 들어오게 했다.

"얼른 들어와요. 피곤하면 집으로 가서 쉬지, 뭐하러 왔어요."

"너무 보고 싶어서 왔어."

"오빠도 참……."

"정말 너무 많이 보고 싶어서, 머릿속에 너만 떠오르고 네 모습만 아른거려서 오늘마저 못 보면 죽을 것 같더라고."

한결의 이 한 마디에 소리는 아까 문자 때문에 잠깐이나마 서운했던 마음을 전부 잊어버렸다. 이렇게 피곤한데도 불구하고 찾아와 준 그가 고맙기만 했다.

"나도 보고 싶었어요, 많이."

"나만큼은 아니었을걸?"

"아니야, 오빠보다 내가 더 많이 보고 싶었어요. 근데 나는 괜찮지만, 오빠는 내일 또 아침 일찍 출근해야 하잖아요."

"그렇지."

소리는 빨갛게 충혈된 그의 눈과 날카롭게 변한 턱 선을 보자 마음이 아파졌다. 그가 안쓰러워 얼른 자게 해주고 싶었다.

"오빠, 일단 오늘은 얼른 자요. 이러다 오빠 쓰러지겠어요."

"내일 같이 갈 곳이 있어."

"내일? 나 내일은 영화사 미팅이 있는데……. 일단 일정 조율해 볼게요. 그러니까 얼른 눈 좀 붙여요."

소리는 한결의 옷을 받아 들며 그를 얼른 눕게 했다. 그리고 한결은 침대에 누우며 소리의 팔을 잡아끌어 함께 눕게 했다.

"자다 깬 거지?"

"응, 초인종 소리 듣고 깼어요."

"그럼 더 자."

한결은 소리를 품에 안으며 눈을 감았다. 여린 그녀의 몸을 꼭 끌어안자 한결은 이제야 좀 살 것 같았다. 그녀는 한결이 숨을 쉬는 유일한 이유였다. 그리고 두 사람은 서로를 끌어안은 채 그대로 그렇게 서로의 향에 취해 잠이 들었다.

"도대체 어디 가는 건데요?"
"일단 가보면 알아."
눈을 뜨자마자 밥을 먹은 뒤, 한결은 소리를 데리고 목적지도 말해주지 않은 채 어디론가 가고 있었다.
"어디 가는지 진짜 말 안 해줄 거예요?"
"가보면 안다니까."
목적지에 도착할 때까지도 소리는 계속 어디를 가는 거냐, 한결은 계속 가보면 안다는 말만 반복했다. 그리고 그러는 사이 한결의 차가 한 전원주택 앞에서 멈추어 섰다.
"다 왔어."
소리가 의아한 표정으로 바라보자 한결은 그저 씩 웃고는 먼저 차에서 내렸다. 그리고 소리는 재빨리 그를 따라 내렸다.
"누구 인사드릴 분 있어요? 여기 누구 집이에요?"
"……우리 집."
"응?"
"너와 내가 함께 살 집."
한결의 말에 소리는 얼빠진 표정이 되었다. 이게 무슨 말인지 도통 이해할 수가 없었다. 소리는 현실감이 느껴지지 않아 여전히 멍한 표정으로 한결을 바라보고 있었다.
"너에게 사랑한다고 고백한 순간부터 생각했어. 우리가 살 집은 내가 만들고 싶다고."
"그럼 설마 이게 오빠가 만든 집이라고요?"

"내가 꽤 바빠서 계속 못 만났었잖아. 사실 이 집 때문에 그랬었어."

"오빠……."

소리는 감동받은 표정으로 눈물을 글썽였다. 전에는 몰랐던 사실이지만, 소리는 꽤나 눈물이 많은 여자였다. 소리는 집을 둘러보았다. 정원에는 잔디가 깔려 있고 이름 모를 꽃과 나무들이 잔뜩 심어져 있었다. 그리고 2층으로 올라가는 대리석 계단에는 장미넝쿨이 가시를 드러내며 감고 있었다.

"장미가 피면 정말 예쁠 것 같아요."

"안에도 2층으로 올라갈 수 있는 계단 있어."

"정말 내가 살고 싶었던 집……. 오빠 설마……."

한결은 그저 씩 웃으며 먼저 집 안으로 들어갔다. 그리고 소리는 감동받은 마음을 주체하지 못하고 달려가 그의 등을 끌어안았다.

언젠가 한결이 물었었다. 어떤 집에서 살고 싶냐고. 두 사람이 함께 결혼 생활을 하며 부부라는 이름으로 살아갈 집은 그때 소리가 대답했던 집이었다. 심지어 그때는 고백도 받기 전이라 소리는 그 이야기를 기억해 주고 이렇게 실현시켜준 그에게 감동이 더했다.

"고마워요. 정말 고마워요, 오빠."

"아직 안에는 보지도 않았잖아."

"아니, 안 봐도 충분해. 정말 고마워요."

"마음에 들어?"

"응, 아주 많이. 내가 항상 머릿속에만 그렸던 집이 짠, 하고 나타난 것 같아요. 오빠가 내 남자인 게 정말 눈물 나게 행복해요."

한결은 소리의 앞에 한쪽 무릎을 꿇고 앉았다. 그리고 슈트 안쪽 주머니에서 매일 가지고 다니던 작은 반지 케이스 하나를 꺼냈다. 소리는 그가 무엇을 하려는지 알 것 같아 벌써부터 눈물을 글썽였다. 한결은 곧 케이스의 뚜껑을 열고 다이아 반지가 그녀에게 보이도록 내밀었다.

"사람의 인생은 B로 시작해서 D로 끝난대. 그래서 사람의 인생에서 가장 중요한 건 B와 D 사이에 있는 C라고 하더군."

"응? 그게 무슨 말이에요?"

"Birth, 태어나고. Death, 죽고. 이게 사람의 인생의 시작과 끝이라면 가장 중요한 C가 뭔 줄 알아?"

"글쎄요."

소리는 모르겠다는 표정으로 한결을 주시했다. 그리고 곧 한결의 입에서 나오는 짤막한 단어에 고개를 끄덕였다.

"Choice. 결국 사람의 인생은 선택의 연속이라는 거지. 물론 너를 만나기 전까지는 내 선택에 의한 인생이 아니었지만, 너를 만난 뒤로, 나도 내 인생에서 해야 하는 수많은 선택을 직접 하게 되었어."

"응……."

"그리고 지금도 중요한 선택을 하나 하려고 해. 나는 내 인생에서 한평생 동행할 나의 동반자로 너를 선택했어. 사랑한다, 한소리. 나와 결혼해 줘."

한결은 움직이지도 못한 채 눈물을 글썽이고 있는 소리를 바라보며 몸을 일으켰다. 그리고 그녀의 네 번째 손가락에 반지를 끼워 주었다. 반지는 자신의 주인을 찾은 듯 그녀의 손에서 아름답게 빛을 발했다.

"고마워요, 오빠. 나도 사랑해요."

소리가 한결의 품에 안겼다. 한결은 소리를 마주 안으며 그녀의 입술에 입을 맞추었다. 그리고 정말 말하고 싶었던 진심을 꺼냈다.

"여기에서 장모님 모시고 같이 살자."

"오빠……."

"장모님 식당 그만두시게 하고 우리가 모시고 살자. 여기에서 건강도 챙기시고 여가 활동도 즐기시면서 남은 인생 즐기실 수 있도록 우리가 모시자."

이번엔 소리가 한결의 입술에 입을 맞추었다. 이렇게 생각 깊고 능력 있는 잘난 남자가 자신의 남자라는 게 믿어지지 않았다. 이런 남자에게 사랑을 받고, 이런 남자와 결혼을 하고, 이런 남자와 평생을 함께 살 수 있어서 감사하고 행복했다.

"사랑해요."

"나도 사랑해."

두 사람은 찬란한 결혼 생활을 꿈꾸며 입을 맞추었다. 세상 그 무엇 하나 부럽지 않을 정도로 행복했다.

그리고 보름 뒤, 소리의 집에 그토록 기다리고 기다리던 사람이 찾아왔다.

"한유리!"

"소리야……."

"언니, 너 때문에 내가 얼마나 속상했는지 알아? 돈이라도 가져가든가, 돈까지 전부 놓고 가면 언니 너는……."

소리는 눈물을 쏟으며 유리를 붙잡고 속사포처럼 내뱉던 말을 채 끝내지 못하고 흐렸다. 유리의 뒤에는 낯선 남자와 남자의 품에 안긴 갓난아기가 잠들어 있었다. 반가운 마음도 잠시, 이미 장 여사에게 들어 알고 있었으면서도 막상 눈으로 보니 너무 놀란 나머지 나오던 눈물까지 쏙 들어가 버렸다.

"소리야, 네 형부야. 그리고 네 조카."

"아, 아, 안녕하세요."

소리가 당황함을 숨기지 못한 채 현준에게 말을 더듬으며 인사했고, 그는 머쓱해하며 고개를 숙였다. 소리는 어쩔 줄 몰라 하면서도 일단 그들을 집안으로 들어오게 했다. 집안은 유리가 떠나기 전 그대로였다. 그동안 고생을 많이 한 탓일까, 보고 싶었던 쌍둥이 동생을 만난 탓일까, 유리는 가슴 깊은 곳에서 무언가 울컥 치미는 걸 느꼈다.

"소리야, 그동안 고생 많았지? 미안해."

"고생은 나보다 언니가 더 많이 했으면서! 연락이라도 하든가, 걱정하면서 기다리는 사람 생각은 안 해?"

"미안해, 원망 많이 했지?"

"미안하다는 말 좀 하지 마. 처음에는 원망도 했지만, 그래도 언니 아니었으면 나 이렇게 정신 차리지도 못했을 테니까."

소리와 유리는 그동안 쌓여 있던 말들을 쏟아내며 서로를 그리워했음을 느꼈다.

"그래도 다행이야. 고마워, 이제라도 돌아와 줘서. 형부, 집이 좀 누추하지만 지내는 동안 편하게 계세요."

"미안해요, 처제."

"아니에요. 저, 곧 이 집에서 나가요. 그러니까 이제 여기서 형부랑 언니랑 살면 되니까, 내 집처럼 편하게 지내세요."

"곧 이 집에서 나간다니 그게 무슨 말이야?"

유리가 놀란 표정으로 현준과 소리 사이에 끼어들었다. 소리는 그동안의 이야기를 다 하기에는 가슴이 벅차고 또 눈물을 쏟을 것 같아서 결론만 얘기하기로 했다.

"나, 결혼해."

"뭐?!"

"언니, 너 태신 건설 박 회장님한테 서자가 있다는 거 알고 있었어?"

"미국에 있다고 들었던 것 같아. 왜? 설마……."

"응, 내가 언니인 척하면서 너 대신 그분 비서로 9개월 정도 일했거든."

유리는 놀란 표정을 감추지 못했다. 아무리 서자라고 해도 박태성 상무의 동생이었다. 유리는 태성이 어떤 사람인지 그 누구보다 잘 알고 있기 때문에 당황스러웠다. 하지만 소리 역시 태성에게 같은 일을 당할 뻔한 터라 유리가 걱정하는 게 뭔지 잘 알고 있었다.

"걱정 안 해도 돼. 박 상무님은 불미스런 사건 때문에 미국으로 추방 됐고, 우리 오빠는 박 상무님하고는 질적으로 다른 사람이니까. 음, 이런 말까지 하기는 좀 그렇지만 우리 오빠랑 박 상무님이랑 사이가 많이 안 좋아."

"사이가 안 좋다는 얘기는 들은 것 같아. 그런데 유언비어일지도 모르지만, 그 동생분은 망나니로 소문나 있는데……."

"유언비어 맞아. 상무님 때문에 어쩔 수 없이 망나니처럼 살아 온 거야."

"정말 괜찮으신 분 맞지?"

소리가 자신 있게 고개를 끄덕였다. 그제야 유리는 안심한 듯 소리를 꼭 끌어안았다.

"축하해, 소리야."

"응, 언니 너도 축하해. 엄마 가슴에 피멍 들게 했으니까 형부랑 꼭 행복해야 돼."

"엄마도 뵙고 오는 길이야. 죽을 각오로 찾아갔는데…… 나랑 현준 씨, 그리고 우리 아기까지 반겨주시더라."

"엄마가 언니 너 많이 기다리셨거든. 헤어지라고 하신 거 많이 후회하시고, 정말 많이 보고 싶어 하셨어. 매일매일 언니 너만 기다리셨어."

소리의 말을 들으며 유리는 소리 없이 눈물을 흘렸다. 가슴에 대못을 박은 딸이 뭐가 예쁘다고 걱정하고 기다리고 보고 싶어 하신 건지. 그건 어쩌면 가족이기 때문인지도 모른다.

"형부, 저 아기 한 번만 안아 봐도 돼요?"

"그럼요."

현준이 품에 안고 있던 아기를 소리의 품에 안겨주었다. 소리는 너무 작은 아기가 마냥 신기했다. 무게감이 느껴지지 않을 정도로 가볍고, 작은 손과 작은 발, 꼭 감고 있는 눈이 살아 있는 사람인가 싶을 정도로 신기하게만 보였다. 아기는 현준과 유리를 딱 반반씩 닮아 있었다.

"언니, 공주님이야, 왕자님이야?"

"공주님."

"이름이 뭐야?"

"다애. 많을 다(多), 사랑 애(愛). 사랑이 많은 아이가 되라고."

"다애야, 이모야. 이모가 우리 다애 많이 사랑해 줄게."

소리는 지극히 유리가 지을 만한 이름이라고 생각하며 다애의 이름을 불렀다. 잠들어 있는 아기는 소리 이모의 말이 들리는지 미소를 짓는 것 같아 보였다.

✻

"언니, 너 지금 긴장되지?"

"조금. 근데 내가 볼 때는 네가 더 긴장한 것 같은데?"

"아니야, 긴장은 무슨! 남들 다 하는 결혼식인데 내가 긴장할 것 같아?"

말은 그렇게 하면서도 소리는 몇 번이나 심호흡을 했다. 웨딩드레스를 입고 얌전히 앉아 있는 유리와 다르게, 소리는 드레스를 손으로 잡은 채 정신없이 왔다 갔다 하고 있었다.

오늘은 소리와 유리의 합동결혼식이 있는 날이었다. 현준과 유리가 결혼식도 하지 못했다는 걸 알고 한결이 제안한 일이었다. 괜찮다고 한사코 거절하는 현준과 유리를 설득시킨 건 예상외로 장 여사였다. 쌍둥이 딸을 동시에 시집보내는 장 여사는 오늘 그 누구보다 감격스럽고 행복했다.

"신랑, 신부 입장!"

한결과 소리, 현준과 유리, 두 쌍의 남녀가 동시에 식장으로 입장을 했다. 어쩔 줄 몰라 하며 시선을 고정하지 못한 채 입장하는 소리와 그 모습이 귀여워 입이 귀에 걸린 한결, 그리고 차분하게 입장하며 장 여사에게 안겨 있는 딸을 바라보는 유리와 자신을 받아준 장 여사에게 감사한 마음으로 눈물을 글썽이는 현준. 네 사람은 각기 다른 모습으로 입장을 했다. 하지만 네 사람의 마음은 모두 같았다.

죽을 때까지 한 사람만 사랑하리라.

소리와 한결은 유리 커플과 함께 많은 사람들의 축복 속에서 행복한 미래를 기약하며 신의 은총을 받은 부부가 되었다.

"사랑한다, 소리야."

"내가 더 사랑해요, 한결 오빠."

"항상 네 소리에 귀를 기울일게. 그게 비록 뚱딴지같은 소리일지라도."

"푸홋, 난 죽을 때까지 한결 같은 모습으로 오빠만 사랑할게요. 사랑해요."

"사랑해."

에필로그
조금은 특별한 보통 사랑

  결혼식을 올린 뒤 바로 신혼여행을 떠난 유리 커플과 다르게 소리는 한결과 함께 한결의 본가로 와야 했다. 한결의 일이 너무 많아 결혼식도 토요일인 오늘 겨우 했고, 같이 있을 수 있는 시간은 내일인 일요일 하루뿐이었다. 월요일부터는 한결이 또 눈코 뜰 새 없이 바쁠 테니까. 소리가 애써 내색하지 않으려고 해도 한결은 신혼여행을 미루는 것에 대해 소리에게 굉장히 미안해했다.

"자기 바쁘면 무리하지 않아도 돼요."

"그래도 미안해. 나중에 신혼여행은 꼭 가자. 아버지께 반항을 하든 무슨 수를 써서라도 한 달 이상 꼭 시간 비울게."

"나 정말 괜찮아요."

"그럼 1박 2일로라도 갔다 오고 싶은 곳 없어?"

"정말 괜찮은…… 아! 가고 싶은 곳 있어요!"

  소리의 머릿속에 꼭 가고 싶은 장소가 그려졌다. 그곳이라면 좀 피곤하긴 하겠지만 1박 2일로도 충분히 가능한 곳이었다. 어쩌면 해외로 나가는 신혼여행보다 더 큰 의미와 보람이 있을 것 같았다.

"가고 싶은 곳이 어딘데?"

"신혼여행으로 우리의 추억이 가득한 그곳에 가고 싶어요."

"하하, 역시 당신을 이길 수는 없다니까."

"당장 가요. 오빠와 내가 처음 만나고, 함께 내내 생활했던 그곳으로."

한결 역시 추억이 가득 담긴 강원도 현장에 소리와 함께 다시 가고 싶은 건 사실이었으나 신혼여행으로 대체하고 싶지는 않았다. 그렇기에 들떠 있는 소리의 표정을 보면서도 내심 미안했다.

"정말 괜찮겠어?"

"나 때문에 오빠 일에 지장 주고 싶지 않아요. 자기 지금 엄청 중요한 시기잖아."

"미안. 대신 좀 한가해지면 꼭 신혼여행 다시 가자."

"응, 꼭 약속 지켜요."

"그래."

"오빠, 나 많이 컸죠?"

신혼여행을 못 가면 엄청 서운해 하고 속상해할 줄 알았는데, 의외로 어른스러운 배려에 한결이 놀란 건 사실이었다. 그렇기 때문에 더 미안하기도 했고. 그렇지만 소리는 처음 만났을 때보다 철도 많이 들었고 생각도 많이 어른스러워져 있었다.

"오빠, 나 이제야 사춘기를 겪나 봐요."

"사춘기?"

"응. 나는 아직 성장해 가는 시기인 것 같아요."

소리의 말에 한결이 그녀의 위아래를 훑으며 살피자 소리가 피식 웃었다.

"훗! 몸 말고요, 마음이……."

"아……."

"이렇게 이해하고 배려하는 걸 배우면서 진짜 어른이 되고 있는 것 같아요. 이게 다 오빠 덕분이에요."

"고마워, 자기야. 고맙고 사랑해."

"응, 나도 사랑해요."

오랜만에 찾은 강원도 현장은 몰라보게 다른 모습으로 변해 있었다. 더 이상 황량한 모습이 아니었고, 주말이라 공장의 문은 닫혀 있었지만 제법 사람 사는 냄새가 났다.

"오빠, 우리가 여기서 지냈다는 게 믿어져요?"

"아주 오래된 일 같아."

"그렇죠? 사실 따지고 보면 서울로 간 지 1년도 안 됐는데, 정말 오래전 일 같아요."

소리와 한결은 추억에 잠겼다. 지난 날, 두 사람은 이곳에서 만났고, 티격태격 싸우며 서로를 이해하지 못해 감정싸움도 했었다. 그리고 자꾸만 서로에게 눈길이 갔고, 결국엔 마음을 빼앗겼다. 또한 작은 컨테이너 박스 안에서 함께 잊지 못할 추억들을 잔뜩 만들었었다.

"오빠, 나한테 고백했던 거 기억나요?"

"기억나지."

"사실 나도 이미 오빠를 사랑하고 있었어요."

"……알아."

"치. 알긴……. 아! 우리 사랑나무 보러 가요! 오빠가 사랑나무 심고 나서 그 앞에서 고백했잖아요."

소리는 팔랑거리는 나비처럼 먼저 저만치 가벼운 걸음으로 뛰어갔다. 한결은 아이처럼 신나하는 소리를 미소로 바라보며 그녀의 뒤를 따랐다.

"오빠, 빨리 와 봐요! 사랑나무가 많이 컸어요."

소리의 말처럼 묘목이었던 나무는 제법 키가 자라 있었다.

"잘 자랐군."

"이거 보여요? 내가 만들어 준 이름표도 그대로예요! 사랑나무야, 그동안 잘 있었어? 이렇게 건강하게 잘 자라주어서 고마워."

소리는 나무에게 말을 하며 나무 기둥을 쓰다듬었다. 그때 두 사람의 등 뒤로 반가운 음성이 들려왔다.

"어이구, 이게 누구야! 한 비서랑 본부장 총각 아니야?"

한결은 반가운 음성의 주인공을 확인한 뒤 고개를 숙이며 인사했고, 소리는 호들갑을 떨며 달려가 안겼다.

"꺄아, 장씨 아줌마!!"

"이게 얼마 만이여? 잘 지낸 겨?"

"그럼요! 아줌마도 잘 지내셨죠? 진짜 진짜 보고 싶었어요! 아줌마 집으로 여러 번 전화했었는데."

"내가 만날 여기 와 있으니까 전화를 못 받았나 보네."

"아줌마도 휴대폰 하나 사세요. 연락이 안 돼서 결혼식 때 청첩장도 못 보냈잖아요."

"결혼? 한 비서 결혼한 거야? 누구랑? 본부장 총각이랑?"

소리는 해맑은 표정으로 고개를 끄덕였다. 장씨 아줌마는 마치 자기 딸이 결혼한 것처럼 두 사람을 축하해 주었고, 집으로 데려가 직접 밥까지 해주었다. 오랜만에 먹는 장씨 아줌마의 밥은 정말로 맛이 있었다. 예전 맛 그대로였고, 한결을 두 공기나 먹게 만들었다. 밥을 먹는 내내 소리와 장씨 아줌마의 그동안 쌓인 수다는 끊이지 않았다.

그리고 한결은 두 사람의 이야기를 듣는 것이 좋아 흐뭇한 얼굴로 함께 앉아 있었다.

"아줌마, 휴대폰 사면 꼭 연락하셔야 돼요! 제 휴대폰 번호 아시죠? 꼭 연락하세요!"

"알았어! 조심해서 가고, 잘 살아야 돼! 본부장 총각, 우리 한 비서 행복하게 해줘, 알지?"

"네, 아주머니. 건강하세요. 조만간 또 찾아뵙겠습니다."

어둠이 내려앉은 마을에서 장씨와 인사를 마친 두 사람은 손을 꼭 잡고 걸었다. 깍지 끼어 마주 잡은 손은 따뜻했다.

"이제 슬슬 돌아갈까."

"아니요, 현장에 다시 가고 싶어요."

"왜?"

"아까 너무 갑자기 장씨 아줌마를 만나는 바람에 정말 보고 싶었던 곳에는 못 들렀잖아요."

소리가 말하는 장소가 어딘지 한결은 정확히 알 것 같았다. 그곳은 두 사람이 수많은 밤을 함께 보냈던 컨테이너 박스였다. 두 사람의 보금자리였던 컨테이너 박스는 텅 비어 있었다. 아무런 흔적도 남아 있지 않은 빈 공간이었다.

"여기서 지내면서 정말 즐거웠었는데."

"아무것도 남아 있지 않아서 아쉬워?"

"응, 많이요. 이렇게 넓은 공간인지 그때는 미처 몰랐었어요."

"그때는 이것저것 들어 있는 게 많았으니까."

불도 들어오지 않는 컨테이너 박스 안을 휴대폰 빛에 의존해 둘러보는 소리의 표정에는 아쉬움이 가득했다. 한결은 이제 그만 돌아갈 생각으로 그녀와 잡은 손을 잡아끌었는데, 오히려 그녀는 손을 놓고 한결의 목을 끌어안은 채 입을 맞추었다. 한결 역시 거절하지 않고 소리의 허리를 감싸 안으며 그녀의 입술을 탐했다. 그리고 잠시 떨어진 입술 사이로 떨리는 음성이 들려 왔다.

"오빠, 여기서 하고 싶어요."

"뭐?"

"여기서 사랑해 줘요."

"……후회하지 마."

소리가 고개를 끄덕이는 것과 동시에 한결이 다시 그녀에게 입을 맞추었다. 그리고 입을 맞추며 등허리를 쓸어내리던 한결의 손이 봉긋하게 솟은 소리의 가슴을 움켜쥐었다. 한 손에 꽉 차는 사이즈에 한결은 저도 모르게 손에 힘이 들어갔다.

"흐읏."

소리의 벌어진 입에서 격정의 신음이 쏟아져 나왔다. 소리는 어디서 나온 용기인지 양손으로 한결의 와이셔츠를 잡고 힘을 주어 당겼다.

후두둑.

곧 투박한 소리와 함께 한결의 와이셔츠의 단추들이 바닥으로 떨어져 내렸다.

"이렇게 화끈한 면도 있었어?"

"당신 여자니까."

소리의 대범함은 한결에게 꽤나 큰 자극이었다. 한결은 기다렸다는 듯이 와이셔츠를 벗어젖힌 뒤 아무렇게나 바닥에 내팽겨 치고는 옷을 벗기 시작했다. 그리고 소리 역시 자신의 옷을 벗었다. 한결은 다시 그녀에게 입을 맞추며 능숙하게 그녀의 다리를 쓸어 내렸다. 손에 닿는 부드러운 허벅지의 감촉이 그의 뇌를 참을 수 없을 만큼 조여 오고 있었다.

 한결은 그녀의 목에 입술을 묻었고, 목에서 머물던 한결의 입술이 쇄골 선을 따라 움직이다 모아진 가슴골에 파묻혔다. 브래지어 안에 감춰진 그녀의 가슴이 보고 싶었고 생각과 동시에 한결의 손은 등 뒤의 그녀의 브래지어 버클을 풀고 있었다. 한결은 거치적거리는 브래지어를 벗겨낸 뒤 탐스러운 그녀의 가슴을 입에 머금었다. 흥분으로 단단해진 정점을 혀를 굴려 마음껏 유린하고 만족할 만큼 빨아들였다. 소리는 그의 혀가 움직이는 느낌이 생생해서 아무 생각도 할 수가 없었다. 머릿속에서 비상 경보음이 미친 듯이 울려대고 폭죽들이 펑펑 터지는 것 같았다.

 "하아……. 죽을 것 같아."

 "아직 안 돼."

 신음 섞인 소리의 목소리와 흥분으로 격양된 한결의 목소리가 서로의 귓가를 울렸다. 소리의 귓가에 낮은 음성으로 속삭인 한결은 두 사람의 가장 예민하고 민감한 부분이 꽉 맞물리도록 했다. 그가 들어오는 순간 그의 어깨를 잡은 그녀의 손에 힘이 잔뜩 들어갔다. 발가락이 오므려지고 숨 쉬는 법을 잊은 것처럼 머리가 하얗게 비었다.

 삽입과 동시에 몰려드는 사정감에 한결은 낮게 으르렁거리며 이를 악물었다. 어떻게 삽입만으로도 머리끝까지 터져 버릴 것처럼 아찔함을 느낄 수 있는지 신기할 지경이었다. 아무래도 장소의 영향이 큰 것 같았다. 조금만 방심했더라면 그의 분신 안에서 요동치는 녀석들을 그대로 분출해 낼 뻔했다. 한결은 천천히 움직이며 자신의 분신을 꽉 조이고 있는 그녀의 좁은 숲에 적응하기 위한 노력을 시작했다. 그리고 한결은 흔들리는 그녀의 눈빛에 빠져들며 점점 빠르게 움직이기 시작했다.

"하악! 핫!"

그녀의 입에서 쉴 새 없이 신음이 쏟아져 나왔다. 한결이 움직이는 대로 흔들리는 가슴과 휘어지는 허리. 머리끝부터 발끝까지 지배하는 쾌감. 소리는 거의 울기 직전이었다. 치고 들어오는 그의 움직임과 짜릿한 감각이 가슴을 벅차오르게 만들어 펑 터질 것만 같았다. 소리는 벌써 몇 번째 오르가즘인지 모를 정도로 쾌락의 늪에서 빠져나오지 못하고 있었다. 한결은 그녀가 원하는 대로 더 세게 치고 올라가며 그녀를 만족시켜 주었다. 한결을 조이는 그녀의 숲은 마치 빠져나올 수 없는 늪 같았다. 잠시 나오려 하면 더 깊게 한결의 분신을 집어삼켰다. 점점 사정감이 몰려오고 있었다. 이를 악물고 페이스를 조절하며 몇 번이나 사정하려는 걸 참았는지 알 수가 없었다. 하지만 더 이상은 참을 수가 없었다. 분출되길 원하는 녀석들을 더 이상 가둬둔다면 터져 버릴 것만 같았다. 소리가 또 한 번 오르가즘을 느끼는 순간 한결은 그대로 분출물을 뿜어냈다. 머리에 총을 맞은 것처럼 정신이 혼미했다.

✱

행복하고 달콤하기만 할 것 같았던 신혼 생활은 드라마나 영화에서 나오는 것처럼 마냥 좋지는 않았다. 벌써 결혼한 지 한 달이 지났지만 주말을 제외한 평일의 아침은 늘 같았다.

"서방님 출근하는데 오늘도 배웅 안 해줄 거야?"

"으음…… . 나 어제 새벽까지 컴퓨터 앞에 있는 거 봤잖아요. 더구나 자기가 중간에 달려드는 바람에 피곤하기도 하고. 아직 졸려 죽겠어, 안 그래도 아침에 약한 거 알면서……."

여전히 이불 속에서 눈도 뜨지 못한 채 웅얼거리는 소리를 보며 한결은 아쉬움을 삭일 수밖에 없었다. 이미 옷까지 갖춰 입고 출근 준비를 끝낸 채로 잠의 나락으로 빠져드는 소리를 보는 한결의 표정에는 불만이 가득했지만 눈빛만큼은 한없이 다정하고 부드러웠다.
"일어나면 전화해."
"으응……."
"귀찮아도 일어나면 바로 밥 먹고."
"응……."
"갔다 올게."
한결이 소리의 이마에 입을 맞추며 출근 인사를 하자, 겨우 대답만 하던 소리가 힘겹게 눈을 뜨며 그에게로 팔을 뻗었다. 그 모습에 한결이 몸을 숙이자 소리는 그의 목에 힘없이 팔을 감으며 끌어당겼다.
"모닝 뽀뽀."
"허이구, 모닝 뽀뽀 할 정신은 있고?"
"자기 일해야 되는데, 하루 종일 나 보고 싶으면 안 되니까."
"말이나 못 하면."
쪽. 가볍게 입술과 입술이 닿았다 떨어지자 소리는 그대로 침대에 풀썩 누우며 다시 깊은 잠에 빠져들었다. 그 모습을 보는 것만으로도 한결은 절로 미소가 지어졌다. 아침 출근 길 배웅도 안 해주는 와이프가 뭐가 예쁘다고 이렇게 보기만 해도 좋은지, 아무래도 이상한 병에 걸린 것 같았다.
"박 서방, 아침 먹게."
"네, 내려가요, 장모님!"
1층에서 들리는 장 여사의 목소리에 한결은 소리의 이마에 한 번 더 입을 맞춘 뒤 가방을 챙겨 내려갔다. 신혼을 즐길 만큼 즐기라며 1

년 후부터 함께 살겠다고 했던 장 여사를 설득한 건 한결이었다. 그래서 타협을 본 게, 결혼 후 열흘은 둘만의 시간을 보내고, 열 하루째 되는 날 장 여사를 모시고 오는 것이었다. 덕분에 한결은 매일 아침 푸짐한 식사를 하고 출근할 수 있었다.

"장모님도 더 주무셔야 하는데, 매일 저 때문에 고생하시네요."

"고생은 무슨. 늙어서 아침잠도 없네. 우리 사위 아침 해 먹이는 재미 아니면 내가 무슨 낙으로 살겠나."

"하하, 그렇게 말씀해 주시면 제가 또 아주 맛있게 먹죠."

한결은 소리와 결혼 후 장 여사를 모시고 살며 진정한 가족의 의미를 느끼고 있었다. 매일 아침 장 여사가 해주는 밥을 먹는 게 그렇게 행복할 수가 없었다. 한결에게는 정말 소중하고 귀중한 시간이었다. 장 여사는 한결의 국을 떠준 뒤 자신도 그와 마주 보며 수저를 들었다.

"소리는 오늘도 안 일어나? 아무래도 한 마디 해야겠어. 남편이 출근하는데 아침밥은 못 해줄망정 어떻게 하루를 내다보질 않아? 내가 정말 박 서방 볼 낯이 없네."

"그냥 두세요. 어제도 새벽에 자는 것 같던데."

이렇게 한결이 소리를 감쌀 때마다 장 여사는 괜히 더 미안한 마음이 들었다. 자신의 딸을 아껴주고 사랑해 주는 건 고맙지만 언제나 한결이 소리를 이해하고 배려하고 져 주는 것 같아서 안타깝기도 했다. 물론 절대 그럴 리는 없겠지만, 반대로 소리가 한결에게 전부 맞춘다면 속이 더 뒤집어질지도 모를 일이지만. 한결이 출근하면 하루가 멀다 하고 장 여사는 소리에게 잔소리를 했지만, 전혀 개선되지 않았다.

"그놈의 영환지 뭔지 헛바람만 잔뜩 들어서는. 결혼하면 철 좀 들까 했더니 어쩜 저렇게 똑같은지. 정말 누굴 닮아서 저러는지 몰라. 오해할까 봐 말해두는데 절대 날 닮지는 않았네."

"하하하, 장모님을 닮은 건 처형이죠. 요리 잘하고 참하고 똑 부러지고 상냥하고. 오히려 소리는 장인어른을 많이 닮았나 봐요."

"쌍둥이인데 어쩜 저렇게 다른지 몰라. 소리 보면 우리 돌아가신 양반이랑 성격이 똑같아. 철 안 들고 제멋대로인 것까지. 소리한테는 비밀이네."

"그럼요, 장모님."

매일 아침 장 여사와 함께 먹는 아침은 한결을 어린 시절로 돌아가게 하는 것 같았다. 본가로 들어간 뒤, 임 여사의 괴롭힘에 밥 먹는 시간조차 눈치를 보아야 했었다. 그때는 서러움과 속상함이 무엇인지 잘 몰라 작은 방에서 눈치를 보며 밥을 먹음에도 어머니와 둘이 먹는 그 밥이 그토록 맛있고, 어머니와 함께하는 그 시간이 마냥 행복하기만 했었다. 밥을 먹으며 어머니는 이런저런 사소한 이야기들을 들어주셨고, 함께 웃기도 했다. 그리고 지금은 장 여사가 친어머니처럼 이런저런 이야기를 함께 나누며 밥을 같이 먹고 있었다. 가족이라 부를 만한 사람이 없어 외롭고 쓸쓸하고 고독했던 지난날이 기억나지 않을 정도로 행복하기만 했다.

"잘 먹었습니다."

"박 서방, 먹고 싶은 거 있으면 미리 얘기해. 장봐다가 내 맛있게 해줄 테니까."

"하루 종일 생각해 보고 전화드릴게요."

"꼭 전화해. 바쁘면 문자 보내고. 요즘 내가 박 서방 해 먹이는 낙으로 사는 거 알지?"

"그럼요, 알고말고요."

장 여사는 정원을 지나 대문 밖까지 한결을 배웅했다. 처음에는 한결이 극구 만류했지만, 장 여사의 마음을 알고 자신도 어머니가 배웅해 주는 것 같은 기분에 이제는 그 행복함을 누리기로 했다. 그리고 이런 게 진정한 가족이구나, 하는 걸 점점 더 느끼며 배워가고 있었다.

"참, 장모님."

"왜, 뭐 잊고 안 챙겨 나온 거 있어?"

"아니요. 그게 아니라, 이거요."

한결은 장 여사에게 티켓 두 장을 내밀었다. 장 여사는 얼떨결에 받아들었지만 얼굴에는 궁금증을 달고 있었다.

"소리가 전부터 관심 있어 했던 영화인데 오늘 시사회더라고요. 어렵게 공수한 거니까 소리 데리고 꼭 가서 보세요. 재미있는 영화라고 하니까 장모님도 재미있게 보실 수 있을 거예요."

"다 늙어서 영화는 무슨. 그러지 말고 자네가 소리 데리고 가서 봐. 나 신경 쓰지 말고."

"제가 오늘도 야근할 것 같아서요. 장모님, 그럼 부탁 들어주시는 걸로 알고 저는 출근하겠습니다!"

"고마워, 잘 볼게! 운전 조심하게!"

"네, 얼른 들어가세요."

장 여사는 한결의 차가 작아져 보이지 않을 때까지 손을 흔들며 대문 앞에 서 있었고, 한결은 백미러로 그런 장 여사의 모습을 보며 미소를 머금은 채 출근을 했다.

"에휴, 장모님 옆에 우리 여보도 같이 서서 배웅해 주면 더 행복할 텐데 말이지."

한결은 행복한 푸념을 하며 회사로 향했다. 매일 출근 시간이 기다려질 만큼 한결에게는 이 시간이 소중했다.

✽

3년 뒤.

소리는 헐렁한 티셔츠에 청바지를 입고 편한 운동화를 신은 채 간이 의자에 앉아 있었다. 스태프들이 분주하게 움직이는 모습을 보며 소리는 옆에 있는 앳돼 보이는 남자에게 물었다.

"스탠바이 얼마나 걸려?"

"5분 안에 돼요, 감독님."

소리는 고개를 끄덕이며 컷 리스트를 다시 한 번 확인했다. 오늘은 소리가 단편 영화를 찍는 첫 날이었다. 소리가 스태프들과 함께 강원도로 떠나자, 아직 두 살인 민준이를 돌보기 위해 한결은 회사 일을 뒤로 하고 과감히 휴가를 냈다. 한결은 소리와 결혼을 하면서 진정으로 가족이란 소속감을 갖게 되었고, 민준이가 태어난 뒤에는 더할 나위 없는 행복을 느끼고 있었다. 그에게 가장 중요한 건, 일도 회사도 아닌 바로 가족이었다. 그리고 사랑하는 여자의 꿈을 지켜 주고 싶어서 응원을 해주고 이렇게 든든한 지원까지 해주고 있었다.

"스탠바이 얼마나 걸려?"

"스탠바이 됐습니다, 감독님."

"그래? 그럼 가 볼까? 배우분들, 준비됐죠?"

"네!"

배우들의 힘찬 대답에 소리가 씩 웃었다. 첫날부터 예감이 좋았다. 비록 3박 4일의 짧은 일정 동안 정신없이 촬영해야 하는 스케줄이었지만, 이렇게라도 영화를 찍을 수 있다는 것이 소리는 마냥 행복하기만 했다. 그리고 이 꿈을 펼칠 수 있도록 적극 도와주는 한결에게 굉장히 고마웠다. 어쩌면 사랑하는 남자가 응원해 주고 지원해 주기에 더욱 행복한 걸지도 몰랐다. 소리는 자신의 사인을 기다리는 스태프들을 향해 활기찬 음성으로 외쳤다.

"카메라!"

"롤!"

"사운드!"

"롤!"

"씬 3에 1!"

"레디, 액션!"

소리의 우렁찬 외침에 남녀 배우가 표정을 잡았다. 지금 찍는 단편 영화의 내용은 강원도에서 소리가 매일 밤 썼던 한결과 자신의 이야기였다. 물론 영화의 러닝타임 상 조금 미화시키고 왜곡하긴 했지만 소리는 시나리오가 꽤 마음에 들었다. 한결과의 이야기여서 그런지 그 의미도 남달랐다. 숨을 죽인 채 모니터를 응시하는 소리의 표정은 진지하기만 했다. 모니터 안에서는 감정에 몰입한 남녀 배우의 연기가 한창이었다.

"그렇게 보면 어쩔 건데. 도대체 정신이 있는 거야, 없는 거야? 태신은 비서를 이따위로 관리하나? 발령 난 게 도대체 언젠데 이제야 기어와?"

"이보세요. 말씀이 지나치신 것 같은데요."

"네가 비서라는 자각은 있는 거야? 아니면 개념이 실종됐나? 그것도 아니면 생각이라는 거 할 줄 몰라? 뇌 없어?"

"뭐라고요? 이보세요!"

"난 '이보세요', '그쪽'이 아니라 앞으로 여기서 네가 모실 박한결 본부장이다. 그 정도는 알고 왔을 거라 생각하는데?"

"미처 못 알아뵀습니다. 죄송합니다."

여배우의 말투에는 미안한 마음이 아닌, 비아냥거림이 담겨 있었다. 소리는 자신이 했던 그대로를 표현하는 여배우를 보며 조금 민망해졌다. 곧 다시 남자 배우의 대사가 들렸다.

"내가 여기에 도착하니 이 컨테이너 박스에서 지내라고 하더군. 난 이딴 컨테이너 박스에서는 절대 못 지내니까 당장 호텔 예약해!"

"호텔이요?"

"한 번 말하면 못 알아듣나?"

"그게 아니라요, 본부장님 눈에도 보이시겠지만 여긴 완전 허허벌판이잖아요. 이런 곳에 무슨 호텔이 있다고……."

"하라면 하지, 무슨 말이 이렇게 많아? 아직 정신 못 차리지? 당신의 상사인 내가 무단결근까지 눈감아 주고 지금까지 기다려 줬으면 난 할 만큼 한 것 같은데?"

여배우의 표정이 뭐 씹은 얼굴로 변하자 남자 배우는 한결에게 빙의되어 거만하고 건방진 말투로 대사를 쳤다. 이대로 남은 대사까지 완벽하게 한다면 이 첫 씬을 한 번에 오케이 할 수 있을 것 같았다. 소리는 손바닥에 차오르는 땀을 바지에 문지르며 모니터에 집중했다.

"다시 한 번 읊어 줘야 하나? 난 네가 모실 본부장이고, 당신은 내 지시를 따르는 비서야. 이게 무슨 뜻인지 몰라? 난 지금 당신에게 당장 호텔을 예약하라고 지시했고, 당신은 잔말 말고 내 지시를 따라 움직이면 된다는 뜻이야. 이렇게까지 시시콜콜 설명해 줘야 하나? 한 번에 못 알아들어?"

Rrrrr. Rrrrr.

"누구야! 촬영하고 있는데 미쳤어?"

대사가 거의 완벽하게 끝난 즈음, 촬영 현장에는 요란한 휴대폰 벨이 울렸다. 소리가 인상을 찌푸리며 발끈했고, 스태프들과 배우들은 자기 휴대폰을 확인하느라 바쁜 모습이었다. 하지만 그들이 모두 휴대폰을 확인했는데도 벨은 끊이지 않고 울려댔다.

"빨리 휴대폰 안 꺼?! 누구야!"

"저기…… 감독님 바지 주머니에서……."

"뭐?!"

조심스레 말하는 조감독으로 인해 소리의 얼굴이 붉게 화르르 타올랐다. 얼른 바지 주머니에 손을 넣어 보니 소리의 휴대폰이 요란하게 울리고 있었다. 발신인은 '내남편♡' 이었다.

"아, 죄송해요. 죄송합니다."

소리는 민망해하며 스태프들에게 사과한 뒤 전화를 받았다.

"여보세요?"

[여보, 민준이 때문에 미치겠어.]

"왜!"

[이유식을 줘도 안 먹고, 기저귀도 멀쩡한데 계속 울기만 해.]

"내가 사흘을 나왔니, 일주일을 나왔니! 나 오늘 새벽에 나왔거든? 어떻게 반나절도 애를 못 봐?"

소리는 스태프들과 배우들이 킥킥거리는 것도 모른 채 휴대폰을 붙잡고 열을 올리고 있었다.

[자기야, 민준이 어디 아픈 건 아니겠지?]

"그럼 빨리 병원에 데려가! 우리 민준이 아프기만 해 봐, 오빠가 제대로 못 봐서 그런 줄 알고 정말 화낼 거야!"

[하필 이럴 때 장모님도 다애네 가족이랑 여행 가시고. 자기야, 어떡하지?]

"아, 정말! 끊어, 당장 갈 테니까."

소리는 전화를 끊은 뒤 급하게 짐을 챙겼다. 민준이가 계속 운다는데 지금 영화가 문제가 아니었다. 짐을 싸는 소리를 보며 조감독은 당황한 표정을 지었다.

"감독님, 설마 서울에 올라가시려는 건 아니죠?"
"가야 돼. 우리 아들이 아픈데 영화가 다 무슨 소용이야?"
"그럼 영화는 어떡하고요!"
"조감독, 난 너를 믿는다."
"네?!"

조감독이 난처해하며 당황함을 숨기지 못했다. 하지만 혹시 모를 사태를 대비해 소리가 이미 스태프들에게 공지를 하고 양해를 구한 터라, 조감독을 제외한 나머지 스태프들은 그럴 줄 알았다는 듯 킥킥거렸다. 조감독 역시 얘기는 들었지만 정말 이런 사태가 발생하니 머리가 하얗게 비워지고 눈앞이 캄캄해졌다.

"감독님, 진짜 이렇게 가시면 안 돼요. 우리 영화 망한다고요!"
"아냐, 넌 할 수 있어! 이거 단편영화제 출품작이니까 모두들 우리 조감독 좀 많이 도와주세요! 저, 얼른 가서 우리 아들 얼굴만 보고 금세 다시 올게요!"
"하하하."

급하게 차에 올라 시동을 거는 소리를 보며 스태프들은 웃음을 터트렸다. 그 사이에서 울상을 짓고 있는 건 조감독 하나였다. 소리가 돌아올 때까지 아무것도 진행되어 있지 않아도 상관없었다. 그럼 하루 더 늘려서 촬영하면 되니까. 소리는 마음을 비운 채 액셀러레이터를 밟았다.

"그래, 내 팔자에 영화는 무슨. 우리 민준이가 아프면 영화고 뭐고 다 무슨 소용이야? 내 아들이랑 내 남편부터 챙겨야지."

서울로 향하는 소리는 자기도 모르게 미소 짓고 있었다. 어쩌면 새벽에 집을 나서는 순간부터 한결과 민준이 보고 싶었는지도 모르겠다.

"오빠, 민준아! 기다려, 내가 간다!"

― THE END

작가 후기

 세차를 했습니다. 처음 차를 샀을 때는 정성스레 손세차만 하려고 했습니다. 빨래를 했습니다. 처음 옷을 샀을 때는 정성스레 드라이클리닝만 하려고 했습니다. 하지만 지금은 그저 기계에 넣어 세차를 하고, 세탁기에 빨래를 돌립니다. 오래되면 그렇게 되나 봅니다.
 하지만 사람에게는 그렇지 않습니다. 처음 같이, 소중한 사람은 꾸준히 소중히 대해야 합니다. 그게 사랑하는 사람이라면 더더욱. 드라마, 영화, 소설책에 나오는 것처럼 사랑의 결실을 맺고 서로를 소중히 대하며 오래오래 행복하게 살아야죠. 진정한 가족의 의미와 사랑을 느끼고 꿈을 이루어 서로를 배려하고 소중히 여기는 한결이와 소리처럼요.

 이 글은 이 팀장님의 권유로 시작했습니다. 그리고 저는 겉으로는 까칠하지만 속으로는 가족의 사랑을 그리워하는 한결이와 제멋대로고 철없는 똥딴지같은 소리를 만났습니다. 다행히 두 사람과의 만남은 저에게 큰 위로와 힘이 되었습니다.

 사실 저는 촌스럽게도 실연의 아픔을 겪고 힘들어 하던 중이었습니다. 거부할 수 없는 눈빛을 가진 한 남자의 깊은 우물에 너무 깊게 빠져, 헤어졌음에도 그 우물에서 나오지 못해 허우적거리고 있었습니다. 하지만 헤어진 사실을 인정하지는 못했지만 인지는 했기에 우물에서 빠져나오기 위해 온갖 방법을 쓰며 무던히 노력했습니다. 그러나 우물에 빠진 사람은 하늘에서 눈부시게 빛나는 태양만 바라보며 올라오기 때문에 자신이 얼만큼 나왔는지 그 깊이를 모르더군요. 가장 깊숙한 곳에 빠져 있을 때도 태양은 보였고, 거의 다 올라왔을 때도 태양은 보였으니까요. 그래서 저는 제가 아직 그 우물 속에 빠져 있는 줄 알았습니다. 미련 때문에 어리석게 착각을 한 거죠.

 하지만 한결이와 소리를 만난 뒤 깨달았습니다. 저는 이미 진작 그 우물에서 빠져나와 그 입구 돌에 걸터앉아 처량하게 그를 기다리고 있다는 사실을요. 그렇지만 한 가지 확실한 건, 한결이와 소리가 세상에 나와 여러분과 만날 때쯤에는 저도 걸터앉아 있던 우물 입구에서 폴짝 뛰어 내려와 어딘가로 달려가고 있을 겁니다. 그리고 아마도 또 다른 우물에 풍덩 빠져 버리겠죠. 소리가 한결에게 빠진 것처럼 말이에요. 물론 현실의 저는 또다시 태양을 바라보며 그 우물에서도 올라오기 위해 애를 쓸지도 모르지만요.

 나이가 들수록 세포 재생능력이 떨어지고, 상처가 나면 오랜 시간이 지나서야 겨우 아문다고 합니다. 어쩌면 상처 받을 만한 일 자체를 안 만들려고 하는 이유일지도 모르겠네요.
 하지만 저는 심장이 찢겨져 나가도 사랑할 생각입니다. 몇 번이나 우물에 빠지고 몇 번이나 우물에서 빠져나오기 위해 피투성이의 손으로 힘들게 노력해야 한다고 해도 저는 미친 듯이 사랑할 예정입니다. 지금까지 그랬던 것처럼 전혀 쿨하지 않은 모습으로요. 저에게는 사랑 앞에서 쿨하다는 단어는 존재하지 않으니까요.

이 글을 쓰면서 가장 많이 느낀 건 어딘가로 떠나고 싶다는 거였습니다. 소리처럼 의도되지 않은 상황일지라도 어딘가 시골로 떠나서 산과 들에서 동물들도 만나고, 나물도 캐고, 예쁜 꽃도 보며 고민이나 걱정 없이 마냥 웃으며 즐기고 싶다는 생각입니다. 물론 한결처럼 멋진 남자와 함께라면 더할 나위 없이 좋겠고요.

그리고 아마 책이 출간되고 2, 3주 후에 저는 지금의 바람처럼 어딘가로 떠날 것 같습니다. 부질없는 기대겠지만, 현실은 절대 그렇지 않다는 걸 알지만, 그래도 한결같은 멋진 남자가 있을 거라는 기대를 가지고 소리처럼 짐을 싸서 편한 복장으로 캐리어를 끌고 어딘가로 갈 예정입니다. 전혀 쿨하지 않은 마음도 함께 가지고 갈 거고요. 이런 기대와 생각만으로도 벌써 설렘이 가득합니다. 그곳에서는 어떤 일이 벌어질지도 궁금하고요.

저는 하루하루 비슷한 일상을 살고 있습니다. 하지만 그동안에는 다른 생각을 하고 다른 내일이 오기를 바랍니다. 꿈도 꾸고 좌절도 하며 어쩌면 이루어지지 않을 어떤 것에 행복해 하기도 하죠.

지금의 저는 어떤 일상 속에서 어떤 생각을 하고 있는 걸까요?

그리고 여러분은 어떤 일상 속에서 어떤 생각을 하고 있나요?

-서준혜

향

사랑, 그 설렘에 취하고 향기에 물들다.

향

사랑, 그 설렘에 취하고 향기에 물들다.